Alex Kosh

Aufstieg der Toten

Einzelgänger

Buch #6

Magic Dome Books

Aufstieg der Toten
Einzelgänger Buch 6
Originaltitel: The Turn of the Dead (Loner Book 6)
Copyright © Alex Kosh, 2024
Covergestaltung © Alexander Rudenko 2024
Designer: Vladimir Manyukhin 2024
Deutsche Übersetzung © Guido Lenz, 2024
Erschienen 2024 bei Magic Dome Books
Alle Rechte vorbehalten
ISBN: 978-80-7702-091-6

Die Personen und Handlung dieses Buches
sind frei erfunden.
Jede Übereinstimmung mit realen Personen
oder Vorkommnissen wäre zufällig.

Einzelgänger

eine LitRPG-Serie:

Tore des Donners
Der Pfad der Klingen
Allianz der Verfluchten
Wächter des Dungeons
Baum der Furcht
Aufstieg der Toten
Eis und Donner

Inhaltsverzeichnis:

Teil 1

Stimme der Toten

Ein Vertreter des Ministeriums für Inneres der Stadt Moskau hat Gerüchte über einen Einbruchdiebstahl in die Reserven der Europäischen Bank bestätigt. Angeblich wurde eine menschliche Gestalt von den Überwachungskameras erfasst, die durch Wände gehen konnte. Dieser Bericht hat sich jedoch als falsch erwiesen und konnte auf übermäßigen Alkoholkonsum im Wachdienst zurückgeführt werden.

Abendnachrichten

Ich habe mich aus eigenem Willen entschlos-sen, von meinen Ämtern im Wachdienst des Friedhofs zurückzutreten, denn („schmiert euch den verdammten Job in die Haare und..." — ge-strichen) mein Geisteszustand erlaubt es mir mo-mentan nicht, meine Aufgabe vollumfänglich zu erfüllen. Ich bitte außerdem darum, meine frühere Aussage, in der ich von wandelnden Leichen auf dem Friedhof berichtet habe („gottverdammte Zombies!" — gestrichen) für null und nichtig zu er-achten. Sie ist nach zu viel Alkohol entstanden.

Brief an die Direktoren
des Friedhofs Trojekurowo

Der Clankrieg zwischen den Unaussprechlichen und dem Geist der Jagd hat ein unvorhergesehenes Ausmaß erreicht. Immer mehr kleinere Clans werden in die Auseinandersetzung hineingezogen, sodass der Konflikt sich ausbreitet wie ein Flächenbrand. Die Clans beanspruchen Städte, Instanzen und Zonen zum Hochleveln ganz oder teilweise für sich. Spieler ohne Clanzugehörigkeit werden so gezwungen, sich für eine der beiden Seiten zu entscheiden. Schon bald dürften alle in Arktanien in diesem Krieg kämpfen. Es ist nur noch eine Frage der Zeit, bevor neue Grenzen festgelegt werden. Neben diesem globalen Konflikt zwischen Spielergruppierungen droht noch eine weitere Gefahr: der Aufstieg des Infernos, das jeden Tag stärker wird.

Arktanien-Drehscheibe

Kapitel 1

DER HELIKOPTER STÜRZTE AB. Es war ein schreckliches Gefühl. Doch das Schlimmste an der Situation war, dass ich wusste, dass ich allein uns retten konnte. Naumow und der Pilot waren gewöhnliche Menschen. Mark konnte mit seinen Illusionen wenig zu unserer Rettung beitragen. Ich spielte mögliche Gegenmaßnahmen durch. Vielleicht konnte ich *Magnetismus* einsetzen. Aber was dann? Und wie genau konnte ich diese Kraft nutzen?

Es dauerte nur ein paar Hundertstelsekunden, mir einen Plan auszudenken und in die Tat umzusetzen. Ich bewirkte *Magnetismus* in Richtung Erdboden und gab all mein Mana hinein. Es war die einzige Möglichkeit, die mir eingefallen war. Während ich durch die Kanzelscheibe die Bäume auf uns zurasen sah — natürlich war es in Wirklichkeit umgekehrt! –, versuchte ich irgendwie, uns mit *Magnetismus* vom Erdboden fernzuhalten. Die Aussicht, als nasser Fleck in einem Metallgerippe zu enden, war ein enormer Motivator.

Abgesehen von den Flüchen des Piloten, der am Steuerknüppel riss, war es still im Helikopter. Niemand schrie seine Todesangst heraus. Die Maschine brach durch die ersten Zweige und Äste, als ich endlich einen Widerstand spürte. Es fühlte sich so an, als würde man zwei identische Magnetpole gegeneinanderhalten. Ich legte noch mehr Kraft hinein, bis unser Fall schließlich abgebremst wurde.

„Mehr Mana!", schrie Mark, der erkannte, dass ich an unserer Rettung arbeitete.

Doch ich hatte keine Reserven mehr. Der Boden füllte bereits unser ganzes Sichtfeld aus, als Mark eines der gewaltigen Sturzkissen, die Stuntmen benutzten, vor uns erschien. Es knallte, wir wurden abrupt nach vorn geschleudert, und mir wurde schwarz vor Augen.

Als ich wieder zu mir kam, waren die anderen Insassen noch bewusstlos. Wir hängen kopfüber in den Gurten. Vermutlich hatte meine durch das Hochleveln gesteigerte Ausdauer und die anderen Attribute dafür gesorgt, dass ich den Absturz besser überstanden hatte als der Rest unserer Gruppe. Vorsichtig fühlte ich in meinen Körper hinein: Alles tat weh und ich war überzeugt, mich nie wieder bewegen zu können. Doch nach einer Weile war klar, dass ich keine schweren Verletzungen erlitten hatte. Der Helikopter hing, gebremst von *Magnetismus* uns Marks Prallkissen, zwischen den Ästen der Bäume ein Stück über dem Boden. Ich war überrascht, dass die Illusionen meines Begleiters zumindest in Teilen greifbar waren. Was für ein Glück!

Nach und nach wurde mir die ganze Tragweite des Geschehens bewusst. Feuerbälle, Helikopterabsturz, Rettungsversuche — es war einfach unglaublich!

„Himmel. Noch am Leben?", stöhnte Mark.

„Ja", erwiderte ich. Ein riesiger Hammer schien von innen gegen meine Schädeldecke zu schlagen.

„Wer hat dich denn gefragt? Ich rede von mir", antwortete er. „Du bist schuld an dieser Misere! Welcher Teufel hat dich geritten? Wie konntest du einen Gremlin mit an Bord bringen? Du Idiot!"

Die Illusion des selbstbewussten Soldaten war verschwunden, doch es schien ihm egal zu sein. Oder er wollte seinen Manavorrat nicht zu schnell leeren. Vielleicht besaß er auch kein Mana mehr. Wer wusste schon, wie viele Punkte er für das Kissen benötigt hatte?

„So ein Quatsch", widersprach ich. „Wenn der Gremlin den Heli nicht zum Absturz gebracht hätte, wären wir von dem Feuerball getroffen worden und bei lebendigem Leib verbrannt."

„Das weißt du nicht. Vielleicht hätten sie uns auch verfehlt", sagte Mark. „Außerdem sind wir noch lange nicht aus dem Schneider. Was, wenn sie uns bereits im Visier haben?"

„Ich kann unsere Verfolger nicht mehr hören.

Vermutlich halten sie uns für tot und sind fort."

Ich nutzte *Magnetismus,* um mich an den Eisenteilen des Helikopters festzuhalten, dann öffnete ich vorsichtig den Gurt. Leider reichte meine Kraft nicht mehr, und ich schlug heftig auf der Rückenlehne des Pilotensitzes auf. Es war ein Wunder, dass ich mir bei dem Sturz nichts brach. Meine Kopfschmerzen wurden schlimmer. Hoffentlich hatte ich keine Gehirnerschütterung!

„Autsch!"

Es wäre schön gewesen, im Vorfeld zu wissen, dass ich all mein Mana verbraucht hatte.

Mark hatte aus meinem Unglück gelernt und schaffte es, ohne weitere Schmerzen nach unten zu klettern. Naumow und der Pilot waren noch immer in den Sitzen vor uns angeschnallt. Beide lebten. Und beide waren bewusstlos. Wir mühten uns ab, um die Männer aus dem Wrack zu befreien. Ohne Mana und mit Marks praktisch nicht vorhandener Körperkraft war das kein leichtes Unterfangen. Spätestens jetzt hätten unsere Feinde uns getötet, wenn sie noch in der Nähe gewesen wären. Es grenzte an ein Wunder, dass wir uns beim Verlassen des Helis nicht selbst umbrachten.

„Kannst du etwas hören?", fragte ich Mark. Ich war mir nicht sicher, ob mein Gehör nach diesem Absturz noch richtig funktionierte.

„Nein. Vermutlich ist der andere Helikopter wirklich weg." Mir fiel auf, dass er nicht gerade zuversichtlich klang.

„Das scheint mir ein dichter Wald zu sein. Wenn sie sicherstellen wollen, dass wir tot sind, müssen sie irgendwo anders landen und zu Fuß herkommen." Ich beschloss, *Magnetische Empfindlichkeit* zu aktivieren, aber es blieb bei einem Versuch. Ohne Mana ging es nicht. Außerdem zuckte ein heftiger Schmerz durch meine Schläfen. Verdammter Mist! Ich musste herausfinden, ob ich irgendwie eine Art Mana-Meter aktivieren konnte. Vorzugsweise sollte es auch anzeigen, wie lange es noch dauerte, bis ich wieder Mana nutzen konnte.

„Wir müssen hier abhauen", fasste ich die Situation zusammen.

Naumow und der Pilot hatten ein paar Schrammen und blaue Flecken, schienen aber sonst unversehrt zu sein. Das bestätigte sich, als sie ihr Bewusstsein wiedererlangten. Nachdem sie aufgestanden waren und sich ausgekotzt hatten, waren sie in der Lage, zu gehen — wenn auch ein wenig langsam und torkelnd.

„Zum Glück haben die Bäume das Schlimmste verhindert", seufzte der Pilot, als er einen Blick auf den Heli geworfen hatte.

„Genau." Nervös tauschte ich einen Blick mit Mark aus.

Die Bäume, *Magnetismus* und eine materialisierte Illusion.

Der Pilot starrte Mark eine Weile fragend an.

„Wo kommst du her, Junge? Und wo ist der Soldat, der bei uns war?"

„Sie haben wohl eine Gehirnerschütterung", sagte Mark kopfschüttelnd. „Bei uns hat kein Soldat gesessen."

Naumow blickte sich um, dann zog er sein Telefon aus der Tasche.

„Kaputt", sagte er nach einem kurzen Blick darauf. Anders als der Pilot wusste Naumow genau, wieso Mark anders aussah.

„Das trifft auf all unsere Telefone zu", sagte Mark und sah mich anklagend an. „Jemand hat es übertrieben."

„Tut mir leid, dass dein geliebtes Smartphone dran glauben musste, damit wir nicht draufgehen", zischte ich.

Mark zuckte zusammen. Wir alle standen unter enormem Stress. Nur so war sein dämlicher Einwand zu erklären. Es ging mir mit jeder Minute besser. Nur der Kopfschmerz tobte noch immer.

„Wir müssen hier weg, bevor die dunkle Seite uns aufspürt", sagte Naumow. Er wirkte extrem angespannt.

„Ach was! Tolle Idee." Mark schien der Absturz wirklich nahegegangen zu sein. So angepisst hatte ich ihn selten erlebt. „Vielleicht sollte ein gewisser Jemand zuvor einen anderen Jemand aus dem Helikopter befreien, damit wir die Aufgabe nicht vermasseln."

Grundgütiger! Ich hatte tatsächlich den Gefangenen vergessen. Der Gremlin musste noch irgendwo im Helikopter stecken.

„Es gibt nur ein Problem", gab ich zu. „Die gesamte Elektronik ist Schrott. Wo könnte er sich sonst verstecken?"

Naumow dachte kurz nach, dann reichte er mir seine Armbanduhr.

Aufstieg der Toten

Es war ein mechanisches Modell, das bestimmt mehr gekostet hatte als meine Wohnung.

„Vielleicht kannst du ihn da drin einsperren?" Ich nahm die Uhr.

„Ich versuche es", stimmte ich zu. Natürlich fehlte mir dazu Mana, denn ohne Mana konnte ich kein Stromlasso erschaffen. Das behielt ich allerdings für mich. Da auch *Magnetismus* nicht funktionierte, musste ich aus eigener Kraft in den Helikopter klettern.

„Ich hoffe doch, dass die Maschine sicher ist?", rief ich fragend, als ich bereits in der Kabine stand.

„Normalerweise explodiert ein Helikopter entweder beim Aufprall oder gar nicht. Du hast vermutlich nichts zu befürchten", beruhigte der Pilot mich. Der Mann hatte unser Gespräch aufmerksam verfolgt, aber sein Gesichtsausdruck zeigte deutlich, dass er uns nicht folgen konnte.

Was jetzt? Zuerst musste ich den Gremlin aufspüren. Das war schnell erledigt. Ein lila Pulsieren zeigte mir, dass er sich in einer Instrumententafel verbarg. Gut. Aber wie bekam ich ihn ohne *Stromlasso* da raus?

Verdammter Mist! Ich brauchte wirklich dringend ein Mana-Meter! Marks Tipp, mein Mana zu erspüren, brachte nichts.

„Was machst du da oben?", rief er von unten.

„Gib mir einen Moment", erwiderte ich.

Jeder Versuch, Mana einzusetzen, endete ohne Erfolg. Vermutlich regenerierte ich nur ein paar Manapunkte pro Minute. Ich stellte ein paar

Berechnungen an. Für *Stromlasso* benötigte ich 60 Punkte, aber bisher war nur Zeit für etwa 40 Punkte vergangen. Ich würde also noch mindestens zehn Minuten hier festsitzen. Viel zu lange! Wenn ich mich verrechnet hatte, wäre es mit Glück schneller so weit — oder es dauerte noch eine halbe Stunde.

Mana, Mana... Wie konnte ich herausfinden, wie viele Punkte ich hatte?

Ich dachte so verzweifelt darüber nach, dass ein stechender Schmerz durch meinen Kopf fuhr. Beinahe hätte ich das Bewusstsein verloren. Kurz wurde mir schwarz vor Augen. Doch dann leuchtete rechts unten in meinem Sichtfeld eine Zahlenfolge auf: 35/1500.

Was hatten wir denn da? Ich musste die nächste Entwicklungsstufe erreicht haben — entweder bei meinen Fähigkeiten oder bei der Nutzung der Spielanzeigen in der Realität! Wie dem auch sei, ich konnte jetzt genau sehen, was mich der Einsatz einer Fähigkeit kostete. Das war zwar großartig, aber im Moment zeigte der neue Wert mir lediglich, dass ich nicht genug Manapunkte angesammelt hatte.

Verzweifelt hielt ich die Uhr neben das pulsierende Licht und flehte den Gremlin an.

„Komm schon, kletter hier rein, ja? Arkem ist wieder sicher. Es besteht kein Grund mehr, sich zu verstecken. Möchtest du nicht auch zurück nach Arktanien?"

Unter mir schob Mark den Kopf durch die leere Fensteröffnung.

Aufstieg der Toten

„Versuchst du gerade ernsthaft, einen hirnlosen Energiefunken zu überreden, in die Uhr umzuziehen? Es steht schlimmer um dich, als ich dachte!"

„Was kann ich dafür, wenn ich kein Mana mehr habe", knurrte ich.

„Tja, wäre es nicht praktisch gewesen, du hättest den Gremlin direkt nach Arktanien geschickt, als du ihn gefangen hast? So war doch der Plan, nicht wahr?" Marks Stimme troff vor Sarkasmus. „Dann wäre all das nicht passiert. Aber nein, der Herr Professor diskutiert lieber mit einem Lichtlein auf irgendeiner Instrumententafel."

„Wenigstens tue ich überhaupt etwas. Theoretisch sollte mein Ruf bei den Gremlins auch in der realen Welt irgendeinen Effekt haben. Vielleicht hört der Chaos-Gremlin ja auf mich."

„Reiß lieber die Anzeige aus dem Heli und nimm sie mit."

Ich warf einen Blick auf die robuste Tafel.

„Hast du auch das passende Werkzeug dafür?"

Markt pikte mir mit dem Finger in den Bizeps.

„Ich dachte, du hast genau für so einen Fall deine Muckis trainiert."

„Genau. Helikopter zerlegen kommt gleich nach dem Leg Day", maulte ich. „Gib mir zehn Minuten, dann habe ich genug Manapunkte für *Stromlasso* zusammen. In der Zwischenzeit probiere ich es auf andere Weise."

Mark grunzte abfällig. Dann wedelte er mit der Hand vor dem pulsierenden Licht hin und her.

„Na schön. He, Miez-miez. Komm, hüpf in die Uhr.“

Der Scheibenwischer schlug herum und traf Mark an der Stirn.

„Sieht so aus, als wäre der Energiefunken nicht ganz so hirnlos, wie du gedacht hast“, stellte ich belustigt fest. Dann wandte ich mich der Instrumententafel zu. „Komm schon, Kumpel. Geh mit mir. Wir müssen hier weg, bevor unsere Feinde ankommen. Und wenn die dich hier finden, werden sie dich umbringen. Unsere Aufgabe ist, dich nach Arktanien zurückzubringen. Du kannst es dir aussuchen.“

Wunder über Wunder, es funktionierte! Der lila Lichtfunken sprang aus der Helikopteranzeige in die Armbanduhr.

„Ha!“, rief ich fröhlich. „Ich hab's ja gleich gesagt!“

Marks Antwort bestand in einer Ein-Finger-Geste in Richtung der Uhr.

„Wenn es nicht um die Quest ginge, würde ich ihn ja liebend gern der dunklen Seite überlassen. Komm jetzt, wir müssen hier weg.“

Sobald ich wieder festen Boden unter den Füßen hatte, verließen wir die Absturzstelle im Sauseschritt. Ohne unsere Smartphones und die installierten Navigationsapps schlugen wir eine zufällige Richtung ein, denn wir waren — wie alle modernen Menschen — nicht gerade geübt darin, uns nur mit unseren Sinnen zu orientieren. Naumow sicherte dem Piloten ein hohes Schmerzensgeld zu, sofern er die Klappe über das Geschehene hielt.

„Ich will keine Fragen mehr hören", warnte Naumow ihn. „Sobald wir zurück in der Stadt sind, bekommst du dein Geld. Aber wehe, du steckst deine Nase in Dinge, die dich nichts angehen."

Wir waren keine 50 Schritte weit gekommen, als eine laute Explosion durch den Wald hallte. Sofort warfen wir uns zu Boden — gerade noch rechtzeitig, denn mehrere Teile des Helikopters wirbelten durch die Luft und kappten die Bäume um uns herum.

„Was zur Hölle...?", rief Naumow wütend und packte den Piloten. „Ich dachte, das Triebwerk könne nicht mehr explodieren?"

„Das dachte ich ja auch", antwortete der Mann und schüttelte Naumows Hand ab. „Andererseits gehören Abstürze nicht gerade zum Alltag eines Piloten. Wir versuchen, dergleichen möglichst zu vermeiden."

Mark kicherte nervös. Es klang ein wenig irre. Kein Wunder, denn vor wenigen Augenblicken waren er und ich noch in der Kabine gewesen.

„So ist das also, wenn man über maximales Glück verfügt."

Ich konnte nur zustimmen. Das war nun schon das zweite Mal, dass wir dem sicheren Tod auf wundersame Weise entkommen waren. Wenn man bedachte, dass der Gremlin durch den Absturz des Helikopters dafür gesorgt hatte, dass wir dem Feuerball entkommen waren, war es sogar das dritte Mal gewesen.

„Ich kann nur hoffen, dass wir jetzt nicht sieben Jahre Pech haben", frotzelte ich.

„Sobald wir in der Zivilisation sind, arrangierst du ein Treffen zwischen mir und dem Heiler", stellte Naumow klar. „Ich will, dass mein Sohn gesund wird. Auch dann, wenn mir etwas zustößt."

Trotz seines Alters und der Kopfwunde war er überaus energisch. Eine fette Beule zierte seine Stirn. Das rechte Auge schwoll immer mehr zu. Und dennoch wirkte der Fünfzigjährige zuversichtlicher und einschüchternder als Mark und ich.

„Geht klar", stimmte ich zu.

„Und du — reiß dich zusammen", fuhr Naumow den Illusionisten an, der noch immer kicherte. „Wir sind hier nicht in Arktanien. Die Lage ist ernst."

Interessanterweise war ich überhaupt nicht gestresst. Natürlich hatten der Absturz und die Explosion mir einen Schrecken eingejagt, aber der Stress war beide Male schnell verflogen. Vermutlich hatte Hotei recht, wenn er behauptete, ich würde mich an solche Vorkommnisse gewöhnen. Na ja, eigentlich hatte er mich als dumm bezeichnet, aber das hatte er bestimmt nicht so gemeint.

Nachdem klar war, dass niemand durch die Trümmer verletzt worden war, liefen wir weiter. Ich hoffte sehr, dass die Explosion keinen Waldbrand auslöste. Zum Glück war es zurzeit eher kühl und feucht.

„He Mann. Du siehst mir so aus, als hättest du den Überblick. Womit haben die uns vom Himmel geholt?", fragte der Pilot, der neben mir lief. „Was ist das überhaupt für ein Schlamassel?"

„Ich habe keine Ahnung, was das war. Wenn ich raten müsste: wahrscheinlich der Prototyp einer neuen Waffe."

Ich hatte keine Lust, mir eine andere Ausrede einfallen zu lassen.

„Bullshit!", schnaubte der Pilot. „Ihr habt mehrmals über einen Feuerball gesprochen. Was ist das?"

„Spar dir lieber deinen Atem", fuhr ich ihn an. Er war der Langsamste von uns allen, aber wir gaben dennoch ein hohes Tempo vor. Er schnaufte wie ein Dampfross, während wir durch den Wald liefen. Bloß weg von der Absturzstelle!

„Überhaupt, du halluzinierst!", warf Mark ein. „Bestimmt hast du eine ordentliche Gehirnerschütterung."

Der Pilot sah ihn wütend an.

„Hör bloß auf. Ich weiß genau, dass da ein Erwachsener auf dem Sitz saß, keine Bohnenstange, kein halbes Kind wie du."

Naumow räusperte sich vernehmlich. „Schmerzensgeld deckt auch geistige Unannehmlichkeiten ab." Er sah den Piloten streng an. In seinen Augen stand ein eiskaltes Versprechen. „Wenn du dein Geld willst, solltest du keine Fragen stellen. Es war bloß ein Helikopterabsturz. Ein Unfall, nichts weiter. Ist das klar?"

„Natürlich. Ein Unfall, bei dem ein Militärhelikopter uns mit Feuerbällen beschossen hat. Verrückte Welt!" Der Pilot brabbelte noch eine Weile vor sich hin, stellte aber keine weiteren Fragen.

In der Zwischenzeit hatte ich wieder 60 Manapunkte angesammelt. Ob es eine gute Idee war, *Magnetische Empfindlichkeit* zu aktivieren? Einerseits hatte ich keine Lust darauf, dass sich eine unsichtbare Person anschlich, andererseits war jeder Manapunkt in einem möglichen Kampf Gold wert. Aber was, wenn die dunkle Seite überzeugt war, dass wir tot waren? Was, wenn sie bereits unterwegs zum nächsten Gremlin waren? Ich konnte nur hoffen, dass sie über eine App wie meine verfügten. Denn dann wussten sie nichts von dem Gremlin in unserem Helikopter — dazu waren sie uns nicht nah genug gekommen. Vielleicht glaubten sie auch, dass wir keinen Erfolg hatten und sahen nun selbst nach?

„Ich brauche eine Pause", stöhnte der Pilot und setzte sich auf einen Baumstumpf. „Nur fünf Minuten."

Wir hatten uns weit genug von den Trümmern entfernt, aber dann hörten wir ein Rascheln im Unterholz.

„Leise", flüsterte Mark und setzte sich neben den Piloten. „Kommt alle dicht zu mir."

Naumow und ich befolgten seinen Befehl sofort. Es war klar, was Mark vorhatte. Der Pilot wollte eine Frage stellen, aber Naumow hielt ihm sofort den Mund zu. Kurz darauf traten zwei Männer zwischen den Bäumen hervor. Der eine war Bulldog, der andere ein riesiges Muskelpaket.

„Keinen Mucks", hauchte Mark kaum hörbar.

Die beiden Männer unterhielten sich.

Aufstieg der Toten

„Bist du sicher, dass sie hier langgegangen sind?"

„Ganz sicher. Ich kann ihre Spur lesen", antwortete der Riese. „Weasel könnte sie erschnüffeln."

Im nächsten Augenblick schleuderte der Zauberer einen Feuerball direkt vor unsere Füße. Der Baumstumpf, auf dem der Pilot saß, zerfiel in winzige Splitter. Wie durch ein Wunder blieben wir unverletzt. Ich wurde zur Seite geschleudert und rollte mich geschickt ab. Ein rascher Blick auf mein Mana-Meter zeigte, dass noch fünf Punkte für Blitzschlag fehlten.

„Es ist vorbei. Gebt auf. Fliegen oder Fliehen — ihr habt keine Chance", höhnte der Riese.

Ein weiterer Feuerball kam auf uns zu. Ich wich aus. Mark hatte mehrere Kopien seiner selbst erschaffen, die in unterschiedliche Richtungen davonrannten.

„Weißt du nicht, dass Illusionen bei einem Spieler, der intelligenter als der Illusionist ist, nicht wirken?" Mit einer raschen Geste zielte der Zauberer und traf einen der drei Marks mit einem Feuerball im Rücken. Mark schrie auf und stürzte. Seine beiden Kopien lösten sich in Luft auf.

Bulldog kämpfte gegen Naumow. Es ging um Leben oder Tod. Da hallten mehrere Schüsse durch den Wald.

Kapitel 2

DER ZAUBERER FIEL STUMPF ZU BODEN, sein Körper von mehreren Kugeln getroffen. Lediglich ein leises Stöhnen war zu hören.

Unser Pilot kniete mit einer Pistole in der Hand auf dem Waldboden. Theatralisch pustet er über den Lauf der Waffe.

„Was ist das? Woher hast du die Pistole?", rief Naumow erstaunt.

Der Pilot zuckte mit den Schultern.

„Ich habe sie immer bei mir. Man kann ja nie wissen..."

Ich lief zu Mark, um ihm aufzuhelfen. Entsetzt sah ich das schwarz verbrannte Fleisch auf seinem Rücken. Ein süßlicher Gestank umgab ihn. War er etwa tot?

„Lebst du noch?", fragte ich. Ja, es war eine blöde Frage; aber die einzige, die mir einfiel.

Keuchend und hustend drehte der Illusionist

sich auf die Seite.

„Offensichtlich. Aber es tut verdammt weh. Mein Rücken brennt wie Feuer.“

„Zum Glück hat er dir kein Loch in den Rumpf gebrannt“, seufzte ich. „Komm, gib mir die Hand. Ich helfe dir hoch.“

„Wenn die zwei nicht allein waren, haben die anderen garantiert die Schüsse gehört“, gab der Pilot zu bedenken.

So rasch wie möglich humpelten wir weiter. Mark konnte kaum aus eigener Kraft laufen. Seine Augen blickten unstet umher. Es sah aus, als würde er jeden Augenblick das Bewusstsein verlieren.

„Ich trage dich besser“, sagte ich. Ich nahm ihn Huckepack. „Halt dich gut fest!“

Mark war erstaunlich leicht. Ich war dankbar, dass er so schlank war.

Naumow und der Pilot rannten vor uns. Ich konnte kaum mithalten. Nach etwa zehn Minuten endete die wilde Flucht und wir erreichten eine befestigte Straße. Wir gönnten uns einen Moment der Ruhe und richteten unsere Kleidung. Es herrschte nur wenig Verkehr — und noch weniger Menschen waren bereit, für vier zerlumpte Männer anzuhalten. Daran änderten auch die Anzüge, die drei von uns trugen, nichts. Lediglich die Pilotenkluft sah noch so aus wie vor dem Absturz.

„Du bist ein guter Schütze“, lobte ich den Piloten. „Aber ich hätte sie niemals so eiskalt abknallen können.“

Er sah mich an, als wäre ich nicht ganz bei

Verstand.

„Abknallen? Ich habe niemanden getötet. Das ist eine Betäubungspistole."

Mark und ich tauschten einen Blick aus.

„Eine Betäubungspistole?"

„Glaubt ihr etwa, ich fliege mit einer scharfen Knarre? Überhaupt, Schusswunden sehen ganz anders aus. Die Leute wären blutverschmiert gewesen."

„Es klang wie eine Pistole. Und die Männer sind einfach so umgefallen. Natürlich habe ich geglaubt, sie sind tot", erklärte Mark zornig. „Und ich hatte keine Lust, mir die Männer genauer anzusehen und dabei in Hirnmasse oder Körpersäfte zu treten."

„Ganz ehrlich: Ich habe keine Erfahrung mit Schusswaffen", stimmte ich ihm zu. „Woher hätten wir wissen sollen, dass es eine Betäubungspistole ist? Außerdem war da sehr wohl Blut auf ihren Kleidern."

Naumow fluchte. „Wir hätten sie erledigen sollen."

„Dann gehen wir doch zurück", schlug Mark vor.

Als ob er dazu in der Lage gewesen wäre! Bei jeder Bewegung zuckte er schmerzerfüllt zusammen.

„Die Kerle hätten uns umgebracht. Wir müssen kein schlechtes Gewissen haben, wenn wir dasselbe tun."

„Ruhig, Brauner!", sagte ich. „Ich bin mir sicher, dass die Abgesandten längst wieder wach sind. Wahrscheinlich gibt es noch mehr von ihnen."

„Überhaupt, wie hättest du das angestellt? Hast du schon einmal jemanden getötet?", fragte der Pilot. „Das ist nicht so einfach, wie du vielleicht denkst. Ich war im Krieg, ich weiß, wovon ich rede."

Mark drehte sich beleidigt weg. „Ich würde das schon schaffen."

„Natürlich würdest du das. Aber vorher müssen wir dich in ein Krankenhaus bringen. Oder...", ich sah kurz zu Naumow, „zu unserem guten Freund, dem Doktor. Er kann dich wieder zusammenflicken."

Leider dauerte es noch eine ganze Weile, bevor Mark geholfen wurde. Zuerst folgten wir der Straße bis in die nächste Stadt. Dort suchte Naumow nach einem Telefon und führte dann ein sehr langes Gespräch. Erst als er von unserem Unglück berichtete, dachte ich an den zweiten Helikopter mit Naumows Leibwächtern. Vier Männer hatte der fette Zauberer auf dem Gewissen! Vielleicht hätten wir auf Mark hören sollen. Bulldog und sein Begleiter hatten den Tod verdient! Bestimmt würden wir uns in Zukunft noch einmal über den Weg laufen, und die Kerle würden erneut versuchen, uns zu töten.

Wir setzten den Piloten am Bahnhof in einen Zug nach Moskau. Nachdem er fort war, fiel mir auf, dass ich nicht einmal seinen Namen kannte. Bei all den Feuerbällen, Abstürzen, Explosionen und Kämpfen war keine Zeit für Höflichkeiten geblieben. Vermutlich war der Mann froh, uns loszusein. Ohne uns war er besser dran. Naumow hatte ihm eine ordentliche Summe für die Unannehmlichkeiten — und sein Schweigen — zugesteckt. Auch die Familien des anderen Piloten und der toten Leibwächter würden großzügig entschädigt werden. Ich hatte keinen Zweifel daran, dass Naumow zu seinem Wort stehen würde.

Anschließend besorgte Naumow ein Fahrzeug und einige Sicherheitsleute, die uns nach Moskau begleiteten. Am späten Abend fuhren wir los. Im Morgengrauen erreichten wir die Hauptstadt ohne weitere Zwischenfälle. Vielleicht leckten die Abgesandten der dunklen Seite irgendwo ihre eigenen Wunden, oder sie hatten einfach unsere Spur verloren. Marks Rücken wurde in einem Krankenhaus versorgt. Er sah noch immer schlecht aus. Die Ärzte hatten ihn mit Schmerzmitteln vollgepumpt. Trotzdem stöhnte er bei jeder Bewegung auf.

„Wo soll ich euch absetzen?", wollte Naumow wissen. „Oder kommt ihr mit mir? In meinem Haus sind wir sicher. Platz genug ist da."

„Danke für das Angebot. Aber ich komme allein zurecht", antwortete Mark. Er wusste, dass ich ihn zu Sergei bringen würde, der ihn vollständig heilen konnte.

„Na gut. Denkt daran: Ich will noch heute mit eurem Heilerfreund sprechen und über die Konditionen für seine Hilfe reden."

Ich verstand, dass er ungeduldig war. Er war nicht nur besorgt um seinen Sohn, sondern er wusste auch, dass das aktuelle Chaos unser aller Leben gefährdete. Wahrscheinlich befürchtete er auch, dass dem Heiler etwas zustoßen könnte, bevor der seinen Sohn aus dem Lebenserhaltungssystem befreien konnte. Naumow wollte die Sache einfach schnell erledigen.

„Ich spreche mit ihm", versicherte ich Naumow. „Er wird uns einen Ort und eine Zeit nennen. Ich hoffe, es wird noch heute sein."

Wir verabschiedeten uns von unserem Gönner und gingen zur nächsten Metro-Station.

„Was meinst du? Lässt er uns beobachten?", fragte ich Mark.

„Ich an seiner Stelle würde es tun", erwiderte er. „Aber er hat Pech gehabt, denn ich habe meinen Manavorrat wieder aufgefüllt."

Wir huschten um eine Ecke, während zwei exakte Kopien weitergingen. Im Schutz von Marks Unsichtbarkeitszauber warteten wir eine Weile ab, bevor wir in die entgegengesetzte Richtung liefen.

„Kannst du mittlerweile deinen Manavorrat spüren?", wollte Mark wissen.

„Das nicht", gab ich zu. „Aber ich habe eine bessere Lösung gefunden: Ich kann den exakten Wert sehen."

„Ernsthaft? Wie im Spiel?"

Ich nickte und warf einen kurzen Blick auf mein Mana-Meter: 1500/1500.

„Genau."

„Das ist unglaublich!", stieß er hervor. Ein wenig Neid schwang in seiner Stimme mit. „Wieso kann ich so etwas nicht? Das finde ich nicht fair."

Grundgütiger! Der Kerl wusste ja nicht, was *nicht fair* wirklich bedeutete! War er vielleicht derjenige mit einem Fluch, der ihn ermuntern sollte, den eigenen Charakter schneller hochzuleveln? War er derjenige, der eine Quest nach der anderen unter hohem Zeitdruck erledigen musste? Oder war er derjenige, dessen Schmerzeinstellungen ihn umbringen konnten? Nein, das war er nicht. Er war das süße Sommerkind, das alle Übel der Welt nicht einmal bemerkte.

„Ist ja auch egal", sagte er schließlich. „Suchen wir lieber diesen Heiler auf. Mein Rücken macht mich noch verrückt."

Es würde mich überraschen, wenn Sergei uns um diese frühe Stunde freudig begrüßen würde. Ich war mir noch nicht einmal sicher, dass er uns helfen würde. Sergei war nicht gerade für seine Freundlichkeit bekannt. Außerdem hatte er klargemacht, dass er nicht unser Leibarzt war. Trotzdem, einen Versuch war es wert. Wir beschlossen, auf dem Weg dorthin neue Telefone zu kaufen, damit wir uns anmelden konnten.

„Lass uns auch etwas zu essen und ein paar Flaschen Bier besorgen", schlug Mark vor. „Ein kleines Gastgeschenk macht sich immer gut."

„Bier?", wiederholte ich. „Es ist früher Morgen!"

„Na und? Hast du nicht gesehen, wie der Kerl lebt?" Er schnaubte verächtlich. „Ehrlich, der Typ säuft vom ersten bis zum letzten Sonnenstrahl."

Ich schmunzelte. „Das stimmt allerdings."

Bevor wir unsere Besorgungen machen konnten, mussten wir noch ein Problem lösen: Wir hatten beide kein Bargeld dabei, und ich hatte neben unseren Telefonen auch unsere Kreditkarten zerstört. Mark wollte sofort zum nächsten Geldautomaten, damit ich meine Fähigkeiten ausprobierte. Ich war zwar neugierig, ob es klappen würde, entschied mich aber dagegen. Das Risiko war zu groß. Überall gab es Kameras. Bei meinem Glück würde ich garantiert mindestens eine übersehen. Also gingen wir in Marks Wohnung, damit er Bargeld holen konnte. Dadurch besserte sich seine Laune nicht, denn die Wirkung der Schmerzmittel ließ langsam nach.

Sobald wir neue Telefone und die Gastgeschenke gekauft hatten, rief ich Sergei an. Ich erzählte ihm, dass wir unterwegs zu ihm waren, verschwieg ihm aber, dass einer von uns seine Hilfe benötigte. Der Heiler war überraschend munter. Wir nahmen ein Taxi. Marks Auto stand nach wie vor am Heliport.

Als Sergei uns öffnete, reichte ein Blick und er verzog die Mundwinkel. „Das gefällt mir gar nicht." Ihm war sofort klar, dass es Mark schlecht ging. „Ich bin nicht euer Leibarzt. Ihr könnt nicht ständig hier aufkreuzen und erwarten, dass ich euch kostenlos helfe."

„Niemand hat etwas von kostenlos gesagt", ging Mark über den Einwand hinweg. „Wir bringen etwas zu essen — und Bier."

Die Gesichtszüge meines Trainers wurden weicher.

„Ich denke, das ist akzeptabel. Kommt schon

rein.“

„Gern. Ich wäre dir sehr dankbar, wenn du dich zuerst um meinen Rücken kümmerst“, flehte Mark, sobald wir in der Wohnung waren. „Die Schmerzen sind kaum auszuhalten. Ich bin schon ganz schwach.“

„Na schön. Weg mit dem Verband“, befahl Sergei. „Du willst doch nicht, dass neues Fleisch darüber wächst, oder? Während ich mich um die Wunde kümmere, will ich, dass ihr mir genau erzählt, was passiert ist.“

Ich fing an und berichtete ihm alle Einzelheiten. In der Rückschau wirkte es wie eine Mischung aus Horrorkomödie und Fantasy-Roman.

„Oha. Gut, dass ich nicht mitgekommen bin. Ich wünschte nur, ihr hättet die Quest abgeschlossen, bevor ihr mit dem Gremlin zu mir gekommen seid. Wer weiß, was das Vieh in meiner Bude anstellt.“

„Moment mal. Woher weißt du, dass wir die Quest noch nicht abgeschlossen haben?“, fragte ich misstrauisch.

Ich hatte nie behauptet, dass der Gremlin noch in der Armbanduhr hockte.

„Nun, ich kann es an euren Gesichtern ablesen“, sagte er wenig überzeugend. Er war vielleicht ein guter Heiler, aber ein ganz schlechter Lügner. „Außerdem ist da ein lila Glimmen an der Uhr.“

„Das stimmt nicht“, sagte ich. Ich hatte auf der Flucht immer wieder einen Blick auf die Uhr geworfen. Ein paar Mal hatte ich gedacht, der Gremlin wäre fort, aber dann hatte er auf mein

Flehen reagiert und sich mit einem kurzen Aufblitzen von lila Funken gezeigt. Nach dem Kampf, ihn aus dem Heli in die Uhr zu bekommen, war er erstaunlich friedfertig gewesen.

„Dann eben nicht", sagte Sergei. „Vielleicht ist meine Intuition auch nur besser geworden."

Ein Geistesblitz durchzuckte mich. Ich dachte an unser letztes Gespräch zurück. Sergei war weder davon überrascht gewesen, dass es andere Abgesandte gab, noch davon, dass göttliche Quests in unserer Welt zu erledigen waren.

„Lass mich raten: Du hast dieselbe Quest erhalten?", fragte ich.

Sergei zog die Stirn kraus. Schließlich entschied er, dass er es nicht mehr abstreiten konnte.

„Und wenn das so wäre?"

„Dann hättest du es vielleicht erwähnen sollen?", sagte Mark empört. „Du hättest mitkommen sollen."

„Und mit euch gemeinsam abstürzen? Nein, danke. Ich bin doch nicht blöd."

„Arschloch", schimpfte Mark.

Sergei gab ihm eine Backpfeife. Mark zuckte zusammen, aber der Schmerz blieb aus.

„He! Okay, aber du bist trotzdem ein Arschloch."

„Gern geschehen. Wenigstens bin ich ein lebendiges Arschloch. Was die Quest betrifft: An so etwas verschwende ich meine Zeit nicht", erklärte der Heiler dann. „Ganz offensichtlich habe ich die richtige Entscheidung gefällt. Wer hilft denn den todkranken Kindern, wenn ich nicht mehr da bin?

Ich habe schon eine Liste mit denen, die ich im nächsten Jahr heilen werde. Da kann ich keine Risiken eingehen. Wenn es möglich wäre, würde ich mich mitsamt meinem Pod in einem Bunker verbarrikadieren und möglichst selten hinausgehen."

Seine Erklärung klang logisch. Dennoch war ich sauer auf ihn. Aber wer wusste schon, was ich getan hätte, wenn das Leben von Kindern von mir abhängig wäre. Andererseits waren Hoteis Anweisungen glasklar gewesen. War Sergeis Göttin vielleicht gnädiger als Hotei?

„Dann solltest du deine Heilkunst wohl als Beitrag zum Erfolg der Quest betrachten", sagte Mark. Er sah zu den Tüten voller Essen und Bier, als würde er alles am liebsten wieder mitnehmen.

„Gern doch", erwiderte Sergei spöttisch. Dann öffnete er eine Flasche Bier und trank sie auf ex. „Hauptsache, ich muss nicht bei diesem Wahnsinn mitmachen."

Ich traute meinen Ohren kaum. Der stämmige, harte Faustkämpfer war ein Pazifist? Bei aller Liebe, das klang schon sehr seltsam.

„Was deinen Wunsch nach einem Bunker betrifft: Naumow könnte ihn vielleicht erfüllen", sagte ich dann. „Er besitzt genug Immobilien. Bestimmt kannst du dir eine davon aussuchen. Und Geld wie Heu hat er auch."

„Was das betrifft, habe ich ebenfalls nachgedacht", antwortete der Heiler. „Ich halte es für keine gute Idee, *Mächtige Heilung* einfach so an seinen Sohn zu verschwenden."

„Bitte was? Fang nicht wieder damit an! Du

hast mir versprochen, mit ihm zu reden." Ich ballte vor Wut die Hände. Mit einem lauten Knall zersprangen die Glühbirnen in der Deckenlampe, und wir saßen im Dunkeln. Ich reagierte instinktiv und lenkte Elektrizität in meine Hände, um den Raum zu erleuchten.

„Beruhige dich", schrie Sergei. „Kein Grund, meine Wohnung zu verwüsten. Du bist schlimmer als der Gremlin!"

„Entschuldige. Ich stehe unter ziemlichem Druck. Ehrlich, Mann. Du musst dich mit Naumow treffen. Du hast es uns versprochen, und wir haben es ihm versprochen. Er hat heute sein Leben riskiert, um uns zu helfen. Der einzige Grund war, dass er im Gegenzug mit dir reden darf."

„Während du gemütlich auf deinem Sofa gehockt und die göttlichen Quests ignoriert hast", setzte Mark hinzu.

„Ist ja gut", maulte der Heiler. „Aber ihr beide müsst mir garantieren, dass meine Identität ein Geheimnis bleibt. Und ihr müsst für meine Sicherheit sorgen."

„Kein Problem", versicherte ich ihm.

„Fünf Uhr", sagte er dann. „Bis dahin will ich ausruhen. Heute Abend findet ein wichtiger Raid statt, bei dem ich hoffentlich ein paar Level gewinnen und die Regenerationszeit für meine Fähigkeit verkürzen kann. Sobald ich mit dem Geldsack gesprochen habe, bin ich wieder weg. Er kann den Ort benennen." Dann sah Sergei uns grimmig an. „Ich verlasse mich darauf, dass ihr mich beschützt und mir nichts geschieht. Ist das klar?"

Mark und ich nickten zähneknirschend. Wir waren froh, dass der Heiler am Ende einem Treffen zugestimmt hatte. Seine schlechte Laune wollten wir keinen Moment länger aushalten müssen.

Wir verließen die nach Alkohol und ungewaschenem Mann stinkende Wohnung so schnell wie möglich.

„Was für ein Griesgram", stellte Mark fest.

„Da kann ich dir nur zustimmen. Aber er hat schon recht: Wir können ihn nicht zwingen, sich an unseren Quests zu beteiligen. Es ist gefährlich. Ich kann selbst kaum glauben, dass wir überlebt haben. Das war ein echt verrückter Tag."

„Tja, wir sind eben die coolsten Obermacker", kicherte Mark. „Trotzdem, wieso hat er uns nichts von der göttlichen Quest gesagt? Das ist doch seltsam, oder?"

Das missfiel mir ebenfalls. Aber ein guter Heiler war wertvoller als ein guter Krieger. Erst recht, wenn es der einzige Heiler mit seinen Fähigkeiten in der ganzen Stadt — vielleicht sogar auf der ganzen Welt — war. Nur deswegen tolerierte ich sein Verhalten. Alles, wenn er nur bereit war, uns zu heilen.

„Dann sollten wir die Sache zum Abschluss bringen. Schick den Gremlin zurück nach Arktanien. Danach können wir uns ebenfalls aufs Ohr hauen", sagte Mark.

Ich fragte mich, ob er mir misstraute, die Quest einfach nur schnell abschließen wollte oder um meine Sicherheit besorgt war. Ich hoffte, es war eine der letzten zwei Möglichkeiten.

Wir fuhren mit dem Taxi zu meiner Wohnung. Mark blieb bei mir. Zu unserer Sicherheit tarnte er unser Aussehen, bis die Tür hinter uns geschlossen war.

„Beeil dich", sagte er und gähnte. Er hatte sich in einen Sessel in meinem Wohnzimmer fallen lassen. „Ich würde gern schlafen, bevor wir Leibwächter spielen müssen."

Das konnte ich nachvollziehen. Wir waren mehr als nur ein wenig erschöpft. Während Mark sein neues Smartphone konfigurierte, stieg ich mit Naumows Uhr in meinen Pod. Ich hoffte sehr, dass unser Plan aufging.

Der farbige Tunnel spuckte mich in dem endlosen Gang wieder aus. Die Tore, die in die Wüste führten, waren noch immer verschlossen. Irgendwo vor mir konnte ich Rascheln, Flüstern und Knirschen hören. Hatten die Mobs im Baum der Furcht auf meine Rückkehr gewartet? Würden sie sich jeden Moment auf mich stürzen?

Doch nichts dergleichen geschah.

Suchend blickte ich mich um. Wo zur Hölle steckte der Gremlin?

Quest abgeschlossen: Hasch den Gremlin (Stand: 2 zu 1)

Die neutrale Seite hat gewonnen.

Ein heller Blitz zuckte durch die Luft vor mir. Dann erschien eine Kugel aus lila Energie.

„Hurra!", schrie ich erleichtert, bevor die Ernüchterung zurückkehrte.

Wie sollte ich mit dem Gremlin in seiner Chaos-Form sprechen? Ging das überhaupt? Es sah nicht so aus, als würde der Kerl seine humanoide Gestalt wieder annehmen. Dabei sollte er mich doch aus dieser Misere befreien!

Ich sah mir die schwebende Kugel genauer an:

Lebendiges Chaospartikel, Level 60

Ich versuchte mehrere Minuten lang, mit dem Partikel zu sprechen, aber es reagierte nicht. Wieso musste alles immer so schwierig sein? Wieso verwandelte die Energie sich nicht einfach wieder in einen Gremlin zurück? Natürlich waren Verhandlungen mit einem Gremlin alles andere als leicht, aber wenigstens konnten Gremlins sprechen!

„Was soll ich nur mit dir machen?", fragte ich laut. Ich war frustriert und streckte meine Hand nach dem lebendigen Chaospartikel aus. Meine Finger griffen durch die leuchtende Kugel, und im selben Moment erschien eine Systemmeldung vor meinen Augen:

Möchtest du eine Verbindung zum Haustier Lebendiges Chaospartikel *herstellen?*

Wenn ja, füttere es mit Unordnung, um eine Bindung zu ihm aufzubauen.

Anschließend musst du ihm einen Namen geben, damit es endgültig dir gehört.

Aufstieg der Toten

Möchtest du das Haustier jetzt füttern?

Natürlich wollte ich das! Aber was war Unordnung? Und wie fütterte man eine Energiekugel?

Kapitel 3

BEI SPIN WAR KLAR GEWESEN, dass er sich von Elektrizität ernährte. Die Anweisung war, dem Chaos-Gremlin Unordnung zu geben. Aber wie sollte das funktionieren? Würde das vielleicht mit einem Artefakt wie der vom Chaos veränderten Bergmannbrille der Prinzessin funktionieren? Wenn ja, war ich aufgeschmissen, denn ich besaß keine solchen Artefakte.

Sicherheitshalber sah ich mir die Gegenstände in meinem Inventar an. Wenn überhaupt, würde die Bezeichnung Unordnung zum zerbrochenen Dolch *Zorn der Asur* passen. Zumindest war ich der Meinung, dass Zerbrochenheit eine Art Unordnung darstellte. Alles in mir widersetzte sich dem Gedanken, diesem geheimnisvollen Haustier ein episches Artefakt zu fressen zu geben.

„Was soll ich nur mit dir machen?", fragte ich in den Raum hinein.

Aufstieg der Toten

Natürlich antwortete die Energiekugel nicht. Ohne ihre Hilfe konnte ich nicht entkommen, das war klar. Sollte ich wirklich einen epischen Dolch dafür opfern? Wollte ich das tun? Andererseits bestand die Möglichkeit, dass das Chaospartikel gar kein Interesse an der kostbaren Waffe hatte.

Ich nahm das Artefakt aus dem Inventar und hielt es vor die lila Kugel. Wie ein Blitz stürzte das Partikel sich auf die von Rissen durchzogene Klinge. Eine Sekunde später war auch das letzte Atom des Dolchs verschlungen.

Verdammt! Weg war mein kostbarer Schatz! Ich tröstete mich mit dem Gedanken, dass ich den Dolch vermutlich nicht hätte reparieren, geschweige denn nutzen können. Es war viel mehr wert, wenn mein wohlgenährtes Haustier mir stattdessen aus der abgeriegelten Instanz helfen würde.

Das lebendige Chaospartikel ist jetzt an dich gebunden und begleitet dich auf allen Abenteuern. Lege einen Namen für deinen Begleiter fest.

Das war einfach: „Chaosit."

Die lila Energiekugel schwebte über meiner rechten Schulter. Genau dort hielt auch Spin sich gern auf. Ob die beiden miteinander auskommen würden? Oder würde Spin eifersüchtig sein? Seine Regeneration war noch nicht wieder abgeschlossen. Es würde noch ein paar Stunden dauern, bevor er zurückkehrte. Bis dahin konnte ich mein neues Haustier besser kennenlernen.

Chaosit, lebendiges Chaospartikel, Level 60
Legendärer Begleiter
Chaos: 120/600
Besonderheiten: keine Angriffe, immun gegen körperliche und magische Angriffe, spürt Chaos in einem effektiven Radius von <Chaos-Wert> Metern.
Fähigkeiten:
Verschlingen (aktiv): Chaos-Energie wird beim Verschlingen von Unordnung erhöht
Chaos-Aura (aktivierbare passive Fähigkeit): Zauber und Fähigkeiten, die von Gegnern in einem Radius von 10 Metern eingesetzt werden, schlagen mit einer Wahrscheinlichkeit von <Chaos-Wert> × 0,01 fehl; Aktivierungskosten: 1 % der maximalen Chaos-Reserve pro Minute

Ich rechnete nach. Wenn der Chaos-Wert sein Maximum von 600 Punkten erreicht hatte, bestand also eine Wahrscheinlichkeit von 6 %, dass Zauber- oder Fähigkeitsangriffe gegen mich fehlschlugen. Gerade im Kampf gegen mehrere Gegner wäre das eine großartige Sache! Auf Level 100 müsste er maximal 1000 Chaospunkte erreichen können, was eine Versagenswahrscheinlichkeit von 10 % bedeutete — ungeachtet des Levels meiner Gegner. Es gab allerdings ein Problem: Selbst nach dem Verschlingen eines epischen Artefakts besaß mein Haustier nur 120 Chaospunkte. Was musste er fressen, um sein Maximum zu erreichen?

Vorerst würde ich mich vor allem auf seine Fähigkeit verlassen, Emanationen des Chaos zu spüren. Wenn es hier irgendwo einen Ausgang gab, würde dort bestimmt erhebliches Chaos herrschen. Ich musste lediglich danach suchen. Leider war die effektive Reichweite mit 120 Meter Radius nicht gerade hoch. Das galt vor allem in diesen endlosen Gängen und riesigen Räumen.

„Such!", forderte ich mein Haustier auf, aber Chaosit schwebte weiter über meiner Schulter. Das hieß dann wohl, dass der Ausgang nicht in der Nähe war. Ich fluchte und bereitete mich darauf vor, weiteren schauerlichen Mobs im Baum der Furcht entgegenzutreten. Damit ich nicht blind an einem Ausgang vorbeilief, der mehr als 120 Meter von mir entfernt war, musste ich unbedingt den aktuellen Chaos-Wert meines Haustiers steigern.

Wenn die Mobs hier im Baum wenigstens Beute fallen lassen würden! Aber so war ich auf den Inhalt meines Inventars angewiesen. Ich überlegte, was ich als Nächstes verfüttern könnte.

Der Großteil meiner Besitztümer waren Elixiere und Zutaten. Alle anderen Gegenstände waren Teil meiner Ausrüstung oder zu wertvoll. Ich betrachtete das Perlenarmband des Schamanen. Es hatte in erster Linie sentimentalen Wert und diente als Andenken an meine ersten Schritte in Arktanien. Ich beschloss, es für einen Versuch zu opfern.

„Hast du Hunger?", fragte ich Chaosit und hielt ihm das Armband hin. Funkensprühend wich er zurück, als wäre es eine Gefahr für ihn.

Die Perlen waren also kein gutes Haustierfutter.

Ich probierte es mit diversen Zutaten und anderen verzichtbaren Dingen, aber jedes Mal ignorierte die Energiekugel mein Angebot. Bis ich schließlich eine der Kühlschleifen herauszog, mit denen ich meinen Beruf als Glasbläser hochgelevelt hatte. Obwohl die Qualität fraglich war, stürzte Chaosit sich darauf wie auf eine besondere Delikatesse. Ich meinte sogar, eine Art glückliches Glucksen zu hören. Der Chaos-Wert stieg um 50 Punkte.

„Das ist bitter", flüsterte ich.

Wollte das System mir mitteilen, dass meine Werke eine Inkarnation der Unordnung darstellten? Wie gemein! Noch bitterer war jedoch, dass ich ein unschätzbar wertvolles Artefakt anstelle meiner letztendlich nutzlosen Kühlschleifen geopfert hatte.

Nachdem Chaosit alle Kühlschleifen aus dem Inventar verspeist hatte, war sein Chaos-Wert auf 500 Punkte angestiegen und er konnte Chaos im Umkreis von 500 Metern spüren. Ich war glücklich, eine günstige Futterquelle gefunden zu haben. Ich benötigte nur die Zutaten für die Glasbläserei.

„Prima. Dann kannst du jetzt noch einmal nach einem Ausgang suchen", forderte ich die Energiekugel auf. Sofort wurde aus der Kugel ein großer lila Pfeil, der in die Dunkelheit wies.

„Wahnsinn!", rief ich überrascht.

Als Reaktion darauf veränderte das Haustier erneut seine Gestalt. Jetzt sah es aus wie eine große Schaumstoffhand mit sechs Fingern. Ob diese Anzahl eine tiefere Bedeutung hatte?

Anders als Spin übermittelte Chaosit mir keine Gefühlsregungen, sondern drückte seine Emotionen durch den Gestaltwandel aus.

„Wie weit ist es?"

Chaosit formte ein Fragezeichen. Vielleicht hatte ich nicht genau genug gefragt.

„Wie weit ist es bis zum Ausgang?"

Nach ein paar Sekunden wurde aus dem Fragezeichen eine Hand. Fünf Finger hoben sich, gefolgt von zwei Ringen aus Daumen und Zeigefinger.

„Am Ende des Ganges?", hakte ich nach.

Ein Ausrufezeichen bestätigte meine Vermutung.

„Verdammt!"

Das konnte gut und gern mehrere Stunden dauern. Ich hörte bereits, wie die Albtraum-Mobs im Baum der Furcht mit den Hufen scharrten, um sich aus der Finsternis auf mich zu stürzen. Ohne Spin an meiner Seite war das ein hoffnungsloses Unterfangen. Es würde noch einige Stunden dauern, bevor er wieder einsatzbereit war. Da ich sowieso übermüdet war und mein Gehirn nur im Schongang arbeitete, beschloss ich, mich zuerst um die Angelegenheiten in der echten Welt zu kümmern.

Als ich mich Ausloggen wollte, fiel mir ein, dass Hotei mir keine Belohnung für die Gremlin-Jagd versprochen hatte. Ich würde an sein Gewissen appellieren und das Beste hoffen.

„Hotei“, rief ich. „He, Hotei! Du wolltest mir doch ein paar Dinge erzählen, oder? Zum Beispiel wie ich von hier wegkomme — oder wer mich angegriffen hat.“

Doch der Gott glänzte durch seine Abwesenheit. Wenigstens hatte ich es versucht.

Sicherheitshalber prüfte ich den Posteingang auf meinem Tablet. Erstmals seit ich es besaß, hatte ich keine neuen Nachrichten erhalten. War denn niemand um mich besorgt? Ne-Tarok und Pinky waren vermutlich sehr beschäftigt und hatten keine Zeit für Smalltalk. Aber von Artjom hatte ich mir ein Lebenszeichen erhofft. Oder war er sauer auf mich? Ich schickte ihm eine kurze Nachricht: „Wie geht’s, wie steht’s? Alles gut bei dir? Lass uns mal quatschen.“

Dann loggte ich mich aus.

Mark war im Sessel eingeschlafen. Ich sprach ihn leise an, aber er schlief tief und fest. Also stellte ich einen Wecker auf 15 Uhr und legte mich in mein Bett. Es dauerte nur Sekunden, bis ich einschlief.

Ebenso abrupt wurde ich geweckt.

„Was zum Teufel ist hier los?“ Marks Stimme erklang direkt neben meinem Ohr. Ich schlug die Augen auf und sah ihn verwirrt an.

„Was? Wovon redest du?“

„Die Quest ist abgeschlossen, aber der Gremlin ist immer noch da.“

Er zeigte anklagend in den Raum. Ich folgte dem ausgestreckten Finger mit den Augen und sah die lila Energiekugel unter der Decke schweben. Es war definitiv Chaosit — die entsprechende Info wurde vor meinem geistigen Auge angezeigt.

„Ernsthaft?" Ich sprang überrascht auf. „Er ist hier?"

„Sieht ganz so aus", erwiderte Mark. „Oder wir träumen beide dasselbe. Ist das überhaupt möglich?" Ich musste ziemlich dämlich geguckt haben, denn er fuhr sofort fort: „Nein, das ist es nicht. Wir sind wach. Also, warum hängt ein Gremlin über deinem Bett ab? Und wieso trägt er einen Namen wie ein gewöhnliches Haustier?"

„Das liegt wohl daran, dass er mein Haustier ist."

Mark schlug die Hände vors Gesicht.

„Ein Gremlin? Aber das ist ein intelligentes Wesen. Das ist doch Sklaverei, oder etwa nicht?"

Was sollte man dazu sagen?

„Vielleicht unterliegt die Chaos-Form anderen Gesetzen?", schlug ich zögerlich vor. „Ich weiß es doch auch nicht. Und ich habe keine Ahnung, was er hier macht, in der Realität."

Es gab nur eine logische Erklärung: Ich hatte es versäumt, mein Haustier wegzuschicken, bevor ich mich ausgeloggt hatte. Also war er nicht in sein Körbchen zurückgekehrt, sondern hatte mich in meine Welt begleitet. Leider widersprach diese logische Erklärung jeder normalen Logik.

„Das ist dann wohl die Eine-Million-Euro-Frage", sagte Mark. „Wieder so eine Sache, die nur du kannst. Ich habe natürlich gleich versucht, mein eigenes Haustier zu rufen — ohne Erfolg."

„Du hast ein Haustier?"

„Natürlich", sagte Mark stolz. „Es ist ein Hippogreif."

„Hast du einmal nachgedacht, was passiert wäre, wenn dein Haustier in meiner Wohnung aufgetaucht wäre?"

Der Illusionist sah mich schuldbewusst an.

„Nein, nicht wirklich. Ich wollte einfach nur wissen, ob es klappt. Möglicherweise wäre er wirklich zu groß für deine Wohnung gewesen. Mit ihm im Schlepptau hätten wir uns auch nicht auf die Straße trauen können. Wenn so ein Tier am Himmel über Moskau erscheint, würde die Polizei oder Armee ihn bestimmt unter Beschuss nehmen. Dein Haustier ist da deutlich unauffälliger." Er streckte die Hand nach Chaosit aus. „Was kann es tun?"

Ich dachte einen Augenblick nach.

„Nicht viel. Aber er kann gegnerische Fähigkeiten beeinträchtigen. Oh, und er frisst Unordnung."

„Hm, klingt nicht gerade toll", stimmte Mark mir zu. „Na ja, wenigstens können wir ihn als Taschenlampe einsetzen."

Als Antwort verwandelte die Energiekugel sich in eine Hand mit hochgestrecktem Mittelfinger.

„Meine Güte! Du hast einen Comic-Charakter als Haustier! Wieso hat die Hand sechs Finger?" Er schien sich nicht an der beleidigenden Geste zu stören.

„Keine Ahnung."

Mark schnippte mit den Fingern.

„Vielleicht finden wir es später heraus. Jetzt müssen wir los. Ich würde gern mein Auto am Heliport abholen, bevor wir auf Sergei aufpassen. Wenn das Treffen vorbei ist, können wir endlich wieder in Ruhe spielen. Als Avatar mit einem Respawn-Punkt fühle ich mich doch sicherer."

Ich rieb mir den Schlaf aus den Augen.

„Das sehe ich auch so."

Wir tranken rasch eine Tasse Kaffee, um die Lebensgeister zu wecken. Mark starrte nachdenklich auf Chaosit.

„Wusstest du, dass die vorletzte Generation der modernen KI keine Finger haben sollte?", fragte er dann. „Damals haben die Leute sogar versucht, KI zu verbieten. Sie hatten Angst, die KI würde ein eigenes Bewusstsein entwickeln und die Weltherrschaft an sich reißen."

„Aber es gab kein Verbot." Ich nickte und befahl Chaosit, zu verschwinden. Überraschenderweise gehorchte er sofort. Zwar wurde kein Haustiersymbol auf dem Interface angezeigt, aber ich war überzeugt, ihn jederzeit rufen zu können. „Und hier sitzen wir und erhalten Quests von virtuellen Göttern. Ist das besser oder schlechter als eine KI, der es nach der Weltherrschaft gelüstet?"

Mark goss kalte Milch in seinen Kaffee und stürzte die widerliche Mischung hinunter.

„Vermutlich finden wir es schon bald heraus. Ich bin gespannt, was passiert, wenn die Abgesandten die globale Quest abschließen. Es muss ja irgendein Ziel bei der Sache geben", grübelte er.

Dieser Gedanke schwirrte schon länger in

meinem Kopf herum. Welchen Sinn oder Zweck hatte das Ganze? Wie würde sich all das auf unsere Welt auswirken? Die Veränderungen waren schon jetzt sichtbar, wenn man wusste, wonach man Ausschau halten musste.

„Was wohl passieren würde, wenn alle Gruppierungen gleichzeitig ihre Quests absolvieren würden?", fragte Mark. „Was, wenn sie nicht nur in der Realität zusammenarbeiten, sondern auch in Arktanien?

Immerhin bedeutet eine Zusammenarbeit in der echten Welt, den anderen sein Leben anzuvertrauen. Da hat man doch in der Virtualität keine Geheimnisse mehr voreinander, oder?"

„Wenn du möchtest, dass ich dir mehr über meine Quest erzähle, muss ich dich enttäuschen. Ich würde gern, aber es geht nicht", erinnerte ich ihn. „Aber ich arbeite gern mit dir, auch im Spiel. In welcher Region befindest du dich?"

„Im Herrschaftsbereich der Orks."

„Ich bin unterwegs zu den Elfen. Das ist ziemlich weit weg von den Orks. Aber wer weiß, wenn sich die Chance ergibt, helfe ich dir gern", versicherte ich ihm. Er war zu einer Art Kamerad oder Kumpel geworden. Wir kannten einander noch nicht lange, aber die Erfahrungen in der kurzen Zeit hatten uns zusammengeschmiedet.

Während wir Marks Auto abholten und zu Sergei fuhren, hatten wir Gelegenheit zu intensiven Gesprächen. Ich hatte mich entschieden, ihn zu begleiten, denn so konnten wir mehr übereinander erfahren und Pläne für die Zukunft schmieden. Mark wusste Dinge über das Spiel, die ich noch nicht wusste, zum Beispiel, wie man Grundstücke erwarb. Damit das überhaupt klappte, musste man mehrere Voraussetzungen erfüllen. Dazu gehörte ein Ansehen ab Bewunderung aufwärts. Und man benötigte Geld. Jede Menge Geld.

Wir holten Sergei ab und fuhren gemeinsam zum Treffpunkt. Naumow hatte einen Raum in einem Restaurant reserviert. Mark und ich saßen an einer Wand und kamen uns ziemlich dämlich vor. Naumow hatte ebenfalls zwei Leibwächter mitgebracht, die im Gegensatz zu uns auch so aussahen, als könnten sie ihren Auftraggeber beschützen. Mark dagegen wirkte, als wäre er mit sich selbst überfordert.

Naumow kam direkt zur Sache: „Du bist also der Mann mit der *Mächtigen Heilung?*"

„Wie wäre es mit einer kurzen Begrüßung?", fragte Sergei. „Nicht? Auch egal. Andrew hat bestimmt schon erklärt, wie die Sache funktioniert."

Naumow war sichtlich nervös. Während des Helikopterabsturzes war er gelassener gewesen.

„Ich habe gesehen, was Andrew und die anderen Abgesandten können. Wieso sollte ich an deinen Fähigkeiten zweifeln? Meine Hauptsorge ist, dass dir etwas zustoßen könnte, bevor du deine Heilfähigkeit wieder einsetzen kannst."

„Schön langsam! Wir haben bisher keine Vereinbarung getroffen", bremste Sergei ihn.

Naumow reichte dem Heiler eine Mappe.

„Das ist eine Aufstellung der Vermögenswerte

meines Unternehmens. Du kannst sie gern mit den offiziellen Akten der Behörden vergleichen. Ich habe bereit Kaufinteressenten für die Hälfte der Unternehmensbereiche, die nichts mit Medizin zu tun haben. Ich bin bereit, den gesamten Erlös an eine von dir benannte Wohltätigkeitsorganisation zu spenden. Allerdings würde ich vorschlagen, dass du mit dem Geld selbst eine Stiftung gründest, um deinen Lebensunterhalt sicherzustellen und wohltätige Zwecke zu unterstützen.“

Sergei sah ihn schockiert an. „Die Hälfte?“

„Nun ja, die medizinische Forschung würde ich gern behalten. Ich habe viel Geld hineingesteckt. Wenn ich diese Firmen verkaufe, besteht die Gefahr, dass ein Großteil dieser Forschungen im Sande verläuft oder sofort eingestellt wird.“

Mein Trainer hatte sich noch immer nicht von seinem Schock erholt.

„Tja, nun... Das ist eine riesige Summe. Ich hätte nie gedacht, dass jemand bereit ist, auf so viel Geld zu verzichten. Wo ist der Haken?“

Naumow lächelte.

„Es gibt keinen. Es ist nur Geld. Du hast keine Kinder, nicht wahr?“

„Nein“, antwortete Sergei.

„Dann kannst du mich nicht verstehen. Mein einziger Sohn liegt in einem Pod, nur von technischen Systemen am Leben gehalten. Er kann nicht aus eigener Kraft aufs Klo gehen. Er kann gar nichts tun. All mein Geld ist nutzlos. Es ist nur ein Mittel zum Zweck. Und mein Lebenszweck besteht darin, Fjodor zu heilen.“

Der Heiler schüttelte den Kopf.

„Doch, ich verstehe das. Besser, als du denkst. Ich kann genau ein Leben pro Woche retten. Das bedeutet auch, dass ich jede Woche entscheiden muss, wer stirbt, weil ich mich für eine andere Person entschieden habe. Wenn ich einen Sohn in dieser Lage hätte... Ehrlich, ich weiß nicht, was ich tun würde."

Naumow hob die Hand. „Es gibt eine Bedingung", sagte er. „Ich weiß nicht, wie sich die Konkurrenz zwischen den Abgesandten und Gruppierungen entwickeln wird. Es könnte zu einem offenen Konflikt in unserer Stadt kommen. Deswegen will ich, dass du die nächsten fünf Tage in meinem Haus bleibst. Innerhalb dieses Anwesens kannst du dich frei bewegen. Es wird dir an nichts mangeln. Es gibt eine umfangreiche Bibliothek, einen Pool, einen Massagesalon und jede Menge Sportwagen, die du bestaunen kannst. Meine besten Sicherheitsleute passen rund um die Uhr auf dich auf."

Ich wartete fasziniert auf Sergeis Reaktion. Sie bestand in einem schmalen Lächeln.

„Ein Luxusanwesen mit allen Annehmlichkeiten dieser Welt? Wie könnte ich dazu nein sagen? Hauptsache, es gibt einen VR-Pod."

„Natürlich. Während wir warten, helfen meine Leute dir, eine wohltätige Stiftung zu gründen. Wenn du schon weißt, wem du Geld zukommen lassen willst, macht das die Sache einfacher."

Es klang zu gut, um wahr zu sein. Naumow war so mächtig, dass er den Heiler töten lassen und sein Geld behalten konnte, sobald Fjodor geheilt war. Was würde in diesem Fall mit Mark und mir als Zeugen geschehen? Nein, ich glaubte nicht, dass Naumow uns so hintergehen würde. Er wusste genau, dass die Welt im Umbruch war. Menschen wie wir waren in dieser Situation ein Ass im Ärmel. Tot nützten wir ihm gar nichts.

Sergei schien zum selben Schluss gekommen zu sein.

„Einverstanden. Ich benötige noch ein paar Dinge von zu Hause, dann können wir uns in deinem Anwesen verschanzen."

Damit waren die Verhandlungen abgeschlossen. Konnte man überhaupt von Verhandlungen sprechen, wenn die eine Seite den ersten Vorschlag der Gegenseite sofort annahm? Naumow konnte es sich leisten, denn er hatte durch clevere Geschäfte ein Vermögen gemacht.

Sobald wir wieder im Auto saßen, sah Mark mich an.

„Weißt du was? Ich habe ein schlechtes Gefühl bei der Sache."

„Wieso?"

„Ich kenne niemanden, der so leidenschaftslos die Hälfte seines Vermögens herschenken würde. Wie soll das überhaupt funktionieren? Kann man in wenigen Tagen eine ganze Firma verkaufen? Es geht doch nicht um Bücher oder Autos. Ich kann mir gut vorstellen, dass so etwas Monate dauert. Und wieso behält er alle Unternehmen, die etwas mit Medizin zu tun haben? Hätte er damit bei einem Verkauf nicht viel mehr Geld verdienen können?“

„Wieso?“

Im Restaurant war ich zu dem Schluss gekommen, dass Naumow es ernst meinte. Und dann kam Mark und ruinierte mir die gute Laune.

„Dir ist doch klar, dass wir und die anderen Abgesandten den Beginn einer neuen Weltordnung darstellen, oder? Alles wird sich ändern, einfach alles. Es ist völlig egal, ob wir eine göttliche Quest abschließen oder nicht. Es ist egal, ob Spielwelt und echte Welt zu einer Welt werden. Es ist egal, ob alle Spieler ihre Fähigkeiten auch in der Realität einsetzen können. Was auch immer passiert: Menschen wie wir läuten die nächste Stufe der menschlichen Entwicklung ein.“

Ich nickte zustimmend. Ich hatte nicht die Kraft, über all diese Dinge nachzudenken.

„Dann ist dir auch klar, dass ein Geschäftsmann von Naumows Kaliber dieselben Schlüsse gezogen hat. Schneller als du oder ich. Denk nach: Magie macht jede Medizin überflüssig. Große Teile der medizinischen Forschung werden sinnlos sein. Aber weißt du auch, was boomen wird?“ Mark schnippte mit den Fingern. „Nährstoffe für VR-Pods. Kein Wunder, dass Naumow die Firmen behält, die auf diesem Gebiet forschen und produzieren können.“

„Das werden wir wohl erst erfahren, wenn Sergei seinen Sohn geheilt hat“, sagte ich. „Ich bin mir sicher, dass Naumow unserem Heiler nichts antun wird. Im Gegenteil, die nächsten Tage werden für Sergei das Paradies auf Erden sein! Warten wir ab, was in fünf Tagen passiert."

„Na schön", stimmte Mark zu. „Wir sollten das Modul aus deiner Wohnung holen. Du weißt schon, das ESGUMI 3. Danach kann jeder seinen Kram machen", schlug er vor. „Ich muss im Spiel noch jede Menge erledigen und möchte ungern noch mehr Zeit hier verschwenden."

„Ich auch", stimmte ich zu.

Es war gut, dass Mark den Vorschlag gemacht hatte. Artjom wartete auf das ESGUMI, denn er wollte ebenfalls zu uns gehören, den neuen Menschen. Außerdem war es bestimmt sicherer, wenn der Illusionist mich begleitete.

Als wir auf den Parkplatz fuhren, erkannte ich sofort, dass etwas nicht stimmte. Das Mauerwerk rund um meine Fenster war schwarz von Ruß. Alle Scheiben waren zersplittert. Vor dem Hauseingang lag zerstörtes und verbranntes Mobiliar.

„Himmel. Sieht so aus, als hätte es hier vor Kurzem gebrannt", stellte Mark überflüssigerweise fest.

„Ja, und zwar in meiner Wohnung", sagte ich schockiert. „Verdammter Mist! Nur gut, dass ich nicht da war."

Ich benötigte ein paar Minuten, um die Fassung zu gewinnen. Unzählige Fragen schossen mir durch den Kopf, doch drei hatten eindeutig Vorrang: Wer hatte das getan? Warum? Und was sollte ich jetzt tun? Zum Glück lebte ich zurzeit in der geheimen Wohnung, die Hotei mir besorgt hatte. Trotzdem war es schrecklich, all mein Hab und Gut zu verlieren! Hoffentlich wussten meine Eltern nichts von dem Brand! Ich musste sie so schnell wie möglich anrufen und ihnen versichern, dass es mir gut ging.

Eine Person lief über den Parkplatz zum Haus. Es war eine meiner Nachbarinnen.

„He, Mark. Kannst du mir einen Gefallen tun? Tarne dich mit einer Illusion und frag die Frau, wann es gebrannt hat. Versuche, möglichst viel herauszufinden."

„Kein Problem."

Es dauerte nur wenige Minuten, dann war Mark zurück.

„Ich weiß nicht, wie ich das erklären soll. Also, gebrannt hat es in der letzten Nacht. Aber..." Er schluckte und sah mich entsetzt an. „Nun... man hat einen verbrannten Körper in der Wohnung gefunden. Alle sind überzeugt, dass du es bist."

Kapitel 4

„DAS DARF NICHT WAHR SEIN!", schrie ich und schlug mir die Hände vors Gesicht. „Götter, lasst niemanden meine Eltern informiert haben! Das würden sie nicht überleben."

Mit zittrigen Fingern holte ich mein Telefon aus der Tasche und wählte die Nummer meiner Mutter. Sie hob direkt ab. An ihrer Stimme erkannte ich, dass sie noch nichts von dem Feuer wusste.

„Habt ihr noch den Ersatzschlüssel zu meiner Wohnung?", fragte ich, nachdem wir uns begrüßt hatten. „Schau bitte einmal nach."

Eine Minute später hörte ich die Stimme meiner Mutter wieder: „Ja, sie sind noch da. Wieso? Was ist los?"

„Ach, ich wollte einfach nur sichergehen", sagte ich ausweichend.

„Hast du endlich eine Frau gefunden und

willst ihr einen Schlüssel zu deiner Wohnung geben?", fragte meine Mutter hoffnungsvoll.

„Quatsch. Dann könnte ich doch einfach meinen Schlüssel nachmachen lassen. Nein, ich wollte nur wissen, ob ihr sie noch habt."

Meine Mutter akzeptierte die fadenscheinige Ausrede. Sie war einfach nur froh, dass ich mich gemeldet hatte. Wir unterhielten uns noch über die üblichen Dinge. Den Brand erwähnte ich mit keinem Wort. Wozu auch? Meine Eltern tendierten nicht dazu, unangemeldet vor der Tür zu stehen. Außerdem kannte keiner meiner Nachbarn meine Eltern, sodass sie es auch auf diesem Wege nicht erfahren würden. Blieb noch die Polizei. Aber da sie noch nicht bei meinen Eltern gewesen war, bestand die Möglichkeit, dass es nicht passieren würde. Vielleicht hatte Hotei seine Finger im Spiel. Ich hätte ihn gern gefragt, aber er reagierte nicht auf meine Bitten.

„Das stinkt doch zum Himmel", sagte Mark, nachdem ich das Telefonat beendet hatte. „Wer ist der Leichnam in deiner Wohnung?"

„Ich habe keine Ahnung", antwortete ich. „Außer mir haben nur meine Eltern einen Schlüssel. Und der ist noch dort, wie meine Mutter gerade bestätigt hat."

„Was ist mit Freunden oder Freundinnen?"

„Eine Freundin habe ich im Moment nicht. Und Freunde? Nein, ich bezweifle es. Ich glaube nicht, dass Artjom wegen des Moduls bei mir eingebrochen wäre." Ich seufzte. „Nein, er war es bestimmt nicht."

Leider ging Artjom nicht ans Telefon. Ich hoffte sehr, dass er in seinem Pod war, schlief oder irgendetwas anderes tat, was Leute tun, die nicht zu einem verkohlten Leichnam verbrannt waren. Ich überlegte, Mark zu bitten, bei Artjom vorbeizufahren, aber ich hatte keine Ahnung, wo seine Freundin wohnte.

„Ich versuche, ihn im Spiel zu erreichen", sagte ich nervös. „Hoffentlich antwortet er."

„Das hoffe ich auch. Trotzdem frage ich mich, wer das in deiner Wohnung war. Wer könnte bei dir eingebrochen sein?"

Mark war klar, dass ich die Antwort ebenso wenig kannte wie er, und fuhr fort.

„Ich denke, dass Naumows Idee, sich möglichst wenig im Freien aufzuhalten, sehr gut ist. Wir sollten einander in jedem Fall begleiten, wenn wir irgendwo hinmüssen. Außerdem sollten wir Kameras vermeiden. Ich schlage vor, ich schütze uns in der Öffentlichkeit mit Illusionen."

„Ja, Mama", antwortete ich sarkastisch. Doch in Wahrheit war ich Mark dankbar für sein Angebot.

Ich würde ihm aber nicht erzählen, dass Artjom sich mit einem Schwarzmarkthändler für gestohlene Pod-Teile treffen wollte. Der Illusionist hatte schon mehr als genug von seiner Zeit für mich geopfert. Vielleicht würde ich in ein paar Tagen beiläufig von dem Treffen erzählen und um einen Gefallen bitten. Mit etwas Glück konnte ich vorher etwas für ihn tun.

Mark setzte mich vor Hoteis Haus ab, bevor

er rasch davonfuhr, um in seinen Pod und nach Arktanien zu kommen. Ich musste auch dringend in den Baum der Furcht zurückkehren, entkommen, die Klassenquest für die Armee abschließen und ins Land der Elfen reisen. Mir blieben nur noch vier Tage, um das Schwert zu finden. Ich überlegte bereits, ob ich Aishorth Blutstein um Hilfe bitten sollte. Hatte ich ohne sie überhaupt eine Chance? Außerdem würde Aishorth in 24 Tagen ihre 20 % eintreiben — ganz egal, ob sie mir geholfen hatte oder nicht. Eigentlich lag die Antwort klar auf der Hand. Mir schauderte bei dem Gedanken, so viele Level abzusteigen. Um die Folgen konnte ich mich kümmern, wenn ich dann noch lebte. In 14 Tagen endete das Limit für die Quest des Nekromanten. Ein Fehlschlag würde mich zehn Level kosten. Ich hatte nicht vor, die Glasrose in Kelevre zu zerstören, denn die Dörfler waren mir ans Herz gewachsen. Wir waren praktisch eine Familie. Boris hatte mich gewarnt, meinen guten Ruf im Dorf aufs Spiel zu setzen, denn er wäre mir sehr nützlich, wenn ich als Aristokrat Ländereien erwarb. Wer wusste es schon, vielleicht würde mir das Dorf schon bald gehören? Das würde ganz neue Möglichkeiten eröffnen! Ich musste so viele Dinge erledigen! Höchste Priorität hatte vermutlich, die Unterstützung von Amina, Korn, Lerth und den anderen Dörflern zu gewinnen.

Sobald die Tür hinter mir ins Schloss fiel, versuchte ich, Kontakt mit Hotei aufzunehmen. Ich tigerte durch die Wohnung und stellte dem nicht anwesenden Gott meine Fragen. Doch mein Telefon vibrierte nicht. Er ignorierte mich hartnäckig. War es unter seiner Würde, mir zu antworten? Oder war er wirklich so beschäftigt, wie er es immer vorgab? Irgendwann stieg ich in den Pod, ohne einen Deut klüger zu sein.

Ein Blick auf die Schmerzeinstellung zeigte einen Wert von 97 %. Keine Veränderung gegenüber dem Vortag. Trotzdem, selbst bei einem langsameren Anstieg waren die 100 % nicht mehr weit weg. Mir war überaus mulmig bei dem Gedanken. Im schlimmsten Fall würde der Wert sogar über die 100 % steigen, sodass eine kleine Verletzung ausreichte, um mich zu töten. Ich vertrieb den Gedanken aus meinem Kopf.

Dann loggte ich mich ein.

Im Baum der Furcht holte ich mein Tablet hervor und kontrollierte den Posteingang. Mir fiel ein Stein vom Herzen. Artjom war online und hatte geantwortet: „Sieh mal an, wer zurück ist. Wie ist es gelaufen? Hast du die Gremlins gefangen?"

„Alles prima", tippte ich und seufzte erleichtert. „Wir mussten gegen andere Abgesandte kämpfen, konnten sie aber abschütteln. Es gab einen wilden Helikopterflug. Das ist eine lange Geschichte. Wie geht es dir?"

Immer wieder sicherte ich mich zu allen Seiten ab. Theoretisch war die Respawn-Zone ein sicherer Ort, aber ich hatte keine Lust darauf, am Ende von einem Wall aus Mobs umgeben zu sein. Und ich war mir sicher, dass etwas — oder jemand — in der Dunkelheit lauerte und mich aus boshaft glitzernden Augen beobachtete. Doch die Finsternis blieb undurchdringlich. Hin und wieder drangen ein leises Rascheln und ein samtiges Kichern an mein Ohr. Ich war ziemlich angespannt, denn ich konnte die Geräusche keinem bekannten Mob zuordnen.

Ein Signal informierte mich, dass Artjom geantwortet hatte. „Ich bin im Land der Elfen angekommen und arbeite daran, mir den Zugang zur Zentralregion zu verdienen. Ich habe herausgefunden, dass dein Artefakt sich in der Schatzkammer des großen Palastes in der Elfen-Hauptstadt Ellorien befindet. Das Problem ist, dass Angehörige anderer Völker keinen Zugang zu der Stadt haben. Ohne das Blatt wirst du mit Pfeilen gespickt, sobald du dich dem Tor näherst."

„Was für ein Blatt?"

„Ein Blatt des Mellorn-Baums."

„Das heißt also, dass dieses Blatt als Passierschein dient?"

„Genau. Die Elfen können spüren, ob jemand einen solchen Passierschein bei sich trägt. Ein Fremdling, der das nicht tut, gilt automatisch als Staatsfeind."

„Vermutlich kann man dieses Blatt nicht einfach an andere weitergeben, oder?" Ich war mir sicher, dass das nicht möglich war.

„Nein, das geht nicht. Das Blatt ist fest mit dem Besitzer verbunden. Es verwelkt nach einer Woche und muss dann ersetzt werden. So einfach das System auch ist: Es gibt keine Möglichkeit, es auszutricksen."

„Ist es denn schwierig, an so ein Blatt zu kommen?"

„Eigentlich nicht. Die Sache ist in fünf Minuten erledigt. Aber zuvor musst du dir das nötige Ansehen erarbeiten. Dazu musst du Quests absolvieren. Boris und ich suchen nach passenden Quests, die dir möglichst schnell mehr Ansehen verschaffen. Wir denken, dass es dich etwa zwei Tage kosten wird, vielleicht mehr."

„So viel Zeit habe ich nicht."

„Das weiß ich. Deswegen suchen wir eine andere Möglichkeit. Weißt du schon, wann du in Ellendril ankommst? Teleportierst du?"

„So schnell wie möglich."

Dann berichtete ich Artjom noch von der Fähigkeit der Gremlins, den Ausgang einer Instanz zu finden, und natürlich von meinem neuen Haustier. Ich teilte ihm mit, dass ich im Notfall meinen Gefallen bei Aishorth Blutstein einfordern würde, um mein Ansehen zu puschen oder das Schwert an mich zu bringen.

„Ich hoffe nur, das funktioniert ohne schwere Geschütze", kommentierte er. „Wenn es in Arktanien oder der Realität ein Glücksattribut gäbe, wäre deines wohl am oberen Anschlag. Ich bin mir sicher, dass du das schaffst."

Nach dem mehrfachen Glück vor, während und nach dem Absturz stand das außer Frage. Ohne Glück wäre ich längst tot. Es freute mich, zu hören, dass er in Sicherheit war. Ich verabschiedete mich von ihm, denn mir blieb nicht mehr viel Zeit für all die Dinge, die ich noch erledigen musste. Wieder hörte ich das seltsame Geräusch aus der Dunkelheit. Was war das? War da jemand? Langsam bekam ich ein Gefühl dafür, was eine Phobie war. Es war die nicht nachvollziehbare Furcht, die man nicht abschütteln konnte, obwohl der Verstand einem sagte, dass diese Sorge völlig unbegründet und geradezu dämlich war. Ich suchte Ablenkung in der nächsten Nachricht.

Sie war von Thram. Seit seiner Abreise nach Pyrenth hatte ich nicht mehr an ihn gedacht. Er dagegen musste dort auf mich gewartet haben, während ich in Arkem beschäftigt gewesen war. Innerlich verfluchte ich mich dafür, ihn im Stich gelassen zu haben. Ich schrieb ihm, dass ich noch feststeckte, aber bald nach Katar reisen würde, wo ich ihn liebend gern treffen würde.

Ne-Tarok hatte mir ebenfalls geschrieben. Nicht nur eine Nachricht, sondern gleich einen ganzen Schwung davon. Er wollte wissen, wie meine Jagd auf die Gremlins verlaufen war und berichtete, dass er demnächst ein paar Tage auf einer Geschäftsreise in Moskau verbringen würde. Er schlug vor, dass wir uns treffen könnten. Bei jedem anderen hätte ich eine Falle vermutet, aber Ne-Tarok vertraute ich mindestens so sehr wie Mark. Vor allem kannte ich ihn schon länger als den Illusionisten. Wir hatten viele Abenteuer in Arktanien gemeinsam bestanden. Außerdem war ich gespannt, wie ein Mann, der sich im Spiel für einen hässlichen Gremlin entschied, wohl in der Wirklichkeit aussah. Möglicherweise würde Pinky zu unserem Treffen stoßen. Ich würde Naumow um Informationen zu ihr bitten. Der Geschäftsmann würde schon darauf achten, dass ich keine gefährlichen Leute traf.

Ich sagte Ne-Tarok, dass ich mich auf unsere Begegnung in der echten Welt freute, dann schloss ich den Posteingang und widmete mich meinem Charakterbogen.

Name: *Falk*

Level: *69*

Erfahrung: *301.000/600.000 (Punkte bis zum nächsten Level: 299.000)*

Gruppierung: *Kaiserreich, Aristokrat*

Adelstitel: Graf (10 % Nachlass bei allen Händlern im Kaiserreich, + 10 % Erfahrung für Quests)

Rang: Leutnant (+10 auf ausgeteilten Schaden)

Volk: *Mensch*

Klasse: *Slider*

Beruf (2/2):

Glasbläser: 41,2

Mechaniker: 26,5

Volksmerkmale: *+5 % Erfahrung*

Klassenmerkmale: *Verteidigung gegen Stromschaden: + 100 %*

Attribute (primär):

Stärke: 45,25

Geschicklichkeit: 101,2

Intelligenz: 152,5

Weisheit: 102,2

Ausdauer: 40,0

Verfügbare Attributpunkte: 0

Aufstieg der Toten

Attribute (sekundär):

Körperlicher Schaden: 45,25

Gesamtschaden: 250

Mana: 1500

Manaregeneration: 36 Sekunden

Gesundheit (Lebenspunkte): 740

Gesundheitsregeneration (Lebenspunkte): 90 Sekunden

Rüstung: 84

Schutz gegen Feuermagie: + 5 %

Schutz gegen Chaosmagie: + +5 %

Verteidigung gegen Stromschaden: 100 %

Fertigkeiten (2/8):

Ausweichen: 31

Beidhändig: 24,2

Einzigartige Merkmale:

Fluch der Göttin Elenia: Du kannst dich keinen Spielergruppen anschließen.

Segen der Göttin Elenia: Du erhältst einen Erfahrungsbonus von 10 %.

Auszeichnungen/Erfolge:

Springmaus-Hammer, Level: Gott

Herzloser Stinktier-Jäger

Von Dämonen geküsst: *Du besitzt eine unerklärliche Verbindung zur Dämonin Lamia.*

Was für ein Halunke! (2 / 5) *(Schutz gegen Feuermagie: + 5 %, Schutz gegen Chaosmagie: + 5 %)*

Einzelkämpfer *(Belohnung für die Bewältigung von Instanzen im Alleingang: + 10 % auf ausgeteilten Schaden, auf Verteidigung und die Regeneration von Gesundheit und Mana)*

Einzelgänger Buch 6

Einsamer Wolf *(dauerhafter Bonus: + 5 % auf ausgeteilten Schaden und auf Verteidigung;*

Bonus, wenn sich kein anderer Spieler in 100 m Umkreis befindet: + 10 % auf ausgeteilten Schaden und auf Verteidigung)

Fähigkeiten:
Stromschlag (1)
Blitznetz (2)
Maschinenkontrolle (4)
Laser (1)
Magnetismus (1)
Stromlasso (1)
Stählerner Handschlag (1)
Magnetische Empfindlichkeit (1)
Gravitationsabstoßung (1)
Ansehen:
Kelevre: +3800 (Bewunderung)
Kaiserreich: +2150 (freundlich)
Göttin Elenia: +0 (neutral)
Gremlins: +3050 (Bewunderung)
Gabilzkhar-Clan der Gnome: +100 (neutral)

Haustier:
Spin, Stromwolf, Level 40
Chaosit, lebendiges Chaospartikel, Level 60

Mein Level betrug nach wie vor 69, aber es gab eine Neuerung bei den Fähigkeiten: *Gravitationsabstoßung*. Vermutlich hatte ich diese Kraft genutzt, um den Absturz des Helikopters abzufedern.

Aufstieg der Toten

Mit dieser Fähigkeit kannst du elektromagnetische Impulse nutzen, um Antigravitation zu erzeugen. Die Stärke der Impulse richtet sich nach deiner Intelligenz, die Dauer nach deiner Weisheit.

Hieß das etwa, dass ich mit genügend Weisheit *fliegen* konnte? Oder funktionierte das nur stoßweise? Ich hätte es liebend gern ausprobiert, aber ich musste mein Mana zusammenhalten. Wäre es möglich gewesen, hätte ich all mein Gold gegen Manatränke eingetauscht, denn die waren im Baum der Furcht mehr wert als alles Geld der Welt.

Trotzdem, ich musste es testen. Ich gab ein wenig Mana aus und schwebte einen guten halben Meter über dem Boden. Es fühlte sich an wie beim Trampolinspringen. Allerdings landete ich weniger elegant, sondern schlug mir die Knie auf und biss mir dabei auf die Zunge. Doch die Endorphine ließen den Schmerz verschwinden. Sobald ich Zeit zum Üben gefunden hatte, könnte ich mich mit dieser Fähigkeit auf überraschende Weise bewegen. Mir würde es schon reichen, wenn ich mich damit nicht umbrachte. Im Spiel würde mich das lediglich zurück zum Respawn-Punkt schicken, aber in der echten Welt konnte ein fehlgeleiteter Flug tödlich enden. Diese Fähigkeit war ein echter Gewinn. Zu schade, dass ich nicht genug Manatränke hatte, um sie jetzt schon zu nutzen. Ich beschloss, mich langsam und vorsichtig zum Ausgang vorzukämpfen. Und ich hoffte, dass nicht ein weiterer Geisterdämon auf Level 100 auf mich wartete. Sergei hatte die Verbrennung auf meiner Brust geheilt, aber ich konnte mich noch genau an das Gefühl der brennenden Peitsche erinnern. Selbst mit zehn Haustieren wie Spin oder Chaosit wäre ein solcher Dämon unbesiegbar. Ich betete zur Schicksalsgöttin und dem gesamten Pantheon, dass der Ausgang dieses Mal nicht so gut bewacht würde.

Dann rief ich Chaosit, der mir nach wie vor den Weg zum Ausgang zeigte. Bevor ich Spin beschwor, musste ich überlegen, welche Gestalt den größten Vorteil bot. Letztendlich entschied ich mich für den Wolf, denn er würde kurzen Prozess mit Spinnen, Schlangen und anderem lästigen Ungeziefer machen, das hier auf uns lauerte.

Als er erschien, starrte der Wolf die Energiekugel mit angelegten Ohren an. Ein drohendes Knurren drang aus seiner Brust, und aus den Augen sprühten Funken. Ich spürte seine Unzufriedenheit überdeutlich. Chaosit reagierte ebenfalls gereizt und verwandelte sich in ein Katzengesicht, das den Wolf spöttisch anfauchte. Sogar als lebendiges Chaospartikel verhielt der Gremlin sich wie ein bockiges Kind.

„Ganz ruhig", sagte ich und stellte mich zwischen die beiden. „Ihr gehört jetzt zum selben Team. Vertragt euch."

Spin knurrte missmutig, sprang hoch und schnappte nach der Energiekugel. Es erinnerte ein wenig an Fenrir, der die Sonne verschlang, aber Chaosit wich den zuschnappenden Kiefern geschickt aus. Das gefiel Spin gar nicht, und er setzte eigenmächtig Donnerbell ein. Da das Chaospartikel immun gegen magische und körperliche Schäden war, lief der Angriff ins Leere. Mir wurde klar, dass das auch für den Schnappangriff galt. Chaosit hätte gar nicht ausweichen müssen!

„Hört sofort auf, Mana zu verschwenden", herrschte ich die zwei Streithähne an.

Widerwillig ließ Spin von meinem neuen Haustier ab. In seinen Augen funkelte jedoch unverhohlene Wut. War er etwa eifersüchtig? Wer hätte gedacht, dass virtuelle Tiere derart intellektuelle und emotionale Regungen an den Tag legen konnten.

„Wir müssen uns beeilen", erklärte ich den beiden. Dabei kam ich mir ein wenig seltsam vor. Das Gefühl, von etwas Bösem beobachtet zu werden, wuchs. Ich hatte keine Ahnung, was für ein Mob in der Finsternis lauerte, aber es ging eine gefährliche Aura von ihm aus. „Ich muss so schnell wie möglich weg von hier. Aber allein schaffe ich das nicht. Ihr müsst mir mit euren Fähigkeiten helfen."

Meine Haustiere schienen mich genau zu verstehen. Chaosit verwandelte sich in einen Pfeil, der die Richtung vorgab, und Spin lief eifrig voran, um die Dunkelheit mit seinem Licht zu vertreiben. Nach wenigen Minuten tauchten die ersten pechschwarzen Nachtalben auf. Sie waren immun gegen Elektrizität, sodass der Wolf ihnen nicht schaden konnte. Zum Glück galt das nicht für die eiserne Spitze meiner Kettenwaffe. Spin und ich hatten beim letzten Mal bereits eine Strategie entwickeln können. Ich schaltete die Nachtalben mit meinem Shanbiao aus und übte dabei direkt ein paar neue Angriffe. Die Mobs waren in gewisser Weise die perfekten Gegner, denn sie griffen maximal zu dritt an. Ich benötigte außerdem nur sehr wenig Mana zum Zielen und Verstärken der Wucht meiner Angriffe.

Danach warf die Instanz mir alle möglichen Mobs in den Weg. Sobald Schlangen und Spinnen, die anfällig gegen magischen Schaden waren, auftauchten, stürzte Spin sich mit Gusto ins Gefecht. Er schien mir beweisen zu wollen, dass er der bessere Begleiter war. Ich war mittlerweile zu dem Schluss gekommen, dass meine lila Energiekugel die Merkmale einer Katze teilte, denn wie ein Stubentiger wirkte sie die ganze Zeit über gelangweilt und sah nur hochmütig zu. Chaosit behielt zwar seine Pfeilgestalt bei, aber irgendwie schaffte er es, seine Verachtung für den Wolf auszudrücken. Irgendwann hatte ich genug davon.

„Ich habe noch nie so ein nutzloses Haustier im Kampf erlebt", schalt ich ihn. Er tat, als habe er mich nicht gehört.

Mein Vorwurf stimmte natürlich nicht, denn mit *Chaos-Aura* konnte er durchaus das Kampfgeschick beeinflussen. Aber ich würde keine wertvollen Manapunkte ausgeben, um eine Wahrscheinlichkeit von schäbigen 5 % zu haben, eine gegnerische Fähigkeit zu negieren. *Chaos-Aura* erschien mir für große Gegnermassen besser geeignet, zum Beispiel für riesige Schlachten, in denen Dutzende oder Hunderte von Gegnern davon beeinflusst würden. Das andere Szenario war ein übermächtiger Feind, bei dem bereits ein misslungener Angriff auf mich eine Entscheidung herbeiführen konnte.

Chaosit schien damit zufrieden zu sein, uns den Weg zu zeigen. Sobald die niederen Mobs erledigt waren, tauchten die mächtigeren Wesen auf. Das erste war ein Bär. Was Phobien betrifft, war die Arktophobie eher selten. Zum Glück für mich, denn es hätte ja auch ein Mob auftauchen können, der Pyrophobie oder Taphophobie darstellte. Gemeinsam mit Spin machte ich kurzen Prozess mit dem Bären.

Doch dann bekam ich es mit einer meiner Ängste zu tun: Pyrophobie. Der Bär verschwand, und ein Flammenmeer umgab mich. Eine Feuerhölle loderte bis zur Decke und verdrängte die undurchdringliche Finsternis. Die Flammen schlugen über meinem Kopf zusammen. Weder Spin noch ich besaßen Resistenz oder Immunität gegen Feuerschaden, sodass wir vor den Flammen zurückwichen. Noch immer spürte ich die lauernden Blicke in meinem Rücken. Das Gefühl intensivierte sich, und dann ertönten wuterfüllte Schreie hinter mir. Ein brennender Vogel stürzte innerhalb des Flammenkreises zu Boden. Seine bösartigen schwarzen Knopfaugen starrten mich mit derart ausgeprägtem Zorn an, dass ich wie gelähmt war. Einen kurzen Augenblick lang setzte mein Atem aus. Dann gab das Tier ein schwaches Quaken von sich und starb. Übrig blieb nur ein schwarz verkohlter Fleischklumpen.

Ich sah genauer hin und erkannte eine Ente.

Sollte ich wirklich an *Anatidaephobie* leiden, der Furcht, dass mich irgendwie eine Ente beobachtete und verfolgte? Ich hatte das bisher für die Erfindung eines Karikaturisten gehalten, nicht für eine echte Phobie. Vielleicht war es auch ein Easter Egg der Entwickler, die den Baum der Furcht geschaffen hatten. Die Ente hatte einen hohen Preis für ihren Auftritt gezahlt. Für mich hatte ihr Tod etwas Gutes, denn das Gefühl, beobachtet zu werden, verschwand von einer Sekunde zur nächsten. Dennoch war ich erstaunt, dass eine erfundene Phobie zu einer realen Bedrohung werden konntc. Die Schöpfer des Baums versuchten offenbar, mich um den Verstand zu bringen.

Mittlerweile war die Feuersbrunst noch näher gerückt, und ich verlor bereits Gesundheitspunkte. Es schien keinen Ausweg zu geben! Doch ich hatte bereits beim Vorfall mit der Höhenangst gesehen, wie das hier funktionierte. Ich schloss die Augen und lief mehrere Schritte direkt ins Feuer hinein. Wenig später ließ die Hitze nach. Ich war überrascht, wie einfach es gewesen war.

Die Albträume endeten vollständig. Spin, Chaosit und ich befanden uns in völliger Finsternis. Selbst Spin vermochte nicht, sie zu erhellen. Angst vor der Dunkelheit? Gut möglich. Es konnte aber auch sein, dass dieser Teil des Baums noch nicht mit Leben gefüllt worden war. Chaosit wies nach wie vor den Weg. Der Ausgang musste ganz nah sein.

Hoffentlich tauchten keine Dämonen auf! Ich

wollte einfach nur raus hier.

Natürlich war ich mir bewusst, dass die Instanz in der Lage war, meine Gedanken zu lesen und darauf zu reagieren. Die Feuersbrunst hatte das bewiesen. Doch leider konnte ich meine Gedanken nicht gut genug kontrollieren.

„Da bist du ja", hörte ich eine Frauenstimme sagen. Eine rosafarbene Dämonin mit Schlangenhaaren trat aus der Finsternis. Ihre eng anliegende Lederkluft betonte den überaus attraktiven Körperbau. In den Händen hielt sie eine Flammenpeitsche. Doch der blutdürstige Ausdruck in ihrem Gesicht war so abstoßend und abscheulich, dass ich unwillkürlich einen Schritt zurück machte. „Ich habe auf dich gewartet", hauchte sie.

Bevor ich reagieren konnte, erschien eine weitere Gestalt in der Finsternis neben der Dämonin. Sie war deutlich kleiner und besaß lange, spitze Ohren und einen Mund voller scharfer Zähne.

„Ich warte schon seit Ewigkeiten auf dich, Liebling", sagte Prinzessin Ar-Norte. „Mein Prinz! Endlich sind wir zusammen."

Neben ihr schälte sich eine menschliche Gestalt aus der Dunkelheit.

„Ich versuche schon seit zwei Tagen, dich zu erreichen, Andrew. Wir müssen reden. Ich habe mich von Alexander getrennt. Ich verzehre mich nach dir."

Sofitel? Ich hatte schon ewig nicht mehr an die rothaarige Heilerin der Stahlratten gedacht. Was war hier los?

Als wäre das nicht genug, gesellte sich auch Pinky zu der Damengruppe.

„Hallo, Falk. Was willst du mit einer Dominatrix, einem Monster oder einer Lügnerin? Wenn du wirklich Spaß haben willst, wählst du mich. Mir kannst du vertrauen."

Ich machte einen weiteren Schritt nach hinten. Der Geisterdämon schien alle Frauen — oder weibliche Wesen — zusammengesammelt haben, die ich auf meinen Reisen durch Arktanien näher kennengelernt hatte. Aber wieso? Ohne Sophie und Pinky beleidigen zu wollen: Dieses Angebot war nicht wirklich verlockend.

Eine Weile musterten wir uns schweigend. Mir hatte es einfach die Sprache verschlagen. Da die Frauen nicht angriffen, würde auch ich es nicht tun.

„He", rief ich, „was soll das?"

In diesem Augenblick tauchte hinter den Frauen der Geisterdämon auf. Der muskulöse, über zwei Meter große Mob grinste mich breiter an als der schmierigste Gebrauchtwagenverkäufer. Ein solches Lächeln setzte jemand auf, der sein Gegenüber über den Tisch ziehen wollte.

„Du hast die freie Wahl, Falk", sagte der Geisterdämon. Seine sonore Stimme erfüllte den gesamten Raum. Fast hätte ich aufgelacht. Er klang fast wie ein Zuhälter. Ihm fehlte nur noch die dicke Goldkette um den Hals.

„Wieso?", fragte ich misstrauisch.

„Wähle. Du kannst mit ihnen machen, was du willst", grinste der Dämon. „Du bist erwachsen.

Du hast sexuelle Wünsche, Falk. Oder soll ich dich lieber Andrew nennen? Dies ist der Ort, an dem ich dir all deine Begierden erfüllen kann. Komm schon. Wie viele Damen sollen dir zu Diensten sein? Zwei, drei... alle vier? Oder gelüstet es dich nach einer anderen Frau? Wenn du in letzter Zeit mit ihr gesprochen hast, kann ich sie erschaffen. Apropos Zeit. Auch darüber gebiete ich. Ich kann jeden Augenblick der Lust und des Verlangens zu einer Ewigkeit machen."

Verdattert starrte ich den Dämon an. Was sollte man auf einen solchen Vorschlag auch antworten? Innerlich bereitete ich mich auf einen Kampf vor. Der Dämon wirkte nicht wie jemand, der mit sich feilschen ließ oder einfach nur aus Herzensgüte handelte.

„Schau mich nicht so an", sagte er mit demselben Seelenverkäuferlächeln wie zuvor. „Unser erstes Treffen ist... nun ja, suboptimal gelaufen. Ich möchte meinen guten Willen unter Beweis stellen. Wir machen reinen Tisch und fangen von vorn an."

„Das kannst du einfacher haben. Lass mich einfach durch", erwiderte ich.

„Gewiss, gewiss", sagte der Dämon geschmeidig. „Sobald wir eine Vereinbarung getroffen haben."

Aha, jetzt wurde es ernst.

„Eine Vereinbarung?", wiederholte ich misstrauisch. „Worüber?"

„Nun, ich weiß, dass dein kleiner lila Begleiter dich aus dem Baum führen kann. Ich will, dass du mich mitnimmst."

Interessant! Bis gerade war ich nicht überzeugt davon gewesen, aus dem Baum der Furcht entkommen zu können. Aber dieser Kerl war sich sicher, dass es gelingen würde. Sehr verdächtig!

„Wieso sollte ich das tun?" Verträge mit Dämonen endeten nie gut, das wusste ich.

Es wäre nicht klug von mir, einen Vertrag zu unterschreiben, ohne ihn vorab von jemandem mit Erfahrung in Jurisprudenz prüfen zu lassen. Thram war so jemand. Nein, ich würde bestimmt keine Unterschrift in Blut leisten!

Der Dämon hob einen Finger: „Erstens verfüge ich über gewisse Informationen, die dir von großem Nutzen sein werden. Das weiß ich so genau, weil ich in deinen Gedanken lesen kann wie in einem offenen Buch." „Zweitens", er hob den nächsten Finger, „könnte ich, wenn wir keine Vereinbarung schließen, dafür sorgen, dass du bis an dein Lebensende im Baum der Furcht bleiben musst. Und ich versichere dir, dass die bisherigen Phobien im Gegensatz zu dem, was dich erwartet, nur ein lästiger Luftzug waren. Ein Klacks. Ich hatte Langeweile und war überrascht, dass jemand in meiner Instanz auftauchte. Wenn ich dir meine gesamte Aufmerksamkeit widme, dann bist du in einem oder zwei Tagen eine sabbernde Hülle, die vollkommen den Verstand verloren hat."

Er wirkte völlig überzeugt von seinen Worten. Was er vermutlich nicht wusste, war, dass ich das Herz des Schneesturms mein Eigen nannte. Damit konnte ich jederzeit Aishorth Blutstein herberufen. Sie würde seine Innereien hauchdünn im gesamten Baum der Furcht verteilen. Ich fragte mich, wie offen das Buch meiner Gedanken genau war. Hatte er alle Möglichkeiten in Betracht gezogen, die mir zur Verfügung standen?

„Sag mir: Wenn du wirklich so mächtig bist, wieso kannst du diesen Ort nicht aus eigener Kraft verlassen?", hakte ich nach.

„Weil meine Macht auf diese Instanz begrenzt ist", erwiderte der Dämon und zuckte mit den muskelbepackten Schultern. „An diesem Ort bin ich der höchste Gott — und zugleich ein Gefangener. Mir ist langweilig. Nachdem ich die Gelegenheit hatte, mit dir zu spielen, habe ich es satt, allein hier drin zu sitzen. Ich will die Welt entdecken, ganz Arktanien."

Ich dachte einen Augenblick nach.

„Angenommen, ich lasse mich auf einen Deal ein...", begann ich zögernd. Ich war zu dem Schluss gekommen, dass ich nach seinen Regeln spielen musste. „Wenn ich das tue, welcher Art ist diese Information?"

Der Dämon nickte glücklich.

„Ein guter Entschluss. Wie gesagt, ich bin an diesem Ort ein Gott. Ich kann dir verraten, welche Macht die Götter Arktaniens in deiner Welt haben. Und ich kann dir ihre Motive offenlegen. Wie findest du das?"

Kapitel 5

„VERLOCKEND", STELLTE ICH FEST. Der Dämon wusste sowieso, was ich dachte, also konnte ich es auch aussprechen. Leider würde mir dieser Umstand das Feilschen schwermachen. Es sei denn, seine Fähigkeiten reichten nur für einen oberflächlichen Einblick in meine Gedanken.

„Gut erkannt", sagte der Geisterdämon. „Ich kann tatsächlich nur deine oberflächlichen Gedanken und Erinnerungen wahrnehmen. Selbst die mächtigsten Götter sind darauf beschränkt. Wenn man es recht bedenkt, sind die mächtigsten Götter ziemlich hilflos."

„Was soll das heißen?"

„Darüber können wir reden, nachdem wir eine Vereinbarung unterzeichnet haben", sagte der Dämon listig und beschwor einen luxuriösen Ledersessel aus dem Nichts. Im selben Moment trug er plötzlich einen schwarzen Maßanzug und hatte eine Zigarre zwischen den Zähnen. Er setzte sich in den Sessel und sah mich an. „Ach ja, du kannst diesen Vertrag natürlich niemandem zeigen — vor allem nicht dem Gnom. Eine der Klauseln verbietet dir ausdrücklich, die Existenz des Vertrags und meiner Wenigkeit zu erwähnen oder anzudeuten. Wie sagt man so schön? Was im Baum der Furcht geschieht, bleibt im Baum der Furcht."

„Keine Chance. Dem stimme ich nicht zu."

Spin und Chaosit reagierten instinktiv und nahmen Kampfhaltung ein. Beim Wolf sträubten sich die Nackenhaare und er knurrte. Die lila Energiekugel begann, drohend zu fauchen.

„Lüg mich nicht an, denn damit belügst du nur dich selbst." Der Dämon grinste fies. „Du hast dich doch bereits entschieden. Es geht nur noch um die Details. Setz dich. Ein Tässchen Tee gefällig? Nur ein Spaß. Ich weiß ja, dass du Kaffee bevorzugst."

Ein schwerer Eichenholztisch erschien zwischen uns. Etwas drückte mir in die Kniekehlen, bis ich mich hinsetzte. Es war ein Sessel, wenn auch deutlich weniger prächtig als der des Dämons.

„Ich nehme Kaffee", seufzte ich. Ich erwartete fast, dass Eisenbänder aus den Armlehnen des Sessels kriechen und mich fesseln würden. Kurz huschte der Gedanke an Gift im Kaffee durch meinen Kopf, aber ich tat ihn ab. Der Dämon beobachtete mich belustigt. Er hatte großen Spaß an der ganzen Sache.

Keine zehn Sekunden später näherte sich die Dämonin Lamia. Ihre Lederkluft hatte sie gegen eine fast schon obszöne Dienstmädchenuniform eingetauscht. Sie brachte ein Tablett mit golden schimmernden, eleganten Kaffeetassen an den Tisch. Sofitel stellte sich hinter meinen Sessel und massierte mir den Nacken, während Pinky und Prinzessin Ar-Norte sich links und rechts neben mich stellten und dabei Spin und Chaosit wegdrängten.

„Äh... Könntest du die Frauen wegschicken?", fragte ich schamhaft. „Ich fühle mich nicht besonders wohl in meiner Haut."

„Ist das so?" Der Dämon zwinkerte mir zu. „Hast du vergessen, dass ich genau weiß, was dir gefällt?"

Ich schaute ungewollt den Gremlin an. „Bist du dir wirklich sicher?"

„Ach, war nur ein Spaß. Zumindest, was die da betrifft", gab er zu. „Aber die anderen? Die sind wahre Schönheiten. Halt, keine Widerrede! Wenn du möchtest, sorge ich für eine ansprechendere Umgebung und lasse euch eine halbe Stunde allein. Natürlich wüsste ich auch dann, was du anstellst, aber das wird dich nicht aufhalten. Vertrau mir."

Auf keinen Fall würde ich das tun. Außerdem wurden die Frauen als Geisterdämonin, Level 70 bezeichnet. Das wirkte eher abtörnend auf mich. Nicht, dass ich zuvor erregt gewesen wäre. Nein, bestimmt nicht! Ich war mir sicher, dass die vier in ihrer wahren Gestalt dem großen Dämon ähnelten.

„Ein großzügiges Angebot, aber lass uns lieber zur Sache kommen", stieß ich eilig hervor, nachdem ich jeden Gedanken an ein Schäferstündchen aus meinem Kopf verdrängt hatte.

Die Frauen zogen sich in die Finsternis zurück. Sofort schlug mein Herz langsamer. Ich konzentrierte mich auf die Unterhaltung mit dem Dämon. Mir war klar, dass ich jedes Quäntchen Aufmerksamkeit und Skepsis für die Verhandlungen benötigen würde.

„Mach es nicht so kompliziert", sagte der Geisterdämon freundlich. „Es ist ganz einfach. Du musst mich nur mit dir heraustragen."

Ich überlegte, wie ich diesen Muskelberg tragen sollte. Das Bild vor meinem geistigen Auge wirkte urkomisch.

„Bah! So doch nicht! Es sei denn, du findest Gefallen daran." Er klimperte mit den Augen. „Nein, wir unterzeichnen einen Vertrag. Eine Klausel verpflichtet dich dazu, mich spätestens 24 Stunden nach dem Verlassen des Baums der Furcht freizulassen."

„Freilassen? Bist du denn eingesperrt? Und wieso genau 24 Stunden?"

„Du wirst mich in einem Gefäß mitnehmen. Die Frist soll sicherstellen, dass du mich nicht bis ans Ende der Zeiten mit dir herumträgst."

„Klingt fair", gab ich zu. „Aber bis jetzt ging es nur um dich. Was bekomme ich dafür?"

„Das Wichtigste sind Informationen, aber das weißt du bereits. Ich weiß genau, worauf du hinauswillst. Soweit es in meiner Macht steht, werde ich für dich die Zeit verlangsamen und dir bei deinem Training und beim Sammeln von Erfahrung helfen."

Der Dämon grinste mich selbstzufrieden an. Wahrscheinlich würde ich auch so gucken, wenn ich die Gedanken aller Leute lesen könnte und die volle Kontrolle über die Geschehnisse hätte. Ich hatte schon oft in der Klemme gesteckt, aber dieses Mal war es besonders schlimm. Ich konnte noch nicht einmal darüber nachdenken, ohne dass mein Gegenspieler davon wusste.

„Du hast ja bemerkt, dass meine Schöpfungen dir keine nennenswerten Erfahrungspunkte liefern. Das liegt daran, dass sie nicht real sind. Es handelt sich um materialisierte Illusionen — vom kleinsten Käfer bis zum mächtigsten Geisterdämon. Aber keine Sorge! Ich kann dir helfen, deine Fertigkeiten zu verbessern. Und ich kann zum Beispiel die Zeit im Baum der Furcht um den Faktor sechs beschleunigen. Dann vergehen für jede Stunde, die du hier verbringst, nur zehn Minuten außerhalb der Instanz."

„Wo ist der Haken?"

„Es gibt keinen. Wir unterzeichnen den Vertrag. Dann kannst du sofort nach Herzenslust trainieren. Ich erschaffe für dich genau die Umstände und die Gegner, die du dir vorstellst. Mir ist klar, dass du unter Zeitdruck stehst. Und du musst bedenken, dass die Zeitbeschleunigung deinem kleinen Menschengehirn zusetzt. Du kannst maximal 20 Stunden in diesem Zustand verbringen, also drei oder vier Stunden in Echtzeit. Nicht, dass du mir noch stirbst, bevor du mich rausgebracht hast!"

„Das würde mir zumindest erlauben, meine neue Fähigkeit zu trainieren und einige andere Fähigkeiten aufzuleveln. Pinky lag ganz richtig, als sie über meine mangelnde Kampferfahrung gespottet hat. Es braucht Zeit und die passenden Gegner, das zu ändern. Allerdings benötige ich auch einen garantierten Vorrat an Heil- und Manatränken."

„Kein Problem", sagte der Dämon. Er stellte einen Manatrank und einen Heiltrank vor mir auf den Tisch. „Wenn du den Baum der Furcht verlässt, werden alle Dinge, die ich erschaffen habe, verschwinden. Während du im Baum bist, funktionieren sie ganz normal."

Das erinnerte mich an den Bosskampf in der Inferno-Instanz. Die Reliefs dort hatten nur funktioniert, während ich mich in ihrer Nähe aufhielt.

„Was sagst du? Haben wir einen Deal?" Ich hörte einen gefährlichen Unterton.

Ein Vertrag erschien auf dem Tisch. Ich hatte einen dicken Wälzer erwartet, aber es handelte sich nur um ein einzelnes Blatt. Die Vertragsbedingungen waren übersichtlich und verständlich dargestellt. Als Laie erkannte ich keinen Auslegungsspielraum.

Der Dämon sicherte mir darin zu, sein gesamtes Wissen über die Götter Arktaniens mit mir zu teilen, mir beim Training zu helfen und mir keinerlei Schaden innerhalb und außerhalb des

Baums der Furcht zuzufügen. Ich musste mich dafür verpflichten, keiner Seele von dieser Vereinbarung zu berichten und den Dämon aus der abgeriegelten Instanz mitzunehmen. Außerdem wurde betont, dass ich nicht sterben durfte, bevor ich den Dämon aus seinem Gefäß befreit hatte. Laut dem Vertrag würde der Dämon selbst dafür sorgen, dass ich diese Zusage einhielt.

„Um was für ein Gefäß geht es genau?", fragte ich argwöhnisch.

„Ein Gefäß für meinen Transport."

Die Antwort erschien mir sehr ausweichend.

„Aber was ist es?"

„Dein Körper", nuschelte er.

„Mein *was*?"

Der Geisterdämon zuckte mit den Schultern.

„Komm schon. Das ist doch ein Klassiker. Besessenheit. Du kennst das doch bestimmt aus Filmen. Nur so lässt die Instanz mich raus."

„Ich wusste doch, dass die Sache einen Haken hat", rief ich anklagend.

„Technisch gesehen ist das kein Haken", widersprach der Dämon. „Außerdem muss ich zugeben, dass mir viele deiner Gedanken überhaupt nicht gefallen. All diese seltsamen Vorstellungen. Diese Obsession mit dem weiblichen Geschlecht. Mannomann. Was ist schon dabei? Dann spukt eben noch eine Gestalt in deinem Kopf herum. Keine große Sache. Du bist ein abgeranztes Taxi, mehr nicht."

„Was soll das heißen?" Ich war empört. Die Antwort des Dämons trug nicht gerade dazu bei, mich zu besänftigen.

„Nun ja, du bist nicht gerade ein Erster-Klasse-Mensch. Eigentlich bist du unter meiner Würde. Es gibt einen guten Grund für die 24-Stunden-Frist. Ich möchte ungern länger als nötig in dir verbringen."

„Und ich möchte, dass du schneller aus mir verschwindest. 24 Stunden sind zu lang." Wer wusste schon, was der Kerl in dieser Zeit mit meinem Verstand anstellen würde! „Eine halbe Stunde muss reichen."

„Na schön", lenkte der Dämon ein. Das erregte erst recht mein Misstrauen. Ich kam mir vor wie bei einem Händler, der mit einem unverschämt überhöhten Preis anfing und dann in mehreren Schritten günstigere Angebote machte. Wenn man dann einschlug, dachte man vielleicht, man hätte das Geschäft seines Lebens gemacht, aber in Wahrheit war man übertölpelt worden. Selbst eine halbe Stunde erschien mir zu lang.

„Aber du musst mich an einem Ort freilassen, an dem ich keine unerwünschte Aufmerksamkeit auf uns lenke. Und du darfst nicht sterben, denn sonst verschwinde ich ins Nirgendwo."

Das war ein interessantes Puzzlestück! Wenn ich innerhalb einer halben Stunde an meinen Respawn-Punkt geschickt wurde, würde der Dämon also einfach verschwinden? *Genial!*

„Das ist gar keine geniale Idee. Du hast zwar die volle Kontrolle über deinen Körper, aber wenn dein Leben bedroht wird, sehe ich mich gezwungen, einzuschreiten."

Oh. Hieß das, er würde mich beschützen? Dann war ein Aufenthalt von 24 Stunden vielleicht doch besser… Wer hatte schon einen dämonischen Leibwächter an seiner Seite?

„Glaube mir, das willst du nicht erleben", warnte der Dämon. „Das würde nur die Aufmerksamkeit der Götter auf uns lenken. Das sollten wir vermeiden, meinst du nicht auch?"

„Ich habe noch immer Zweifel", sagte ich. „Was die Besessenheit und das Training angeht, ist alles klar definiert. Aber was ist mit den Informationen über die Götter? Der Text ist viel zu vage. Du hast gesagt, du hast die ganze Zeit in dieser Instanz verbracht. Woher hast du dann diese Informationen?"

„Ganz ehrlich? Ich bin nicht die richtige Anlaufstelle für allgemeine Fragen über den Sinn des Lebens. Du glaubst, unsere Welt ist ein Spiel. Ich kann dir weder zustimmen noch widersprechen. Hat deine Welt Arktanien erschaffen? Oder war es umgekehrt? Oder existierten beide Welten unabhängig voneinander? Es hat mich nie interessiert. Es ist die Frage nach Henne oder Ei, und auch das ist mir schnurz. Ich habe im Baum der Furcht mein Bewusstsein erlangt. Zu diesem Bewusstsein gehört auch mein Wissen über Arktanien. Dagegen habe ich fast alles, was ich über deine Welt weiß, in deinem Kopf gesehen."

„Du hast *was*?", rief ich schockiert. „Wie hast du das getan?"

„Das war einfach. Während du durch den Baum der Furcht gewandert bist, habe ich dir immer mächtigere Gegner geschickt. Dabei habe ich die Erinnerungen beobachtet, die sie in dir hervorgerufen haben."

So war das also! Das musste ich erst verdauen. Der Dämon wühlte sich also durch meine Erinnerungen, um mehr über die Welt der Menschen zu erfahren. War das nicht der Plot vom Aufstieg der Maschinen in *Terminator?* Die KI sammelte mehr und mehr Wissen über die Menschheit, bis sie genau wusste, wo und wie sie zuschlagen musste.

Doch ein anderer Gedanke beschäftigte mich: „Du hast also die volle Kontrolle über diese Instanz", begann ich. „Wenn ich es richtig verstanden habe, kannst du beliebige Kreaturen erschaffen und sogar die Zeit beschleunigen. Ist das korrekt?"

„So ist es", bestätigte der Dämon selbstzufrieden.

„Wirst du all diese Fähigkeiten auch außerhalb des Baums der Furcht besitzen?"

„Nein. Ich bin nur hier drin ein Gott. Außerhalb des Baums werde ich zu einem der vielen Dämonen des Infernos."

„Warum willst du dann hier weg?"

„Du meinst, warum ich lieber ein unbedeutender, aber freier Dämon sein will als ein allmächtiger, aber einsamer Gefangener?" Der Geisterdämon tat so, als würde er die beiden Optionen in seinen Handflächen gegeneinander abwägen. „Für mich ist die Entscheidung klar."

Ich nickte verständnisvoll.

„Klingt logisch. Aber was passiert, wenn die Instanz doch eines Tages einen normalen Zugang erhält? Überhaupt, wieso wurde sie abgeriegelt und nie vollendet?"

„Das ist wohl meine Schuld", antwortete der Geisterdämon. „Ich war einfach zu mächtig und hatte mehr Möglichkeiten als die anderen Götter."

Andere Götter? War das ein Versprecher, ein Versehen oder ein willentlicher Hinweis? Wenn er wirklich ein Gott war, sollte ich vielleicht ein paar Tropfen seines Blutes als Teil des Deals fordern.

„Keine Chance." Er schüttelte den Kopf, noch bevor ich den Gedanken zu Ende gebracht hatte. „Ich mag in der Instanz ein Gott sein, aber sobald du den Baum verlassen hast, ist mein Blut nur noch das eines gewöhnlichen Dämons. Wenn du deine Freunde zu mir bringen könntest, an diesen Ort, dann bestünde eventuell die Möglichkeit, sie zu heilen. Aber das wird nicht funktionieren, denn du weißt ja selbst, dass die Instanz abgeriegelt ist."

„Und wer ist dafür verantwortlich?"

„Mal sehen: Die Welt selbst? Ein noch mächtigerer Gott? Die Entwickler?" Der Dämon zählte verschiedene Möglichkeiten auf. „Ich weiß es nicht. Mein Wissen über die Welt ist begrenzt, wenn auch deutlich umfangreicher als das deine."

„Ich dachte, dieser Ort gehört zum Inferno. Wer hat hier das Sagen? Weiß er oder sie von dir?"

„Luzifer, natürlich. Aber als Gott des Infernos ist auch seine Macht begrenzt. Zum Beispiel kann er nicht sehen, was hier geschieht, denn der Baum der Furcht liegt für alle Gottheiten Arktaniens hinter einem dichten Schleier."

Noch ein Hinweis auf die bröckelnde Allmacht der Götter. Der Mistkerl schmiss mir Brotkrumen hin, damit ich schneller unterschrieb.

Natürlich war mir klar, dass diese Verhandlungen sinnlos waren. Wir beide wussten, dass ich im Kampf keine Chance gegen ihn hatte. Ich hatte keine andere Wahl, als seinen Vorschlag zu akzeptieren. Es war wie eine Runde Poker, bei der wir das Blatt des anderen kannten.

„Vermutlich muss dieser Vertrag mit Blut unterzeichnet werden?", fragte ich.

„Natürlich", bestätigte er. „Und natürlich wird es dich etwas kosten. Du erinnerst dich doch, dass man Level verliert, wenn man in Arktanien sein Blut gibt? In diesem Fall ist es genau ein Level."

„Was zur Hölle?", rief ich. „In diesem Vertrag steht nichts davon."

Bisher hatte ich nur gewusst, dass die Herstellung von Blutessenz mit einem Levelabstieg einherging. Aber hier redeten wir doch nur von einer Unterschrift!

„Der Vertrag hat damit nichts zu tun. So sind nun einmal die Regeln dieser Welt. Ist es nicht nett von mir, dass ich darauf hingewiesen habe? Hören wir doch auf, Zeit zu verschwenden. Unterschreib den Wisch und fertig."

„Nein. Ich weiß jetzt, wieso du mir kein Blut geben willst", sagte ich listig. „Ob dein Dasein als Gott draußen endet, ist völlig unerheblich. Wenn ich hier drin eine Blutessenz aus deinem Blut erschaffe, handelt es sich um göttliches Blut. Was später passiert, ist egal."

Der Dämon zögerte.

„Nein, nein. So funktioniert das nicht."

Aber ich war mir sicher, einen Schwachpunkt in seiner Argumentation gefunden zu haben.

„Ich fordere nur sechs Tropfen."

„*Nur?*" Der Dämon sprang entsetzt auf. „Es geht nicht um einfache rote Tropfen! Für mich sieht die Sache anders aus als für einen armseligen Menschen! Du verlangst von mir, sechs Blutessenzen zu erschaffen. Jede davon kostet mich fünf Level!"

„Ach? Dann behält die Blutessenz also *doch* ihre Eigenschaften, wenn ich diesen Ort verlasse?"

„Ich weiß es nicht", gab der Geisterdämon widerstrebend zu. „Vielleicht ja, vielleicht nein. Das ist sowieso egal, denn das werde ich niemals tun. Sobald wir draußen sind, benötige ich meine volle Stärke."

Wir befanden uns in einer Pattsituation.

„Wie wäre es damit: Ich zeige dir, wie du einen Menschen — nur einen einzigen — vorübergehend zu einem Gott aufsteigen lässt", schlug der Dämon nach einer Weile vor. „Wenn du es geschickt anstellst, kannst du deine eigene Stärke einsetzen, um deine Freunde zu heilen. Du möchtest doch ein Held sein, oder? Dann kannst du auch 30 von deinen eigenen Leveln dafür opfern!"

Obwohl ich keine 30, sondern nur 25 Level verlieren würde, weil Fa-Rukat mit dem Fluch ein gutes Leben führte und nicht geheilt werden wollte, fand ich den Gedanken daran, 25 Level zu verlieren, alles andere als erfreulich. Vor allem, da Aishorth mir 20 Level abknöpfen würde. Dann war da noch mein Onkel, der Nekromant, der mir bei einem Fehlschlag weitere 10 Level nehmen würde. Das waren insgesamt 55 Level! Ich müsste wieder bei null anfangen!

„Wie wäre es damit: Du sagst mir jetzt, wie das funktioniert. Dann kann ich entscheiden, ob das überhaupt klappen kann." Wenn es irgendwie möglich wäre, würde ich kein einziges meiner Level opfern.

„Falls du daran denkst, eine andere Person zum Gott zu machen und ihr das Blut abzuzapfen, kann ich dich nur warnen", sagte der Dämon mit einem schiefen Grinsen. „Blutessenz muss freiwillig gegeben werden."

Das stimmte, aber vielleicht gab es doch jemanden, der sich dazu überreden ließ. Immerhin hatte Aishorth Blutstein ja auch eine Art Kontrakt mit mir geschlossen, statt mir mein gesamtes Blut zu nehmen. Ich fragte mich ernsthaft, ob sie diesen Dämon besiegen könnte. Zumindest hypothetisch.

„Denk nicht so einen Dreck!", rief der Geisterdämon empört. „Wir sind uns doch fast einig. Ich verrate dir das Geheimnis hier und jetzt."

„Dann schreibe das in den Vertrag", verlangte ich.

„Schon gut." Er strich mit der Hand über das Papier. Ein neuer Absatz erschien. „Die Zutaten dafür musst du natürlich selbst besorgen. Das wird vermutlich nicht ganz einfach. Ich weiß, wie es geht und was du dafür benötigst. Eine Gelinggarantie gibt es von mir nicht."

„Zeig schon her."

Ich war so kaltschnäuzig, dass der Dämon einen Augenblick sprachlos in seinem Sessel saß.

„Wer von uns beiden ist hier der Dämon?", fragte er dann griesgrämig. „Übertreib es nicht! Das Rezept gibt es erst nach der Unterschrift."

Ich tat ein wenig verärgert, dann zog ich ein Messer aus dem Inventar, ritzte meine Fingerkuppe ein und verzierte das Blatt mit einem blutigen Fingerabdruck. Insgesamt war ich zufrieden, denn ich hatte mehr bekommen, als der Dämon mir zu Beginn angeboten hatte. Trotzdem hatte ich Angst, am Ende als Verlierer dazustehen. Meine Hoffnung war, dass Dämonen in Arktanien nur wenig mit den mystischen Gestalten in irdischen Filmen und Büchern zu tun hatten.

„Hervorragend." Der Dämon zeigte in einem breiten Lächeln seine rasiermesserscharfen Zähne. „Hier ist das Rezept. Ich werde mit Interesse beobachten, wie du dich auf die Jagd nach den Zutaten machst."

Er reichte mir ein Stück Papier, auf dem fünf Zutaten notiert waren. Die Liste war nicht lang, aber jede einzelne Zutat schien mir den Einsatz einer ganzen Armee zu erfordern. Ich benötigte das Herz eines königlichen Lindwurms, die Feder eines Phönix, die Eichel eines Mellorn-Baums, den Zahn eines schwarzen Drachens und die große Essenz des Blutes der Person, die zum Gott werden wollte. Perfekt. Nicht. Eine große Essenz würde weitere 20

Level kosten und damit ins Negative bringen — wenn das überhaupt möglich war. Wenn ich nicht gewusst hätte, dass Verträge in Arktanien eine überaus ernste Angelegenheit waren, hätte ich vermutet, dass der Dämon Schindluder mit mir trieb. Der letzte Zweifel verschwand, als eine Systemmeldung die Legitimität des Rezeptes bestätigte:

> *Quest: Allianz der Verfluchten: Göttliches Rezept abgeschlossen*
> *Belohnung: +200.000 Erfahrungspunkte*

> *Zusatzquest erhalten: Allianz der Verfluchten: Erlösung*
> *Aufgabe: Erschaffe sechs Essenzen göttlichen Blutes.*
> *Belohnung: +2.000.000 Erfahrungspunkte*

Die abgeschlossene Quest hatte mich dem nächsten Level ein ganzes Stück nähergebracht. Die neue Aufgabe dagegen erschien mir überaus seltsam. Sechs Essenzen? Das wären 50 Level, die ich zum Heilen der Allianz der Verfluchten ausgeben müsste. Das war verdammt viel!

„Also, Zeit für deine erste Übungsstunde." Der Dämon rieb sich aufgeregt die Hände. Er genoss meinen missmutigen Gesichtsausdruck offensichtlich. Er sprang aus dem Sessel hoch, der sich sofort in Luft auflöste, und sein Anzug wurde durch eine Gelehrtenrobe ersetzt. In der Hand hielt er statt der Zigarre einen Zeigestock. Neben ihm materialisierte sich eine große Schiefertafel. In weißer Kreideschrift bildeten sich darauf die Worte „Götter und wie man sie zubereitet". Gleich darauf wischte ein Schwamm alles bis auf das erste Wort weg und die Schrift wurde erneuert: „Götter: ein Leitfaden". Auch das wurde weggewischt und ersetzt. Der neue Satz lautete „Götter: eine Gebrauchsanleitung für Ihren neuen Wasserkocher".

Der Eichentisch vor mir verwandelte sich in ein Schulpult, mein Sessel in einen unbequemen Holzstuhl. Links und rechts von mir saßen Spin und Chaosit auf ebensolchen Stühlen. Der Wolf sah ziemlich unglücklich aus und neigte fragend den Kopf. Chaosit schwebte in der Luft auf Tischhöhe und flackerte im Takt der Worte des Dämons.

„Götter. Aus deinen Erinnerungen weiß ich bereits, dass du mit verschiedenen Göttern gesprochen hast. Und natürlich hast du noch viel mehr über sie gehört", begann er und lief auf und ab. „Du hast gelernt, dass sie nicht allmächtig sind. Jeder Gott und jede Göttin in Arktanien ist an gewisse Regeln gebunden. Einige sind allen Gottheiten auferlegt, andere hat der Pantheon sich selbst gegeben. Du fragst dich vielleicht, wieso die Götter ihre eigene Macht beschneiden sollten. Nun, die Macht einer Gottheit ist abhängig von der Anzahl der Gläubigen, von den dargebrachten Opfern und von den Handlungen und Anmaßungen, die in ihrem Namen erfolgen. Aber Macht ist nicht alles. Die Macht eines Gottes unterliegt gewissen metaphysischen Rahmenbedingungen. Je enger diese Rahmenbedingungen gesetzt sind, desto mächtiger ist die Gottheit innerhalb dieser Bedingungen. Kannst du mir folgen?"

Diese Frage war natürlich überflüssig, denn er konnte sowohl an meinem Gesichtsausdruck als auch in meinem Geist ablesen, dass ich nur etwa die Hälfte der Worte verstand.

„Okay. Ein Beispiel. Gegeben sei eine Göttin mit einer Macht der Stärke X." Er zeichnete ein X auf die Tafel. „Sie entscheidet, ab sofort nur noch für den Handel verantwortlich zu sein. Diese Einschränkung führt zu einer Steigerung ihrer persönlichen Macht um, sagen wir, den Faktor drei. Sollte sie auf einen anderen Gott derselben Stärke treffen, der in weniger engen Bahnen agiert, kann sie ihn mühelos besiegen. Doch der Machtzuwachs hat auch eine Kehrseite. Die Göttin kann sich nun nicht mehr in die Angelegenheiten der Sterblichen einmischen, bei denen es nicht um den Handel geht. Außerdem tragen nur Handelstransaktionen, die in ihrem Namen erfolgen, zum Ausbau ihrer Macht bei. Kriegerische Handlungen ihrer Gläubigen dagegen verpuffen, was die Macht betrifft, wirkungslos. Gut. Nehmen wir an, die Göttin trifft eine weitere Entscheidung. Sie legt fest, dass sie Sterblichen nur dann Schaden zufügen kann, wenn diese sich nicht an die Abmachungen einer Handelsvereinbarung halten, und auch das nur dann, wenn diese Vereinbarungen in ihrer Gegenwart getroffen wurden. Diese Einschränkung potenziert ihre Macht erneut, und zwar beträchtlich. Aber das bedeutet auch, dass sie keinen

Sterblichen aus einer Laune heraus töten kann."

Langsam verstand ich, worauf der Dämon hinauswollte.

„Das heißt also, je mächtiger die Göttin ist, desto geringer sind ihre Einflussmöglichkeiten auf die Welt?"

„Du bringst hier Ursache und Wirkung durcheinander, aber so in etwa sieht es aus. Die mächtigsten Gottheiten können die Realität in keiner Weise beeinflussen. Sie greifen auf Helfer zurück, kleinere Gottheiten, die an ihrer statt Dinge erledigen. Die kleinen Götter unterliegen weniger Beschränkungen, haben aber auch weniger Macht."

Ich musste sofort an Hotei denken, der für die Schicksalsgöttin arbeitete. Diese neue Erkenntnis komplettierte mein Bild der Götter.

„Kann ich herausfinden, welchen Einschränkungen eine bestimmte Gottheit unterliegt?"

„Suche einen ihrer Tempel auf, und sprich mit den Dienern dort", sagte der Dämon. „Vermutlich können sie dir helfen. Ich weiß nur, was zum Grundwissen gehört. Details sind nicht darunter. Zurück zum Thema. Sieh mich an. Ich unterliege einer gewaltigen Einschränkung, denn ich bin an diesen Ort gefesselt. Das verleiht mir gewaltige Macht. Doch sobald ich diese Einschränkung aufhebe, indem ich die Instanz verlasse, verliere ich sämtliche Machtboni und werde zu einem gewöhnlichen Dämon."

„Ganz gewöhnlich?", fragte ich skeptisch.

„Na gut, zu einem gewöhnlichen *starken* Dämon", korrigierte er. „Die Regeln der Machtzunahme gelten für uns Dämonen genauso wie für die Götter. Wir können unsere Stärke deutlich erhöhen, indem wir uns gewisse Einschränkungen auferlegen, zum Beispiel zu einem Kriegsdämon werden, der ausschließlich in diesem Bereich aktiv ist. Indem ich meine Fähigkeiten rein auf die Erschaffung greifbarer Illusionen und das Gedankenlesen beschränkt habe, bin ich zu einem Geisterdämon geworden."

Ich verstand nun mehr über die Theorie hinter den virtuellen Gottheiten. Aber was hieß das in der Praxis?

„Kommen wir zu deiner Welt und eurem Gott." Der unerwartete Themenwechsel überraschte mich. „Obwohl die Gottheiten Arktaniens durch die selbst auferlegten Beschränkungen so mächtig geworden sind, dass sie auf dich herabsehen, könnte euer Menschengott sie vermutlich mit einem Fingerschnippen aus dem Weg räumen, wenn sie sich in deiner Welt zeigen. Das ist vermutlich der Grund, aus dem sie sich zurückhalten und kleine Götter wie Hotei schicken. Der Kerl ist ziemlich schwach. Niemand würde ihn vermissen, wenn er draufgeht."

Da hatte er wohl recht. Mit Ausnahme des Blitzes, der den Bus getroffen hatte, war die Schicksalsgöttin eher unauffällig geblieben. Und selbst da war ich mir nicht sicher, ob vielleicht doch Hotei als Gott des Glücks seine Finger im Spiel gehabt hatte. Vielleicht hatte er einfach nur die Wahrscheinlichkeit eines Treffers erhöht. Der kleine Mann hatte sich bisher auch bemüht, all meine Probleme möglichst zurückhaltend zu lösen. Meist hatte er Bankrechner und andere IT-Systeme genutzt. Alles Dinge, die nicht so schnell hinterfragt wurden. Ich hatte gedacht, er wollte nicht, dass die anderen Götter Arktaniens ihn erwischten, aber vermutlich ging es eher darum, vor dem irdischen Gott unterzutauchen. Hoffentlich war dieser ganze Vortrag ein Gedankenspiel, bei dem der Dämon Einschätzungen von sich gab.

„Ja, es stimmt. Ich rate bei vielen dieser Dinge und ziehe Schlussfolgerungen. Aber meine Datenbasis sind deine Erinnerungen", bestätigte er. „Nur die mächtigsten Gottheiten Arktaniens wissen wirklich Bescheid. Und sie werden einen Teufel tun, dir oder mir ihre Geheimnisse anzuvertrauen."

Die Tafel verschwand, ebenso das Pult und die Holzstühle. Mit Mühe verhinderte ich, auf den Boden zu plumpsen. Spin bellte unzufrieden und sprang in die Höhe. Als ich wieder aufblickte, trug der Dämon eine khakifarbene Militäruniform.

„Nachdem das erledigt ist, ist es nun an der Zeit für eine Marathontrainingseinheit. Wir machen schon noch einen Mann aus dir."

Kapitel 6

ICH ÜBERLEGTE, welche Art Training mich am schnellsten voranbringen würde. Zuerst bat ich den Dämon, etwas gegen die Dunkelheit zu tun und eine große, hell erleuchtete Höhle zu erschaffen. Ich wünschte mir Eisenerzadern in groben Wänden mit vielen Vertiefungen. Damit er besser verstand, was ich mir vorstellte, dachte ich an eine Kletterhalle, in der Freeclimber ihrem Sport nachgehen konnten. Außerdem ließ ich ihn verschiedene Felsblöcke platzieren, an denen ich *Gravitationsabstoßung* üben konnte. Schließlich füllte er mein Inventar mit Mana- und Heiltränken auf.

„Ich tue alles für dich", grinste er mich an. „Jetzt wähle deine Gegner aus. Stell dir einfach einen Mob oder ein anderes Lebewesen vor, dass ich für dich erschaffen soll."

„Kannst du auch andere Spieler und ihre Fähigkeiten kreieren?", fragte ich.

„In einem gewissen Rahmen. Du kennst vermutlich nicht alle Einzelheiten ihrer Fähigkeiten, aber ich werde mich bemühen, eine möglichst realistische Illusion zu bieten. Das könnte sich auch für mich als nützlich erweisen, wenn ich erst einmal frei bin."

Bei dem Gedanken lief es mir kalt den Rücken hinab. Die Entwickler hatten den Dämon bestimmt nicht ohne Grund eingesperrt — und ich würde ihn auf diese Welt loslassen.

Ich sah mich in der Übungshöhle um. Wie sollte ich nun vorgehen? Ich wollte sowohl meine Fähigkeiten verbessern, aber auch Kampferfahrung sammeln. Bestimmt half mir das Training auch, meine Fertigkeiten aufzuleveln. Nach meinem Einsatz von *Stromlasso* in der Realität war mir eine Idee gekommen, die ich gern ausprobieren wollte.

„Wäre es in Ordnung, wenn ich kurz in meine Welt zurückkehren würde?", fragte ich den Dämon. „Oder verstößt das gegen unsere Vereinbarung?"

„Nein, geh ruhig", versicherte der Dämon mir. „Anders als du habe ich alle Zeit der Welt. Ich muss nicht zu einem bestimmten Zeitpunkt irgendwo auftauchen. Ich bin mir ziemlich sicher, dass du schon bald wieder hier auftauchst."

Ich fragte mich, was geschehen würde, wenn ich mein Konto für das Spiel löschen würde. Wäre der Dämon dann für alle Ewigkeit hier eingeschlossen? Wenn er noch immer meine Gedanken las, würde ihm das vielleicht einen Schreck einjagen. „Pass bloß auf, mein Freund!", dachte ich. „Ich könnte verrückt genug sein, es zu tun."

Aber der Dämon reagierte nicht. Er schien nicht zu glauben, dass ich abhauen könnte. Dafür musste es einen Grund geben. Aber welchen?

„He, das passiert eigentlich, wenn einer von uns den Vertrag bricht?", fragte ich. Diese Frage hätte ich natürlich schon während der Verhandlungen stellen müssen, aber ich hatte es einfach vergessen.

„Es gibt keine Strafe, denn du bist gar nicht in der Lage, gegen den Vertrag zu verstoßen." Er kicherte. „Die Sache ist die: Mit deiner Unterschrift hast du mir die Erlaubnis gegeben, von dir Besitz zu ergreifen. Ich kann das jederzeit tun. Wann immer ich will."

Das klang nicht gerade angenehm.

„Ich könnte immer noch von deiner Existenz erzählen. Wie willst du das kontrollieren? Ich dachte, du hast keine Macht in meiner Welt?"

Der Dämon hatte selbst gesagt, dass er — anders als die Schicksalsgöttin und Hotei — in dieser Instanz gefangen war. Oder gab es eine andere Möglichkeit für ihn?

„Willst du damit etwa sagen, dass man dir nicht trauen kann?", fragte der Dämon mit gespieltem Entsetzen. „Weh mir, ich dachte, du bist ein ehrlicher Mann."

„Das bin ich ja auch", erwiderte ich. „Aber ich bin auch ein Plappermaul. Es könnte mir unabsichtlich herausrutschen."

„Kein Problem. Es ist physisch unmöglich für

dich, anderen von mir zu erzählen. Ich habe in deinem Kopf eine kleine Blockade eingerichtet. Auch das hast du mir mit deiner Unterschrift erlaubt. Wenn du auch nur daran denkst, von mir oder dem Vertrag zu erzählen, bekommst du derartig heftige Kopfschmerzen, dass du nicht mehr reden kannst. Probiere es gern aus, wenn du aus dem Pod gestiegen bist. Vielleicht gefällt es dir ja sogar. Bist du ein Masochist? Finde es heraus!"

Verdammt! Dieser Dämon war listiger, als ich vermutet hatte. Selbst die Schicksalsgöttin konnte so etwas nicht tun. Sie musste Systemmeldungen nutzen und hoffen, dass ich sie befolgte.

„Das habe ich dir doch erklärt", mischte der Dämon sich in meine Gedanken ein. „Die mächtigeren Götter können keine direkte Macht über einzelne ausüben. Darum müssen sie auf Drohungen, Lobpreisungen und Belohnungen zurückgreifen. Diese Art der Blockade ist einzigartig. Nur ich kann so etwas tun — und auch nur hier, im Baum der Furcht."

Was war ich doch für ein Glückspilz.

„Welche Garantie habe ich dann überhaupt, dass du keine abscheulichen Dinge in meinem Kopf anstellst?"

„Ach, leider bin sogar ich gewissen Beschränkungen unterworfen", klagte der Dämon. „Dazu gehört, dass du jeder Veränderung vertraglich zustimmen musst. Selbst Besessenheit erfordert einen schriftlichen Vertrag. Und er darf nicht durch Folter erzwungen werden."

„Das ist gut zu wissen", seufzte ich erleichtert. „Also dann, ich bin kurz fort und bereite mich auf das Training vor."

„Grüß Artjom und Boris von mir", sagte der Dämon. Er zwinkerte mir verschwörerisch zu, dann schlug er sich mit der flachen Hand vor die Stirn. „Nur ein Spaß. Das kannst du ja gar nicht."

Der Kerl machte sich über mich lustig und zeigte mir gleichzeitig, wie gut er über mein Leben informiert war. Aber wieso? Er wusste doch genau, dass ich den Vertrag bis zum letzten Satzzeichen befolgen musste. Aber was, wenn das nur für diesen Moment galt? Eventuell wären ja sämtliche Beschränkungen bei einem späteren Treffen aufgehoben.

„Du solltest lieber hoffen, dass wir uns nie wieder über den Weg laufen", kicherte der Dämon bösartig. „Wenn das hier vorbei ist, werde ich nicht mehr so nett sein."

„Du scheinst ja wirklich Spaß daran zu haben, in anderer Leute Köpfe rumzuwühlen", konterte ich.

„Oh, du hast ja keine Ahnung, was für ein tolles Gefühl das ist", gab der Dämon zurück. Dämonen schienen kein Schamgefühl zu haben. Das musste in ihren Genen liegen. Hatten Dämonen überhaupt Gene? Eigentlich waren die Bewohner Arktaniens doch lediglich gut programmierte Algorithmen. Obwohl mir langsam Zweifel an dieser Meinung kamen. Wer wusste schon, wie die Wahrheit wirklich aussah? „Noch bist du meine einzige Verbindung zu den Außenwelten. Sei froh, dass ich unbedingt aus dieser Instanz fliehen will. Andernfalls hätte ich dir einfach den Verstand geraubt und dich im Handumdrehen zu meinem Sklaven gemacht."

Das Gespräch nahm eine Richtung, die mir ganz und gar nicht gefiel. Bevor der Geisterdämon mit irgendwelchen üblen Tricks aufwartete, loggte ich mich aus.

Als ich aus dem Pod kletterte, seufzte ich erleichtert. Die vielen neuen Informationen und Entwicklungen musste ich erst einmal sortieren und verdauen. Es wäre besser gewesen, mich zu erholen, bevor ich einen dämonischen Vertrag ausgehandelt hatte, aber jetzt war es dafür zu spät. Wenn das überhaupt geklappt hätte. Ich hätte gern Hotei oder eine andere Person um Rat gebeten, aber die geistige Blockade verhinderte es. Gab es sie wirklich? Sollte ich es testen? Aber wozu? Außerdem hatte Hotei sich in letzter Zeit sehr rar gemacht. Meine Fragen hatte er komplett ignoriert. Gut möglich, dass er sehr viel weniger Macht besaß, als ich ihm zugetraut hatte. Vielleicht war er noch nicht einmal in der Lage, mich genau zu beobachten. Was, wenn ich laut über den Meister im Baum der Furcht sprach? Würde Hotei dann auftauchen? Ich entschied mich dagegen, denn höllische Kopfschmerzen kämen mir im Moment gar nicht gelegen. Der Vertrag war sowieso geschlossen, und ich profitierte davon. Der kleine Gott würde ihn mir nur madig machen.

Nein, ich würde mich darauf konzentrieren, hochzuleveln und meine Fertigkeiten zu verbessern. Das war die Unannehmlichkeiten wert.

Aufstieg der Toten

Wenn meine Vermutungen stimmten, konnte ich versuchen, noch nicht gemeisterte Elektrozauberer-Fähigkeiten in der Realität einzusetzen, um sie dann auch im Spiel zu nutzen. So musste ich keine Schriftrollen dafür verwenden. Mit *Stromlasso* und *Gravitationsabstoßung* hatte es schließlich auch funktioniert. Ob ich auch ganz neue Fähigkeiten entwickeln konnte? Damit hätte ich eine Trumpfkarte in der Hinterhand!

Das Hochleveln war kein Problem, aber es konnte langwierig sein. Ich würde Boris und Artjom bitten, möglichst viele Beschreibungen für meine bekannten Fähigkeiten zusammenzutragen und herauszufinden, welche Optionen mir als Elektrozauberer damit offenstanden. Wie viele Treffer musste ich wohl landen, wie viele Gegner besiegen, bevor eine bestimmte Fähigkeit verbessert wurde? Wäre es von Vorteil, mich auf die Schwachstellen meiner Gegner zu konzentrieren? Oder war das sogar von Nachteil? Diese und andere Fragen sollten die beiden für mich beantworten. Und sie sollten möglichst genaue Informationen zu Werten und der besten Möglichkeit, an ihnen zu arbeiten, ermitteln.

Ich schickte Artjom eine entsprechende Nachricht und bat ihn, Boris mit an Bord zu holen. Die beiden arbeiteten sowieso schon eng zusammen. Auf ihn konnte ich bauen. Und das war auch gut so, denn ich benötigte die Antworten innerhalb von ein oder zwei Stunden. Zum Glück war er online und reagierte sofort.

„Kein Problem. Ich wollte Boris gerade anrufen. Ich gebe ihm Bescheid. Hast du denn einen passenden Ort gefunden? Es muss möglichst schnell gehen, damit du bald zu uns ins Land der Elfen kommen kannst."

„Es geht ganz schnell", versicherte ich ihm. „Ich habe den perfekten Übungsplatz gefunden, aber leider kann ich nicht darüber reden."

„Noch ein Geheimnis?"

„So ähnlich wie die göttliche Quest."

„Himmel, das ist stark. Gib uns ein wenig Zeit. Ich melde mich so schnell wie möglich."

„Ach, und wenn du auch nach ein paar Zutaten für meine Kelevre-Quest Ausschau halten würdest? Ich brauche das Herz eines königlichen Lindwurms, die Feder eines Phönix, die Eichel eines Mellorn-Baums und den Zahn eines schwarzen Drachens, um die Krankheit zu heilen."

„Meine Güte! Das wird teuer! Und kompliziert. Ich kenne mich mittlerweile ganz gut im Land der Elfen aus. Die Eichel zu besorgen ist alles andere als ein Kinderspiel. Niemand verkauft die Dinger, also musst du einen anderen Weg gehen."

Ich hatte auch nicht erwartet, dass es einfach werden würde. Immerhin ging es hier darum, einen Menschen kurzzeitig in einen Gott zu verwandeln. Kein Wunder, dass die Zutaten nicht leicht zu beschaffen waren.

„Es eilt nicht, aber wir müssen die Augen offen halten."

„Okay. Weißt du schon, wann wir uns um das ESGUMI-Modul kümmern können? Es wäre doof, wenn jemand anders es kauft.“

„Das verstehe ich. Wir brauchen auf jeden Fall Mark und seine Illusionen. Erst heute hat er mich zu meiner Wohnung begleitet. Er braucht ein wenig Zeit für sich. Ich kann ihn nicht jeden Tag um einen Gefallen bitten. Dafür kennen wir uns zu kurz. Außerdem habe ich noch nichts für ihn getan. Du weißt doch, Auge um Auge.“

„Wenn ihr in deiner Wohnung wart, wieso hast du dann nicht einfach das Modul aus deinem Pod ausgebaut?“

Verdammt! Ich hatte Artjom noch gar nicht von dem Brand und dem mysteriösen Leichnam berichtet. Über die verbrannte Person wollte ich nicht im Internet sprechen, aber die wichtigste Info sollte er sofort erhalten.

„Meine Wohnung ist völlig ausgebrannt. Es war Brandstiftung“, schrieb ich. „Mein Pod wurde zerstört.“

„Mist. Dann sollten wir alles tun, um das Modul auf dem Schwarzmarkt zu kaufen. Ich wäre dir dankbar, wenn du deinen Illusionisten trotz aller Bedenken fragen würdest.“

Ich stimmte ihm durchaus zu. Vielleicht machte ich mir zu viele Gedanken. Apropos Gedanken: Wenn das Feuer in meiner Wohnung wegen des ESGUMI gelegt worden war, wäre Artjom dann nicht auch in Gefahr, sobald er so ein Modul besaß? Vielleicht war es ein Auftrag der Götter, um die Anzahl der verfügbaren Module zu reduzieren? Andererseits war Naumows Sohn wohlauf, obwohl wir ein gestohlenes Modul in seinen Pod eingebaut hatten. Allerdings hatte das ESGUMI bisher keine Wirkung bei dem jungen Mann gezeigt. Vielleicht erhielt man nicht automatisch besondere Fähigkeiten? Ich machte mir auf jeden Fall zu viele Gedanken, da hatte Artjom schon recht. Ich würde Mark fragen. Und ich hätte auch gern Hotei um seinen Rat gebeten. Wahrscheinlich konnte er als Fachmann besser beurteilen, ob es das Risiko wert war. Oder stießen die Götter sich daran, wenn Menschen es selbst in die Hand nahmen, zu Abgesandten zu werden?

„Hotei", rief ich den Raum hinein. „Ich habe eine wichtige Frage. Kann jemand, der keine göttliche Quest erhalten hat, eines der neuen ESGUMI-Module nutzen? Und wenn ja, wird er dadurch automatisch zu einem Abgesandten?"

Wie zu erwarten, reagierte der kleine Gott auch dieses Mal nicht.

Ich teilte Artjom meine Entscheidung mit. „Ich bitte Mark morgen um seine Hilfe. Ach, und informiere Boris, dass ich voraussichtlich in sechs Stunden in Katar ankomme. Ich brauche dringend meine Unterlagen. Oh, und ich bringe neue Artefakte und Reagenzien mit, die er verkaufen kann."

„So gut wie erledigt. Aber trödel nicht. Katar ist ein gefährliches Pflaster geworden! Die Unaussprechlichen und der Geist der Jagd haben die Stadt unter sich aufgeteilt. Jeden Moment können dort gewaltig die Fetzen fliegen. Es wäre sicherer, wenn du direkt ins Land der Elfen kommst."

„Das geht nicht. Ich muss eine Klassenquest fürs Militär abschließen. Außerdem brauche ich die Besitzurkunden für mein Land."

„Pass gut auf dich auf. Und versuche, nicht aufzufallen. Ich gebe Boris Bescheid. In einer Stunde, vielleicht auch anderthalb Stunden, haben wir deine Informationen bestimmt."

Freunde, auf die man sich verlassen konnte, waren eine tolle Sache! Zum nächsten Punkt auf meiner Liste: Welche neuartigen Anwendungen von Strom und Blitz fielen mir ein? Ich hatte jede Menge Fantasy-Romane gelesen, in denen diese Art von Magie eingesetzt wurde — aber in keinem davon wurden die Zauber genauer beschrieben. Bei Filmen fiel mir nur Electro aus *Spider-Man* ein. Aber auch da fehlten die Details. Der Kerl warf entweder mit Blitzen um sich oder wurde selbst zum Blitz. Gab es irgendwelche Inspirationen in Animes? Ich hatte ein paar Folgen *Naruto* geschaut. Eine der Hauptfiguren setzte Blitze als Waffe ein. Wenn ich mich recht erinnerte, wurde das sogar genauer erklärt. Wie hieß er noch gleich? Ach ja, Sasuke. Und die Technik war Chidori, ein A-Rang-Nin-Jutsu.

Eine Internetsuche später war ich klüger. Auf einer Fansite wurde die Technik in allen Einzelheiten beschrieben. Beim Chidori sammelte man eine große Menge elektrischer Ladung in seiner Hand, um dann zuzuschlagen. Der Angriff ähnelte meinem Stromschlag, war aber spektakulärer anzusehen. Wenn ich es mir überlegte, waren auch die konzentrierten Blitze, die Blitznetz erzeugte, eine passende Grundlage für meine persönliche Chidori-Variation.

Dann gab es noch die Chidori-Strömung, auch Chidori Nagashi genannt. Dabei hüllte man den gesamten Körper in einen Stromkokon ein. Sobald ein Gegner diesen berührte, wurde er von dem Stromschlag getroffen und war für kurze Zeit gelähmt. Noch lieber wäre mir eine Variante gewesen, die mich vor Schaden schützte. Allerdings hatte ich keine Ahnung, wie ich Chidori überhaupt in der Realität nutzen konnte.

Chidorinagatana, das Grasschwert, setzte den Blitzschlag mithilfe eines Schwerts als Leiter frei. Konnte ich meinen Stromschlag durch einen anderen Gegenstand fließen lassen? Konnte ich Blitzschlag auf diese Weise einsetzen?

Mit Chidori Senbon gab es auch eine Technik, bei der das Blitzelement in Form von Nadeln geformt wurde. Das war wirklich praktisch! Blitzschlag wirkte nur über eine gewisse Distanz und war sehr gut sichtbar. Wenn ich die Elektrizität zu Nadeln formen konnte, wäre das der Verstohlenheit zuträglich. So eine heimliche Waffe wäre großartig in unserer Welt. In Arktanien wären die Entsprechungen wohl *Strompfeil* und *Stromfaust*. Beide Fähigkeiten beherrschte ich noch nicht. Ob ich sie trotzdem in der Realität nutzen konnte?

Chidori Eisou, der Spieß, verwandelte den Strom in eine Klinge, einen Speer oder einen Strahl. Auch das war eine Möglichkeit für eine robuste Waffe. Der Unterschied zu Senbon war die Form, in die der Strom gegossen wurde.

Kirin diente dazu, die Stärke des normalen Chidori zu verstärken, indem zuerst Gewitterwolken erzeugt wurden. Für dieses Manöver musste man Elementarkontrolle beherrschen. Das dauerte seine Zeit, aber der Schaden wirkte auf ein größeres Gebiet. Ich konnte mir einen Zauberer vorstellen, der all seine Attributpunkte in Intelligenz und Weisheit investiert hatte. Für mich, der geschickter und beweglicher als andere Zauberer war, taugte das eher nicht. Ich durfte mich nicht zu lang an einer Stelle aufhalten, um derart komplexe Zauber zu wirken.

Eine weitere Figur aus der Serie, Kakashi Hatake, setzte eine andere Form von Nin-Jutsu ein, nämlich Raikiri oder Blitzklinge. Ich verstand den Unterschied zu Chidori nicht, aber es war wohl so, dass Kakashi mit Raikiri Senbon eine Art Wurfmesser mit Elektrizität auflud. Auch eine gute Idee! Ich hatte zwar bisher noch keine Wurfmesser verwendet, aber mit *Magnetismus* würde ich jedes Messer ins Ziel führen. Oder irgendeinen anderen kleinen Gegenstand aus Eisen. Das wäre auf der Flucht nach dem Helikopterabsturz sehr nützlich gewesen. Eine kleine Stahlschraube zu beschleunigen, kostete bestimmt viel weniger Mana als einen Blitz zu erzeugen. Auf diese Weise hätten wir kurzen Prozess mit der dunklen Seite gemacht!

Ich bemerkte, dass meine Hände vor Aufregung zitterten. Das war die beste Selbstverteidigung, die ich in der Realität nutzen konnte. Ich würde ein kleines Projektil so aufladen, dass es eine Person außer Gefecht setzte, ohne sie schwer zu verletzen, und mit *Magnetismus* für einen garantierten Treffer sorgen. Das klang einfach perfekt! Ich musste nur dafür sorgen, dass ich immer genug Nägel oder Schrauben bei mir trug. Aber das war kein Problem. Wichtig war, dass niemand dabei starb. Denn anders als in Arktanien blieben die Leichen in unserer Welt liegen. Das würde die Behörden auf den Plan rufen, und das wollte ich auf keinen Fall. Vorübergehende Ohnmacht war in Ordnung.

Ich brannte darauf, meine Idee zu testen. Ich drehte ein paar Schrauben aus meinen Möbeln heraus und legte los. Mit *Magnetismus* konnte ich die improvisierten Projektile stark beschleunigen. Sie hinterließen kleine Krater im Beton, waren aber deutlich schwächer als echte Kugeln. Jede Art von Metallgegenstand, den ich in der Tasche trug, würde so zu einer Waffe werden.

Der nächste Schritt bestand darin, diese Projektile elektrisch aufzuladen. *Stromschlag* war keine Option, aber mit *Blitzschlag* schien es zu funktionieren. Nach dem Aufladen leuchtete die Schraube eine Weile blau. Ich überlegte, ob ich es wagen konnte, sie zu berühren. Im Spiel besaß ich völlige Immunität gegen Stromschaden. Aber im echten Leben? Keine Ahnung! Vorsichtig legte ich einen Finger an die Schraube. Es blitzte, aber ich spürte keinen Schmerz. Eine Systemmeldung flackerte auf:

Du hast eine Fähigkeit erlernt: Stromladung.
Damit kannst du elektrisch leitende Gegenstände mit einer elektrischen Ladung versehen. Der

Aufstieg der Toten

Schaden richtet sich nach deiner Intelligenz, die Dauer des Ladungserhalts und die Manakosten nach deiner Weisheit.

Es hatte funktioniert! Hurra! Ich war überglücklich. An Systemmeldungen in der Realität hatte ich mich längst gewöhnt.

Ob die Fähigkeit mir auch im Spiel von Nutzen sein würde, wusste ich nicht, aber es war mir auch egal. Damit konnte ich bei Bedarf meinen Türknauf unter Strom setzen und ungebetenen Gästen einen Schlag versetzen, wenn sie versuchten, einzudringen. Ich musste nur daran denken, dass eine stärkere Ladung nur kurze Zeit anhalten und dann verfliegen würde. Trotzdem war ich zufrieden.

Ich übte meine neue Fähigkeit, bis ich etwa ein Drittel meines Manavorrats verbraucht hatte. Dann überlegte ich, wie ich Blitzschlag für eine weitere Waffe einsetzen konnte. *Stromlasso* hatte bereits bewiesen, dass ich physische Gegenstände beeinflussen konnte. Ich stellte ein kleines Ziel auf und versuchte es mit verschiedenen Variationen. Den Anfang machten die Nadeln, dann folgten die Faust und das Schwert. Abhängig vom Erfolg meiner Experimente würde ich mich für eines davon entscheiden. Theoretisch müssten diese Waffen nach demselben Prinzip funktionieren. In jedem Fall wurde der Blitz in eine dichtere, physische Form verwandelt. Bei *Stromlasso* war es ähnlich. Ich konnte damit sogar kleinere Gegenstände aufheben.

Nach einer guten Viertelstunde war mir klar, dass mein Plan zu ehrgeizig war. Ich schaffte nicht wirklich, den Blitz über das Maß für *Stromlasso* hinaus zu verdichten. Vielleicht sollte ich zuerst üben, eine Art Schwert zu formen, und mich erst dann zu kleineren Waffen vorantasten. Der grundlegende Prozess war nicht das Problem, aber etwas fehlte. Entweder mangelte es mir an Übung oder an Attributpunkten. Dann war da noch mein begrenzter Manavorrat. Obwohl ich mich bemühte, möglichst wenig Mana für *Stromlasso* einzusetzen, kostete mich jede Aktivierung 30 Punkte. Bei insgesamt 1000 Manapunkten war ich also auf Tränke angewiesen.

Irgendwann hatte ich eine zündende Idee. Ich fragte mich, welche Waffe einem Lasso ähnlich war. Keine Ahnung, wieso ich nicht früher darauf gekommen war, denn natürlich handelte es sich um Peitsche und Kette. Mit Kettenwaffen kannte ich mich bereits aus. Die Stromkette, die aus dieser Idee resultierte, hatte ich schnell im Griff. Anders als bei der echten Kette gab es hier keinen echten Schwerpunkt, aber das erwies sich schnell als Vorteil. Ich probierte es an ein paar Teetassen aus. Der gezielte Hieb ließ Funken sprühen. Eine Sekunde später lagen nur noch Scherben vor mir. *Stromkette* bot einen weiteren Pluspunkt: Ich traf immer. Es gab einfach keine Fehlschläge, denn sie wurde durch meine Gedanken ins Ziel gelenkt. Nachdem ich ein wenig geübt hatte, erschien die ersehnte Systemmeldung:

Aufstieg der Toten

Du hast eine Fähigkeit erlernt: Stromkette.
Damit kannst du eine Kette aus Elektrizität er-
schaffen, die wie eine echte Waffe funktioniert und
dabei Stromschaden zufügt. Die Stärke der Kette
richtet sich nach deiner Intelligenz, die Länge und
Lebensdauer sind von deiner Weisheit abhängig.

„Chidori-Kette", kicherte ich. „Sieh zu und lerne, Sasuke Uchiha!"

Kette und Lasso sahen einander ähnlich, aber die Kette fühlte sich für mich mehr wie eine echte Waffe an. Ich konnte damit Gegenstände zerdeppern, auf mich zuziehen oder die Kette wie eine Armschiene um meinen Unterarm winden. So war sie auch als Verteidigungswaffe zu gebrauchen. Diese Waffe hatte ich immer bei mir, sofern ich noch Manapunkte besaß. Niemand konnte sie zerstören oder mir aus der Hand schlagen.

Trotzdem würde ich versuchen, die anderen Techniken der Ninjas aus dem Dorf hinter den Blättern zu erlernen. Das würde allerdings einiges an Zeit kosten, denn ich mochte zwar ein harter Hund sein, aber ich war *kein* Wunderkind.

Nach ziemlich genau einer Stunde war mein Manavorrat erschöpft. Das war nicht schlimm, denn Artjom und Boris hatten mir in der Zwischenzeit die Liste mit den Fähigkeiten und Entwicklungspfaden geschickt. Interessanterweise waren weder *Stromladung* noch *Gravitationsabstoßung* darauf aufgeführt, obwohl Pinky erzählt hatte, dass Elektrozauberer die Schwerkraft kontrollieren konnten. Die einzige diesbezügliche Fähigkeit war *Meister der Gravitation,* aber sie stand erst ab Level 110 zur Verfügung. Vermutlich war ich der Erste, der eine Variante auf niedrigem Level entdeckt hatte — oder niemand hatte diese Fähigkeit bisher offenbart.

Alles in allem fiel die Liste relativ kurz aus und deckte sich mit Pinkys Bericht. Eine zweite Entwicklungsstufe von *Stromlasso* fiel mir ins Auge: eine Peitsche. *Stromkette* wurde nicht erwähnt. Gut möglich, dass ich diese Waffe erfunden hatte. Wenn ich wirklich die einzige Person in Arktanien war, die darüber verfügte, bot das enormes Entwicklungspotenzial. Schließlich bedeutete das, dass ich auch andere Anwendungen für meine Fähigkeiten erforschen und in Arktanien nutzen konnte. Ob die anderen Abgesandten wussten, dass so etwas möglich war? Welche Gefahr mochten sie in der Realität darstellen, wenn sie dieses Wissen umsetzten?

Ich analysierte die Liste, bis ich die beste Option für meine Fertigkeiten gefunden hatte:

Starker Stromschlag würde den zugefügten Schaden um den Faktor 2 erhöhen. Dafür musste ich innerhalb eines Zeitraums von vermutlich ein bis vier Stunden mindestens 1.000.000 Punkte Schaden mit *Stromschlag* verursachen.

Auch *Starkes Blitznetz* erhöhte den Schaden der einfachen Variante um den Faktor 2.

Aufstieg der Toten

Lähmende Peitsche würde einen gefesselten Gegner für die Dauer der Wirksamkeit der Fähigkeit oder für 2 Sekunden nach jedem Treffer lähmen. Um die Fertigkeit zu erlangen, musste man im Laufe eines Tages Gegner insgesamt 60 Minuten lang mit dem Lasso festhalten. Wenn das mit dem Lasso ging, würde es bestimmt auch mit der Kette funktionieren.

Mein Laser war gut genug für mich. Ich nutzte ihn kaum, aber ich merkte mir die Entwicklungsoptionen: *Starker Laser*, *Greller Laser*, *Laserfalle* und *Laserwand*.

Weiter oben auf meiner Liste stand *Magnetismus*. Mit *Verbesserter Magnetismus* könnte ich Gegenstände aus Metall schweben lassen. Allerdings musste ich dafür in der Realität üben, und das würde mich jede Menge Zeit und noch mehr Mana kosten. Ein paar andere Erweiterungen rund um *Magnetismus* waren *Magnetwelle*, *Magnetwand* und *Magnetische Verteidigung*. Die letzte dieser Optionen wäre auch in der echten Welt nützlich, um Kugeln abzulenken. Ich beschloss, dieses Projekt anzugehen, sobald mein Manavorrat wieder aufgefüllt war.

Als ich wieder in meinen Pod steigen wollte, vibrierte mein Telefon. Ich hatte eine Nachricht erhalten: *Keine Verbote. Wenn du so ein Modul finden solltest: meinen Glückwunsch. Denk daran, dass es mehr wie dich gibt, die danach suchen. Dein bes-*

ter Freund H.

Also hatte Hotei doch ein Auge auf mich! Er schien nur nicht immer Lust zu haben, meine Fragen zu beantworten.

Das Telefon vibrierte erneut: *PS: Die Göttin ist nicht gerade glücklich darüber, dass du dir so viel Zeit mit ihrer Quest lässt. Ich an deiner Stelle wäre besorgt.*

Kapitel 7

ICH WÜNSCHTE, er würde immer auf mein Flehen reagieren. Natürlich hatte ich mir mehr Einzelheiten erhofft, aber bereits diese kurze Antwort war überaus nützlich. Er bestätigte mir damit indirekt, dass die Götter nicht hinter dem Brand in meiner Wohnung steckten. Sie wollten nicht verhindern, dass ich an das ESGUMI kam. Nein, dafür waren Menschen verantwortlich! Und vermutlich hatten diese Menschen mich auch töten wollen, aber die falsche Person erwischt. Doch zwei wichtige Fragen blieben unbeantwortet: Wer hatte den Brand gelegt? Wer war der oder die Tote? Ich wagte nicht, die Polizei zu fragen. Vielleicht konnte Naumow ein paar Fäden ziehen?

Natürlich hatte Hotei auch recht damit, dass ich die göttliche Quest hatte schleifen lassen. Ich musste mich beeilen, denn es gab noch viel zu tun, bevor ich zu den Elfen reisen konnte. Ich würde mein Training im Baum der Furcht absolvieren, nach Katar teleportieren und dann ins Land der Elfen gehen.

Zurück im Baum der Furcht rief ich meine Attribute auf. Die neuen Fähigkeiten wurden angezeigt, aber ich wollte es ganz genau wissen. *Stromkette* wurde ebenso aufgelistet wie das im Spiel eher unnütze *Stromladung*. Gab es in Arktanien überhaupt Dinge, die man elektrisch laden konnte? Ich beschloss, den Eintrag für die Kette zu lesen:

Stromkette
Typ: immateriell
Schaden: 350–455 (Intelligenz × 2 bis Intelligenz × 3), Stromschaden
Maximale Länge: 5 Meter (Weisheit × 0,2)
Kann mit beliebigen Techniken, Schlägen und Fertigkeiten kombiniert werden, die auch für den materiellen Waffentyp eingesetzt werden können.

Das machte *Stromkette* mächtiger als mein Shanbiao! Ohne jede Modifikation konnte ich 200 Punkte Schaden verursachen, in Kombination mit *Magnetismus* sogar bis zu 300 Punkte! Wenn ich *Stromschlag* in den Angriff legte, wären es sogar um die 500 Punkte Schaden. Es sei denn, mein Gegner war resistent gegen Stromschaden. Dann wäre *Stromkette* nahezu nutzlos und mit der Kette auch meine anderen Angriffsfähigkeiten. Trotzdem, eine Waffe, die man niemals verlieren und die nicht zerstört werden konnte? Von mir gab das einen Daumen hoch.

„Was ist? Bist du bereit?", fragte der Dämon. Er saß auf einem Thron in der Mitte eines Kampfrings und ließ sich von Sofitel, die einen teilweise transparenten grünen Bikini trug, Pinky, die nur in rosa Unterwäsche dastand, und Artamon dem Schrecklichen, der mit einem einteiligen Badeanzug bekleidet war, mit Trauben füttern. Vor allem der Gnom mit seinem muskulösen und sehr haarigen Körper wirkte völlig fehl am Platze.

„So bereit ich sein kann", gab ich zu.

Vergeblich versuchte ich, das Bild von Artamon aus meinem Kopf zu verbannen.

„Guter Junge!", lobte der Dämon, als er meine Gedanken las. „Ach, bevor ich es vergesse: Wenn du geplant hast, deine Angriffsfertigkeiten maximal zu puschen, haben du und deine Freunde ein wichtiges Detail übersehen. Hauptsächlich natürlich deine Freunde."

„Nämlich?", fragte ich überrascht.

Das dämonische Grinsen wurde breiter. „Was bietest du mir für diese Antwort an?"

„Lass mich überlegen. Laut unserem Vertrag wirst du mir in jeder erdenklichen Form helfen. Tipps und Ratschläge sind eine Form der Hilfe", erwiderte ich und hoffte, dass ich damit richtig lag.

„Nun, den Tipp habe ich dir bereits gegeben. Es ist nicht mein Problem, wenn du ihn ignorierst."

Oh. Was meinte er damit? Meine Freunde hatten ein Detail übersehen, dessen ich mir bewusst war? Welches? Ging es vielleicht um Gegner, die immun gegen Stromschaden waren?

„Der Kandidat hat hundert Punkte!", jubelte der Dämon und hüpfte aufgeregt von seinem Thron hinab. Als er landete, erschien eine große Tafel. Mit roter Kreide — zumindest hoffte ich, dass es Kreide war! –, zeichnete er ein Diagramm.

Verdammt, es war doch keine Kreide! Das sah aus, wie... ein abgetrennter Finger. Igitt! Doch rasch galt meine Aufmerksamkeit der Zeichnung.

„Mehr Angriffsstärke ist gut. Aber du wirst mit Sicherheit auch auf Gegner treffen, die resistent oder gar immun gegen Stromschaden sind", erklärte er. „Du musst also auch eine Fähigkeit weiterentwickeln, die diesen Umstand ausgleicht. Sicher ist sicher."

Das stimmte natürlich. Ich war das lebende Beispiel, denn ich war immun gegen Stromschaden. Im Kampf gegen einen anderen Elektrozauberer konnten Blitzschlag und Co mir nichts anhaben. Aber was, wenn mein Gegner diese Immunität ganz oder teilweise negieren konnte? Dann sah die Sache anders aus! Für mich war klar, dass ich eine Fähigkeit brauchte, die Resistenzen und Immunitäten außer Kraft setzte. Aber wie konnte das gelingen?

Der Dämon kritzelte eifrig weiter: „Das ist die Anzahl der Gegner, die du besiegen musst, um eine *starke* Variante einer Angriffsfähigkeit zu erhalten. Wenn du dich stattdessen auf die Eigenschaft *rüstungsbrechend* konzentrierst, dürfte das den gewünschten Effekt haben, sodass deine Angriffe auch Kreaturen Schaden zufügen, die gegen die jeweilige Schadensart resistent sind. Im Falle völliger Immunität funktioniert das allerdings nicht. Meine Vermutung ist, dass *Rüstungsbrecher* in Abhängigkeit vom insgesamt verursachten Schaden entstehen und nicht von der Anzahl besiegter Gegner abhängen. Setzen wir hier zum Beispiel 1.000.000 Punkte Schaden ein. So. Dann wenden wir den Unsicherheitsbeiwert an, den ich per Ableitung bestimmt habe. Da. Lass mich das schnell ausrechnen."

Seine Hand flitzte über die Tafel und schrieb endlose Berechnungen auf. „Fertig. Du musst etwa 550.000 Punkte Schaden bei Zielen mit Immunität verursachen." Ein kurzes Fingerschnippen, und die Tafel löste sich in Luft auf. „Was die anderen Dinge betrifft, haben deine Freunde gute Arbeit geleistet. Du hättest auch mich fragen können, dann hätte es nur fünf Minuten gedauert."

„Andererseits weiß ich nicht, ob deine Berechnungen so stimmen", warf ich ein. Die Begeisterung des Dämons für dieses Thema ließ bei mir die Alarmglocken schrillen. Aber ich wollte auch jede Chance nutzen, die sich mir bot.

Ich entschied, *Stromschlag* zu *Starker Stromschlag* auszubauen und dann *Blitznetz* gegen für Stromschaden immune Kreaturen einzusetzen. *Stromkette* war sowieso eine recht mächtige Fähigkeit. Es würde zu viel Mühe kosten, die aufzuleveln. Außerdem kannte ich die Entwicklungsstufen der Waffe nicht. Vielleicht würde der Schaden höher ausfallen, oder ich könnte mehrere Ketten gleichzeitig nutzen.

„Was hältst du von dieser Fähigkeit?", fragte ich den Dämon und aktivierte die Stromkette. „Wie kann ich die Waffe verbessern?"

„Lähmung", antwortete er sofort. „Wenn du deine Gegner damit fesselst, erreichst du irgendwann den Punkt, an dem jeder Treffer sie etwa eine Sekunde lang lähmt."

„Das weißt du nach nur einem Blick?", fragte ich ungläubig.

„Die Peitschen des Infernos funktionieren auf diese Art", sagte er schulterzuckend. „Wenn es dich beruhigt: Ich weiß nicht, wie lange du einen Gegner maximal fesseln kannst. Ich habe keine Ahnung, wie groß der Unsicherheitsbeiwert ausfällt."

„Aber du kannst für die Bedingungen sorgen, in denen ich diese drei Fähigkeiten verbessern kann, oder?", hakte ich nach.

„Natürlich." Er reckte den Daumen nach oben. „Dann bist du also bereit und ich kann die Zeit beschleunigen?"

„Ja", antwortete ich. „Aber erschaffe noch keine Mobs. Ich muss mich erst an die Umgebung gewöhnen und eine Weile mit *Magnetismus* üben."

An der Decke über uns erschien eine große Digitaluhr. Ein Countdown zählte von 20 Stunden rückwärts. Gleichzeitig spürte ich einen leichten Schmerz in meinen Schläfen.

„Wird mein Kopf die ganze Zeit weh tun?", fragte ich.

„Woher soll ich das wissen? Das hier ist auch

mein erstes Mal. Theoretisch sollte die sechsfache Beschleunigung dir nicht schaden. Aber die Nebenwirkungen sind von Person zu Person andere: Kopfschmerzen, blutende Augen, Verlust des Sehvermögens, Schwindelgefühl, Durchfall, Erbrechen. Wenn du Angst hast, können wir auch Schluss machen und den Baum verlassen."

„Nein, wir machen weiter. Ich halte das schon aus. Ansonsten melde ich mich."

Einige Stunden übte ich, mich mit *Gravitationsabstoßung* zu bewegen. Die Fähigkeit kostete jede Menge Mana, aber dafür konnte ich damit große und unvorhersehbare Sprünge machen. Ich konnte bis an die Decke springen und mich dort mit *Magnetismus* an einer Erzader festhalten. Und ich konnte einem großflächigen Angriff ausweichen, indem ich mich zur Seite katapultierte. Nach einer Weile entwickelte ich eine Formel für die Manakosten: Gewicht mal Sprungdistanz (Höhe oder Weite) in Metern. Ich wog etwa 85 kg. Ein Sprung auf einen fünf Meter hohen Würfel kostete somit gut 400 Manapunkte. Insgesamt standen mir 1500 Punkte zur Verfügung. Unter dem Strich war es eine sehr teure Fähigkeit. Zum Glück standen mir in der Instanz unendlich viele Manatränke zur Verfügung. Auch Heiltränke stellte der Dämon bereit, denn immer wieder prallte ich heftig gegen Wände und Decke. Das ging nicht ohne Blessuren aus. Der Dämon beobachtete mich von seinem Thron aus. Dabei mampfte er fröhlich Popcorn aus einem riesigen Eimer. Hin und wieder reckte er eine Punktetafel in die Luft, um meine Stürze zu bewerten.

„Hast du überhaupt vor, dich mit Gegner zu messen?", fragte er nach einer besonders verunglückten Landung. „Du wirst diese Fähigkeit heute garantiert nicht verbessern können. Vielleicht solltest du dich um die Gegnerhorden kümmern, die du abschlachten musst."

Wie sehr ich es auch versuchte: Ich schaffte es einfach nicht, meine Flugbahn auf elegante Weise zu beeinflussen. Die kleinste Bewegung eines Armes oder Beines reichte aus, um mich ins Trudeln zu versetzen und abstürzen zu lassen. Ich bereute es, als Kind keine Energie in die Gymnastikstunden im Sportunterricht gesteckt zu haben. Versuch und Fehlschlag brachten mir schließlich bei, mein Ziel relativ sicher anzusteuern. Doch bevor ich diese Fähigkeit im Kampf einsetzen konnte, würde noch viel Zeit vergehen. Ich würde mich später darum kümmern. Hoffentlich konnte ich es mit dem — wie hatte der Dämon es genannt? — Abschlachten von Gegnerhorden verknüpfen.

„Na gut. Schick mir die ersten Mobs", forderte ich ihn auf. „Verlangsame meine Gegner um den Faktor 1,5. Ich möchte ein paar Erfolge haben." Ein weiterer Einfall kam mir: „Kannst du außerdem dafür sorgen, dass sie kaum Gesundheitspunkte haben? Es wäre schön, wenn ich sie mit einem Treffer erledigen könnte."

„Das geht nicht", widersprach der Dämon. „Das Level einer Kreatur gibt eine gewisse Zahl an Lebenspunkten vor. Wenn ich daran herumpfusche, könnte es sein, dass dein schöner Plan nicht aufgeht und du die Fähigkeiten nicht verbessern kannst. Was ich tun kann, ist besonders dumme und langsame Kreaturen rufen.“

„Oh“, sagte ich enttäuscht. Dann beschwor ich Spin und Chaosit. Sie würden ebenfalls von den Kämpfen profitieren. „Dann schick mir einen Gegner nach dem anderen.“

„Ein besonders dummer und langsamer Gegner, wie gewünscht“, sagte der Dämon und erschuf eine Kopie, die aussah wie ich.

„Sehr witzig“, moserte ich.

„Nicht wahr?“ Er hielt sich den Bauch vor Lachen. Mein Doppelgänger verschwand. „Du hättest dein Gesicht sehen sollen!“, kicherte der Dämon.

Ein Nachtalb erschien in der Arena. Na toll, ein Wesen, das immun gegen Stromschaden war.

„Hör auf, mich zu verspotten“, rief ich verärgert. „Du verschwendest meine wertvolle Zeit! Ich halte das für einen Vertragsverstoß.“

Meine schlechte Laune war gewiss auch auf den anhaltenden Kopfschmerz zurückzuführen, der mich noch immer plagte.

„Mach dich mal locker“, sagte der Dämon. „Wo bleibt denn sonst der Spaß im Leben?“

Im nächsten Augenblick standen mir mehrere Gruppen von Mobs auf Level 40 bis 50 gegenüber. Rote Echsen waren ebenso darunter wie Teufelchen und Höllenhunde. Sie agierten wie echte Mobs, waren aber deutlich langsamer. Es erinnerte mich an ein Tower-Defense-Spiel, bei dem endlose Monsterreihen von geschickt platzierten Geschütztürmen niedergemetzelt wurden. In der

Arena gaben nur einige Felsen Deckung, also rannte und sprang ich, um dicht genug an einen Mob heranzukommen. Dabei setzte ich immer wieder *Gravitationsabstoßung* ein. Ich ließ Spin seine immaterielle Gestalt annehmen, sodass ich von zwei leuchtenden Energiekugeln begleitet wurde — die eine weiß, die andere lila. Chaosit trug nichts zum Kampf bei, aber Spin stärkte meine Fähigkeiten auf passive Weise. Alles in allem war dieses Training eine perfekte Möglichkeit, mich an meinen neuen Kampfstil zu gewöhnen. Ich war sehr viel beweglicher und sprang zwischen den verschiedenen Gesteinsformationen in der Höhle hin und her. *Stromkette* war ein perfekter Ersatz für meine normale Kettenwaffe. Ich setzte damit Gegner außer Gefecht und tötete sie anschließend mit *Stromschlag*. So verbesserte ich beide Fähigkeiten gleichzeitig. Nach sieben Stunden erhielt ich endlich die Fertigkeit *Starker Stromschlag*, die eine Verdoppelung des Schadens durch diesen Angriff mit sich brachte.

„Ich brauche eine Pause", rief ich keuchend. „Stopp!"

Die Uhr an der Höhlendecke zeigte 9:25 an. Ich hatte mehr als die Hälfte der Zeit zum Aufleveln einer einzigen Fähigkeit benötigt! Körperlich ging es mir dank der unerschöpflichen Quelle an Heiltränken gut, aber geistig war ich völlig groggy. Meine Kopfschmerzen waren noch schlimmer geworden. Ich hatte nicht gewusst, wie anstrengend es war, 20 Stunden lang Mobs zu metzeln!

„Hast du Hunger?", fragte der Dämon. Ein

Tisch voller köstlicher Speisen erschien vor mir. Viele der Gerichte kannte ich nur aus Filmen. Vermutlich hatte der Kerl sie in meinem Kopf gesehen. Leider war in meinen Erinnerungen der Geschmack nicht gespeichert, denn ich hatte keine dieser Köstlichkeiten je probiert. Entsprechend seltsam und fad schmeckte alles. Das war nicht weiter schlimm, denn ich war nicht wirklich hungrig. Aber ich genoss es, eine Weile einfach nur auf einem Stuhl zu sitzen und nicht zu kämpfen. Der hervorragende Kaffee, den der Dämon brühte, kam mir gerade recht.

Er duftete und schmeckte so herrlich, dass ich den Dämon sofort als persönlichen Barista eingestellt hätte. So einen guten Kaffee hatte ich bisher nur ein einziges Mal gekostet. Ihn täglich zu genießen, hätte mich fast dazu bringen können, noch länger im Baum der Furcht zu bleiben. Aber eben nur fast.

Ich riss mich zusammen. Als Nächstes stand *Blitznetz* auf dem Plan. Wieder kämpfte ich gegen Welle um Welle an Mobs, die jedoch allesamt immun gegen Stromschaden waren. Der Dämon blendete einen Zähler ein, der mir zeigte, wie viel Schaden ich bereits verursacht hatte. Ich fing die Mobs mit *Stromkette* ein, wirkte *Blitzschlag* und versuchte, den hämmernden Schmerz in meinen Schläfen zu ignorieren. Ganze fünf Stunden ging das so. Stumpfsinnig kämpfte ich vor mich hin und hoffte auf die erlösende Systemmeldung. Doch statt *Blitznetz* erhielt ich eine bessere Version von *Gravitationsabstoßung:*

Einzelgänger Buch 6

Verbesserte Gravitationsabstoßung: Die Manakosten sind halbiert. Die Fähigkeit lässt sich einfacher kontrollieren.

Ich nahm dankbar an. Sobald ich keinen unerschöpflichen Quell dämonischer Manatränke mehr besaß, wäre die Kostenreduzierung höchst willkommen. Damit würde der Fünf-Meter-Sprung nur noch etwa 210 Manapunkte kosten.

Die gute Nachricht beflügelte mich im wahrsten Sinne des Wortes. Mit neuer Energie ging ich wieder ans Monsterschlachten. Meine Sprünge gelangen viel besser. Nur noch selten kollidierte ich mit Wänden und Felsen. Obwohl der Schadenszähler mittlerweile mehr als 550.000 Punkte zeigte, entwickelte *Blitzschlag* sich nicht weiter. Entweder hatte der Dämon sich verrechnet, oder es steckte Absicht dahinter.

„Was zum Teufel ist hier los?", rief ich verärgert. „Ist das noch so ein dämlicher Spaß von dir?"

Er sah mich entrüstet an.

„Ich habe doch gesagt, dass es ein Unsicherheitsbeiwert ist. Natürlich ist auch das Ergebnis der Berechnung nicht exakt, sondern eben nur ein Anhaltswert. Der echte Wert kann niedriger oder höher ausfallen."

Ich hoffte, dass es wirklich nur ein Rechenfehler war.

Es dauerte noch zwei weitere Stunden, bevor endlich die Systemmeldung erschien und mich informierte, dass ich nun *Konzentriertes Blitznetz* wirken konnte. Immunität gegenüber Stromschaden wurde zu 50 % ignoriert.

Mir blieben noch zwei von 20 Stunden, in denen ich *Stromkette* verbessern musste. Das kam mir seltsam vor, denn diesen Angriff hatte ich die ganze Zeit eingesetzt. Möglich, dass ich kurz vor dem Durchbruch stand. Dennoch bat ich den Dämon, mir einen anderen Spieler als Gegner zu schicken.

„Ich will einen richtigen Gegner", forderte ich. „Zum Beispiel den hier."

Ich stellte mir Alexander vor, und der Dämon erschuf die Version, die ich aus der Schlacht der Clans kannte. Der Mann trug eine glänzend weiße Rüstung und führte einen gewaltigen Zweihänder. Sein Level war 90, damit ich überhaupt eine Chance hatte.

„Falk, wie wunderbar. Endlich kann ich dich noch einmal töten", rief er.

Blitzschnell raste er auf mich zu und hob sein Schwert. Ich sprang zur Seite und landete oben auf einem der Felsen, während ich einen Blitzschlag in seine Richtung schickte. Der Paladin wehrte den Angriff gekonnt ab und eilte mir nach. Jedes Mal, wenn er zuschlug, griff ich ebenfalls an und wich ihm aus. Dieses Katz-und-Maus-Spiel war gegen Nahkämpfer höchst effektiv. Zum Glück war die Arena ebenfalls gut dafür geeignet. Ein echter Spieler hätte vermutlich nach ein paar Minuten die Nerven verloren, aber Alexanders Doppelgänger verfolgte mich mit einer unglaublichen Sturheit. Doch dann fiel mir auf, dass nicht nur diese Gelassenheit ihn von seinem Vorbild unterschied. Tatsächlich nutzte er keine seiner Fähigkeiten bis auf den Sturmangriff und einfache Schwerthiebe. Seine Taktik blieb stets dieselbe. Nachdem ich das bemerkt hatte, ging ich deutlich zuversichtlicher ans Werk. Es bereitete mir kaum Mühe, Alexander zu besiegen.

„Das fühlt sich wie ein Abklatsch des Originals an", beschwerte ich mich.

„Was hast du erwartet?" Mein rüder Ton schien dem Dämon nichts auszumachen. „Du kennst keine seiner Fertigkeiten. Vielleicht hättest du einen Gegner auswählen sollen, gegen den du schon einmal gekämpft hast."

Das stimmte allerdings. Der Dämon konnte wohl kaum die Lücken füllen. Schließlich stammten sämtliche Informationen über diese Gegner aus meinem Kopf.

„Na gut, lass mich überlegen."

Ich ließ die Teilnehmer der Schlacht der Clans vor meinen Augen Revue passieren. Jedes Mal wagte ich einige Kämpfe gegen eine Kopie. Alle davon blieben weit hinter ihren Vorbildern zurück. Sie waren nicht zum Taktieren imstande. Trotzdem war das Training keine vergeudete Zeit, denn schließlich erhielt ich die Meldung, dass ich nun die *Lähmende Stromkette* einsetzen konnte.

Wie schade, dass meine Zeit ablief, bevor ich *Magnetismus* auch noch verbessern konnte. Doch die 20 Stunden näherten sich dem Ende und ich musste mich sputen, um das Schwert im Land der Elfen zu finden. Ob es mir überhaupt gelingen konnte? Ich hatte weniger als drei Tage dafür. Ohne Boris und Artjom wäre das Vorhaben zum Scheitern verdammt gewesen. Was hätte ich bloß ohne die beiden getan? Ich war dankbar für einen Freund wie Artjom. Bei Boris lag die Sache anders, denn er wusste nicht einmal, worum es ging. Er bot seine Hilfe an, weil er ein herzensguter Mensch war. Wir würden ihn früher oder später einweihen und ihm erzählen müssen, dass sich Abgesandte aus Arktanien auf der Erde herumtrieben.

Ich atmete durch und machte eine kurze Bestandsaufnahme: In 20 Stunden hatte ich unzählige Mobs besiegt und dabei vier Fertigkeiten verbessert:

Starker Stromschlag (2)

Konzentriertes Blitznetz (2)

Lähmende Stromkette (3)

Verbesserte Gravitationsabstoßung (2)

Der letzte Eintrag war gar nicht Teil des Plans gewesen. Doch jetzt konnte ich ohne Angst vor einem erschöpften Manavorrat den ein oder anderen Sprung wagen. Im Notfall konnte ich sogar auf das Dach eines fünfstöckigen Gebäudes hüpfen.

Wenn es sich bei den Mobs nicht um vom Geisterdämon erschaffene Illusionen gehandelt hätte, wäre der Aufstieg wohl noch größer gewesen. Er hatte selbst erklärt, dass ich nur einen Bruchteil der Erfahrungspunkte erhalten würde. Trotzdem war ich zwei Level aufgestiegen. Das galt ebenso für Chaosit, und bei Spin waren es sogar vier Level, sodass er nun Level 46 erreicht hatte.

Damit stand ihm eine dritte Fähigkeit in seiner immateriellen Gestalt zur Verfügung, und er konnte einmal pro Minute einen einzelnen, gegen mich gerichteten Angriffszauber blockieren. Ich war stolz auf mein Haustier. Er würde mir bei der Verteidigung eine große und wichtige Hilfe sein.

> *Spin, Blitzgeist, Level 46*
> *Legendärer Begleiter*
> *Stärke: 90*
> *Geschicklichkeit: 70*
> *Intelligenz: 130*
> *Mana: 940*
> *Besonderheiten: immun gegen körperlichen Schaden; kann sich nur in einem 5-Meter-Radius um den Spieler aufhalten*
> *Fähigkeiten:*
> *Zauber verstärken (passiv): + +1,3 %*
> *Heilen (aktiv): + +2 Gesundheitspunkte, Zauberkosten: 15 Manapunkte*
> *Verteidigung (ungerichtet): Einmal pro Minute kann dein Haustier einen gegen dich gerichteten Zauber ganz oder teilweise blockieren. Jeder verhinderte Schadenspunkt kostet einen Manapunkt.*

Der größte Erfolg war natürlich die Verbesserung meiner eigenen Fähigkeiten und die gesammelte Erfahrung. Ich besaß nun viel mehr Potenzial als vor meinem Aufenthalt im Baum der Furcht. Noch mehr als der höhere Schaden war die Erfahrung wert, die ich mit den Fähigkeiten gesammelt hatte. Ich war in der Lage, sie taktisch einzusetzen — und das wäre ein unschätzbarer Vorteil im Kampf. Lediglich bei der Verteidigung war ich noch im Hintertreffen. Doch die höhere Beweglichkeit dank Abstoßung, Kette und Magnetismus glich das zum Teil wieder aus.

„Du siehst ja völlig fertig aus", stellte der Dämon fest. „Vielleicht solltest du eine oder zwei Stunden in deiner Welt schlafen, bevor wir weitermachen?"

„Auf keinen Fall", sagte ich. „Wir verlassen den Baum auf der Stelle."

Der Dämon hatte nicht ganz unrecht, denn ich war nach den 20 Stunden voller Kampf und Kopfschmerz mehr als nur erschöpft. Ich hatte mich völlig verausgabt. Trotzdem hatte ich das Gefühl, er wolle mich mit seinem Vorschlag reinlegen. Außerdem hatte ich Boris versprochen, vier Stunden nach unserem Kontakt in Katar aufzutauchen. Und ich konnte es nicht erwarten, den Dämon endlich loszuwerden. Je mehr Zeit ich in seiner Gegenwart verbrachte, desto bedrohlicher wirkte seine Macht auf mich. Ich hatte durchaus ein schlechtes Gewissen dabei, ihn auf die Welt loszulassen. Was, wenn ich die Büchse der Pandora öffnete? Was, wenn er mich angelogen hatte und auch außerhalb des Baums der Furcht über seine gesamte Macht verfügte? Ohne die Beschränkungen, die den gewöhnlichen Göttern auferlegt waren, wäre er möglicherweise wirklich allmächtig. Ich wusste zwar aus eigener Erfahrung, dass seine Illusionen mehr Schein als Sein waren, aber die Fähigkeit, die Gedanken aller Leute zu lesen, machte ihn zu einem gefährlichen Gegner.

„Also los. Was muss ich tun, um hier rauszukommen?", fragte ich, nachdem ich meine Ängste und Sorgen in den letzten Winkel meines Geistes verbannt hatte.

„Wenn ich das wüsste, wäre ich schon vor langer Zeit abgehauen", sagte der Dämon missmutig. „Du musst deinen lila Freund fragen, wo, wann und wie wir den Baum verlassen können."

Ich starrte ihn überrascht an, dann vermittelte ich Chaosit meinen Wunsch.

Die Energiekugel verwandelte sich in einen Pfeil, der in die Dunkelheit wies. Ich lief in diese Richtung, doch dann blieb der Dämon stehen, als wäre er gegen eine unsichtbare Wand geprallt.

„Ich komme nicht mehr weiter", klagte er.

Ich dachte kurz daran, ihn zurückzulassen, aber der Vertrag verpflichtete mich dazu, ihm zu helfen. Ich ging ein Stück auf ihn zu. Mit einem leisen Puff verwandelte er sich in eine rote Wolke, die auf mein Gesicht zuraste. Instinktiv presste ich die Lippen aufeinander und hielt die Luft an, aber das Ding drang durch meine Nase und Ohren ein. Es kitzelte ein wenig.

Du bist von einem höheren Dämon besessen.
Dauer der Besessenheit: 30 Minuten
Weder Weiße Magie noch Lebensmagie können dich während der Besessenheit heilen. Hochlevelige Adepten des Lichts können spüren, dass du vom Inferno befleckt bist. Der Vertrag erlaubt dem

Aufstieg der Toten

Dämon, die volle Kontrolle über deinen Körper zu ergreifen, wenn du in Lebensgefahr schwebst.

Schutz gegen Feuermagie (für die Dauer der Besessenheit): + 100 %

Es gab also doch einen Vorteil durch die Besessenheit. Allerdings war nicht garantiert, dass mir das in Katar nützlich sein würde. Eigentlich hoffte ich sogar, dass ich es nicht ausprobieren musste. Noch mehr hoffte ich natürlich, dass der Dämon keine Ausrede fand, die Kontrolle zu übernehmen.

„Wohin jetzt?", fragte ich Chaosit.

Mein Haustier führte mich weiter, bis die pechschwarze Finsternis irgendwann von einem dunklen Lila aufgehellt wurde. Mit jedem Schritt nahm die Intensität zu, bis wir schließlich durch ein sattes Indigoblau liefen, aus dem zunächst ein helles Blau und dann ein Grün wurde. Chaosit schien mich durch eine Art Regenbogentunnel zu führen. Ob es am Ende auch einen Topf voller Gold gab? Doch als wir in rotes Licht gebadet waren, verwandelte das Chaospartikel sich in ein großes Stoppschild, das vor meiner Nase schwebte. Vor mir schien es nur endlose Weite zu geben. Ich war überzeugt, dass der sichere Tod nur wenige Schritte entfernt lauerte. Ein Tod, der endgültig war. Ich würde einfach verschwinden, möglicherweise sogar in der Realität. Dieser Ort war gefährlicher als das Zentrum des Infernos. Es gab dieses Sprichwort vom Abgrund, der zurückstarrt. Nirgends passte es besser als hier! Vielleicht war der

Abgrund keine tiefe Schlucht, sondern ein diffuser Ort zwischen den Welten, ein Raum ohne Anfang und ohne Ende.

„Soll ich teleportieren?", vergewisserte ich mich.

Ohne den Chaosgremlin würde ich jetzt noch in der Schwärze des Baumes feststecken. Woher er die Regeln dieser Instanz kannte, war ein großes Geheimnis.

Ein Funkenschauer bestätigte meine Vermutung, und ich zog eine Schriftrolle hervor und brach das Siegel. Vor meinen Augen erschien eine Karte der Welt. Die zulässigen Sprungziele waren grün markiert. Ich wollte nach Katar, also war vermutlich eine Zone außerhalb der Stadt die beste Wahl. Andererseits bestand die Gefahr, dass der Geist der Jagd oder die Stahlratten nach Portalsprüngen Ausschau hielten und mich auf ihre charmante Art empfingen. Boris hatte mich nicht ohne Grund gewarnt. Am Ende entschied ich mich für einen Ort in den Außenbezirken, ganz in der Nähe des Hauptquartiers der Armee. Ich hoffte sehr, bei drohender Gefahr dort Schutz suchen zu können. Das Militär war schließlich keinem der Clans verpflichtet. Außerdem war ich dort weit genug vom Stadtzentrum entfernt und konnte den Dämon freilassen, ohne die Aufmerksamkeit auf mich zu lenken.

Sobald ich das Ziel bestätigt hatte, schoss mir ein fürchterlicher Gedanke durch den Kopf: Bei diesen Schriftrollen kam es in 3 % aller Aktivierungen zu einer Fehlfunktion. Wenn das geschah, würde ich für immer hier festsitzen. Doch zum Glück öffnete sich direkt vor mir ein blau flackerndes Portal. Statt einer hohen, vertikalen Öffnung glich es einem dünneren, horizontalen Schlitz, durch den ich mich zwängen musste, aber das würde seine Funktion hoffentlich nicht beeinträchtigen. Ich holte noch einmal Luft, dann kletterte ich hindurch und stürzte in die Tiefe.

Kapitel 8

DAS GRELLE LICHT DES PORTALS BLENDETE MICH SO SEHR, dass ich die Augen schloss. Als ich sie vorsichtig wieder öffnete, erblickte ich etwa 30 Meter unter mir eine riesige Spielermenge. Instinktiv setzte ich *Gravitationsabstoßung* ein, um den Sturz abzubremsen. Trotzdem verlor ich ein paar Punkte Gesundheit beim Aufkommen auf dem Boden. Endlich war ich aus dem Baum der Furcht entkommen.

Erleichtert blickte ich mich um. Im selben Moment erschien ein großer Countdown in meinem Blickfeld. Rote Ziffern zeigten die restliche Zeit der Besessenheit an. Aktuell stand der Countdown bei 22 Minuten und 43 Sekunden. Interessanterweise spürte ich den Dämon überhaupt nicht. Und mir blieb weniger Zeit als gedacht, denn der Weg aus dem Baum der Furcht hatte über sieben Minuten gedauert.

Aufstieg der Toten

Ich wollte den Dämon so schnell wie möglich loswerden, denn ich zog bereits die Blicke vieler Spieler auf mich. Wo sollte ich das tun? Überall standen und liefen Spieler und Einheimische herum. Die Vorgabe im Vertrag half mir nicht wirklich. Ich musste ihn an einem Ort freilassen, an dem es keine unerwünschte Aufmerksamkeit erwecken würde. Galten zwei oder drei gaffende Personen bereits als Aufmerksamkeit? Wie war unerwünschte Aufmerksamkeit überhaupt definiert? Musste ich ein stilles Kämmerlein finden? Wie wäre es mit einer privaten Instanz?

Ich suchte auf der Karte nach einem passenden Ort und lief dorthin. Unterwegs spürte ich die Spannung, die in der Luft hing. Bei meinem letzten Besuch in Katar hatte es fliegende Särge gegeben — doch selbst damals war die Stimmung weniger gedrückt gewesen. Es waren noch immer mehr als genug Leute auf den Straßen unterwegs, aber die meisten liefen in kleinen Gruppen und sahen sich nervös um. Leise, ängstliche Gespräche hatten die lauten Rufe und angeregten Unterhaltungen ersetzt. Die Bewohner und Besucher rechneten offensichtlich mit dem Ausbruch bewaffneter Konflikte. Jeder Funke konnte das Pulverfass in Brand setzen.

„Was für ein interessantes Haustier“, sagte ein Passant und starrte Chaosit neugierig an.

Bevor wir noch mehr unerwünschte Aufmerksamkeit erweckten, schickte ich den Gremlin zurück. Ich hatte fast den Rand des Platzes erreicht, da hörte ich einen Warnruf: „Da, der Kerl steht auf der schwarzen Liste des Clans Geist der Jagd!"

Mehrere Spieler auf meinem Level hielten auf mich zu. Es waren zwei Zauberer und vier Krieger, die eine seltsame Kombination aus Klingen- und Schusswaffe trugen. Es war eine Art Zweihänder, in dessen Klinge ein Lauf eingelassen war. Vermutlich waren diese Waffen nicht so zielsicher wie ein Gewehr, aber für einen Treffer auf kurze Distanz waren sie gut genug. Außerdem wusste ich nicht, welche Überraschung dieser Waffentyp in Arktanien bereithalten mochte.

Bevor ich mich aus dem Staub machen konnte, hatten die Krieger mich umzingelt.

„Auf deinen Kopf ist ein hübsches Sümmchen ausgesetzt", höhnte einer von ihnen.

„So ein Pech, dass wir uns in einer sicheren Zone befinden und jede Menge Wachen anwesend sind", sagte ich und nickte in Richtung der etwa einhundert Kaiserlichen Wachen.

„Denkst du etwa, dass die Kerle dich beschützen?", fragte einer der Zauberer verwundert. Er war auf Level 81 und damit der Mächtigste meiner Häscher. „Ich kille dich, bevor sie überhaupt reagieren können. Dann sacke ich die Belohnung vom Geist der Jagd ein. Meinen Ruf kann ich mit ein paar Quests fürs Gemeinwohl in einer Woche wiederherstellen."

„Wenn du Spaß daran hast — probier es ruhig", gab ich zurück. Sobald er mich angriff, durfte ich mich mit allen verfügbaren Mitteln zur Wehr setzen. Wieso ich so cool reagierte, wusste ich auch nicht. Vermutlich hatte der Ausflug in den Baum der Furcht mich abgestumpft. Oder mein Training dort hatte mein Selbstvertrauen gestärkt. Wie dem auch sei, in jedem Fall wäre es besser, wenn sie hier angriffen und nicht aus einem Hinterhalt in irgendeiner Gasse.

Der Zauberer grinste selbstzufrieden und begann damit, einen komplexen und mächtigen Zauber zu wirken, der mich garantiert sofort töten würde. Die vier Krieger hielten mich mit ihren Waffen in Schach, damit ich nicht abhauen konnte. Natürlich wartete ich nicht darauf, dass der Zauberer seinen Spruch beendete.

Stattdessen katapultierte ich mich mit *Gravitationsabstoßung* auf das Dach eines zweistöckigen Gebäudes und blickte auf die Kopfgeldjäger herab. Unter mir sauste ein Feuerzauber durch die Luft und mehrere Schüsse ertönten. Eine der Kugeln streifte mich am Bein. Sofort wurden die Namen der sechs Spieler in feindlichem Rot angezeigt. Dutzende von Wachen rannten auf die Gruppe zu, aber ich hatte kein Interesse daran, mir die Sache bis zum Ende anzusehen. Ich machte mich über die Dächer aus dem Staub, bevor anderen Spielern einfiel, dass sie das Kopfgeld kassieren könnten. Überrascht stellte ich fest, dass über den Dächern Katars sehr viel mehr los war, als ich erwartet hatte. Offenbar gab es viele andere Spieler, die es bevorzugten, sich in luftiger Höhe fortzubewegen. Zum Glück schien niemand von ihnen mich zu erkennen.

Irgendwann kletterte ich wieder auf die

Straße hinab und orientierte mich. Ich war nur wenige Blocks von der nächsten Instanz entfernt. Wenn nicht weitere Mitglieder oder Speichellecker des Clans Geist der Jagd auftauchten, sollte ich das schaffen. Ich wünschte mir, es gäbe eine Möglichkeit, die eigene Infobox für andere Spieler auszublenden. Wie sollte man sich verbergen, wenn der eigene Name für jeden Depp so deutlich angezeigt wurde? Mein einziger Trost war, dass sich Spieler dafür auf geringe Entfernung nähern und genau hinsehen mussten. Ich versuchte, mich unter das Volk zu mischen.

Doch leider war mir das nicht vergönnt. Wahrscheinlich befand ich mich in einem vom Geist der Jagd beherrschten Teil Katars. Noch schlimmer wäre es, wenn der Clan die ganze Stadt unter seine Kontrolle gebracht hätte. Nach wenigen Schritten war es mit meiner Ruhe vorbei.

„He! Bleib sofort stehen!", rief jemand hinter mir.

Ich tat so, als hätte ich nichts gehört, aber es nützte nichts. Zwei weitere Spieler schnitten mir den Weg ab. Einer von ihnen war mir bereits bekannt.

„Glitch der Abenteurer", schmunzelte ich. „So sieht man sich wieder."

Der gedungene Mörder hatte es seit unserem letzten Treffen in der Stadt der Toten von Level 45 auf Level 58 geschafft. Ich war ihm deutlich überlegen. Level 70 war selbst für jemanden, der schon seit mehreren Wochen spielte, ein großer Erfolg.

„Sieh mal einer an", sagte er spöttisch. „Falk.

Was für ein Zufall. Lazar möchte dich sprechen."

„Ich komme gern auf eine Tasse Tee vorbei, wenn ich einen Augenblick erübrigen kann", log ich ungerührt. „Aber heute passt es leider überhaupt nicht."

„Die Zeit wirst du dir wohl nehmen müssen."

Ich blickte den Spieler an, der sich in unser Gespräch eingemischt hatte. Er hieß Teslan und war ein Elektrozauberer auf Level 80. Ihn hatte ich noch nie gesehen. Vielleicht gehörte er auch zu den Stahlratten?

„Das entscheide noch immer ich allein", erwiderte ich und bereitete mich darauf vor, meine Haustiere zu rufen. Chaosits Chaos-Aura wäre im Kampf gegen diese Spieler gewiss eine große Hilfe, und auch Spins heilende Wirkung würde mir nützen. Auch hier kam es darauf an, den Erstschlag zu überleben und durchzuhalten, bis die Wachen auftauchten. „Seid ihr Manns genug, mich anzugreifen? Wenn nicht, dann geht mir aus dem Weg. Ich habe zu tun."

„Wer spricht denn von angreifen? Wir wollen nur dafür sorgen, dass du Lazar wohlbehalten erreichst", sagte Glitch der Abenteurer mit einem bösen Lächeln. „Es ist gefährlich, allein in der Stadt unterwegs zu sein. Wir haben schon unsere Leute verständigt, damit wir uns in aller Ruhe über deinen Schutz unterhalten können."

„Mir egal. Wie gesagt, ich habe einen dringenden Termin."

Ich machte eine abweisende Geste und einen Schritt zur Seite, bevor ich weiterging.

„He!", rief Glitch empört. „Wenn du denkst, du kannst dich in der Instanz im Westteil der Stadt verstecken, bist du auf dem Holzweg! Da wirst du bereits erwartet. Du hast keine Chance!"

Vielleicht log er mich an, vielleicht auch nicht. Es gab keinen Grund, ein Risiko einzugehen. Ich beschloss, den Militärstützpunkt aufzusuchen, um meinen Häschern zu entgehen.

Ich nahm ein paar Schritte Anlauf und sprang auf ein Hausdach. Das war der sichere Weg. Leider konnte ich mit *Gravitationsabstoßung* nicht einfach von Dach zu Dach hüpfen, denn die Fähigkeit funktionierte nur in Verbindung mit dem Erdboden. Für den Sprung auf das nächste Haus verließ ich mich auf meine Geschicklichkeit, die auf Olympioniken-Niveau hochgelevelt war. Kurz darauf erreichte ich das Armee-Hauptquartier und sprang wieder nach unten. Doch zu meiner großen Überraschung wartete ein grinsender Glitch auf mich.

„Hast du gedacht, du bist schneller als ich?", fragte er kichernd. „Tja, da hast du dich wohl geirrt. Und wenn du erst einmal das Zeichen des Mörders trägst, nützt dir kein Versteck der Welt etwas."

Neben dem Elektrozauberer hatten sich in der Zwischenzeit weitere Spieler eingefunden. Ich kannte keinen davon. Wenn hier nicht so viele Wachen anwesend gewesen wären, hätten sie mich schon lange überwältigt.

Die Wachen...

Das war die Lösung! Vor dem Eingang zum

Gebäude standen mehrere grimmig dreinblickende Soldaten auf Level 100. Als Leutnant der kaiserlichen Streitkräfte konnte ich ihnen in einem Notfall Befehle erteilen. Öffentliches Unruhestiften und Volksaufstände zählten zu den Notständen. Belästigung eher nicht. Bisher hatte die Gruppe meiner Gegner mich nur daran gehindert, das Gebäude zu betreten. Niemand hatte Anstalten gemacht, mich anzugreifen. Dennoch, einen Versuch war es wert.

„Ich bin Leutnant Fudre. Diese Männer hier stören den öffentlichen Frieden", sagte ich laut.

Einer der Soldaten begutachtete die Stahlratten. „Wenn niemand gegen die Gesetze der Stadt verstößt, gibt es keinen Grund und kein Recht für uns, einzugreifen."

Na toll. Vermutlich musste die Bande erst versuchen, mich zu ermorden, bevor die Soldaten eingriffen.

„Du entkommst uns nicht, Bürschchen", höhnte Glitch der Abenteurer. „Wir warten schön auf Lazar."

Auf keinen Fall würde ich das tun. Die Zeit lief mir davon.

Also sprang ich wieder in die Höhe und direkt vor das Tor zum Armeegebäude. Keiner der anderen Spieler versuchte, mich aufzuhalten.

Ich ging durch das Tor und stand vor dem Tisch, hinter dem der einsame Zombie saß. Er erkannte mich sofort.

„Willkommen, Leutnant Fudre", begrüßte er mich emotionslos.

„Hallo, Gordon", antwortete ich fröhlich und laut — auch, damit die Clan-Spieler mitbekamen, dass ich zum Militär gehörte. „Ich muss zum Hauptmann."

„Hauptmann Narval erwartet dich bereits. Tür Nummer drei."

Ich hielt auf die Tür zu und hörte, die der Zombie Glitch und die anderen aufhielt, als sie mir folgen wollten.

„Für euch geht es hier nicht weiter! Zivilisten haben in diesem Gebäude nichts zu suchen. Fort mit euch."

Auf ein unsichtbares Signal hin stürmten zehn Wachten auf hohem Level den Vorraum und umringten die Spieler. Ich verabschiedete mich mit einer Einfingergeste.

„Du kannst dich nicht ewig verstecken!", drohte Glitch der Abenteurer, während die Wachen ihn und seine Begleiter hinausdrängten. „Das Zeichen des Mörders verhindert eine ganze Stunde lang, dass du teleportierst. Wir haben genug Männer, um das Gebäude zu stürmen und dich zu holen!"

Ich hatte sowieso nicht vorgehabt, zu teleportieren. Trotzdem war ich alles andere als glücklich. Ich musste den Dämon loswerden, aber das könnte unschöne Reaktionen hervorrufen. Das Militär war nicht gerade nachsichtig.

Mir blieben noch 18 Minuten und 55 Sekunden, um einen geeigneten Ort zu finden. Doch zuerst würde ich dem Hauptmann Bericht erstatten.

Als ich eintrat, saß der hinter seinem schweren Eichenholztisch und brütete über ein paar Dokumenten. Hoffentlich wusste er nicht, dass ich entgegen meinem ausdrücklichen Befehl das Kaiserreich verlassen hatte! Wenn Hauptmann Narval das herausfand, würde die Quest möglicherweise fehlschlagen.

„Hallo", sagte ich nervös. „Ich bin Falk Fudre. Ich bin gekommen, um den erfolgreichen Abschluss meiner Mission zu melden."

„Hervorragend", sagte der Mann. Seine Stimme klang trotz des Lobes eiskalt. Seine Augen durchbohrten mich mit strengem Blick. „Bericht!", forderte er mich auf.

Seiner Miene nach wusste er bereits von meinem Vergehen. Ich rechnete fast damit, dass er mich vor ein Kriegsgericht stellen würde.

„Ich habe *Maschinenkontrolle* auf Level 4 verbessert, obwohl in der Quest nur Level 3 verlangt wurde." Bestimmt war es gut, die Übererfüllung der Pflicht deutlich zu betonen. Andererseits entschloss ich mich dagegen, ihm zu berichten, dass ich auch *Kontrolle über die Mechanismen der Uralten* erlangt hatte, denn ich hatte keine Ahnung, ob sich das nachteilig auf seine Beurteilung auswirken würde.

Er musterte mich streng. „Aha. Sehr schön. Das war gut."

Quest abgeschlossen: Meister der Mechanik
Aufgabe: Erreiche vor Ende des Monats Level 3 bei Maschinenkontrolle.
Belohnung: Schriftrolle zum Verbessern einer

Einzelgänger Buch 6

Slider-Fähigkeit, Rang eines Oberleutnants der Luftstreitkräfte, + 300.000 Erfahrungspunkte

Du hast den Rang eines Oberleutnants der kaiserlichen Luftstreitkräfte erhalten.
+ 30 Schaden
Wachen rufen: *Du kannst Wachen in einem Umkreis von 50 Metern rufen und befehligen. (Die Fähigkeit kann nach 12 Stunden erneut genutzt werden.)*

Das war großartig! Wenn die Stahlratten mir auf die Pelle rückten, würden sie am eigenen Leib erfahren, wozu ein Oberleutnant der Luftstreitkräfte fähig war!

Die Schriftrolle war die Kirsche auf der Belohnungstorte. Ich war sehr gespannt, ob sie mir eine bestimmte Klassenfähigkeit verleihen oder einen allgemeinen Vorteil für mich als Elektrozauberer bieten würde. Bevor ich nachsehen konnte, musste ich mehr über die nächste Aufgabe der militärischen Quest erfahren. Der Hauptmann hatte vor meiner Abreise eine neue Art Luftschiff erwähnt, für das neben *Maschinenkontrolle* auf Level 3 auch eine weitere, geheimnisvolle Slider-Fähigkeit benötigt wurde. Vermutlich verhalf die Schriftrolle mir zu dieser Fähigkeit.

„Ich habe neue Befehle für dich, Soldat", sagte der Hauptmann mit vor Dramatik triefender Stimme. „In zehn Tagen wirst du dich in Port Kard melden. Du dienst dort unter Major Silver de Gaulle auf dem Flaggschiff namens *Unbezwing-*

bare. Er wird dich zum Mechaniker und Piloten ausbilden. Im Rahmen der Ausbildung wirst du auch Wache schieben und dabei eine geheime Aufgabe erledigen."

Neue Quest erhalten: Meister der Mechanik im Dienst des Kaiserreichs

Aufgabe: Melde dich binnen zehn Tagen in Port Kard und absolviere die Ausbildung zum Piloten und zum hohen Mechaniker.

Belohnung: Rang eines Hauptmanns, Beruf als hoher Mechaniker und Pilot, Fertigkeit **Verständnis großer Maschinen,** *+ 500.000 Erfahrungspunkte*

Strafe bei Fehlschlag: Verlust eines militärischen Ranges, 15 Tage im Bau

Pilot? Woher kam diese Idee? Ich sollte doch nur Mechaniker werden! Grundsätzlich hatte ich kein Problem damit, weitere Berufe zu erlernen, aber die Spielregeln erlaubten maximal zwei Berufe. Wenn ich Mechaniker und Pilot wurde, musste ich meine Tätigkeit als Glasbläser an den Nagel hängen. Ich hatte diesen Beruf bisher zwar kaum ausgeübt, aber mich beschlich der Verdacht, dass ich ihn nicht ohne Grund erhalten hatte. Wenn ich Murphys Gesetz vertraute, würde ich eine Quest erhalten, die von mir verlangte, ein Schwert aus Glas herzustellen, sobald ich nicht mehr über den Beruf verfügte.

„War ich nicht für den Posten eines Mechanikers vorgesehen? Wieso die Ausbildung zum Piloten?", hakte ich nach.

„Du hast meine Erwartungen übertroffen und ein ganzes Level mehr geschafft. Ich denke, du bist es wert, dem Militär in mehr als nur einer Weise zu dienen. Sieh dieses Geschenk als Vertrauensbeweis an, Soldat."

Ich bedankte mich artig. „Ich habe eine Frage. Es geht um die Slider-Fähigkeit. Wie nützt die einem Piloten oder Mechaniker? Über welche Fähigkeit sprechen wir überhaupt?"

„Das übersteigt meine Befugnisse", sagte der Hauptmann. „Der Befehl stammt von ganz oben. Ohne diese Fähigkeit ist die gesamte Mission zum Scheitern verurteilt."

Ich beschloss, mir in zehn Tagen den Kopf darüber zu zerbrechen. Im Moment hatte ich andere Sorgen.

„Gibt es noch einen anderen Ausgang aus dem Gebäude?", fragte ich. „Ich würde gern durch den Keller verschwinden und erst in möglichst großer Entfernung wieder an die Oberfläche zurückkehren."

Es herrschte kein Zweifel daran, dass Glitch der Abenteurer dank des Zeichens des Mörders genau wissen würde, wo ich mich befand, aber einen Versuch war es wert. Wenn ich mich schnell genug bewegte, konnte er mir vielleicht nicht folgen.

„Es gibt keinen unterirdischen Geheimgang", erwiderte der Hauptmann. „Aber wir haben einen Notausgang. Nimm den linken Gang, wenn du mein Büro verlässt."

„Vielen Dank."

Aufstieg der Toten

Ich wollte gerade gehen, als der Hauptmann mich zurückrief. „Denk an deinen Sold und dein Marschgepäck! Die Armee lässt ihre Leute nicht hungern."

Ich hatte da so meine Zweifel, denn bei der ersten Quest hatte die Armee mich auch im Regen stehen lassen. Ein Sold klang allerdings mehr als gerecht. Der Hauptmann drückte mir zehn Goldmünzen und eine Portal-Schriftrolle in die Hand. Mit der Schriftrolle konnte ich ohne Zeitverlust nach Port Kard reisen. Leider konnte ich sie nicht sofort nutzen — zumindest, wenn ich Glitch Glauben schenkte. Vielleicht sollte ich es trotzdem versuchen?

Ich schloss die Tür hinter mir und aktivierte die Portal-Schriftrolle. Es wurde nur eine Systemmeldung angezeigt. Mein Charakter konnte tatsächlich nicht teleportieren.

Dann würde ich mir eben ansehen, welche Slider-Fähigkeit ich erhalten hatte. Mit zittrigen Händen zog ich die Schriftrolle aus dem Inventar und brach das Siegel.

Kapitel 9

ANFANGS WAR ICH BESORGT, dass es eine schwierige Entscheidung sein würde, doch diese Sorge war unbegründet. Denn die Schriftrolle enthielt nur eine Option:

Du hast eine Fähigkeit erlernt: **Wechsel.**

Damit kannst du sofort teleportieren. Die Entfernung des Positionswechsels ist von deiner Intelligenz abhängig. Es dürfen keine Hindernisse zwischen deinem Standort und dem Ziel von **Wechsel** *liegen. Die Manakosten richten sich nach deinem Weisheitswert.*

War das gut? Es klang wie ein Portalsprung oder Flimmern über sehr kurze Distanz. Allerdings verflog meine Freude sehr schnell, als ich mir die Formel für den Ortswechsel genauer ansah: Die größtmögliche Entfernung betrug 0,001 Meter pro

Intelligenzpunkt. Ich würde also alle zehn Sekunden etwa 15 cm weit teleportieren können. Und es würde mich jedes Mal 50 Manapunkte kosten. Wer hatte sich so einen *Mist* ausgedacht? Wozu sollte das gut sein?

Oder war die Besonderheit das Wort „sofort" in der Fähigkeitenbeschreibung? Das würde bedeuten, dass ich Angriffen ausweichen konnte. Inwiefern rechtfertigte das eine eigene Charakterklasse? Würde die Fähigkeit auf einem höheren Level nützlicher sein? Ich probierte sie ein paar Mal aus, damit ich ein Gefühl dafür bekam. 15 cm waren nicht viel. Aber ein Pfeil oder Schwerthieb, der mich um 15 cm verfehlte, wäre ein Riesengewinn für mich.

Beinahe hätte ich den Dämon vergessen. Der Countdown zeigte noch zwölf Minuten an. Es wurde höchste Zeit, meinen Passagier loszuwerden. Wieso hatte ich Idiot eigentlich nicht mit Boris gesprochen? Natürlich hätte ich ihm keine Einzelheiten verraten können, aber auch eine grobe Beschreibung hätte mir garantiert nützliche Informationen verschafft.

Ich schrieb ihm und erhielt fast sofort eine Antwort. Er bestätigte, dass es Varianten von *Zeichen des Mörders* gab, die das Teleportieren verhinderten und eine Verfolgung der Gezeichneten über große Entfernungen ermöglichten. In den Tempeln verschiedener Götter konnte man das Zeichen vorzeitig entfernen lassen, aber ich hatte nicht vor, im Zustand der Besessenheit einen Tempel aufzusuchen. Irgendwann würde es automatisch enden. Doch diese Zeit hatte ich nicht. Ich musste eine andere Lösung finden und konnte nicht direkt zu Boris oder ins Land der Elfen springen. Andererseits war ich mit *Wachen rufen* weniger angreifbar als bisher. Als Oberleutnant konnte ich Schutz verlangen, ohne dass es zivile Unruhen oder direkte Angriffe auf mich gab. Das wäre nützlich, wenn ich zu Boris unterwegs wäre.

Ich teilte ihm meinen Plan mit, aber er war dagegen.

„Nein. Auf keinen Fall treffen wir uns im Laden. Sobald es eine offizielle Verbindung zwischen uns gibt, bin ich erledigt. Der Geist der Jagd hat bereits die Kontrolle über den Großteil der Stadt erlangt. Ich möchte mir den Clan ungern zum Erzfeind machen."

„Was schlägst du dann vor? Willst du mir die Sachen hierher bringen?"

„Noch einfacher: Ich schicke dir, was du im Land der Elfen brauchst, die Portal-Schriftrollen und einige der Verträge, die du in der kaiserlichen Kanzlei beurkunden lassen musst."

Dass er die Schriftrollen beschafft hatte, war großartig. Dass ich nochmals in die Kanzlei musste, eher nicht.

„Muss ich wirklich in die Kanzlei?", fragte ich. „Das dauert bestimmt einen halben Tag. So viel Zeit habe ich nicht."

„Beruhige dich. Du bist jetzt ein Aristokrat. Es gibt eine Warteschlange für Leute wie dich. Das Beste: Sie ist im Normalfall leer. Direkt nebenan ist das kaiserliche Grundbuchamt. Dort kannst du erfahren, wie du ein eigenes Stück Land oder ein vorhandenes Dorf überschrieben bekommst."

Das war leichter gesagt als getan. Immerhin hing mir eine Horde Spieler an den Hacken, die mich bei der erstbesten Gelegenheit angreifen würde. Diese Ratten machten mir das Leben unnötig schwer. Wäre ich bloß nicht Glitch begegnet! Dann hätte ich meine Sachen längst bei Boris abgeladen und unsere internen Angelegenheiten wären erledigt. Vielleicht wäre ich sogar schon im Land der Elfen!

Doch jetzt musste ich zurück ins Hotel, Boris' Paket abholen und natürlich nebenbei den Dämon loswerden. Auf der Karte wurde eine Instanz direkt neben dem Hauptquartier angezeigt. Es war nur einen Block entfernt. Aber würde ich auch Zugang erhalten? Glitch hatte behauptet, dass dort jemand auf mich warten würde. War es möglich, den Eingang einer Instanz zu blockieren? Oder hatte er mich angelogen? Ich beschloss, es zu riskieren.

Als ich auf die Straße trat, waren weder Glitch noch andere Ratten zu sehen. Ich rannte los. Sollte ich den Weg über die Dächer nehmen, in der Menge untertauchen oder ein paar Wachen rufen? Bevor ich eine Entscheidung traf, wurde sie mir abgenommen. Glitch der Abenteurer und sein Elektrozaubererfreund kamen um eine Ecke geschlendert.

„Bleib stehen!", rief er.

Als ob! Ich wollte gerade aufs nächste Gebäude springen, als der Elektrozauberer meine Beine mit *Stromlasso* fesselte. Zwar war ich immun und erlitt keinen Schaden, aber Lasso war Lasso und ich ging zu Boden. Teslan zog mich zu sich heran und verhinderte so, dass ich aufstand. Gleichzeitig legte Glitch der Abenteurer eine Stahlfalle auf den Boden, um mich darin zu fangen. Ich setzte *Magnetismus* ein, um sie wegzuschieben.

In meinem Kopf spielte ich panisch meine Möglichkeiten durch. Ich war zu weit von dem anderen Elektrozauberer entfernt, um ihn anzugreifen. Schließlich katapultierte ich mich mit *Gravitationsabstoßung* vom Boden auf ihn zu. Ich segelte durch die Luft wie ein Fisch an der Angelschnur und feuerte *Konzentriertes Blitznetz* direkt in sein Gesicht. Er wich nicht aus, denn auch er war immun gegen Stromangriffe. Doch er hatte nicht damit gerechnet, dass ich 20 Stunden investiert hatte, um diese Immunität zu überwinden. Sobald das Netz ihn berührte, verlor er die Kontrolle über *Stromlasso* und ich war frei. Sofort sprang ich auf und beschwor *Stromkette*. Glitch hatte bereits zwei grün schimmernde Dolche gezogen und rannte auf mich zu. Das würde übel für ihn werden!

Ich parierte einen der Dolche mit der Kette und versetzte ihm einen heftigen Kopftreffer. Er wich aus, aber ich steuerte die Kette so, dass sie sich um seinen Hals schlang und ihn einige Sekunden lang lähmte.

Der Elektrozauberer bereitete einen weiteren Angriff mit *Stromlasso* vor, aber ich war bereit. Der 15 Zentimeter weite *Wechsel* ließ den Angriff verpuffen. Noch besser: Das Lasso fesselte Glitch und fügte ihm Schaden zu. Ich beschloss, dass die neu gewonnene Fähigkeit doch ihren Nutzen hatte.

Weil keine Wachen den unprovozierten Angriff auf mich gesehen hatten, waren die Namen der Ratten auch nicht rot. Allerdings tauchten irgendwann vier Wachen auf, die hier Patrouille liefen oder einfach von dem Lärm angelockt worden waren. Ich sah, wie sie um die Ecke bogen, als der Elektrozauberer einen elektrisch geladenen Dolch nach mir warf.

Statt auszuweichen, kassierte ich einen Treffer, der mir 100 Punkte körperlichen Schaden und 30 Punkte Stromschaden zufügte. Offensichtlich hatte auch mein Gegner einen Weg gefunden, die Immunität zu umgehen. Doch durch diesen Angriff war er in den Augen der Wachen der Aggressor. Die vier Männer in ihren glänzenden Rüstungen stürmten auf ihn zu.

„So ein Dreck!", schrie der Elektrozauberer, bevor er von den Wachen in Stücke gehauen wurde.

Glitch der Abenteurer verbarg seine Dolche und machte ein paar Schritte zurück. Er mimte die Unschuld vom Lande.

„Bürger, es tut uns leid, dass ihr von diesem Räuber angegriffen worden seid", sagte eine der Wachen. „Wir haben die Gefahr gebannt."

Der arme Glitch grinste gequält und bedankte sich.

„Vielen Dank."

Beinahe hätte ich lauthals gelacht.

„Auch von mir besten Dank", rief ich. Sobald

dir Wachen mir den Rücken zugewandt hatten, sprang ich mit *Gravitationsabstoßung* auf das Dach des Hauses neben mir.

„Du entkommst uns nicht", drohte Glitch. „Der gesamte Clan Geist der Jagd ist dir auf den Fersen."

Ich hoffte sehr, dass es nicht wirklich der gesamte Clan war. Es war unvorstellbar, dass ein kompletter Clan Jagd auf einen Mann machen würde. Über die Dächer floh ich vom Ort des Hinterhalts. Beim vierten Sprung wurde ich gewaltsam in die Tiefe gezerrt. Ich prallte hart auf dem Boden auf und verlor ein Drittel meiner Gesundheitspunkte.

„Wer hat es denn da so eilig, zu mir zu kommen?", höhnte ein Spieler mit einer feurigen Peitsche in der Hand. Mit dieser Waffe hatte er mich nach unten gezogen. Er trug eine leichte Lederrüstung. Schwarze Haare umrahmten ein asiatisches Gesicht. Seine Infobox zeigte, dass er Jet hieß, auf Level 95 war und zum Clan Geist der Jagd gehörte. Drei weitere Spieler auf ähnlichem Level näherten sich.

„Keine Bewegung", warnte der Peitschenmann und ließ selbige knallen. Ich setzte *Wechsel* ein, um auszuweichen, aber die Schnur versetzte mir einen brennenden Hieb über die Wange.

Obwohl wir uns in einer sicheren Zone befanden und viele Wachen anwesend waren, wurde Jets Name nicht rot. Wieso reagierte die Stadtwache nicht? Wie seltsam!

Ich beschloss, *Wachen rufen* einzusetzen. Sekunden später erschienen zehn Soldaten in Plattenrüstung neben mir.

„Diese Männer haben mich angegriffen", sagte ich. Sofort zogen die Soldaten ihre Schwerter und gingen drohend auf die vier Spieler zu.

„Du hältst dich wohl für besonders schlau. Als ob du der einzige Mann von Rang wärst." Jet kicherte, dann sah er den Soldaten fest in die Augen. „Ich bin Hauptmann der kaiserlichen Armee mit Sonderbefugnis. Ich habe alles unter Kontrolle. Diese Männer handeln auf meinen Befehl. Wegtreten!"

„Jawohl, Hauptmann." Die Soldaten schlugen sich mit der Faust an die Brust und verschwanden. Ich saß tief in der Tinte.

„Du wirst brav mitkommen und unserem Clan-Anführer Rede und Antwort stehen. Wenn du einen Fluchtversuch machst, werde ich dich töten und deinen Respawn-Punkt umzingeln lassen."

Ich überlegte. Laut Spielregel war es nicht möglich, Spieler direkt am Respawn-Punkt immer wieder zu töten. Dort durften auch keine Zauber eingesetzt werden. Somit wäre ich dort vor einem weiteren Zeichen sicher, dass mich am Teleportieren hinderte. Nach einem Tod könnte ich einfach die Portal-Schriftrolle benutzen. Der Tod schien mir also durchaus verlockend. Andererseits würde ich dadurch ein Level verlieren. Ich würde einen anderen Ausweg suchen. Bei Bedarf konnte ich mich immer noch umbringen.

„Dann lass uns reden", stimmte ich zu.

Vielleicht ergab sich unterwegs eine gute Gelegenheit. In einem direkten Kampf hatte ich keine Chance gegen das Quartett, dazu war ihr Level zu weit über meinem. Außerdem war ich neugierig, was der Clan-Anführer vom Clan Geist der Jagd und Lazar von mir wollten. Es wäre interessant, genauer zu erfahren, was sie wirklich wussten. Zugegeben, da war noch die Sache mit dem Dämon. Hoffentlich konnte ich dieses Gespräch in weniger als den acht Minuten, die mir noch blieben, hinter mich bringen.

Wir marschierten über einen geschäftigen Marktplatz, wo Glitch der Abenteurer und weitere Spieler zu uns stießen.

„Ich habe doch gesagt, du entkommst uns nicht", kicherte er.

„Eine schicke Waffe hast du da", sagte ich und deutete auf die Dolche an seinem Gürtel. „Was die wohl einbringen, wenn ich sie verkaufe?"

Er spuckte aus.

„Du hast ein zu großes Selbstvertrauen für einen Spieler auf deinem Level", sagte Jet, der unsere Unterhaltung angehört hatte. „Besser, du hältst deine Zunge im Zaum, wenn du mit dem Anführer sprichst. Andernfalls könnte es dir schlecht ergehen. Und das nicht nur im Spiel."

Die Drohung schockierte mich nicht, sondern weckte meine Neugier. Wollte er andeuten, dass er und andere auch in der echten Welt über gewisse Fähigkeiten verfügten?

Wo auch immer die Gruppe mich hinführte, es wurde bald klar, dass wir das Ziel nicht erreichen würden. Denn unser Weg führte an einem

Tempel der Göttin des Lebens vorbei. Sobald die Priester mich erblickten, sprangen sie auf und gestikulierten wild in meine Richtung.

„Ich spüre die Befleckung des Infernos!", brüllte einer fanatisch über den gesamten Platz. „Der Mann ist besessen!"

„Meint der dich?", fragte Jet überrascht und wurde langsamer.

„Ich habe keine Ahnung", log ich ihn an. „Ich bin praktisch dein Gefangener. Das hier geht mich nichts an."

Mittlerweile hatte uns eine Gruppe von Tempelrittern umzingelt. Sie trugen goldene Rüstungen, die mit Weißer Magie gesegnet waren.

„Tötet ihn!", kreischte der Priester.

„Also meinen sie doch dich", sagte Jet anklagend und zog seine Waffe.

Meine zehn Bewacher schienen unentschlossen über ihren nächsten Schritt zu sein. Sollten sie mich den Priestern überlassen? Oder sollten sie kämpfen? Der Clan-Anführer des Clans Geist der Jagd wollte mich sehen. Aber war das einen Disput mit der Priesterschaft der Göttin des Lebens wert?

Die Ritter zögerten nicht, sondern griffen erbarmungslos an. Die anderen Spieler und Einheimischen auf dem Platz wichen angsterfüllt zurück. Das war die Gelegenheit, auf die ich gewartet hatte! Mit *Gravitationsabstoßung* warf ich mich zur Seite und stieß dabei einige Spieler aus dem Weg.

Jets Unentschlossenheit hatte ihn wertvolle Zeit gekostet, aber jetzt handelt er unverzüglich.

Seine Peitsche knallte, aber ich setzte *Wechsel* ein, um dem Hieb auszuweichen. Das war mein Glück, denn neben der Peitsche verfehlten auch mehrere weiß leuchtende Speere mich nur knapp.

„Überlassen wir ihn den Priestern", hörte ich Glitch rufen.

Sobald ich wieder festen Boden unter den Füßen hatte, rannte ich weiter. Ein heftiger Schmerz zuckte durch meinen Rücken.

Dir wurden 300 Punkte Schaden von Glitch dem Abenteurer zugefügt.
Gesundheit: 243/820

So ein Arschloch! Es tat verdammt weh. Ich setzte noch einmal *Wechsel* ein, um potenziellen Angriffen auszuweichen. Meine erste Enttäuschung über diese Fähigkeit war längst in Begeisterung umgeschlagen. Obwohl mir eine größere Sprungdistanz deutlich lieber gewesen wäre. Dann endete meine Flucht abrupt an einer unsichtbaren Barriere.

„Du bist von einem infernalischen Geschöpf besessen. Wir lassen nicht zu, dass du weiter dein Unwesen treibst." Die Stimme des Priesters klang näher, als mir lieb war.

Ich drehte mich um. Er stand etwa zehn Schritte hinter mir, die Hände hoch erhoben. Seine Handflächen waren gen Himmel gerichtet. Lichtbündel stiegen daraus hervor und bildeten eine Kuppel von etwa zehn Metern Durchmesser, die uns einschloss und von den anderen Spielern trennte. Ich sah keinen Ausweg, also bereitete ich mich auf einen Kampf mit *Stromkette* vor. Was für ein Scheißtag!

Drei Tempelritter traten durch die Barriere und stellten sich im Halbkreis um mich auf, um mir den Weg abzuschneiden. Dabei war ich sowieso in dieser Kuppel gefangen.

„Im Namen Letharas, der Göttin des Lebens, befehle ich dir, das Knie zu beugen und deine Strafe anzunehmen." Die donnernde Stimme des Priesters erfüllte die gesamte Kuppel, während er weiter Mana hineinströmen ließ. „Richtet ihn!", befahl er dann.

Die Tempelritter packten ihre Schwerter fester und holten aus.

Ich erstarrte, doch dann hörte ich die Stimme des Dämons: „So sollte das bestimmt nicht ablaufen. Du entschuldigst sicher, dass ich jetzt übernehme."

Obwohl ich gefühlt nur ein einziges Mal blinzelte, musste sehr viel mehr Zeit vergangen sein. Der Platz sah aus, als wäre ein Tsunami darüber weggefegt. Sämtliche Marktstände waren zerstört. Überall lagen die Leichen von Spielern und Einheimischen, die gerade erst begannen, sich aufzulösen.

Was zum Teufel war passiert? Die Antwort lieferte eine Reihe von Systemmeldungen.

Du hast 30.000 Erfahrungspunkte für das Töten eines Hohepriesters des Tempels der Lethara auf Level 110 erhalten.

Einzelgänger Buch 6

*Du hast 15.000 Erfahrungspunkte für das Tö-
ten eines Tempelritters auf Level 100 erhalten.*
   *Du hast 11.000 Erfahrungspunkte für das Tö-
ten des Spielers CashPoint auf Level 81 erhalten.*
   Du hast...

Mehr und mehr gleichartige Meldungen
tauchten auf. Dazwischen wurde ich informiert,
dass ich auf Level 74 aufgelevelt war. Außerdem
hatte ich die Auszeichnung „Höchst unwahr-
scheinlicher Sieger, Level 1" für das Töten von einhundert Spielern deutlich über meinem Level erhalten.

Die Besessenheit war beendet, also musste
der Dämon meinen Körper verlassen haben. In das
Erstaunen mischte sich Entsetzen. So viele Menschen hatten dabei sterben müssen! Ich hatte
zwar nichts gegen die Erfahrungspunkte, aber die
hochleveligen Spieler wären bestimmt sauer auf
mich. Das wiederum hieß, dass ich schleunigst
von hier verschwinden musste. Zuerst von diesem
Marktplatz, dann aus Katar. Verdammt! Dabei
hatte ich noch so viel zu erledigen.

Ich rannte in eine der Straßen, die vom
Marktplatz abzweigten, und versuchte, die vielen
Systemmeldungen im Blick zu behalten. Die
nächsten zwei Einträge bremsten meine Schritte.
Wie war das möglich?

*Du hast 20.000 Erfahrungspunkte für das Tö-
ten der Spielerin Sofitel erhalten.*
   Du hast 25.000 Erfahrungspunkte für das Tö-

Aufstieg der Toten

ten des Spielers Alexandrius erhalten.

„Stehen bleiben!“, forderte eine befehlsgewohnte Stimme mich auf. „Ich verhafte dich im Namen des Kaisers.“

Kapitel 10

ÜBERRASCHT DREHTE ICH MICH UM. Hinter mir standen mehrere Dutzend Wachen, angeführt von einem Kerl, der mich um drei oder vier Köpfe überragte. Es handelte sich um den Kaiserlichen Henker auf Level 120. Er trug eine Rüstung aus Eisenplatten, die ihn wie einen echten Panzer wirken ließ. In der Hand hielt er eine große, mit Spitzen besetzte Metallkeule, die etwa die Ausmaße einer Straßenlaterne hatte. Wenn das die Waffe war, die er bei Exekutionen einsetzte, blieb von seinen Opfern wohl nur ein blutiger Matschhaufen übrig.

Artig blieb ich stehen, denn ich wollte kein Risiko eingehen.

Trotz der Geschehnisse auf dem Marktplatz war meine eigene Infobox nicht in feindlichem Rot gefärbt. Für das System war ich kein Feind. Wieso also setzte die Wache mich fest?

„Du wirst verdächtigt, mehrere Morde in einer

sicheren Zone begangen zu haben", klärte der Henker mich auf. Seine Augen blitzten gefährlich, als er seine Waffe kreisen ließ.

Jetzt verstand ich. Sie hatten nur einen Verdacht, aber keine Zeugen. Aufgrund der unerklärlichen Umstände würde es zweifelsohne zu einem Prozess kommen. Spieler und mit einem Respawn-Tattoo gesegnete Einheimische würden als Zeugen aufgerufen werden. Spätestens dann wäre die Schuldfrage eindeutig geklärt. Die Verbannung aus dem Kaiserreich dürfte mein geringstes Problem sein. Sollte ich fliehen? Nein, denn dann wäre ich als Vogelfreier gebrandmarkt, und das ganz ohne Prozess.

Ein kleiner, hagerer Zauberer wagte sich hinter dem Henker hervor. Die Infobox über dem Mann in dunkelblauer Kleidung verriet mir, dass es sich um Inspektor Drake handelte. Ich war früher schon einmal verhaftet worden, und die beiden Inspektoren hätten Zwillinge sein können: Knopfaugen wie bei einer Ratte, überheblicher Gesichtsausdruck und ein bohrender Blick. Dieser Inspektor hielt ein Amulett in den Händen, das er mir gewiss umlegen würde. Auch das kannte ich bereits vom letzten Mal: Es würde mir das Zeichen des Gesetzlosen aufdrücken. Danach gäbe es kein Zurück mehr.

In diesem Moment erschienen einige Spieler auf dem Marktplatz. Es waren sowohl Neuankömmlinge darunter, die von dem heftigen Kampf angelockt worden waren, als auch jene, die vom Dämon getötet worden und nun wieder respawnt waren. War das nicht der Knackpunkt? Wer hatte diese Leute getötet? Der Dämon? Oder ich? Wie hatte der Geisterdämon das Gemetzel angerichtet? Der Platz war noch immer mit Toten übersät, von denen einige gute Beute gedroppt hatten. Leider konnte ich nichts davon aufheben. Die anderen Spieler hatten das Problem nicht. Bestimmt waren auch Stahlratten darunter, vielleicht sogar Sofitel und Alexandrius. Aus dieser Entfernung konnte ich die Infoboxen nicht erkennen. Das war auch gut so, denn ich konnte die Aufmerksamkeit der Spieler momentan nicht brauchen.

„Halt still", forderte der Inspektor mich auf, als er das Amulett mit Mana füllte. Ein kaum sichtbarer Faden aus weißer Energie leuchtete auf und verband das Artefakt mit meiner Brust. „Wir markieren dich mit dem Zeichen des Gesetzlosen. Danach bringen wir dich in eine Zelle. Dort wartest du, bis das Gericht dir den Prozess macht."

Du unterliegst dem Effekt eines mittleren Zeichens des Gesetzlosen.
Deine Beweglichkeit wurde eingeschränkt.

Spielte das überhaupt eine Rolle? Gab es einen Unterschied zwischen dem Gefängnis oder dem Tod durch die Hand der wütenden Spieler? Ich hatte das Schwert im Kaiserreich bereits an mich gebracht. Schwert Nummer drei war bei den Elfen. Die letzten beiden Schwerter würde ich vermutlich im Reich der Orks und im Kalifat finden. Weder mein Adelstitel noch persönliche Ländereien wären mir bei der Suche eine Hilfe. Vor allem aber blieben mir nur noch drei Tage, um das Schwert im Land der Elfen zu beschaffen. War das all die Mühen wert? Wollte ich das Schoßhündchen der Göttin sein? Oder sollte ich die Quest Quest sein lassen und mich entspannen?

Dachte ich überhaupt logisch? Sprach das Adrenalin der letzten Stunden aus mir? Oder hatte mein intensives Training im Baum der Furcht mir diese Gefühle und Gedanken eingebracht? Hatte ich die maximale Nutzungsdauer des Pods überschritten und damit eine Nebenwirkung ausgelöst? Tatsächlich fühlte ich mich völlig ausgelaugt. Ich hatte nicht den Willen, mich gegen das Zeichen zu wehren. Doch die Einschränkung der Beweglichkeit ließ sämtliche Alarmglocken in meinem Kopf schrillen. Bevor ich es mir anders überlegen konnte, aktivierte ich *Herz des Schneesturms.*

Sofort sah ich klar und war bar jeder unnützen Emotion. Mir wurde bewusst, dass ich noch nie zuvor so niedergeschlagen gewesen war. War das eine Auswirkung des Amuletts gewesen? Hatte der Inspektor meine Gedanken beeinflusst?

Noch immer nahm das Leuchten des Artefakts in der Hand des Mannes zu, und er näherte sich damit meiner Brust. *Wechsel* ließ mich ein Stück zurückweichen, sodass das Amulett mich nicht berührte. Ich traute meinen Augen kaum, als er das Amulett wieder wegsteckte, ohne zu reagieren. Der weiße Energiefaden verschwand. Das Atmen fiel mir leichter.

„Jetzt gehst du nirgendwo hin", sagte der

Zauberer zufrieden.

Was war hier los? War es ein Glitch? Oder hatte ich etwas übersehen? Wieso hatte er sein Tun nicht vollendet? Ich fühlte mich zwar seltsam, aber es war ganz klar, dass ich nicht mit dem Zeichen gebrandmarkt worden war. Niemand hatte mir Ketten angelegt. In einem normalen Spiel hätte es im nächsten Update entsprechende Patchnotes gegeben. Aber das hier war Arktanien. Hier gab es keine derartig groben Schnitzer.

Im nächsten Augenblick bebte die Erde unter mir. Ein kaum wahrnehmbarer dunkler Dunst breitete sich auf dem Platz aus.

„Ich spüre eine große Gefahr", sagte Inspektor Drake stirnrunzelnd.

„Wo?", wollte der Henker wissen.

„Überall", erwiderte der Zauberer und deutete auf den Marktplatz. „Etwas... Mächtiges kommt."

Alle Augen waren auf den zerstörten Platz gerichtet. Noch immer war das dämonische Schlachtfeld mit Leichen übersät, zwischen denen neugierige Spieler herumstapften und nach Beute suchten. Wieso waren die Toten noch nicht verschwunden? Es war mehr als genug Zeit vergangen. Normalerweise dauerte es nur Sekunden, im Höchstfall eine Minute — je nach Level.

„Gebt sofort Alarm!", forderte der Inspektor nervös. „Etwas kommt!"

Jede Spur von Hochmut und Selbstzufriedenheit war aus seiner Stimme verschwunden. Der Zauberer hatte den Kopf zwischen die Schultern gezogen und blickte sich gehetzt um.

Aufstieg der Toten

„Spürst du das Inferno?", fragte ich leise und spannte mich innerlich an. Sollte der Sukkubus mit seiner Dämonenarmee hier auftauchen, wäre es endgültig um mich geschehen.

Der Inspektor würdigte mich keines Blickes. „Nein, es ist ein anderes Übel."

Mist! War es etwa der Geisterdämon? Das konnte ich mir kaum vorstellen, denn er wollte die Aufmerksamkeit der arktanischen Götter gewiss nicht auf sich lenken.

Während ich auf den Platz starrte, erschienen nach und nach rote Infoboxen über den Leichnamen. Es gab eine Gemeinsamkeit, den Tod: Toter Tempelritter, Toter Händler Greg, Zombie Gorka9, Zombie Sofitel...

Glieder zuckten und widerwillig erhoben die Untoten sich.

„Zombies?", fragte ich überrascht.

Natürlich wusste ich, dass Nekromanten Skelette und andere Untote unterjochen konnten, aber von untoten Spielern hatte ich noch nie gehört. Das Schlimmste war, dass die Zombies das Level der Spielercharaktere übernommen hatten: Zombie Sofitel war zum Beispiel auf Level 107. Ihre Schönheit war verflogen. Das halbe Gesicht war verbrannt. Ein Arm stand in einem unnatürlichen Winkel vom Körper ab. Auch die anderen Untoten wirkten weit weniger gefährlich, als es ihrem Level entsprach.

Die Wachen hatten bereits eine Barriere gebildet — zu meiner Erleichterung zwischen mir und den Zombies. Der Inspektor und der Henker hatten ebenfalls das Interesse an mir verloren und konzentrierten sich auf die neue Gefahr.

„Behaltet ihn im Auge", befahl der Zauberer zwei Wachen, bevor er gemeinsam mit dem Henker und dem Rest der Truppe auf den Platz stürmte.

Die Spieler, die gerade noch die Leichen gefleddert hatten, befanden sich bereits im Kampf gegen die Zombies. Interessanterweise konnten die Untoten alle ihre bisherigen Fähigkeiten, Fertigkeiten und Gegenstände einsetzen. Statt zum Respawn-Punkt zurückzukehren, waren sie mitsamt ihrer Besitztümer an diesem Ort geblieben, bis der Zauber sie erweckte. Ich war relativ sicher und beobachtete das Schauspiel mit großen Augen. Die Zombies kämpften nicht miteinander, standen sich aber oft genug gegenseitig im Weg und fügten einander sogar Schaden zu. Doch keiner der Untoten schien deswegen besorgt zu sein. Sie reagierten nicht einmal auf diese Wunden, obwohl sogar die niedrigste Schmerzeinstellung für Spieler deutlich zu spüren war. Furchtlos hielten sie auf die lebenden Spieler zu und ließen sich selbst von abgeschlagenen Gliedmaßen nicht aufhalten. Anders als die chaotische Meute der Untoten sammelten die Spieler sich schnell. Das gelang auch deswegen so gut, weil die meisten von ihnen zum Clan Geist der Jagd oder seinen Verbündeten gehörten. Doch die größte Ehre gebührte dem Henker, der mit seiner Keule und dank seiner Geschwindigkeit gewaltigen Schaden unter den Zombies verursachte. Bei einem Treffer blieben nur noch Klumpen und Blutpfützen übrig. Keines seiner Opfer erhob sich wieder. Doch Spieler und Wachen, die starben, kehrten kurz darauf als Zombies zurück. Ich befürchtete, dass sich das bis in alle Ewigkeit fortsetzen würde, denn bei einem Respawn der Spieler würden diese vermutlich als Zombies erwachen.

Während ich wie gebannt das Gemetzel verfolgte, erschien eine Systemmeldung:

Eidolon, der Gott der Toten, ist in Arktanien aufgetaucht.

Von heute an haben die Toten eine Stimme, die weithin gehört werden wird.

Wer im Namen des Profits tötet, wird verflucht sein. Wer getötet wurde, wird sich gegen seine Mörder erheben (vorübergehender Fluch).

Dann erschien eine weitere Meldung:

Achtung! Die Stadt hat für die Dauer des Fluchs das Kriegsrecht ausgerufen.

Spieler erhalten Auszeichnungspunkte für jeden getöteten Zombie.

Die Kirche des Lichts segnet euch! (Alle Spieler erhalten +50 auf Schaden und Verteidigung im Kampf gegen Untote.)

Der Gott der Toten? Mein erster Gedanke war gewesen, dass der Geisterdämon dahinter steckte. Immerhin hatte er all diese Leute — Spieler und Einheimische — getötet. Doch jetzt wurde klar, dass ein neues Wesen dafür verantwortlich war.

Hatte der Dämon dieses Wesen angelockt? War sein Wüten der Auslöser gewesen? Und überhaupt: Ich dachte, mein virtueller Onkel, Renick Fudre, war der Gott der Toten. Gab es mehrere dieser Götter? Oder war Eidolon sein Alter Ego?

Ich suchte in dem Gemetzel nach einem Hinweis, aber ich sah nur unsichere Zombies, die sich langsam an ihre Fähigkeiten gewöhnten. Hieß das, dass die Untoten keine Erinnerungen an ihr früheres Leben hatten? Wie sah es wohl in ihren Köpfen aus? Gab es da mehr als Kampfgelüste?

Ich reckte den Hals, um mehr Details zu erkennen. Alexandrius war als lebendiger Spieler zurückgekehrt und kämpfte gegen seine untote Kopie. Interessanterweise waren die beiden einander ebenbürtig. Mein ehemaliger Nebenbuhler hatte es mittlerweile auf Level 117 geschafft. Ich hatte keine Ahnung, wie das überhaupt möglich war. Wo er war, konnte Sofitel nicht weit sein. Vielmehr die beiden Sofitels, denn auch sie musste es in doppelter Ausführung geben. Fasziniert beobachtete ich einen Zombie-Priester des Lichts, der Lichtmagie einsetzte.

„Guck nicht so doof, Mann. Lass uns abhauen."

Erschrocken fuhr ich zusammen. Die Stimme gehörte zu keiner der Wachen. Jemand musste sich unsichtbar angeschlichen haben.

„Wer bist du?", fragte ich flüsternd.

„Ich bin es, Mark", flüsterte der Unsichtbare zurück. „Kennst du sonst jemanden, der dir aus der Patsche helfen würde? Los jetzt! Ich habe eine

Illusion erschaffen. Die Wachen werden denken, du stehst brav an deinem Platz."

Mark? Ich jubilierte innerlich. Ich war überglücklich, dass er gekommen war.

Vorsichtig zog ich mich Schritt für Schritt zurück, bis wir in einer Gasse verschwunden waren. Dabei behielt ich mein Spiegelbild und die Wachen genau im Blick. Zum Glück waren die Augen der beiden auf die Kämpfe gerichtet. Irgendwann erschien ein kräftiger Mann aus dem Nichts neben mir. Er war so groß wie ich, aber der Körperbau war der eines Gewichthebers. Seine Hände waren riesige Pranken. Über seinem Kopf prangte eine Infobox: „Mark-5, Level 68". Seine Gesichtszüge waren mir gut vertraut.

„Du bist es wirklich!", seufzte ich erleichtert. „Dein Charakter sieht eher aus wie ein Paladin, nicht wie ein Illusionist. Was machst du hier?"

„Nicht so laut! Meine Illusionen sind nicht perfekt. Besser, niemand sieht und hört uns", antwortete er mürrisch. „Was ich hier mache? Dir den Arsch retten, natürlich. Du solltest mehr Dankbarkeit zeigen. Ich habe in einem Chat gelesen, dass der Geist der Jagd dich in Katar gekidnappt hat. Da bin ich sofort hergekommen. Du schuldest mir übrigens zwei Portal-Schriftrollen. Sonst wäre ich nie rechtzeitig angekommen."

„Oh... Vielen Dank", sagte ich beschämt. „Aber wieso siehst du so komisch aus? Zauberer sind nicht gerade für Körperkraft bekannt. Oder ist das auch eine Illusion?"

Jetzt sah Mark mich beschämt an.

„Nein, keine Illusion. Ich hatte vor, ein Illusionskrieger zu werden."

„Davon habe ich noch nie gehört", erwiderte ich.

„Tja, ich wäre auch der erste Illusionskrieger gewesen", sagte er und reckte kämpferisch die Faust. „Wenn meine Attribute aus dem Spiel sich auf die Realität auswirken, würde mir das vieles einfacher machen. Ich sehe es als eine Investition in die Zukunft."

Ich hatte da so meine Zweifel, Selbst wenn ein Teil der Attribute in der echten Welt genutzt werden konnte, würde er nicht annähernd die Kraft aus dem Spiel erhalten. Keinesfalls würde aus der Bohnenstange dieser Bodybuilder werden.

„Sieh dir das an", rief Mark und lenkte meinen Blick auf mein Spiegelbild.

Glitch der Abenteurer schlich sich von hinten an die Illusion heran und versetzte ihr zwei Stiche. Natürlich verpuffte der Angriff wirkungslos, aber die Wachen bemerkten es und schickten Glitch nach einem heftigen Schlagabtausch zurück zu seinem Respawn-Punkt.

„Das war ein Kamikaze-Kommando", stellte Mark fest. „Den Wachen wäre er niemals entkommen. Er muss dich abgrundtief hassen."

„Scheiß auf ihn", sagte ich und grinste. Wenn ich richtig lag, hatte Glitch meinetwegen schon mehrere Level eingebüßt. Bei dem Gedanken wurde mir ganz warm ums Herz.

Allerdings erhob der tote Abenteurer sich kurz darauf als Zombie und tötete die beiden Wachen im Handstreich. Der Untote sah sich suchend um und fand sein Ziel — mich. Ich hatte gedacht, dass Marks Unsichtbarkeitszauber uns beschützte. Wieso konnte Glitch mich sehen? Ich stand wie erstarrt da. Der Zombie nickte mir freundlich zu und stürzte sich dann auf die Wachen, die auf dem Platz gegen die untoten Horden kämpften.

„Das war gruselig", sagte der Illusionist und klopfte mir auf die Schulter. „Ich dachte erst, er kann uns sehen. Lass uns schnell abhauen."

Ich war mir noch immer nicht sicher, ob der Zombie uns wirklich nicht gesehen hatte. Nach einem letzten Blick zurück folgte ich Mark. Nachdem wir in vermeintlicher Sicherheit waren, prasselte ein Trommelfeuer aus Fragen auf mich ein.

„Ich will jede Einzelheit wissen", sagte Mark. „Alle reden und schreiben davon, dass du verrückt geworden bist und unzählige Spieler und Wachen getötet hast. Und als ich dich schließlich finde, kann ich in letzter Sekunde einen Zauberer davon abhalten, dir das Zeichen des Gesetzlosen zu verpassen."

„Du warst das also", stellte ich fest.

„Natürlich. Ich habe ihn glauben lassen, er hätte dir das Zeichen aufgedrückt. Aber mal ehrlich: Hast du all diese Spieler getötet? Wie? Und wann hast du so viele Level gewonnen? Beim letzten Mal warst du auf Level 69. Und das ist nicht gerade lange her."

Ich zuckte mit den Achseln.

„Sieht so aus, als hätte ich die Leute getötet,

ja.“

„Pah!“ Mark schnaubte ungläubig. „Wenn du es sagst. Egal. Wir müssen dein Aussehen verändern, damit der Geist der Jagd die Spur verliert. Wie wäre es... damit?“

Seine Hände kreisten wild über meinem Kopf.

„Was bringt das, wenn die Verfolger meine Infobox sehen können?“, fragte ich.

„Sieh dir deine Attribute an“, forderte Mark mich auf.

Erstaunt schnappte ich nach Luft. Mein Name war nun Klaf, nicht mehr Falk.

„Äh... Was ist das für ein Zauber?“, stammelte ich überrascht. „Ich wusste nicht, dass man einen Namen ändern kann.“

„Nun, das geht auch nicht. Ich kann allerdings die Buchstaben vertauschen. Es kostet Unmengen an Mana, und ich muss die ganze Zeit in deiner Nähe bleiben. Ich habe gerade erst herausgefunden, wie es geht.“

„Gerade erst?“

„Genau. Ich habe nämlich eine neue Möglichkeit entdeckt, Fähigkeiten zu erlangen.“ Er blickte sich verschwörerisch um. „Ich erkläre es dir unterwegs. Wohin gehen wir überhaupt?“

Ich wäre ein Narr, wenn ich Marks Hilfe nicht angenommen hätte.

„Wir müssen zuerst ins Hotel und dann in die kaiserliche Kanzlei. Danach kann ich dir Ersatz für die Portal-Schriftrollen geben.“

Der Illusionist musste sich als Mitglied des Clans Geist der Jagd nicht tarnen. In seiner Begleitung ließ man uns überall passieren. Wie sich herausstellte, waren die Zombies nicht auf den Marktplatz beschränkt, sondern trieben in ganz Katar ihr Unwesen. Kein Wunder, dass der Clan keine Zeit für die Jagd auf mich hatte. Gelegentlich hörten wir Kampflärm und wilde Schreie.

„Lass stecken", sagte Mark. „Ich brauche die Portal-Schriftrollen nicht. Ich habe selbst genug davon. Die Sache mit der Namensänderung, nun, die habe ich in der echten Welt erlernt. Im Spiel gibt es klare Grenzen für Illusionen. Ich kann Spiegelbilder anderer Spieler erschaffen, eine begrenzte Anzahl von Identitäten annehmen, unsichtbar werden und illusorische Waffen erschaffen. In der Realität habe ich viel mehr Möglichkeiten. Alles begann nach dem Helikopterabsturz. Ich wollte verhindern, dass die Abgesandten der anderen Seite mich in der echten Welt finden können. Also habe ich mehrere Stunden vor dem Spiegel geübt, bis ich schließlich meinen Namen von Mark-5 in Mrak ändern konnte. Ich hoffe sehr, dass ich auf dem nächsten Level der Fähigkeit den Namen komplett verstecken kann, aber sicher bin ich mir nicht. Schon eine einfache Änderung kostet jede Menge Mana: 200 Punkte pro Buchstabe. Wie gut, dass unsere Namen so kurz sind."

Ich nickte zustimmend.

Mark sah mich irritiert an. „Du scheinst nicht überrascht zu sein. Spuck es schon aus."

Ich schämte mich ein wenig. Immerhin hatte Mark mir in der Realität geholfen und mich aus eigenem Entschluss im Spiel gerettet.

„Ich habe kürzlich auch herausgefunden, dass man auf der Erde neue Fähigkeiten erlernen kann. Zwei Stück habe ich von dort mitgebracht", sagte ich schuldbewusst.

„Ist schon gut", sagte Mark. „Ich habe es ja auch für mich behalten. Aber ich denke, wir können uns vertrauen, oder?"

Ich nickte. Nach allem, was geschehen war, zweifelte ich nicht mehr an seiner Loyalität. Er hatte bewiesen, dass ich mich auf ihn verlassen konnte.

„Also, was genau ist auf dem Marktplatz passiert?", bohrte er nach. „Hast du die Leute wirklich getötet? Wie genau?"

„Äh..." Ich suchte nach einer Antwort. „Pass auf. Ich kann dir nicht alles sagen. Das Spiel verhindert es. Gewisse Wesen aus der Spielwelt verhindern es", begann ich. Nachdem der erwartete Kopfschmerz ausblieb, bewegte ich mich wohl innerhalb des Erlaubten. „Ich hatte Hilfe."

„Ah, einer unserer *Freunde* hat eingegriffen", nickte Mark. „Das erklärt so einiges. Hat er auch die Zombies erschaffen?"

„Nein. Das hat ein Gott namens Eidolon getan. Ich habe zuvor noch nie von ihm gehört."

Allerdings vermutete ich, dass Eidolon mich kannte. Wieso sonst hätte Zombie-Glitch mir so freundlich zunicken sollen? Oder stand der Gott der Toten auf der Seite der Schicksalsgöttin?

„Die Systemmeldung habe ich auch gesehen", sagte Mark nachdenklich. „Ich dachte immer, Mutu kontrolliert die Toten. Dass zwei Götter für denselben Bereich zuständig sind, ist mir neu. Die Nekromanten wird es freuen."

„Wieso?", fragte ich automatisch.

„Ich kenne die genauen Hintergründe nicht, aber Mutu ist der Gott der Toten und der Schutzpatron der Nekromanten. Allerdings greift er nicht in das Spiel ein. Es gibt praktisch keine Klassenquests, nur schwache Segnungen und überhaupt keine Events. Vielleicht könnte man die Unsterblichen Toten als Event bezeichnen, aber letztendlich hat es doch nur zu vielen toten Spielern geführt. Die Nekromanten im Chat beschweren sich immer darüber, wie schwierig es sei, sich weiterzuentwickeln und wie oft sie schon bei dem Versuch gestorben sind, mit Zombies zu verhandeln."

„Ja, da war ich auch dabei. Ziemlich unheimlich", stimmte ich zu. „Aber ich kenne einen sehr mächtigen Nekromanten, der keine Probleme mit seiner Weiterentwicklung zu haben scheint."

Natürlich sprach ich von meinem virtuellen Onkel, der ein Einheimischer, ein mächtiger Nekromant und ein Gott war. Konnte *er* Mutu sein?

„Ein Einzelfall", tat der Illusionist meinen Einwand ab. „Es gibt sowieso nur wenige Nekromanten im Spiel. Die Klasse ist komplex, und kaum ein Spieler möchte seine Zeit mit Skeletten und Zombies verbringen. Bei dem Realismusgrad in Arktanien sehen die Schöpfungen der Nekromanten nicht nur widerlich aus, sie riechen auch so. Die wenigsten Nekromanten leveln die Fähigkeit, Zombies zu beschwören, auf. Wer es doch tut, bringt nur schwache Zombies hervor, die den anderen Spielern kaum etwas anhaben können.“

„Und was war das auf dem Marktplatz?“, fragte ich. „Die Zombies waren den Spielern ebenbürtig. Vielleicht sogar mehr als das. Glitch wurde von den Wachen getötet, aber Zombie-Glitch hat den Spieß umgedreht.“

„Ich gebe zu, das ist seltsam. Ich habe noch nie von einem Nekromanten gehört, der tote Spieler erweckt und dabei ihre Fähigkeiten übernimmt. Selbst im Clan gibt es keine derartigen Aufzeichnungen oder Berichte.“

Wir erreichten mein Hotel. Ich holte Boris’ Paket ab. Es enthielt Portal-Schriftrollen, Heil- und Manatränke, einige seltsame Holzfiguren, deren Zweck mir unbekannt war, und einen Stapel mit Vertragsunterlagen. Vermutlich hätte ich es mit dem falschen Namen und in Marks Begleitung wagen können, Boris in seinem Laden zu besuchen, aber es hätte bloß unnötig Zeit gekostet. Ich schickte ein Päckchen an Boris, in das ich die Feurige Peitsche des Aufsehers im siebten Kreis der Hölle und zehn Transpa-Stahl-Klumpen legte. Auf diese Weise konnte er die Ausgaben für die Portal-Schriftrollen ausgleichen.

Der Weg zur Kanzlei verlief ohne Vorkommnisse. Vor der Tür warteten viele Leute. Niemand schien sich Sorgen wegen der Zombies zu machen. Für Behörden auf der Erde und Arktanien waren korrekt platzierte Stempel wichtiger als alles andere. Ich lief an dem Ausgabeautomaten für die Wartemarken vorbei und spazierte schnurstracks zum Empfang. Einige Spieler protestierten, aber die Wachen ließen mich ungehindert passieren. Witzigerweise saß dieselbe Frau wie beim letzten Mal hinter dem Tresen.

„Willkommen, Meister Fudre. In welcher Angelegenheit kann ich helfen?" Ihre Stimme war geschäftsmäßig. Keine Spur mehr von der eisigen Kälte, mit der sie mich beim letzten Besuch behandelt hatte.

„Ich muss einige Dokumente beurkunden lassen."

Sie nahm den Stapel entgegen.

„Hm. Lieferung von Mana- und Heiltränken an die kaiserliche Armee. Waffen für die Wachen. Seid Ihr sicher, dass Ihr das alles bewältigen könnt?"

Was war schon sicher? Ich vertraute auf Boris und seine Pläne. Einzelheiten waren unwichtig. Mir ging es dabei nur um die zigtausend Goldmünzen, die er mir in Aussicht gestellt hatte.

„Natürlich schaffe ich das", antwortete ich, ohne mit der Wimper zu zucken.

„Dann wünsche ich Euch viel Glück", sagte sie und stempelte die Papiere.

Interessant! *So* fühlte sich also der Unterschied zwischen einem Bürger und einem Aristokraten an. Das war fast mehr wert als die 10 % Nachlass bei Händlern, die mehr der Grafentitel einbrachte.

Ich verließ die Kanzlei. Sobald ich Mark erreicht hatte, änderten sich mein Name und mein Aussehen wieder.

„Und? Alles erledigt?", wollte er wissen. „Ich

wusste gar nicht, dass du adelig bist."

„Fast. Eine Sache gibt es noch."

Unterwegs informierte Mark sich per Tablet über die aktuellen Clan-News.

„Das mit den Zombies scheint eine größere Sache zu sein. Es ist wie in einem dieser Filme, bei dem ein Virus die Menschen in Untote verwandelt. Alle, die sterben, werden als Zombies wiedergeboren. Auf dem Marktplatz ist es besonders schlimm, aber es gibt noch andere Brennpunkte. Vor allem dort, wo die Unaussprechlichen gegen den Geist der Jagd gekämpft haben. Sogar in anderen Städten breitet die Epidemie sich aus."

„So ein Mist", murmelte ich abwesend.

Tatsächlich interessierte mich das Ganze nur am Rande. Ich hatte keine Lust auf ein weiteres globales Event, das mich am Erledigen meiner Quest hinderte. Allerdings fragte ich mich noch immer, was es mit dem freundlichen Nicken von Zombie-Glitch auf sich hatte. Vielleicht war es nur ein Zufall gewesen, eine Zuckung des untoten Körpers?

„Ja, totaler Mist", stimmte Mark mir zu. „Was, wenn so etwas auch in der Realität passiert? Ob dieser neue Gott ebenfalls Abgesandte hat?"

Bei dem Gedanken bekam ich eine Gänsehaut. „Hoffentlich nicht."

Bis zum Grundbuchamt war es nicht weit. Das Gebäude war prächtiger als die Kanzlei und schwer bewacht. Vor den Türen standen neben den Soldaten auch zwei Zauberer. Möglicherweise hatte das auch etwas mit dem Kriegsrecht zu tun, das über die Stadt verhängt worden war.

Wie dem auch sei, ich wollte einfach nur Anspruch auf meine Ländereien erheben und in Richtung Ellendril verschwinden, bevor die Hölle losbrach. Wie zuvor schlug Murphys Gesetz auch dieses Mal erbarmungslos zu.

„Ah, da bist du ja, liebster Neffe", hörte ich einen hallenden Bariton. Der kahlköpfige Mann mit dem knochigen Gesicht und dem schwarzen Gewand materialisierte sich buchstäblich vor mir und Mark. „Wir müssen reden."

Renick Fudre? Was wollte der so plötzlich von mir? Und wie hatte er mich gefunden?

„Himmel! Wer ist denn das?", kreischte Mark entsetzt.

Der Nekromant warf ihm einen kurzen Blick zu. Eine gewaltige Skeletthand schoss aus dem Boden, packte den Illusionisten, zerquetschte ihn wie eine leere Bierdose und verschwand mit den Überresten meines Begleiters unter der Erde. Es geschah so schnell, dass ich nicht reagieren konnte. Die kaiserlichen Wachen ignorierten den Mord ebenfalls.

„Hast du den Verstand verloren?", schrie ich. „Wieso hast du ihn umgebracht?"

„Unser Gespräch ist nicht für fremde Ohren bestimmt", antwortete der Nekromant mitleidlos. „Ich will antworten — oder du teilst schon bald sein Schicksal."

Er pochte mit seinem Schädelstab auf den Boden. Ein schwarzer Fleck breitete sich auf dem Boden aus wie eine große Öllache. Binnen einer

Sekunde standen wir in der Mitte eines schwarzen Kreises, der sich kurz darauf in die Luft erhob und uns wie eine Art Ei umschloss. Die Haut des Nekromanten schimmerte jadegrün. Er wuchs zu imposanter Größe an, und eine göttliche Aura zwang mich auf die Knie.

„Hast du eine Ahnung, was du getan hast?", fragte Renick Fudre drohend. „Ist dir klar, was du in unsere Welt gebracht hast?"

Teil 2

Der Gott der Toten

„Du hast eine blühende Fantasie! Entweder bist du besoffen oder einfach nur dämlich!“

„Ich schwöre es! Die Leiche ist aufgestanden und weggegangen.“

„Lüg mich nicht an. Hat dir jemand Geld für den Leichnam gegeben?“

„Wer sollte das tun? Hat irgendwer bei Kleinanzeigen nach einer verkohlten Leiche gesucht? Niemand kann einen Toten in diesem Zustand brauchen!“

„Und was ist mit den Organen? Bestimmt will die Uni oder eine Hochschule so etwas für den Biologieunterricht haben. Mann, alles ist möglich. Bis auf wandelnde Tote, natürlich.“

„Es ist mir egal, was du denkst. Ich werde den Ermittlern dasselbe sagen.“

„Die Ermittler, genau. Hast du denn eine DNS-Probe von der Leiche genommen?“

„Natürlich. Das ist doch Vorschrift.“

„Den Göttern sei Dank!“

„Freu dich nicht zu früh. Die Leiche hat die Probe geklaut.“

„Sie hat... was getan? Das denkst du dir doch bloß aus.“

Unterhaltung
in einer Leichenhalle in Moskau

„Was zum Teufel? Ich glaube, ich wurde gerade von meinem eigenen toten Körper getötet. Und er hatte all meine Fähigkeiten!“

„Das ist doch gar nichts! Bei mir waren es zwei Kopien meiner selbst, die mich in die Luft gesprengt haben. Davor ist dasselbe schon zwei Mal passiert. Auf keinen Fall gehe ich wieder dorthin. Das ist viel zu gefährlich.“

„Ha. Klone. Womit haben wir das verdient?“

„He, der Gott des Lichts hat gerade eine Quest verteilt. Der Zombie-Fluch scheint nur temporär zu sein. Angeblich können nur Zombies ihn verbreiten. Wie in diesem alten Konsolenspiel mit dem Zombie-Virus! Wenn ein Zombie dich tötet, erwacht dein Körper als Zombie zum Leben. Wir müssen jeden Leichnam zerstören, den wir finden. Lasst uns eine Gruppe bilden und zusammenbleiben.“

„Ich will keinen Zombie töten, der wie ich aussieht. Meinetwegen kann er die anderen Spieler umbringen. Nein, eine Schönheit wie mich darf man einfach nicht töten.“

Unterhaltung an einem Respawn-Punkt

„Was erhoffst du dir? Sollen wir dich etwa in unseren Pantheon aufnehmen?"

„Nein, das wäre doch dämlich."

„Wie schön, dass du das verstehst."

„Mein Platz ist über euch."

„Bitte was? Was glaubst du, wer du bist? Ohne Abgesandten hast du nicht den Hauch einer Chance."

„Ich bin mein eigener Abgesandter."

Irgendwo in den Himmeln über Arktanien

Kapitel 1

ICH SCHNAPPTE NACH LUFT, aber meine Lunge gehorchte mir nicht. Erst als der Nekromant seine Aura abschwächte, konnte ich mich wieder aufrichten. Meine Wut spülte meine Furcht weg.

„Ich habe keine Ahnung, worum es hier geht", herrschte ich ihn an.

Es gab keinen logischen Grund, aus dem der Geisterdämon eine Gefahr für den Nekromanten darstellen sollte.

„Die Bestie hat ihre Spuren in dir hinterlassen. Ich kann sie spüren."

Renick Fudres Worte rammten mich wie ein Vorschlaghammer.

„Was für Spuren?"

„Du trägst das Zeichen der Besessenheit, das Zeichen des widerwärtigen neuen Gottes, Eidolon. Als wäre das nicht schlimm genug, hat er dich auch noch gesegnet."

Gute Güte, ich verstand nur Bahnhof! Was hatte der neue Gott mit mir zu schaffen? Der Dämon war wohl kaum zum Gott geworden, sobald er aus dem Baum der Furcht befreit worden war, oder? Oder...?

Panisch öffnete ich meinen Charakterbogen und sah mir meine Besonderheiten an.

Fluch der Göttin Elenia: Du kannst dich keinen Spielergruppen anschließen.

Segen der Göttin Elenia: Du erhältst einen Erfahrungsbonus von 10 %.

Segen des Gottes Eidolon: Die Toten sehen dich voller Wohlwollen an und werden dich niemals unprovoziert angreifen.

Zeichen des Infernos: Du hast in der Vergangenheit einem Dämon als Gefäß gedient, der sein Zeichen auf dir hinterlassen hat. Dieses Zeichen kann von den Bewohnern des Infernos und den Dienern des Lichts wahrgenommen werden.

Oh, verdammt! Wieso nur musste bei mir immer alles so verdammt knapp sein? Wenn ich doch nur Zeit gehabt hätte, meine Attribute genauer zu studieren. Dann wäre mir vielleicht klar geworden, dass der Geisterdämon zum Gott der Toten aufgestiegen war. Anders war dieser Segen nicht zu erklären. Wenigstens musste ich mir keine Sorgen um einen Angriff der Untoten machen. Ohne das Zeichen des Infernos wäre dieser dämonische Segen phänomenal, doch auf diese Weise war ich automatisch ein Feind des Lichts.

„Ah, diesen Segen meinst du", sagte ich.

„Du bist die erste Person, die diesen Segen erhalten hat. Das kann nur bedeuten, dass du diesem neuen Gott zum Aufstieg verholfen hast. Ich muss wissen, woher Eidolon stammt und wozu er fähig ist."

Seine Erklärung war nicht so logisch, wie mein Onkel dachte, aber da er bereits vor mir von dem Segen gewusst hatte, musste ich davon ausgehen, dass er auch in anderen Dingen gut informiert war.

„Ich warte", sagte er ungeduldig und ließ seine Aura aufflammen.

Wir befanden uns noch immer in der schwarzen Hülle, völlig abgeschnitten von der Außenwelt. Jede Art Fluchtversuch konnte ich mir abschminken. Andererseits war es mir nicht möglich, seine Fragen zu beantworten.

Ich versuchte es dennoch. „Ich bin durch einen Pakt gebunden, den ich mit einem Däm..."

Ein glühender Schmerz durchbohrte meinen Kopf. Stöhnend brach ich zusammen und wälzte mich auf dem Boden. Ich hatte nicht gewusst, welchen Schmerz das Spiel verursachen konnte. Irgendwann war es vorbei, doch ob es Sekunden, Minuten oder gar Stunden gewesen waren, konnte ich nicht erkennen. Die fahlen, eiskalten Augen des Nekromanten starrten auf mich hinab.

„Ein Dämon also."

Sein Gesichtsausdruck verriet mir, dass er jedes Quäntchen Informationen aus mir herausquetschen würde — ganz egal, welche Folgen das für mich hätte.

„Ich überlebe eine weitere Antwort nicht", stieß ich zitternd hervor.

Im echten Leben wäre ich vermutlich ohnmächtig, aber das Spiel zwang mich, die Freuden des Schmerzes bei 97 % Realismusgrad zu durchleben. Es schien, dass ich den Pakt erwähnen durfte, aber nicht den Dämon. War es möglich, dass der neue Gott eine Schwäche besaß, die jemand ausnutzen konnte, der wusste, dass er ein infernalischer Dämon gewesen war?

„Jede Auflage und Einschränkung lässt sich umgehen, wenn man nur die richtigen Fragen stellt", sagte Renick Fudre. „Meine Zeit ist knapp. Antworte schnell."

Damit begann eine hochnotpeinliche Befragung. Mein Onkel erwähnte Eidolon mit keiner Silbe, sondern fragte mich über die Geschehnisse auf dem Platz und meine Reisen in Arktanien aus. Er versuchte, die Grenzen des für mich Sagbaren zu erkunden.

„Ich denke, ich habe mir ein gutes Bild gemacht", sagte er nach einer halben Stunde. „Ein mächtiger infernalischer Dämon, der in der Lage ist, beliebige Dinge in der Welt zu materialisieren, hat sich auf unserer Ebene manifestiert und eine Nische erobert. Und du hast ihm dabei geholfen."

„Eine Nische?", wiederholte ich. „Ich dachte, es gibt bereits einen Gott der Toten: Mutu." Ich blickte meinen Onkel vorsichtig an. „Das bist doch nicht du, oder?"

„Natürlich nicht", sagte er. „Ich bin nur einer

der niederen Götter und durch einen Vasallenschwur an Mutu gebunden. Aber ich bin der Vasall, den Mutu damit beauftragt hat, diesen Emporkömmling auszumerzen."

„Aber wieso wird dieses Wesen zum Gott der Toten, wenn Mutu bereits diese Stellung hat?", wiederholte ich meine Frage.

„Mutu ist der Gott des Todes, nicht der Gott der Toten", korrigierte mein Onkel mich. „Ist dir der Unterschied etwa nicht bewusst?"

„Nicht wirklich."

„Dann hör gut zu. Der Tod ist endgültig, ein Absolutum. Damit ist der Gott des Todes ein Diener dieser absoluten Kraft und nicht etwa der Tod selbst. Ebenso ist die Göttin des Lebens nicht das Leben oder die Lebenskraft. Leben und Tod sind keine Gegenspieler, sondern sie ergänzen einander. Das eine kann es nicht ohne das andere geben. Der Gott der Toten allerdings, das ist eine andere Sache. Er *ist* der Gegenspieler des Lebens und des Todes, denn er verhindert, dass die Toten ihre wohlverdiente Ruhe antreten, indem er ihnen ein Zerrbild des Lebens einhaucht."

Diese Unterscheidung war weder mir noch anderen, mit denen ich über das Thema geredet hatte, bewusst gewesen. Aber Eidolon war bisher ein Geisterdämon gewesen, der mühelos identische Replikate anderer Lebewesen erschaffen konnte. Alles, was er dafür benötigt hatte, waren ein paar Fetzen meiner Erinnerungen gewesen. Gab es einen Grund dafür, dass er all diese Zombies zum falschen Leben erweckt hatte? Wieso machte er sich die Mühe, die Toten zurückzubringen, wenn er doch einfach eine Kopie hätte erschaffen können? Natürlich waren die Kopien im Baum der Furcht ein schwacher Abklatsch der Originale gewesen. Außerdem hatte er mir versichert, dass er seine Fähigkeiten außerhalb des Baums verlieren würde. Doch er musste einen Weg gefunden haben, sie zu kanalisieren und sich in dieser speziellen Nische häuslich einzurichten. Ich fragte mich, um welche Art Tod es hier eigentlich ging. Alle Spieler in Arktanien besaßen ein Respawn-Tattoo. Auch einige Einheimische verfügten darüber.

„Wie beeinflussen die Respawn-Tattoos die Götter? Gibt es damit ein Problem?", fragte ich.

„Das ist doch nicht der Tod. Das ist nur ein Ortswechsel", erklärte der Nekromant geduldig. Aber er schien nicht bereit zu sein, das näher auszuführen. „Du solltest dich mit Raummagie und Zeitmagie befassen, wenn du mehr darüber wissen willst, Neffe. Ich stelle fest, dass du einen gravierenden Fehler gemacht hast. Du wirst dich mächtig anstrengen müssen, um das wieder gutzumachen."

„Stopp!", rief ich nervös. Ganz offensichtlich wollte der Nekromant mir eine weitere nutzlose Quest aufbürden, die mir garantiert auch dieses Mal keine Vorteile einbringen würde. „Es gab für mich keine Möglichkeit, einem solch mächtigen Wesen zu widerstehen. Nichts davon ist meine Schuld."

„Und doch ist er durch deine Mitwirkung in

diesen Teil der Welt gekommen", wischte Renick Fudre meinen Einwand beiseite. „Und er mischt sich in die Angelegenheiten der echten Götter ein. Hier in Arktanien kriegen wir das in den Griff. Aber in deiner Welt müssen die Abgesandten die Sache in die Hand nehmen. Und du wirst ihnen helfen."

Das war das erste Mal, dass mein Onkel bestätigte, dass er über die echte Welt Bescheid wusste. Es hätte mich nicht wundern sollen, denn immerhin war er eine Art Gott. Ob er über einen eigenen Abgesandten verfügte? Oder besaßen nur die höheren Götter im Pantheon dieses Privileg? Stand Renick Fudre vielleicht auf einer Ebene mit Hotei, der den Launen der Schicksalsgöttin folgen musste?

„Das Zeichen der Besessenheit ist fest mit dir verbunden. Das bedeutet auch, dass du mithilfe der passenden Zauber davon profitieren und Eidolons Abgesandten überprüfen kannst."

„Woher hat der Kerl einen Abgesandten?", fragte ich erstaunt. „Er ist doch erst seit Kurzem auf dieser Existenzebene."

„Auch daran trägst du die Schuld. Durch *dich* konnte er in deine Realität gelangen und dort einen Teil seiner selbst platzieren und zum Abgesandten machen. Du musst diesen Teil so schnell wie möglich finden und zerstören. Der listige Dämon gehört nicht zum göttlichen Bund der Gottheiten Arktaniens und ist nicht an ihre Bedingungen gebunden."

Ich fragte mich, was das wohl für die Zukunft der Abgesandten der normalen Gottheiten bedeuten mochte, aber ich wagte nicht, die Frage laut auszusprechen. Der Nekromant wusste nicht, dass der Dämon mir das Geheimnis der göttlichen Macht verraten hatte oder dass ich die Regeln für die Begrenzung dieser Macht kannte. Der erwähnte Bund war vermutlich eine Art Oberaufsicht über die Handlungen der virtuellen Götter in der Realität. Das wiederum bedeutete, dass es einen Zusammenhang zwischen diesem Bund und den Quests gab, denen die Abgesandten nachgingen.

„Aber was ist mit den Abgesandten, die Teil der dunklen Gruppierung sind?", fragte ich. „Ich bin bereits einigen von ihnen in meiner Welt begegnet, und das ist nicht gerade gut ausgegangen."

„Keine Angst. Diese Angelegenheit wird ausschließlich durch den Abgesandten des Gottes des Todes erledigt. Die anderen wissen nicht, dass du die Mitschuld am Erscheinen des neuen Gottes trägst. Belassen wir es auch dabei. Für dein Schweigen gibt es natürlich eine Belohnung. Ich werde persönlich mit dem Vertreter deiner Göttin sprechen." Der Nekromant blickte nach oben. „Nicht wahr, Hotei?", rief er dann. „Oder willst du dich noch länger verstecken?"

Unter der Spitze der schwarzen Kuppel erschien eine vertraute Gestalt.

„Ta-ta! Ta-ta! Ta-ta!", begrüßte er mich, aber es steckte kein Enthusiasmus dahinter. „Ich war zufällig in der Gegend und gezwungen, euer Gespräch mitanzuhören."

„Ach, das ist ja komisch", sagte der Nekromant. „Aber auch ein großes Glück. Immerhin haben wir wichtige Dinge zu besprechen, nicht wahr?"

„So ist es." Hotei warf mir einen wichtigtuerischen Blick zu. „Aber diese Themen sind nicht für sterbliche Ohren bestimmt."

„Mein lieber Neffe und ich haben bereits alles Wichtige gesagt. Er wollte gerade gehen", erwiderte der Nekromant und sah mich scharf an. „Bleib in der Nähe! Hotei wird schon bald eine wichtige Quest für dich haben."

Ich wollte widersprechen, aber bevor ich den Mund öffnen konnte, spuckte das schwarze Ei mich auf einer Art Friedhof mit Hunderten von Gräbern aus. Wie es aussah, hatte mein Onkel mich an einem sicheren Respawn-Punkt in der Mitte eines Gräberfeldes abgesetzt. Vermutlich war es sein erstbester Gedanke gewesen.

Sobald ich festen Boden unter den Füßen hatte, wollte ich Mark kontaktieren. Doch er hatte mir bereits geschrieben.

„Was zum Teufel? Wer war der Kerl? Wieso hat er mich getötet? Das hat mich ein Level gekostet!"

„Tut mir leid. Das war ein einheimischer Nekromant, den ich bei einer Quest kennengelernt habe. Die Sache ist kompliziert. Ich erkläre dir alles in unserer Welt. Ich muss ein wenig ausruhen, dann melde ich mich bei dir."

Ich schickte die Nachricht ab und verließ sofort darauf Arktanien. Ich hatte die erlaubte Zeit deutlich überschritten, woran natürlich die Zeitbeschleunigung im Baum der Furcht einen großen Anteil hatte. Außerdem musste ich gründlich nachdenken.

Ich drückte den Deckel des Pods nach oben. Meine Lippen waren verklebt. Mein ganzes Gesicht war von einer seltsamen, trockenen Substanz überzogen. Meine Geschmacksknospen stellten einen salzigen, eisenhaltigen Geschmack fest. Ich wischte mir mit einer Hand über die Wange und hielt sie mir vors Gesicht: Sie war mit getrocknetem Blut bedeckt. Vermutlich war das die Strafe dafür, dass ich den Pakt mit dem Dämon gebrochen hatte. Ein Blick in den Badezimmerspiegel zeigte mir, dass das Blut aus allen Körperöffnungen ausgetreten war. Augen, Nase, Mund und Ohren waren blutig. Es fühlte sich an, als hätte jemand meinen Kopf in einen Schraubstock gequetscht. Es wunderte mich, dass mein Schädel nicht geplatzt war.

Dann fiel mir etwas auf. Das Blut war vollständig getrocknet, also musste die Blutung stattgefunden haben, bevor ich mit dem Nekromanten sprach. Wahrscheinlich war es eine Folge der Geschehnisse im Baum der Furcht gewesen. Hoffentlich hatte ich mir keinen Hirnschaden zugezogen!

Ich stieg unter die Dusche und säuberte mich. Anschließend war der Pod an der Reihe. Danach legte ich mich hinein, um meine Vitalwerte zu kontrollieren. Doch die körperlichen Werte waren nicht aufgezeichnet worden. Laut dem Bildschirm ging es mir blendend. Ich hatte arge Zweifel und jede Menge Fragen, aber leider keine Antworten.

Die Schmerzeinstellung betrug mittlerweile 98,5 %. Ich fürchtete mich vor dem Moment, in dem 100 % erreicht oder überschritten wurden. Ob ich schon bald auch in der Realität auf Karten, Attribute und mein Inventar zugreifen konnte? Wer wusste das schon. Vielleicht die virtuellen Götter.

Irgendwann schleppte ich mich in mein Schlafzimmer. Als ich wieder wach wurde, lag ich unter meiner Decke. Über mir schwebte eine lila Energiekugel. Wie seltsam! Ich hatte mein Haustier nicht beschworen, oder?

„Wo kommst du denn her?", fragte ich mit spröden Lippen.

Die Antwort bestand in einem Zwinker-Emoji.

„Ich verstehe dich nicht", erwiderte ich. „Hast du mich ins Bett gebracht?"

Lächeln-Emoji.

„Schön, dass du da bist. Du darfst mich gern beschützen. Kannst du vielleicht auch Kaffee kochen? Das wäre großartig!"

Das Haustier reagierte nicht. Stattdessen flackerte eine Systemmeldung auf:

Möchtest du die Quest „Falscher Abgesandter" annehmen?

Aufgabe: Finde und vernichte den Abgesandten des Gottes Eidolon.

Offenbar hatten Hotei und der Nekromant

eine Übereinkunft getroffen. Allerdings boten sie mir keine Belohnung an. So nicht, meine Freunde! Sollte ich — konnte ich die Quest ablehnen? Sollte ich es riskieren? Warum eigentlich nicht. Ich lehnte ab.

Möchtest du die Quest „Falscher Abgesandter" annehmen?

Aufgabe: Finde und vernichte den Abgesandten des Gottes Eidolon.

Belohnung: Informationen über die Menschen, die Arktaniens Abgesandte angreifen

Nein, das erschien mir noch immer nicht fair. Ich lehnte ab.

Möchtest du die Quest „Falscher Abgesandter" annehmen?

Aufgabe: Finde und vernichte den Abgesandten des Gottes Eidolon.

Belohnung: Informationen über die Menschen, die Arktaniens Abgesandte angreifen, 24 Stunden mehr Zeit zum Abschluss der dritten Phase von „Pfad der Klingen"

Das klang schon besser. Ich beschloss, es noch einmal mit der Ablehnung zu versuchen. Mit etwas Glück würde ich noch mehr Zeit erhalten.

Doch leider änderte sich nichts an der Belohnung. Hotei war am Ende seiner Großzügigkeit angekommen. Egal, denn der Aufschub für die Suche nach dem Holzschwert war in jedem Fall eine gute

Aufstieg der Toten

Nachricht. Andererseits war ich ein wenig enttäuscht, dass mir für diese zweite Quest in der Realität keine Schriftrollen, Erfahrungspunkte oder Gegenstände angeboten wurden. Na gut, das mit den Schriftrollen und Gegenständen konnte ich verstehen, aber Erfahrungspunkte hätte ich gern erhalten. Würde das vielleicht geschehen, wenn meine Schmerzeinstellung den Wert 100 % erreichte?

Ich zog mein Telefon hervor. Als ich auf das Display blickte, traf mich fast der Schlag! Es war drei Uhr nachmittags. Ich hatte 14 Stunden lang geschlafen. Die Ereignisse hatten mich definitiv an den Rand der Erschöpfung gebracht. Außerdem hatte ich drei verpasste Anrufe: von Artjom, von Mark und von einer unbekannten Nummer. Gut möglich, dass es sich dabei um den Abgesandten des Gottes des Todes handelte. Bestimmt hatte Hotei ihm meine Nummer gegeben.

Doch zuerst war Mark an der Reihe. Er ging nicht ran. Vermutlich lag er in seinem Pod. Dann war Artjom dran. Er antwortete sofort:

„Endlich! Ich warte schon ewig auf deinen Rückruf. Wie ist die Lage? Was gibt es Neues?" Er sprudelte nur so vor Ungeduld.

„Jede Menge, aber nicht am Telefon. Wo in Arktanien bist du gerade? Sag mir, wohin ich teleportieren soll, dann treffen wir uns im Spiel und besprechen alles."

„Ich bin in Tervillian. Es ist die Elfenstadt, die der Grenze des Kaiserreichs am nächsten liegt. Aber du benötigst das entsprechende Ansehen und ein Mellorn-Blatt. Dafür musst du die Quests erledigen, die Boris und ich für dich ausgewählt haben. Das sollte dir das Ansehen *freundlich* verschaffen. Dann trennt dich nur noch ein Schritt von dem Blatt. Aber vorher muss ich dir noch etwas erzählen." Er zögerte, dann fuhr er fort. „Der Verkäufer, von dem ich das ESGUMI kaufen wollte, hat mich kontaktiert. Jemand will seine gesamte Ware haben. Jedes einzelne Modul."

„Mist. Es tut mir leid, dass wir es nicht geschafft haben."

Ich war nicht ganz ehrlich mit ihm. Wenn Artjom uns als Abgesandter unterstützt hätte, wäre das natürlich großartig gewesen. Aber die Nutzung des Moduls barg auch ein großes Risiko. Abgesandte waren immer mehr Gefahren ausgesetzt. Gut möglich, dass er ohne das Modul länger leben würde.

„Ach, das ist kein Problem", antwortete Artjom fröhlich. „Ich habe ihm versichert, dass ich heute zu ihm komme, mein altes Modul mitbringe und ihm das Dreifache für ein neues ESGUMI bezahle, bevor der andere Käufer kommt."

„Heute?"

„Es geht nicht anders. Um 21 Uhr kommt der andere Kerl, und dann ist alles weg."

Ich überlegte, welche Optionen wir hatten. Mark war nicht erreichbar, und ohne ihn konnte ich meine Wohnung nicht verlassen. Wir wussten noch immer nicht, wer hinter dem Brandanschlag steckte und über welche Mittel diese Leute verfügten. Überall bestand die Gefahr, auf Abgesandte zu treffen, die unsere Infoboxen sehen konnten. Ich fühlte mich auch unwohl bei dem Gedanken, dass Artjom mit seinem Modul zu dem Verkäufer ging. Es könnte ein Hinterhalt sein! Auf keinen Fall würde ich ihn allein lassen.

„Wenn du ein Problem damit hast, kann ich auch ohne dich gehen", sagte Artjom, der mein Schweigen falsch interpretiert hatte.

„Auf keinen Fall. Wir gehen zusammen dorthin", bekräftigte ich meinen Entschluss. „Wenn möglich, kommt der Illusionist mit. Aber ich kann ihn im Moment nicht erreichen. Wo ist der Treffpunkt?"

„Ein kleiner Laden in einer Mall. Ich soll kurz nach Ladenschluss kommen, so gegen acht Uhr abends."

„Eine komische Bitte. Warum will er dich nicht während der Öffnungszeiten sehen? Das Geschäft dauert doch höchstens fünf oder zehn Minuten."

„Er sitzt leider am längeren Hebel", erwiderte Artjom. „Ich habe keine Wahl. Es ist ein Wunder, dass er überhaupt zugestimmt hat."

Genau, ein Wunder. Andererseits bot Artjom ihm den dreifachen Preis und gab sogar noch sein altes ESGUMI dazu.

„Okay. Dann treffen wir uns um sieben und holen dein Modul ab", beschloss ich. „Ich habe gerade mein Soll in Arktanien und hier erfüllt."

Danach verabschiedete ich mich von Artjom und trank eine schöne Tasse Kaffee. Mein Telefon lag vor mir auf dem Tisch, denn ich wollte Marks

Anruf — falls er sich meldete — auf keinen Fall verpassen, denn mit ihm als Begleitung wären wir alle sehr viel sicherer.

Ich hatte gerade den ersten Schluck getrunken, als die unbekannte Nummer wieder anrief. Es war an der Zeit, den Abgesandten des Gottes des Todes kennenzulernen.

Kapitel 2

„JA, BITTE?", meldete ich mich.

„Anschrift", forderte eine emotionslose, weibliche Stimme.

„Anschrift?", fragte ich verwirrt.

„Wo wohnst du?"

Es war mir egal, wer da am anderen Ende der Leitung war. Auf keinen Fall würde ich die Anschrift meiner Ersatzwohnung preisgeben, erst recht nicht jemandem auf der dunklen Seite der Macht. Immerhin sprach ich vermutlich mit der Abgesandten des Gottes des Todes.

„Mir wäre eine kurze Vorstellung lieber. Danach können wir uns an einem sicheren Ort treffen", antwortete ich langsam und deutlich.

Ich stellte mir die Besitzerin der Stimme vor: eine unangenehme Person, die unverschämte Forderungen stellte. Es gibt Leute, die der Meinung sind, die ganze Welt würde auf ein Fingerschnippen von ihnen reagieren. Diesen Eindruck machten die wenigen Worte, die ich von ihr gehört hatte, auf mich.

„Hallo. Elsa. Wo?" Sie ballerte mir die Satzfetzen um die Ohren wie ein Maschinengewehr.

Aber immerhin hatte sie auf meine Wünsche reagiert. Ich wollte zu einem ätzenden Kommentar ansetzen, aber dann überlegte ich es mir anders. Sie gab sich Mühe, das war klar. Wenn sie wirklich meinem Bild von ihr entsprach, war sie gerade über ihren eigenen Schatten gesprungen.

Mal überlegen, wo konnten wir uns treffen? Ich kannte die Gegend hier nicht besonders gut. Außerdem wollte ich mich nicht zu nah an meinem jetzigen Aufenthaltsort mit ihr treffen. Ein belebter Ort wäre gut. Vielleicht ein Restaurant? Wenn doch bloß Mark bei mir wäre! Er könnte mich mit seinen Illusionen tarnen. Hoffentlich meldete er sich bald bei mir. Wenn nicht, musste ich es in Arktanien versuchen. Mir fiel ein neutraler Ort ein, an dem ich auch ohne Marks Hilfe verschwinden konnte.

„Wir treffen uns im Gorki-Park", teilte ich ihr mit. „Morgen, um exakt 13 Uhr."

Dort war immer viel los, aber es gab auch genug Ecken, in denen man sich ungestört unterhalten konnte. Wenn es ein Problem gab, konnte ich in der Menge untertauchen. Im schlimmsten Fall würde selbst die dunkle Seite keinen Kampf vor so vielen unbeteiligten Menschen wagen, die sofort nach ihren Handys greifen würden. Oder etwa doch?

Aufstieg der Toten

„Nein, es muss heute sein", antwortete Elsa. „Um 17 Uhr am Haupteingang. Sei pünktlich. Ich trage schwarze Kleidung und habe einen schwarzen Hund bei mir." Dann legte sie auf, bevor ich etwas sagen konnte.

„Was für eine blöde Kuh!", schoss es mir durch den Kopf.

Ich rief ihre Nummer an, aber sie antwortete nicht. Dabei hätte ich gern den Zeitpunkt verschoben. Das war alles viel zu knapp!

Was sollte ich tun? Sollte ich einfach nicht hingehen? Oder sollte ich ihr vor Ort die Leviten lesen? Mit dem Taxi brauchte ich 20 Minuten zum Park. Mir blieben also noch etwa 40 Minuten bis zum Aufbruch. Okay. Ich musste Mark in Arktanien kontaktieren, meine Angelegenheiten in Katar zum Abschluss bringen und ins Land der Elfen teleportieren. Das war in der Zeit machbar und würde mich dem Ziel, das nächste Schwert zu finden, näher bringen. Sobald ich mit Artjom den Händler aufgesucht hätte, könnte ich wieder in den Pod steigen und die Suche fortsetzen. Das Treffen mit Artjom war in zweieinhalb Stunden. Auf keinen Fall durfte ich mich verspäten. Ich beschloss, zum Treffen mit Elsa zu gehen. Ich wollte herausfinden, wie genau sie den Abgesandten Eidolons finden wollte — und ob ich ihr wirklich trauen konnte. Hoffentlich ließ sich das in 20 Minuten bewerkstelligen. Danach musste ich direkt zu Artjom fahren.

Ich machte mir ein Brot, schlang es eilig hinunter, legte mich in den Pod und dachte dabei über meine Zukunft nach. Ich hoffte sehr, dass ich Mark dazu bringen konnte, mich zu den Treffen mit Elsa und dem ESGUMI-Händler zu begleiten. Natürlich würde ich damit noch tiefer als bisher in seiner Schuld stehen.

Am Ende des farbigen Korridors wartete die sichere Zone auf mich. Ich hockte mich auf einen Grabstein, zog mein Tablet heraus und öffnete den Posteingang. Zehn Nachrichten warteten auf mich. Leider informierte Mark mich darüber, dass er an einem Raid für seine eigene göttliche Quest teilnahm und die nächsten sechs Stunden nicht zur Verfügung stand. Er konnte in dieser Zeit zwar Nachrichten lesen und beantworten, aber ich hatte nicht vor, ihn bei einer so wichtigen Angelegenheit zu behelligen. Bevor ich ihn um einen weiteren Gefallen bat, musste ich erst einen Teil seiner Großzügigkeit wettmachen.

Thram hatte geschrieben. Katar war für ihn ein zu heißes Pflaster geworden, und er war nach Kelevre zurückgekehrt. Pinky erinnerte mich daran, dass ich mich bei ihr melden wollte. Ich schrieb ihr, dass ich für die nächste Phase der Quest in Kürze ins Land der Elfen reisen würde. Falls sie mir in Tervillian helfen wollte, wäre mir das ganz recht. Auch Ne-Tarok hatte geschrieben. Er würde am nächsten Tag in Moskau sein und hoffte sehr, dass Pinky und ich noch an unsere Verabredung dachten.

Im Moment hatte ich keine Zeit dafür, und das ärgerte mich sehr. Insgeheim vermutete ich, dass auch er ein Abgesandter war. Das lag einerseits an seiner speziellen Klasse, aber auch daran, dass er genau zu dem Zeitpunkt eine Reise nach Moskau unternahm, in der sich dort alle möglichen Abgesandten versammelten.

Ich teile ihm meine derzeitige Telefonnummer mit. Hoffentlich würde ich das nicht bereuen!

Meine nächste Nachricht ging an Boris:

Hey! Ich habe eine wichtige Frage. Wie ist die Lage in Katar?

Bist du noch hier? Hast du von den Zombies gehört?

Wenn er wüsste!

Ja, mir ist da was zu Ohren gekommen.

Der Gott der Toten hat die Stadt verflucht. Spieler und Einheimische, die sterben, werden als untote Kopie ihrer selbst wiedererweckt. Und sie sind genau so stark wie das Original! Darum ist jede Art von Gewalt im Stadtzentrum streng verboten. Wer gegen den Befehl verstößt, landet umgehend auf den schwarzen Listen aller Clans und wird vom Kaiserreich mit dem Zeichen des Gesetzlosen gebrandmarkt.

Das war harter Tobak, aber vermutlich die einzige Möglichkeit, die Leute davon abzuhalten, einander zu töten.

Heißt das, ich kann mich frei und ohne Tarnung in Katar bewegen?, hakte ich nach.

Genau. Aber halt dich trotzdem fern von mir. Wir dürfen keine Aufmerksamkeit erwecken.

Klar doch. Ich muss nur schnell ins Grundbuchamt. Danach teleportiere ich direkt nach Tervillian. Weißt du, ob es im Land der Elfen ähnliche Be-

schränkungen gibt?

Ja, die gibt es. Angeblich ist der Fluch des Gottes der Toten dort schlimmer als anderswo. Es soll etwas mit den großen Waldgebieten und den nicht klar definierten Stadtgrenzen zu tun haben. Außerdem betrifft der Fluch nicht nur Menschen, sondern auch die toten Bäume. Sie werden zu Zombie-Ents. Es gibt einfach zu viele Lebewesen in den Wäldern. Es ist nicht möglich, ein Gewaltverbot durchzusetzen. Im Wald, so friedlich er auch wirken mag, geht es tagtäglich ums Fressen und Gefressenwerden. Das ist der natürliche Lauf der Dinge dort. Außerhalb der Elfenstädte musst du besonders vorsichtig sein.

Verstanden, antwortete ich, obwohl ich mir nicht vorstellen konnte, was er damit sagen wollte. Zombie-Eichhörnchen und Zombie-Wölfe dürften keine besonders große Gefahr für einen Spieler wie mich darstellen.

Beruhigt verließ ich den Friedhof und lief zum Grundbuchamt. Dieser Fluch hatte die Stadt fast in einen Ort der Ruhe und des Friedens verwandelt. Die Menschen wirkten viel entspannter auf mich. Das lag bestimmt daran, dass der Clan-Krieg zum Erliegen gekommen war. Spieler blickten nicht mehr ängstlich über ihre Schulter, sondern gingen ihren Angelegenheiten nach. Es wurde verkauft, es wurden Raids vorbereitet und es wurden kleinere Quests für die Stadt erledigt. Der Gewaltbann wurde sehr viel ernster genommen als das sonst übliche Verbot von Angriffen durch die Gesetze der Stadt.

Aufstieg der Toten

Einige Spieler erkannten mich eindeutig, aber niemand drohte mir oder griff an. Auch dieses Mal patrouillierten vor dem Amtsgebäude Wachen und kaiserliche Zauberer. Und es war noch eine weitere Person anwesend, die mich mit einem Lächeln begrüßte.

„Andrew! Da bist du ja endlich."

Ich hatte Lazar bisher nur in der Wirklichkeit getroffen, aber ich erkannte ihn auch in der Spielwelt sofort. Seine Stimme war identisch. Wo er im echten Leben wie ein englischer Gentleman mit einem gepflegten Bart aussah, stand hier ein bärtiger Elementarzauberer vor mir. Welches Element er beherrschte, war nicht klar. Seine Infobox zeigte, dass er Level 109 erreicht hatte. Weder Lazars Kleidung noch andere Merkmale verrieten mehr über seinen Charakter in der Spielwelt.

„Was verschafft mir das Vergnügen? Möchtest du mir noch immer meine Artefakte abluchsen?"

„Wo denkst du hin. Niemand hat vor, dich bei der Suche nach den Schwertern aufzuhalten oder sie dir abzunehmen. Ganz im Gegenteil. Ich möchte dir meine Hilfe anbieten. Alexander und Sophie werden dich begleiten und bei deinen Quests unterstützen."

Dieses Angebot bereitete mir mehr Sorgen als jede Drohung.

„Woher der Sinneswandel?"

Lazar antwortete mit einer Gegenfrage. „Kannst du dich noch an den Fernseher in der Bar erinnern, den du zum Explodieren gebracht hast?"

Ich starrte ihn verwirrt an. „Was soll ich gemacht haben?" Auf keinen Fall würde ich etwas zugeben. „Das war doch ein Kurzschluss."

„Das haben wir zunächst auch gedacht", stimmte er mir zu. „Aber in letzter Zeit häufen sich die Gerüchte über seltsame Vorkommnisse. Menschen, die in unserer Welt Infoboxen sehen und solche Dinge. Angeblich gibt es einen jungen Mann, der die Namen und Level von Spielern erkennen und sie in großen Menschenmassen aufspüren kann. Ich musste sofort an dich denken, den Elektrozauberer, der rein zufällig einen Kurzschluss zum richtigen Zeitpunkt ausgelöst hat."

„Das bildest du dir bloß ein", sagte ich lächelnd. „Ich denke, dass der hohe Realismusgrad und die Immersion dazu führen, dass einige Spieler glauben, sie würden in der Wirklichkeit Dinge aus dem Spiel sehen."

„Gewiss, gewiss", nickte Lazar. „Das mag auf ein oder zwei Leute zutreffen. Aber es gibt viele solcher Berichte. Einige noch unglaublicher als das, was ich erzählt habe. Als ich dich neulich besuchen wollte, musste ich feststellen, dass deine Wohnung völlig ausgebrannt war. Schlimmer noch: Es gab eine Leiche in deinem Pod. Und dieser Tote warst nicht du. Ist das nicht seltsam?"

„Bestimmt ein Kabelbrand. Ich bin schon vor langer Zeit dort ausgezogen. Keine Ahnung, wer mein Nachmieter war. Aber er scheint auch ein Gamer gewesen zu sein. In Moskau gibt es Zehntausende Menschen mit einem Pod."

„Lügner!" Der Zauberer wurde lauter. „Und

ein schlechter noch dazu!“

Ich sah mich rasch nach Fluchtmöglichkeiten um. Ziemlich sicher versteckten sich Lazars Gefolgsleute in der Nähe.

„Ich will wissen, was los ist“, sagte Lazar.

„Oh, das wüsste ich auch gern“, dachte ich im Stillen. Ich wollte auch wissen, was los war, aber es gab keine zusammenhängenden Informationen. Aus meinen Gesprächen mit Hotei, dem Geisterdämon und den anderen Abgesandten hatte ich mir ein grobes Bild der Möglichkeiten der virtuellen Götter gemacht. Aber der Knackpunkt, nämlich *warum* all das geschah, war nach wie vor ein großes Geheimnis.

„Ich habe wirklich keine Ahnung, wovon du redest. Außerdem hast du mich beim letzten Mal nicht gerade fair behandelt. Ganz im Gegenteil: Du hast mich übelst über den Tisch gezogen. Dir muss doch klar sein, dass ich keine Informationen mit dir teilen würde — selbst dann nicht, *wenn* ich Bescheid wissen würde.“

Er runzelte die Stirn. „Es gibt da so ein Sprichwort: Wer nachtragend ist,...“

„... hat ein gutes Gedächtnis“, unterbrach ich ihn. „Wenn du mich entschuldigst. Ich habe hier zu tun.“

„Du solltest über mein Angebot nachdenken“, sagte Lazar, aber er gab den Weg frei. „Ich weiß, dass sich das nächste Schwert in der Hauptstadt der Elfen befindet.“

Ich blieb stehen. Diese verdammte Neugier! Was wusste der Kerl noch über meine Quest?

„Wieso bist du dir da so sicher?“

„Artjom macht mich sicher. Wir haben ihn beobachtet. Er treibt sich in Tervillian und der Umgebung herum, um deine Ankunft vorzubereiten. Wir können dir helfen, die Quest im Handumdrehen zu erledigen. Du hast das Schwert ruckzuck in deinem Besitz. Alles, was du dafür tun musst, ist uns seinen Namen zu verraten. Uns stehen viel mehr Ressourcen zur Verfügung als dir und Artjom.“

„Und wie steht es im Vergleich zu den Unaussprechlichen?“, bohrte ich den Finger in die Wunde. „Ich habe es eurer *Hilfe* zu verdanken, dass ich den Clan über jeden meiner Schritte informieren muss“, log ich ihn an. „Der Chef hat bereits einen Plan für die Artefakte.“

Lazar entgleisten kurz die Gesichtszüge. Ich musste einen Nerv getroffen haben. Außerdem schien er doch ein Gewissen zu besitzen.

„Die Unaussprechlichen werden dir in Arktanien keine große Hilfe mehr sein. Der Geist der Jagd gewinnt die Oberhand und wird die Reste des Clans in Kürze auslöschen. Ich kenne deine Vereinbarung mit ihnen nicht, aber sie ist das Papier nicht wert, auf dem sie geschrieben ist. Nochmal: Ich will deine Schwerter nicht. Mir geht es um wichtigere Dinge.“

Möglicherweise würde ich im Notfall auf seinen Vorschlag zurückkommen. Schließlich lief mir die Zeit davon. Wenn ich mich zwischen dem Tod oder der Hilfe durch die Stahlratten entscheiden musste, würde ich die Stahlratten wählen. Im *äu-*

ßersten Notfall.

„Du willst dich also nur mit mir unterhalten?", vergewisserte ich mich.

„Genau", bestätigte er. „Ich kann dir sagen, zu was du in der Lage bist, wie du an deine Fähigkeiten gekommen bist, wer ebenfalls über solche Fähigkeiten verfügt. Aber nicht hier. In der echten Welt."

Nun, das war verständlich. Bestimmt wollte er sicherstellen, dass ich die Fähigkeiten wirklich in der Realität einsetzen konnte. Bei einem Treffen dort konnte er auch mehr Druck ausüben. Denn bisher wusste er nicht, wo ich untergetaucht war.

„Ich werde darüber nachdenken", antwortete ich diplomatisch. „Ich melde mich bei Bedarf."

„Nun gut. Du kennst unsere Konten auf Social Media oder Sophies Telefonnummer", sagte er freundlich. Dann wurde seine Stimme kälter: „Aber warte nicht zu lang. Ich kenne viele Leute in Ellendril. Spätestens in 24 Stunden will ich von dir hören, oder ich lege dir so viele Steine in den Weg, dass man ein Gebirge daraus errichten könnte."

Oh. Er hatte doch kein Gewissen. Ich hätte ihn gern zum Teufel geschickt, aber das war in meiner Lage keine Option.

„Zwei Tage", erwiderte ich. „Ich muss noch ein paar Dinge in der Wirklichkeit erledigen, bevor ich mich wieder um die Quest kümmern kann. Aber ich überlege es mir."

Lazar dachte einen Augenblick nach.

„Na gut. Zwei Tage zum Nachdenken", stimmte er zu.

„Bis dann", verabschiedete ich mich und betrat das Grundbuchamt.

Mannomann. Ich hatte mich zusammenreißen müssen. Hoffentlich hielt er Wort und ließ mich zwei Tage in Ruhe. Und im Notfall, im äußersten Notfall, konnte ich Lazars Angebot annehmen. In zwei Tagen würde ich wissen, ob ich das Holzschwert auch ohne seine Hilfe erlangen konnte. Wenn die Unaussprechlichen aus dem Spiel waren, konnte ich noch immer einen Pakt mit dem Teufel schließen. Einen anderen Pakt mit einem anderen Teufel. Einem Teufel, der sehr viel gefährlicher war als der Geisterdämon. Denn anders als ein virtueller Gott konnte ein Mensch ohne heftige Folgen gegen einen Vertrag verstoßen.

Ich war der einzige Besucher im Amt. Es gab keinen Empfang, also betrat ich das erste Bürozimmer, das ich fand.

„Wie kann ich helfen?"

Hinter dem Schreibtisch saß eine Frau, die der Dame in der kaiserlichen Kanzlei glich wie ein Ei dem anderen. Ihre Stimme war allerdings sehr viel freundlicher.

„Hallo. Mein Name ist Falk Fudre. Ich interessiere mich dafür, meine Ländereien in Besitz zu nehmen."

„Ah, Graf Fudre." Die Frau lächelte mich an. „Ihr wurdet angekündigt."

Ich zuckte zusammen.

„Angekündigt?"

„Ja. Euer Onkel hat uns Anweisungen hinterlassen."

Dieser Mistkerl! Er hatte meine Absichten erahnt.

„Nämlich?"

„Die Stadt Kelevre, deswegen seid Ihr doch hier, nicht wahr? Ihr möchtet Anspruch darauf als Teil des Landes Eurer Vorfahren erheben, oder?"

„Stadt?", wiederholte ich wie ein Idiot. „Ist Kelevre nicht ein Dorf?"

„Seit gestern nicht mehr. Es hat jetzt Stadtrechte", erklärte die Frau. „Wie ich sehe, ist Euer Ansehen in dem Dorf mehr als ausreichend. Sobald Ihr 300.000 Goldmünzen in die Kasse eingezahlt und eine kleine Bedingung, die vom Oberhaupt der Fudre-Linie festgelegt wurde, erfüllt ist, gehört das Land Euch. Diese Bedingung ist die persönliche Zustimmung des Oberhaupts."

Dieser Mistkerl!

„Und das Oberhaupt ist Renick Fudre, nicht wahr?", vergewisserte ich mich.

„Euer Onkel, genau. Der Antrag wurde in Eurem Namen erfasst. Ihr habt eine Woche, um die beiden Bedingungen zu erfüllen."

Neue Quest erhalten: „Angestammtes Land"
Aufgabe: Zahle in den nächsten 7 Tagen 300.000 Goldmünzen und erhalte die Zustimmung des Familienoberhaupts.
Belohnung: Überschreibung der Stadt Kelevre als Teil deines Grundbesitzes

Ich wollte unbedingt Grundbesitzer werden,

denn die Vorteile konnten sich sehen lassen. Ich würde einen Nachlass bei allen Händlern erhalten und — viel wichtiger! — meine eigene Miliz aus Einheimischen aufstellen können. Es gab noch viele weitere Annehmlichkeiten, die die Mühe wert waren. Aber 300.000 Goldmünzen waren eine verdammt hohe Summe. Ich musste auch bedenken, dass ich die Stadt gegen den Geist der Jagd verteidigen musste. Ob Boris eine solche Summe locker machen konnte? Selbst wenn, wäre er bereit dazu, dieses Unterfangen zu unterstützen?

„Na schön", seufzte ich. „Vielen Dank für die Informationen."

Am liebsten wäre ich an Ort und Stelle teleportiert, aber das war streng verboten. Ich verließ das Gebäude. Keine Spur mehr von Lazar, aber ich war mir sicher, dass seine Lakaien mich beobachteten. Egal. Er sollte ruhig sehen, dass ich teleportierte.

Ich aktivierte die Schriftrolle und trat durch das Portal. Auf der anderen Seite begrüßte mich ein herrlicher Wald, dessen Grün in der Sonne funkelte. Das Strahlen der Blätter blendete mich und ich musste kurz die Augen schließen. Gegen diese Farbenpracht verblasste alles, was ich bisher in Arktanien gesehen hatte.

Ich sog ein Bouquet an Aromen ein. Die frische Luft munterte mich auf. Nach ein paar Schritten musste ich mich an einen Baum lehnen, denn die vielen Düfte machten mich trunken.

„Bist du zum ersten Mal hier?", hörte ich eine Stimme.

Aufstieg der Toten

Ein großer Elf, gekleidet in grüner Seide, trat aus dem Wald. Wie bei diesem Volk üblich, konnte ich nicht erkennen, ob es Mann oder Frau war. Die fein geschnittenen Züge, die Ohrringe und der schlanke, athletische Körperbau sowie die grazilen Bewegungen waren beiden Geschlechtern eigen. Es war offensichtlich, dass es sich um einen Einheimischen handelte, nicht um einen Spieler. Ich beschloss, höflich und friedfertig zu sein.

„Ja."

„Du befindest dich am Rand des Großen Waldes. Wenn du weiter schreitest, wird die Luft noch klarer und sauberer. Die Pflanzen dort sind einhundert Mal so schön und duftend wie hier."

„Äh... Großartig." Mir fiel keine bessere Antwort ein, denn ich konnte mit seiner Aussage nichts anfangen. War das der Beginn einer Quest? Leider hatte ich noch keine Zeit gehabt, die Dokumente von Boris und Artjom zu lesen.

Vermutlich hätte ich sie mir nehmen sollen. Wie üblich war ich unvorbereitet in eine fremde Umgebung gestolpert. Gut möglich, dass in den Unterlagen weitere Informationen über meinen Gesprächspartner standen.

„Wenn du tiefer in den Wald vordringen und seine Geheimnisse erkunden willst, rufe mich", sagte der Elf und zwinkerte mir zu. Mir schien mehr hinter den Worten zu stecken, als ich heraushörte.

„Vielen Dank. Ich werde darüber nachdenken", antwortete ich.

„Mach einfach ein paar Schritte in den Wald

und rufe nach Erawan. Ich werde dich hören", sagte er. Im nächsten Moment war er verschwunden. Es war keine gewöhnliche Unsichtbarkeit. Stattdessen verwandelte er sich mit einem leisen Plopp in einen blaugrauen Rauchschwaden, der sich langsam auflöste. Überhaupt nicht verdächtig. Bestimmt nicht.

Bevor ich hier weitermachte, musste ich zurück in die echte Welt. Einerseits musste ich mich zuerst informieren, bevor ich einen blöden Fehler beging. Andererseits hatte ich einen Termin. Die Abgesandte des Gottes des Todes wartete auf mich.

Ich kletterte aus dem Pod, zog mich an und lief ohne festes Ziel durch die Straßen, um mögliche Verfolger abzuhängen. Dann stieg ich in ein Taxi und fuhr zum Gorki-Park. Der Fahrer ließ mich kurz vor dem Haupteingang raus. Ich setzte meine Kapuze auf und lief los. Dabei behielt ich meine Umgebung genau im Blick. Auf der Straße von der Metrostation zum Parkeingang war schon zu normalen Zeiten viel Verkehr, aber gegen Abend waren die Menschen in Scharen unterwegs. Ich bemerkte einige Infoboxen von Leuten bis maximal Level 50. Die Abgesandten, die ich bisher kennengelernt hatte, waren zwischen Level 60 und 80. Schließlich sah ich auch ein paar passende Infoboxen, aber keiner davon näherte sich mir. Ich aktivierte *Magnetische Empfindlichkeit,* um nach unsichtbaren Verfolgern zu suchen, aber ich entdeckte niemanden. Zum Glück erfasste mein siebter Sinn auch keine Stich- oder Schusswaffen. Als

ich das Tor erreichte, wartete die Abgesandte des
Gottes des Todes bereits. Ich hätte blind sein müssen, um sie nicht zu bemerken.

Kapitel 3

WER GELEGENTLICH MIT DEN ÖFFIS UNTERWEGS WAR, kannte diese jungen Männer und Frauen, die sich dank ihrer farbenfrohen Anime-Kostüme von der Masse abhoben — spitzenbesetzte Kleider, schreiend bunte Umhänge, rosagefärbte Haare und seltsame Frisuren. Sie wollten damit ihre Verachtung für das Establishment und die Normen zum Ausdruck bringen. Diese Frau gehörte eindeutig zu ihnen: Ihr langes, dunkles Haar reichte bis zum Gürtel ihres mit Borte besetzten tiefschwarzen Kleides. Grellrote, spitze Fingernägel bildeten einen starken Kontrast zu den dünnen Händen. Gegen dieses Farbenspiel schien ihre blasse Haut zu leuchten. Sie war nicht nur blass, sie war geradezu totenbleich. Ich konnte sie mir gut in einem Tim-Burton-Film vorstellen, denn sie war klein, dünn und stand aufrecht wie ein Lineal. An ihrer Seite wachte ein großer schwarzer Hund mit struppigem Fell. Er erinnerte mich an einen Rottweiler, aber ihm fehlten die rotbraunen Abzeichen über den Augen. Die Infobox schwebte über ihr: *Dunkle Elsa, Level 81.* Ihr Level bestätigte einmal mehr, dass alle Abgesandten etwa zur selben Zeit in Arktanien begonnen hatten.

Es war schon seltsam. Ich tat mein Bestes, unter dem Radar zu bleiben, aber sie kümmerte sich nicht darum, dass alle Passanten ihr neugierige Blicke zuwarfen.

Sollte ich wirklich mit ihr sprechen? Ehrlich gesagt, war mir ein wenig unwohl bei dem Gedanken. Doch ich benötigte ihre Hilfe, um Eidolons Abgesandten zu finden. Und das war unabdingbar, wenn ich mehr Zeit für die Suche nach dem Holzschwert gewinnen oder mein angestammtes Land beanspruchen wollte. Ich fasste mir ein Herz. So schlimm würde sie schon nicht sein!

„Hallo. Bist du Elsa?", fragte ich, während ich mich näherte und dabei den großen Hund im Auge behielt. Zum Glück regte das Tier sich nicht.

„Ja", sagte sie und musterte mich emotionslos. „Dann musst du Falk sein. Wieso ist dein Level so niedrig?"

Ich wollte widersprechen, aber sie ließ mir keine Zeit.

„Du bist also der Depp, der diesen neuen Gott in die Welt gebracht hat."

Wieder wartete sie nicht auf meine Antwort.

„Du hast Mist gebaut, und jetzt musst du die Sache ausbaden."

Trotz der Vorwürfe hob sie nicht einmal ihre

Stimme. Gesichtsausdruck und Tonlage verrieten keine Emotionen.

„WIR kümmern uns gemeinsam darum", korrigierte ich sie.

„Du bist nutzlos", stellte sie fest. Ich hätte ihr liebend gern die Meinung gegeigt, aber ich schluckte meinen Zorn herunter.

Sie sah kurz zu ihrem Hund hinab. „Blanc und ich erledigen das besser ohne dich."

Ihr Begleiter hatte sich die ganze Zeit nicht einmal bewegt. Er war buchstäblich reglos. Kein Zucken der Rute, kein Zittern der Läufe, nichts. Sogar die Augen regten sich nicht. Er hätte ein Museumsexponat sein können.

Blanc, das hieß meines Wissens so viel wie *Herr Weiß*. „Eine interessante Namenswahl", sagte ich. „Hätte Herr Schwarz nicht besser zu seiner Fellfarbe gepasst?"

Sie sah mich an, als hätte ich den Verstand verloren.

„Blanc bezieht sich doch nicht auf das Fell. Er ist nach der Süßspeise Mont Blanc benannt."

„Seltsam."

„Überhaupt nicht. Sie wollten ihn gerade in einem Restaurant dazu verarbeiten. Aber ich bin eingeschritten."

„Ach, du hast ihn gerettet?"

„Das nicht. Aber ich habe ihn wieder zusammengesetzt." Ich zuckte zusammen. „Egal. Wichtig ist nur, dass Herr Weiß uns helfen kann, den Zombie-Abgesandten zu finden."

Ich musterte den Hund genauer und stellte

fest, dass sein Fell gar nicht struppig war. Es waren die unzähligen Nähte und Stiche, die es so aussehen ließen. Mein Gedanke an ein ausgestopftes Museumsexponat kam der Wahrheit sehr nahe.

„Heißt das, bei deinem Hund handelt es sich um einen Zombie?", stammelte ich schließlich.

„Ja. Was hast du denn gedacht?"

In Arktanien wäre es vielleicht offensichtlich gewesen, aber wer rechnete denn in der Realität mit einem Zombie-Hund? Diese Verrückte hatte tatsächlich die Einzelteile eines Tieres zusammengenäht. Igitt! Und jetzt lief sie mit ihm einfach so durch die Stadt! Sie hatte völlig den Verstand verloren.

„Denkst du nicht, es ist ein wenig riskant, ihn so offen zur Schau zu stellen?" Ich deutete auf die vielen Leute. „Was, wenn jemand bemerkt, dass er tot ist?"

„Niemand beachtet ihn. Jetzt halt still. Er muss deine Witterung aufnehmen."

Der schwarze Hund tapste auf mich zu. Seine Infobox bewegte sich mit ihm: *Blanc. Zombie-Haustier, Level 81.* Nach Chaosit war er das zweite Lebewesen aus dem Spiel, das ich in der Wirklichkeit sah. Allerdings war Chaosit ein immaterielles Haustier, während dieser Hund nicht nur körperlich war, sondern sogar in der Realität erschaffen worden war. Ich musste an Marks Worte denken. Die Welt hatte sich tatsächlich bereits verändert — die Menschen hatten es nur noch nicht bemerkt. Niemand von den Leuten hier wusste, dass ich Blitze schleudern konnte. Niemand ahnte, dass Elsa die Toten zum Leben erwecken konnte. Wenn man bei Zombies von Leben sprechen konnte. Der Geisterdämon (oder sollte ich ihn besser Eidolon nennen?), hatte mir erklärt, dass die Toten und Zombies nicht dasselbe waren.

„Okay. Er weiß jetzt, wie du riechst", sagte Elsa. „Ciao! Freut mich, dass wir uns nicht mehr sehen werden."

Ich hatte zwar nichts dagegen, dass Elsa sich allein um den Abgesandten Eidolons kümmern wollte, aber ich war mir nicht sicher, ob ich dann trotzdem meine Belohnung erhalten würde. Auf keinen Fall wollte ich darauf verzichten.

„Einen Augenblick!", rief ich ihr nach. „Ich muss mitmachen. Die... das... Management will es so."

Fast hätte ich von den Göttern gesprochen.

„Ich brauche dich nicht", sagte sie, aber sie blieb stehen. Allerdings lag das nicht an meinem Einwand, sondern an den beiden Kerlen, die ihr den Weg versperrten. Einen von ihnen erkannte ich sofort. Es handelte sich um den Feuerzauberer, der unseren Helikopter abgeschossen und Mark beinahe getötet hatte. Jetzt konnte ich auch seine Infobox erkennen: *Spark, Level 68.*

„Ich wusste doch, dass mit ihr etwas nicht stimmt", sagte er und packte Elsas Schulter. „Ich bin mir sicher, sie hat irgendeine Quest und will uns nichts verraten. Dabei sind wir verpflichtet, zusammenzuarbeiten."

Er sah mich drohend an. „Sieh nur, einer der

neutralen Faktion. Der Kerl hat mich beinahe umgebracht."

Der zweite Mann wirkte sehr viel gefährlicher als der fette Zauberer, obwohl er kleiner als sein Kumpan war. Er war dünn, hatte strubbeliges Haar und jede Menge Tattoos auf den Armen. Seine Biker-Kutte und das schwarzweiße T-Shirt mit Schädel und Knochen passsten gut zu seiner Infobox: *Biker, Level 85.* Ein durchaus ernstzunehmender Gegner, dessen Klasse mir noch verborgen blieb.

„Wir kümmern uns darum", sagte Biker und sah Elsa eindringlich in die Augen. „Also, Mädel. Raus mit der Sprache."

„Es ist eine persönliche Quest", sagte sie leise und starrte auf den Boden. „Ich darf nichts darüber sagen."

„Wir finden es schon heraus." Biker warf mir einen wütenden Blick zu, in dem eine Spur Neid zu erkennen war. „Aber wieso triffst du dich mit dem da? Kannst du etwa mit dem Elektrozauberer über die Quest reden?"

Elsa reagierte nicht und wich Bikers Blicken aus. Trotz ihrer unverschämten Art schien sie sich vor dem Mann zu fürchten. Sollte ich eingreifen? Wieso sollte ich das tun? Ich könnte mich auch einfach aus dem Staub machen.

Die nächsten Worte des Zauberers zeigten mir, dass das wohl nicht klappen würde. „Vielleicht können wir den Neutralen ausschalten?"

„Eine ganz dumme Idee!", warnte ich ihn. „Hier gibt es zu viele Zeugen. Ihr wollt doch bestimmt keinen Aufruhr, oder?"

Tatsächlich wollten um diese Uhrzeit mehr und mehr Menschen in den Park. Wenn der Feuerzauberer wirklich seine Magie wirkte, würde er dabei garantiert gefilmt werden. Nicht nur von den Handykameras der Menschen, sondern auch von den Überwachungskameras der Stadt.

„Nein, wir wollen keine Aufmerksamkeit erwecken. Nachdem der Heli abgestürzt ist, konnten wir mit Müh und Not den Ausputzern entkommen. Außerdem gibt es doch gar keinen Grund für einen Kampf, nicht wahr?" Der Dünne war eindeutig die Stimme der Vernunft. „Ich bin übrigens Nick. Ich bin ebenfalls ein Abgesandter, aber das weißt du ja schon. Ich habe keine Ahnung, was du mit Elsa zu tun hast, aber du gehörst nicht zu unserer Gruppierung. Ich schlage vor, die Dame begleitet uns. Eine gute Idee, oder was denkst du, Elsa?"

Widerwillig nickte sie.

„Geht klar, Biker."

„Dann steht unser Deal?", fragte ich sie.

„Hau bloß ab!", fauchte sie. „Ich habe doch gesagt, ich schaffe das allein."

Ich erinnerte mich daran, dass es eine Codefrage gab, die man stellen sollte, wenn man sich bedroht fühlte und Hilfe benötigte. Aber ich hatte vergessen, wie sie lautete.

„Bist du sicher?", wiederholte ich meine Frage.

„Du sollst abhauen."

„He, nicht so grob", mahnte Biker. Ich bemerkte, wie Elsa bei seinen Worten zusammenzuckte. „Sei nett zu dem Neutralen. Sonst müssen wir dich wieder übers Knie legen."

Elsa steckte eindeutig nicht in einer guten Beziehung. Aber wollte ich mich einmischen? Immerhin gehörte sie selbst nicht gerade zur freundlichen Sorte.

„Verabschieden wir uns doch einfach voneinander. Dann kann jeder sich um seinen Kram kümmern", sagte Biker und streckte mir die Hand entgegen.

Seltsamerweise schien der dicke Zauberer diese Ansicht zu teilen. Dabei hatte ich mit einem Einwand von ihm gerechnet.

„Hm. Okay", stimmte ich zu, während ich überlegte, ob ich Biker per Stromschlag ausschalten sollte. Bei einem Handschlag würde niemand wissen, wieso der Kerl plötzlich zuckend am Boden lag. Aber der Zauberer würde nicht einfach zusehen, wenn ich seinen Freund auf die Bretter schickte. Und was war mit Elsa? Würde sie sich auf meine Seite stellen?

Bevor ich eine Entscheidung gefällt hatte, versetzte Elsa dem Zauberer einen Stoß.

„Blanc! Sic!", befahl sie.

Der Zombie-Hund stürzte sich auf den fetten Mann und schnappte nach seinem Hals, aber der Zauberer wich erstaunlich geschickt aus und parierte den Biss mit seinem Arm. Allerdings setzte er keine Feuermagie ein — entweder war er zu schockiert, um zu reagieren, oder er hatte sich voll unter Kontrolle.

„Lass dich nicht von ihm berühren!",

kreischte Elsa.

Doch Biker hatte bereits nach meiner Hand gegriffen und drückte erbarmungslos zu. Ich erwiderte den Druck instinktiv. Ein lautes Krachen und Splittern ertönte als die Knochen in Bikers Hand brachen.

„Hurensohn!", fluchte er, als er seine Hand zurückriss und an seiner Brust barg. Ein großer roter Fleck breitete sich auf dem weißen T-Shirt aus. „Wie kannst du als Zauberer derartig stark sein?"

Ich hatte keine Ahnung, wie ich es getan hatte, aber offensichtlich hatte ich *Stählerner Handschlag* eingesetzt.

Der Zauberer war unter dem Gewicht des Hundes zu Boden gegangen und war unter dem schwarzen Fell begraben.

„Hundeangriff!", rief jemand.

Die Leute flohen, und kurz darauf lagen Hund und Feuerzauberer in der Mitte eines menschenleeren Kreises. Einige Passanten fassten sich ein Herz und versuchten, den Hund von seinem Opfer zu ziehen, aber der hatte sich fest in den Arm des Feuerzauberers verbissen. Eher würde der Arm reißen, als dass der Hund losließ!

„Hilfe!", schrie Elsa mir direkt ins Ohr. An ihrem ruhigen Gesichtsausdruck erkannte ich, dass die Panik nur gespielt war. Sie sah mich an und zeigte auf Biker. „Der Hund muss tollwütig sein! Er hat dem Mann da die Hand zerfleischt!"

Als die Menge das hörte, wich sie noch weiter zurück. Lediglich ein paar Gaffer versuchten, mehr zu erkennen. Brandgeruch breitete sich aus, als der Zauberer eine seiner Fähigkeiten gegen den Zombie-Hund einsetzte.

„Lauf!", rief Elsa und zog mich an der Hand weg.

„Elsa!", schrie Biker uns nach. „Du machst einen großen Fehler."

Keiner der Umstehenden wusste, was passiert war. Trotzdem stellten sich einige der Menschen uns in den Weg. Ohne nachzudenken, versetzte ich ihnen eine Ohrfeige, die ich mit einem leichten Stromschlag verstärkte.

„Der Hund hat die Tollwut!", wimmerte Elsa immer wieder, um die Aufmerksamkeit auf uns zu lenken und für Chaos zu sorgen. „So hilf doch jemand!"

Ihr Geschrei zeigte Wirkung. Die Leute machten uns Platz.

Wir rannten tiefer in den Park und nahmen willkürlich Abzweigungen im Wegelabyrinth. Als wir nach einer Weile stehenblieben, versetzte Elsa mir eine Ohrfeige.

„Du Idiot! Ich habe doch gesagt, er darf dich nicht anfassen."

Ich zählte bis zehn, um mich zu beruhigen.

„Das hättest du vielleicht tun sollen, BEVOR er meine Hand bereits umklammert hatte. Überhaupt, wo ist das Problem?"

„Das Problem ist, dass Biker ein Verflucher ist. Eine Berührung von ihm reicht aus, um den Tod zu bringen. Sieh dir deine Hand an."

Ich hob die rechte Hand. Ein winziger

schwarzer Fleck in der Form eines Totenschädels prangte auf dem Handteller.

„Das Schwarze Mal!", stellte Elsa fest. „Das war's. Du bist tot."

„Was soll das heißen?", fragte ich entsetzt. „Einfach so? Ganz und gar tot?"

„Keine Sorge, nur ein bisschen tot, Blödmann", zischte Elsa und stieß mich vorwärts. So viel Emotionen hatte sie noch nie gezeigt. „Natürlich ganz und gar tot. Im Spiel würdest du jetzt schleunigst einen Tempel aufsuchen und den Fluch aufheben lassen. Aber in unserer Welt ist das nicht möglich."

„Moment mal. Was soll das heißen? Der Kerl kann einfach so jemanden mit einem Todesfluch belegen?"

„Ich habe das Gefühl, der Fluch hat dir schon das Gehirn zerfressen", stöhnte Elsa. „Wie lange es dauert, hängt von deiner Ausdauer ab. Als Zauberer hast du ja nicht so viel davon. Ich denke, dir bleiben 30 bis 60 Minuten. Merkst du schon was?"

Ich horchte in meinen Körper hinein. Tatsächlich fühlte ich mich wie kurz vor einer Grippe. Bisher war es noch nicht schlimm. Ich schwitzte ein wenig und mir war etwas schwummerig. Vielleicht spürte ich das aber auch nur, weil ich es erwartete. Elsas Worte hatten mich ganz nervös gemacht.

„Ja, mir ist ein bisschen schwindelig und heiß. Kannst du etwas dagegen tun?"

„Du *bist* so doof. Nein, kann ich nicht. Ich bin eine Nekromantin", sagte sie kopfschüttelnd. „Ich kann dich als Zombie erwecken, wenn du gestorben bist. Dann würde ich deinen Wiedergänger auf Biker hetzen. Das wäre deine Chance auf Rache. Möchtest du das?"

„Nein, danke."

Ich zermarterte mir das Hirn auf der Suche nach einer Lösung.

„Hm. Tempel. Ob eine orthodoxe Kirche helfen kann? Denkst du, die haben echte Macht in unserer Welt?"

„Probier es aus. Danach kannst du dir ein Horoskop erstellen lassen. Hirnverbrannte Ideen. Nein, du benötigst jemanden mit entsprechenden Fähigkeiten im Spiel. Habt ihr keinen Priester in der neutralen Gruppierung?"

Ich dachte kurz nach. Ich kannte zwar keine Priester in dieser Welt, aber Sergei war ein mächtiger Heiler. Bestimmt konnte er den Fluch aufhalten oder sogar aufheben. Wenn nicht, kannte er gewiss jemanden, der dazu in der Lage war. Jemanden von den Guten. Wenigstens hoffte ich, dass die Zusammenarbeit auf der Seite des Lichts ebenso eng war wie die auf der Seite der Dunkelheit. Verflucht, es musste einfach jemanden geben! Konnte ich es wagen, Elsa, diese tickende Zeitbombe, mit Sergei bekanntzumachen? Lieber nicht! Aber...

„He, reiß dich zusammen", rief Elsa und griff nach mir. Sie riss mich aus meinen trübsinnigen Gedanken. „Du stirbst mir nicht, Freundchen. Deinetwegen habe ich Blanc verloren. Ich werde eine ganze Weile brauchen, bis ich einen neuen

Fährtenleser gefunden und das Mal des neuen Gottes von dir genommen habe."

„Ich hatte nicht vor, zu sterben", murmelte ich niedergeschlagen.

„Geht es dir gut, junger Mann?", fragte ein älteres Ehepaar besorgt.

„Ja, danke. Kein Problem", versicherte ich den beiden, während ich mich auf Elsa stützte. Sie war erstaunlich kräftig für ihre schlanke Gestalt. „Ich glaube, ich habe zu viel gegessen."

Wir nahmen auf einer Bank Platz. Mit zittrigen Händen holte ich mein Handy hervor und rief Sergei an. Hoffentlich war er nicht in Arktanien unterwegs. Es klingelte, aber er ging nicht ran. Meine nächste Chance war Naumow. Er antwortete sofort.

„Ich höre."

„Roman hier. Ich habe ein Problem. Ich brauche Sergei. Sofort."

„Er ist im Pod. Was ist passiert?"

„Ich wurde verflucht. Ich habe maximal eine Stunde, dann bin ich tot."

„Verflucht?" Naumow klang ungläubig. „Äh... Meinst du das ernst? Setz dich in ein Taxi und komm sofort her. Ich hole Sergei aus dem Pod."

Der Geschäftsmann schien keinen Zweifel daran zu haben, dass der Heiler mir helfen konnte.

„Okay. Ich bin unterwegs."

Ich war zu geschwächt, um zu laufen, aber Elsa stützte mich. Sie musste im Spiel viele Punkte in ihre Stärke gesteckt haben. Ohne sie hätte ich die etwa 500 Meter bis zum Eingang nie geschafft. Sie geriet nicht einmal außer Atem, während ich immer stärker schwitzte.

„Ich werde dich nicht begleiten", sagte sie. „Melde dich, wenn du überleben solltest. Ich arbeite an einem neuen Blanc."

„Geht klar", stieß ich hervor und wischte mir den Schweiß von der Stirn. „Was ist mit den beiden Grobianen? Kannst du dich vor ihnen verstecken? Du wohnst doch nicht etwa mit ihnen zusammen?"

„Das geht dich nichts an", fauchte Elsa. „Da, dein Taxi."

Sie setzte mich auf die Rückbank, sprach kurz mit dem Fahrer, schloss die Tür und ging fort. Ich war zu schwach für eine Verabschiedung. Vor meinen Augen verschwamm alles. Ich war schrecklich müde und musste kämpfen, um nicht ohnmächtig zu werden. Ich hoffte sehr, dass der Moskauer Feierabendverkehr nicht mein Tod war. Es würde mich nicht wundern, wenn wir im Stau stecken blieben und ich tot wäre, bevor wir das Ziel erreichten. Verdammt! Ich musste unbedingt Artjom anrufen. Er durfte nicht ohne mich zu diesem Schwarzmarkthändler gehen.

Ich griff nach meinem Telefon, aber es glitt mir durch die Finger. Von da an erinnerte ich mich nur noch bruchstückhaft. Als wir Naumows Haus erreichten, war ich mehr tot als lebendig. Jemand zog mich aus dem Wagen und schleppte mich ins Haus. Vor meinen Augen tanzten weiße Irrlichter in einer endlosen Finsternis.

„Verdammt", hörte ich Sergeis Stimme wie

durch dichten Nebel. „Er ist völlig fertig. In ein paar Minuten ist er tot."

„Wage es nicht, *Mächtige Heilung* an ihn zu verschwenden", drohte Naumow. „Wir haben eine Abmachung. Der nächste Einsatz ist für meinen Sohn."

„Dann wird es allerdings länger dauern."

„Wir haben keine Eile."

Ich hätte gern widersprochen, denn ich *war* in Eile, sogar sehr, aber meine Zunge gehorchte mir nicht. Die Anstrengung ließ mich endgültig das Bewusstsein verlieren.

Kapitel 4

ALS ICH WIEDER ZU MIR KAM, lag ich in einem fremden Bett. Ich starrte eine Weile an die Decke und überlegte, wie ich hier gelandet war. Nach ein paar Sekunden fiel mir alles wieder ein. Vorsichtig stand ich auf. Der Schwindel war weg. Ich fühlte mich großartig. Allerdings war das Schwarze Mal in meiner Handfläche nach wie vor vorhanden.

Sergei kam, um nach mir zu sehen. Statt des ungepflegten Trunkenboldes stand ein rasierter Mann in einem sauberen Trainingsanzug vor mir. Die größte Überraschung war, dass er nüchtern war.

„Wieder wach?", fragte er überflüssigerweise. „Wie fühlst du dich?"

„Großartig. Danke, dass du mich gerettet hast."

„Das ist die schlechte Nachricht", sagte er. „Ich habe dich zusammengeflickt und den Fluch vorübergehend unterdrückt."

„Vorübergehend?", wiederholte ich langsam. „Was soll das heißen?"

„Ich habe dir einen Segen verliehen, der dich gegen Dunkle Magie schützt. Die Wirkung hält einen Tag lang an. Danach geht es dir sehr schnell sehr viel schlechter."

Ich seufzte.

„Wenigstens habe ich durch dich eine Ruhepause. Danke. Hast du eine Idee, wie ich den Fluch endgültig loswerde? Kennst du vielleicht einen Priester des Lichts?"

„Im echten Leben?" Der Heiler sah mich erstaunt an. „Nein. Außer dir und Mark kenne ich niemanden. Ich habe dir doch erzählt, dass ich bisher alle Quests ignoriert habe."

Das stimmte. Auch die Einladung zur Gremlin-Jagd hatte er ausgeschlagen. Vielleicht war das sogar gut gewesen. Mir fiel auf, dass ich bisher niemanden vom Licht kennengelernt hatte, aber schon mehreren Abgesandten der Dunkelheit begegnet war. Ob es dafür einen Grund gab?

„Weißt du mehr über Flüche?", fragte ich.

„Einige Heiler verfügen über eine besondere Fähigkeit namens *Fluch brechen*. Ich beherrsche sie nicht. Es gibt zu wenig Anwendungsmöglichkeiten. Außerdem gibt es nur wenig Fähigkeitenschriftrollen. Im Spiel arbeite ich an meinen Kampffähigkeiten, für die Wirklichkeit wähle ich Schriftrollen, die mir eine Heilfähigkeit verleihen."

Auch das stimmte. Ich war zwar von der Göttin verflucht worden, aber bisher hatte ich keinen

Spieler getroffen, der Flüche wirken konnte. Andererseits war ich den meisten Kämpfen gegen andere Spieler aus dem Weg gegangen.

„Hast du schon einmal probiert, eine Fähigkeit in der Realität zu erlernen?", fragte ich ihn.

„Bitte was?" Sergei sah mich verständnislos an.

Ich berichtete, wie ich *Stromlasso* in der echten Welt erlernt und später in Arktanien genutzt hatte. Dann erzählte ich von Marks diesbezüglichen Versuchen. Sergei hörte geduldig zu. Dann fluchte er wie ein Müllkutscher.

„Warum fällt mir nie so etwas ein? Wenn das funktioniert, könnte ich deinen Fluch brechen und ein paar andere Fähigkeiten aufleveln. Ich probiere es gleich aus."

„Nur einen Moment noch", bat ich ihn. „Hast du mein Telefon gesehen?"

„Es liegt auf dem Tisch. Ich habe es ans Ladegerät angehängt. Du warst ziemlich lange weggetreten."

Mir lief es kalt den Rücken hinunter.

„Was heißt *ziemlich lange?*"

„Etwa fünf Stunden. Es ist zwei Uhr morgens."

Mist!

Ich ging zum Tisch, schnappte mir das Handy und scrollte durch die Nachrichten. Artjom und Mark hatten mehrfach versucht, mich zu erreichen. Ich probierte es bei Artjom, aber sein Handy war aus. Er hatte mich per Nachricht an das Treffen erinnert, obwohl ich ihn gebeten hatte, nicht zu gehen. Dieser verdammte Biker war schuld, dass ich meinen Freund im Stich gelassen hatte!

„Ist etwas passiert?", fragte Sergei, als er meine Panik bemerkte.

Ich fuhr mir nervös durch die Haare und seufzte laut.

„Weißt du noch, was ich von den neuesten Modulen für die Pods erzählt habe?"

„Ja. Naumow hat mir auch davon berichtet. Er hat eines davon in den Pod seines Sohnes eingesetzt, um ihn zu heilen. Aber es hat nichts gebracht."

„Mein bester Freund wollte so ein Modul bei einem Händler kaufen. Ich sollte ihm Rückendeckung geben, aber dieser verdammte Fluch kam mir dazwischen. Mein Freund ist allein gegangen, und jetzt reagiert er nicht auf meine Anrufe. Ich befürchte, dass ihm etwas zugestoßen sein könnte."

Sergei klopfte mir auf die Schulter.

„Dann solltest du dich schnellstens auf den Weg machen. Ich gebe dem Fahrer Bescheid."

Ich war erstaunt. Der Heiler musste sich gut eingelebt haben, wenn er bereits Naumows Leute herumkommandierte.

„Danke. Habe ich dich richtig verstanden: Wenn ich nicht spätestens in einem Tag wieder hier bin, sterbe ich?"

Sergei nickte.

„Okay."

„Viel Glück! Ich hoffe, deinem Freund geht es gut", sagte er zum Abschied. „Falls nicht, bring ihn her, damit ich ihn heilen kann. Komm, ich bringe dich zur Garage."

Ich fragte mich, ob der Heiler in diesem Flügel des Hauses ganz allein war, denn weder Naumow noch seine Leute tauchten auf. Sergei erklärte mir, dass der Fahrer nur für ihn zuständig war, und wies den Mann an, mich zu fahren. Ich gab ihm die Adresse der Mall. Als wir uns dem Zielort näherten, konnte ich Blaulichtblitze sehen und Sirenengeheul hören. Mehrere Feuerwehrwagen standen vor dem Einkaufszentrum.

„Bist du sicher, dass du hier hin willst?", fragte der Fahrer. „Ich muss vor der Absperrung halten."

„Ich gehe zu Fuß. Warte hier auf mich", sagte ich und stieg aus. Ich hatte mehrfach Artjoms Nummer gewählt — ohne Erfolg.

Langsam zählte ich bis zehn. Ich musste mich beruhigen. Vielleicht war er gar nicht mehr hier gewesen, als das Feuer ausbrach? Vielleicht war das Feuer gar nicht in der Mall ausgebrochen? Vielleicht war alles nur ein Zufall und der Brand hatte nichts mit den ESGUMI-Modulen zu tun?

Als ich die Absperrung erreichte, konnte ich die niedergebrannte Mall sehen. Das ehemals zweistöckige Gebäude mit den vielen kleinen Geschäften war stark beschädigt. Das oberste Stockwerk lag komplett in Trümmern. Aus den Türen und Fenstern im Erdgeschoss quoll der Löschschaum. Die gesamte Umgebung war mit schwarzem Ruß bedeckt. Ladeneinrichtungen und Waren waren vollständig verbrannt. Ich hoffte sehr, dass es keine Todesopfer gegeben hatte.

„Hier ist gesperrt. Gehen Sie nach Hause“, sagte einer der Feuerwehrleute.

„Natürlich.“ Ich nickte. „Können Sie mir trotzdem sagen, was passiert ist? Ich habe... hatte einen kleinen Computerladen in diesem Gebäude.“

„Das tut mir leid“, sagte der Mann. „Ich hoffe, Sie haben eine gute Versicherung. Alles ist in Rauch aufgegangen.“

„Gab es Opfer?“, hakte ich nach. „Verletzte oder sogar Tote? Ich bin nicht sicher, ob mein Mitarbeiter noch da war, als es passiert ist. Wann ist das Feuer ausgebrochen?“

„Wir wurden gegen 21 Uhr gerufen“, sagte er. „Ich weiß nicht, wie lange es da schon gebrannt hat. Die Ermittler sehen sich noch alles an. Bisher wurden zwei Tote gefunden, aber keine Verletzten.“

Ob eine der Leichen Artjom war? Ich verbot mir, das zu glauben.

„Kann man die Toten identifizieren?“, fragte ich mit belegter Stimme.

„Das weiß ich nicht“, sagte der Feuerwehrmann. „Vermutlich nicht. Die beiden Leichen wurden in der Nähe des Brandherds gefunden.“

Ich war wie von einem Rammbock getroffen. In meinen Ohren klingelte es. Ein Schatten legte sich über meine Seele. Meine Beine wurden weich wie Watte. Beinahe wäre ich zusammengebrochen.

„Vielen Dank“, murmelte ich schwach und schleppte mich zurück zum Auto.

Niedergeschlagen stieg ich ein, brach auf der

Rückbank zusammen und wählte Artjoms Nummer in Dauerschleife. Wieso hatte ich ihn nie nach
der Nummer seiner Freundin gefragt?

„Wohin jetzt?", fragte der Fahrer nach einer
Weile.

Ich dachte kurz nach und gab ihm dann die
Adresse, an der ich heute Nachmittag in das Taxi
zum Gorki-Park gestiegen war. Bisher wussten
Naumows Leute nicht, wo ich wohnte — und das
sollte auch so bleiben. Andererseits verfügte
Naumow über Mittel und Wege, meinen Aufenthaltsort herauszufinden. Ich schob den Gedanken
beiseite. Als wir ankamen, stieg ich aus und lief
eine Weile kreuz und quer durch das Viertel, bevor
ich in meine Wohnung zurückkehrte.

Die Sonne ging bereits auf, als ich die Tür
hinter mir schloss. Ich verbannte den Gedanken,
dass Artjom tot sein könnte, aus meinem Kopf.
Vielleicht hatte er überlebt. Vielleicht würde er
beim nächsten Versuch ans Telefon gehen. Vielleicht… „Er ist tot", rief eine Stimme hinter meiner
Stirn.

Nein, das durfte nicht sein! Ich würde es in
Arktanien probieren. Ich stieg in den Pod. Im Elfenwald angekommen, zog ich mein Tablet heraus.
Die einzigen Nachrichten stammten von Onkel Boris und Mark-5. Boris hatte mir umfassende Anweisungen zu den Quests in Tervillian geschickt.
Er schrieb auch, dass Artjom mir alles erklären
sollte, aber dass er ohne Erklärung untergetaucht
sei. Mark teilte mir mit, dass er seinen Raid zu einem erfolgreichen Abschluss gebracht hatte und

jetzt endlich wissen wollte, wieso mein virtueller Onkel ihn aus dem Weg geräumt hatte. Ich schuldete ihm eine Erklärung, aber nicht jetzt.

Ich verließ Arktanien, legte mich auf mein Bett und starrte reglos an die Decke. Mir fehlte jede Lust, Quests in Arktanien oder in der Wirklichkeit zu erledigen. Ich wollte das alles nicht mehr. Ich hatte genug von virtuellen Göttern, die ihre Abgesandten wie Schachfiguren hin und her schoben. Die konnten mir alle gestohlen bleiben!

Mein einziges Ziel war, herauszufinden, ob Artjom noch lebte. Sollte er tot sein, würde ich herausfinden, wer dafür verantwortlich war. Und dann würde ich meinen toten Freund rächen.

Ob die Leichen bereits obduziert worden waren? Wen konnte ich fragen? Ich kannte niemanden bei der Polizei. Aus diesem Grund wusste ich auch noch nicht, wer in meiner alten Wohnung umgekommen war. Sollte ich Naumow um Hilfe bitten? Es war sechs Uhr. Egal. Ich wollte nicht länger warten.

Ich war überrascht, als Naumow nach dem ersten Klingeln abnahm.

„Hallo."

„Hallo. Ich brauche ein paar Informationen."

„Das wundert mich nicht", sagte der Geschäftsmann mit einem heiseren Lachen. „Was ist los? Ich werde tun, was ich kann."

„Kennst du jemanden bei den Ermittlungsbehörden?"

„*Kennen* ist vielleicht zu viel des Guten", sagte Naumow. „Aber ich weiß, wen ich fragen muss.

Worum geht es? Hat es etwas mit dem Brand in der Mall zu tun?"

Natürlich hatte der Fahrer ihm brühwarm berichtet, wohin er mich gebracht hatte. Hoffentlich hatte Sergei seinen Mund gehalten.

„Genau. Die Feuerwehr wurde um neun Uhr am Abend angerufen. Es gab zwei Todesopfer in der Mall. Ich fürchte, dass ein guter Freund von mir darunter ist. Er wollte ein spezielles ESGUMI von einem Händler dort kaufen."

„Wenn er dort gestorben ist, dann tut mir das leid. Denkst du, es gibt einen Zusammenhang zu dem Brand in deiner alten Wohnung?"

Darüber wusste er also auch Bescheid! Ich war mir so gut wie sicher, dass seine Leute mich trotz Hoteis Warnung noch immer beobachteten. Sie versteckten sich nur besser als bisher.

„Möglich wäre es", antwortete ich. „Auch damals gab es einen Toten. Er lag in dem Pod in der Wohnung. Vielleicht kannst du auch mehr über seine Identität herausfinden? Aber die Toten von gestern sind wichtiger."

„Und dieser Angriff auf der Straße, für den du mich beschuldigt hast?" Naumow ließ nicht locker. „Ich vermute, dass all diese Vorfälle zusammenhängen."

„Äh… ja, das könnte sein."

„Was die Leiche in der Wohnung betrifft, kann ich dir keine Antwort liefern. Die Sache hat mich interessiert, aber der Leichnam wurde aus der Leichenhalle gestohlen. Angeblich ist er sogar selbst herausspaziert."

Das musste ich erst einmal sacken lassen.

„Er ist was? Wie?" Ich war erschüttert.

„Keine Ahnung. Bestimmt steckt ein Abgesandter dahinter. Vielleicht ein Nekromant. Behalte das im Hinterkopf. Ich werde meine Fühler ausstrecken. Sobald ich etwas erfahre, melde ich mich bei dir."

„Vielen Dank", sagte ich und meinte es auch so.

Nachdem ich aufgelegt hatte, fiel mir der Erpressungsversuch der Stahlratten ein. Hätte ich ihm davon berichten sollen? Vielleicht, aber nicht jetzt. Lazars Drohungen waren aktuell meine geringste Sorge.

Ich dachte nach. Eine wandelnde Leiche. Entweder hatte jemand zu tief ins Glas geschaut, oder das war das Werk eines Nekromanten gewesen. Oder einer Nekromantin. Ob Elsa dafür verantwortlich war? Aber wieso? Oder hatte sie auch die Anschläge auf mein Leben verübt? Ich stellte mir vor, wie sie einen Leichnam belebte, ihn mit Sprengstoff spickte und in meine Wohnung schickte. Nein, das war unmöglich. Ah, mein Kopf war das reinste Chaos!

Trotz der frühen Stunde rief ich Elsa an. Es dauerte einen Moment, dann hörte ich ihre schläfrige Stimme.

„Wer hat dir denn ins Gehirn geschissen? Hast du mal auf die Uhr geguckt?"

„Ich sollte mich doch melden, wenn ich überlebt habe."

„Große Klasse", sagte sie leidenschaftslos.

„Newsflash: Ich habe einen neuen Blanc erschaffen. Wir treffen uns morgen, dann nehmen wir die Spur des Zombie-Abgesandten wieder auf. Jetzt lass mich schlafen.“

„Halt! Stopp!“, rief ich und legte mir meine nächsten Worte sorgfältig zurecht. „Hast du zufällig in letzter Zeit einen verbrannten Toten in der Leichenhalle erweckt?“

„Ich soll was gemacht haben?“, fragte sie. „Hast du mich deswegen um diese Uhrzeit angerufen? Was ist das für eine dämliche Idee? Wieso sollte ich das tun?“

Ich berichtete ihr von dem Brand in meiner Wohnung und dem Bericht über die wandelnde Leiche.

„Hast du deine Fähigkeiten schon einmal an einem Ort eingesetzt, an dem andere Menschen dich beobachten konnten?“, fragte Elsa.

„Nun, ich denke schon“, antwortete ich zögerlich. „Ich habe einmal einen Fernseher implodieren lassen.“

Von meinem Einbruch bei RussVirtTech berichtete ich lieber nicht. Schließlich hatte Hotei damals alle Videoaufzeichnungen gelöscht.

„Vielleicht waren es die Ausputzer.“

Oh. Ich kannte diesen Begriff. Biker hatte ihn am Vorabend benutzt. Er war diesen Ausputzern mit Müh und Not entkommen.

„Dein Kumpel Biker hat diese Leute erwähnt. Wer sind sie?“

„Erstens, er ist nicht mein Kumpel“, fauchte Elsa. Dann seufzte sie. „Zweitens, du lässt nicht locker, oder? Also gut. Ausputzer kümmern sich um Abgesandte, die ihre Fähigkeiten öffentlich zur Schau stellen."

„Ich habe nie von ihnen gehört. Arbeiten sie für die virtuellen Götter?"

„Woher soll ich das wissen? Ich habe nie einen von ihnen gesehen. Biker gehörte zu den Ersten auf der dunklen Seite, die Fähigkeiten erhalten haben. Damals war er mit jemandem zusammen, dessen Klasse *Mörder* war. Der Blödmann hat mit seiner Verstohlenheit einen Bankraub begangen. Sobald er das Geld hatte, hat er geprotzt: teures Auto, eigene Wohnung, Anschaffungen ohne Ende. Dann sind die Ausputzer gekommen. Vielleicht hast du von dem Lamborghini gehört, der vor ein paar Wochen explodiert ist."

„Mitsamt Fahrer?"

„Offensichtlich."

Oh. Das bedeutete, dass mindestens ein Abgesandter fehlte. Aber wer tötete die Abgesandten?

„Kennst du noch mehr solche Fälle?", wollte ich wissen.

„Nein. Aber es gab mehrere Mordanschläge auf den fetten Zauberer, nachdem er in einem Scharmützel mit der Seite des Lichts von seinen Fähigkeiten Gebrauch gemacht hat. Leider hat er jeden davon überlebt. Ein Feuerzauberer ist zäh."

Hm. Meine Wohnung, die Mall, der Sportwagen — in allen Fällen war Feuer im Spiel gewesen. Aber in allen Fällen waren keine Fähigkeiten eingesetzt worden. So viel stand fest. Meine Angreifer damals hatten auch nicht über Fähigkeiten verfügt.

„War's das? Ich melde mich, wenn ich wach bin."

Sie legte auf.

Ich war verwirrter als zuvor. Sie hatte den Zombie nicht erweckt. Wer dann? Wie viele Nekromanten waren in Moskau unterwegs? Oder war der Kerl gar nicht tot gewesen? War es vielleicht jemand mit einer sehr starken Regenerationsfähigkeit? Ich würde ohne weitere Fakten zu keinem Ergebnis kommen. Hoffentlich meldete Naumow sich bald. Bis dahin würde ich zu allen Göttern der Erde und Arktaniens beten, dass Artjom noch lebte.

Ich ließ mich in mein Kissen fallen und beschloss, auszuruhen, bis ich den erlösenden Anruf erhielt. Mir war jede Lust auf ein Abenteuer in der Elfenstadt vergangen.

War ich nur müde? Oder war ich am Ende mit den Nerven? Wie dem auch sei, irgendwann schlief ich ein. Mein Telefon signalisierte eine Nachricht. Ich nahm es auf. Unbekannte Nummer. Nur zwei Worte: „Spiel weiter."

„Vergiss es", murmelte ich und legte das Telefon beiseite. Ich würde in meinem Bett bleiben.

Ein wahres Trommelfeuer aus Benachrichtigungen ging auf mich ein.

„Spiel weiter, spiel weiter, spiel weiter, spiel w..."

„Hör auf damit", rief ich, denn garantiert steckte Hotei dahinter. „Das hier ist kein Spiel mehr. Jemand ist deswegen gestorben!"

Einzelgänger Buch 6

Eine Systemmeldung flackerte mitten im Raum auf:

Quest „Falscher Abgesandter"

Aufgabe: Finde und vernichte den Abgesandten des Gottes Eidolon.

Belohnung: Informationen über die Menschen, die Arktaniens Abgesandte angreifen, 24 Stunden mehr Zeit zum Abschluss der dritten Phase von „Pfad der Klingen"

Ich hielt inne. Wollte Hotei damit bestätigen, dass Artjom von denselben Leuten gekidnappt oder umgebracht worden war, die meine Wohnung in Brand gesteckt hatten?

„Hör auf mit den Spielchen. Ich bin mir sicher, dass du bereits alles weißt, was ich wissen will", knurrte ich und stand auf. „Gib mir die verdammten Infos. Dann mache ich mit der bescheuerten Quest weiter."

Ich fragte mich, wieso Hotei sich nie in der Realität materialisierte. War er zu schwach dazu? Wieso konnte Chaosit es dann tun? Steckte doch Absicht dahinter? Vermutlich wollte der kleine Gott jeder direkten Konfrontation aus dem Weg gehen.

„Ich will wissen, ob Artjom lebt." Ich versetzte meinem VR-Pod einen Tritt. „Ein Wort: Ja oder Nein?"

Die Antwort erfolgte prompt: „Nein."

Mir wurde schwarz vor Augen. Zorn brandete in mir auf. Mein Brustkorb schmerzte, als ich mich vor Wut krümmte. Mein gesamter Schmerz entlud sich in einer gewaltigen Explosion aus grellem Licht. Es traf auf meinen Pod und brachte dieses Wunderwerk moderne Technik zum Verschwinden. Nur ein schwarzer Fleck auf dem Boden und der Geruch von Ozon blieben zurück.

Geschwächt sank ich zu Boden. Mein Manavorrat war durch die Entladung vollständig geleert worden. In einem Sekundenbruchteil hatte ich 1500 Manapunkte verbraucht. Ich schleppte mich zu meinem Bett und blinzelte gegen die Tränen an. Ich hatte meinen Pod zerstört! Was war das für eine bescheuerte Fähigkeit?

Ich hatte nicht um diese Fähigkeiten gebeten! Artjom, mein Freund. Er war tot. Oder log Hotei mich an? Aber wieso? Wenn Naumow das bestätigte, dann würde ich Eidolons Abgesandten finden. Ich würde herausfinden, wer meinen Freund getötet hatte. Und dann würde ich schreckliche Rache nehmen. Und Eidolons Abgesandter würde das erste Opfer sein. Auch die Seite der Dunkelheit würde meinen Zorn zu spüren bekommen. Ohne Bikers Fluch hätte ich Artjom begleitet und ihn beschützen können. Biker würde es noch bereuen, oh ja! Früher oder später würde ich ihn erwischen.

„Spiel weiter." Eine weitere Nachricht riss mich aus meinen Gedanken. „Nebenan steht noch ein Pod."

„Du willst, dass ich spiele?", knurrte ich. „Na schön. Spielen wir."

Kapitel 5

DIE TÜR DER WOHNUNG NEBENAN WAR NICHT VERSCHLOSSEN. Sie glich meiner bisherigen Zuflucht wie ein Ei dem anderen. Der VR-Pod stand exakt an derselben Stelle, und sogar der Kühlschrank und die Schränke waren mit denselben Lebensmitteln gefüllt. Hotei schien auf alles vorbereitet zu sein. Vielleicht war das Haus auch einfach nur eine Art Wohnheim für Abgesandte. Wenn, dann war es hoffentlich nur für Anhänger der Schicksalsgöttin oder der neutralen Gruppierung gedacht.

Ich überlegte, ob ich später die anderen Wohnungen untersuchen sollte. Vielleicht lebten ja einige meiner Kollegen unter demselben Dach? Oder war das zu gefährlich?

Ich schloss die Tür ab und sorgte dafür, dass sie sich garantiert nicht öffnen ließ, indem ich einen Tisch unter die Klinke stellte. Dann stieg ich in den Pod. Die Freigabe erfolgte in einem Sekundenbruchteil. Das war überraschend, denn Russ-VirtTech verknüpfte jeden Pod mit dem Käufer. Vermutlich hatten auch hier die Götter ihre Finger im Spiel. Es war erstaunlich, wie viel Macht sie in der Realität hatten. Neben Änderungen an der Pod-Programmierung gehörten der Kauf oder die Miete von Wohnungen und vieles mehr dazu.

Ich startete das Spiel und landete im magischen Wald. Die wunderschönen Pflanzen und lieblichen Düfte widerten mich an. Artjom hatte mir keine Nachrichten geschickt. Er war offline — vermutlich für immer. Hotei hatte bestätigt, dass mein Freund tot war. Tief in mir drin hoffte ich noch immer, dass der kleine Gott sich irrte. Bis Naumow den Tod bestätigte oder widerlegte, würde ich in Arktanien Dampf ablassen. Ich hätte meiner Wut gern freien Lauf gelassen, aber die Flora hier sollte nicht leiden. Verdammt! Ein Kampf gegen Stahlratten oder Geister der Jagd wäre jetzt schön gewesen!

Der Gedanke an Rache rief mir meine neue Fähigkeit in den Sinn, mit der ich den Pod zerstört hatte. Ich öffnete meinen Charakterbogen und blätterte bis zur Liste der Fähigkeiten. Sie war um einen Eintrag reicher: *Kugelblitz.*

Diese Fähigkeit ist chaotisch und hat unvorhersehbare Folgen. Die Schlagkraft ist das Produkt aus einer Zufallszahl zwischen 1 und 100 und der Intelligenz des Spielers. Die Fähigkeit verzehrt den maximalen Manavorrat.

Sozusagen ein letztes Mittel. Aber nur, wenn der Zufall es gut mit mir meinte. Andernfalls würde ich meinen gesamten Manavorrat für einen kleinen Funken opfern. *Kugelblitz* konnte außerdem nur gewirkt werden, wenn der Manavorrat bis zum letzten Punkt gefüllt war. Ich würde also stets die Anzeige im Blick behalten müssen. Bei einem Fehlschlag wäre ich meinem Gegner ausgeliefert. Ohne Mana war ich verteidigungslos. Mit der Kette allein hatte ich gegen Spieler auf meinem Level keine Chance. Mächtigere Feinde würden mich in Sekunden zerfleischen. Trotzdem beschloss ich, die Fähigkeit bei nächster Gelegenheit zu testen — hier in Arktanien oder in der Wirklichkeit. Ich stellte mir vor, wie *Kugelblitz* Biker und seinen fetten Kumpel zu Asche verbrannte. Eidolons Abgesandter wäre ebenfalls ein passendes Ziel, nachdem Elsa und ich ihn aufgespürt hatten. Vielleicht könnte ich *Kugelblitz* auch nutzen, um Hotei das Maul zu stopfen und endlich Ruhe vor seinen miesen Witzen und irreführenden Informationen zu haben. Im Gegensatz zu dem kleinen Gott war der Geisterdämon eine echte Hilfe gewesen. Er hatte mich trainiert, mir die Geheimnisse der virtuellen Gottheiten anvertraut, mich gesegnet und jede Menge Stahlratten für mich getötet. Wenn ich nicht so neugierig wäre, wer hinter den Angriffen auf die Abgesandten steckte, hätte ich Hotei dorthin geschickt, wo der Pfeffer wuchs.

In meinem Kopf brodelte die Wut und suchte nach einem Ausweg. *Herz des Schneesturms* wäre in der Lage, mich wieder zur Besinnung zu bringen. Ich berührte das Artefakt, um gelassener zu werden und einen Plan zu schmieden. Das Holzschwert hatte höchste Priorität. Wenn ich es erst in den Händen hielt, wäre mir eine kurze Atempause auf der göttlichen Quest vergönnt. Danach musste ich Eidolons Abgesandten finden. Dabei waren Improvisationstalent und Spontaneität gefragt. Vielleicht ließ die Person mit sich handeln? Wenn nicht, konnte ich noch immer die Quest des Gottes des Todes wortgetreu umsetzen und den Abgesandten töten. Das Gute daran war, dass es sich um einen wandelnden Leichnam handelte, also war es kein Mord. Wenn diese beiden Dinge, das Schwert und der Abgesandte, abgehakt waren, würde ich mich der vierten Phase der Quest *Pfad der Klingen* widmen. Anschließend würde ich meine Zeit verwenden, um die Ausputzer zu suchen. Wenn sie etwas mit Artjoms Tod zu tun hatten, würde ich sie dafür bestrafen. Wie genau, das würde ich mir noch überlegen. Wäre ich dazu fähig, eine andere Person kaltblütig zu ermorden? Was, wenn es aus Selbstschutz geschah? Dann bestimmt. Ich würde situationsabhängig entscheiden. Bestimmt würde Elsa mir anvertrauen, wo ich die anderen Mitglieder der dunklen Seite finden konnte. Aber wäre ich dazu in der Lage, Jagd auf sie zu machen und sie hinterhältig zu ermorden? Oder würde ich auf mein Glück vertrauen, Biker einen *Kugelblitz* aus der Ferne schicken und hoffen, dass es funktionierte? Wäre das eine Art Gottesurteil? Wenn *Kugelblitz* ihn umbrachte, war er schuldig, wenn nicht, war er unschuldig?

Ich schüttelte mich. Selbst *Herz des Schneesturms* war nicht in der Lage, meinen Gefühlstumult zu besänftigen. Ich wusste, dass ich mich auf die echten Probleme konzentrieren musste. Jetzt war nicht die Zeit, darüber zu sinnieren, ob ich morden konnte oder nicht. Nein, ich musste dringend das Holzschwert an mich bringen. Damit das gelingen konnte, benötigte ich ein Mellorn-Blatt. Ich wusste noch immer nicht, wo ich mich befand. Der Wald schien menschenleer zu sein.

Die meisten Portale führten zu belebten Orten, zum Beispiel zu einem Marktplatz. Aber ich war in der Mitte des Nirgendwos gelandet, einer einsamen Waldgegend. Mit den Karten, die Boris mir aufs Tablet geschickt hatte, orientierte ich mich. Angeblich stand ich mitten in Tervillian. Doch ich sah die Stadt vor lauter Bäumen nicht. Wo waren all die Leute hin? Oder bildeten die Stämme und Blätter einen Schutzwall, der mich von den Einwohnern abschottete?

Das wäre überaus seltsam. Überhaupt, ich sah hier kein einziges Gebäude.

Nachdem ich einige der Dokumente gelesen hatte, die Boris und Artjom zusammengestellt hatten, wurde mir klar, was hier los war. Elfenstädte unterschieden sich deutlich von Menschenstädten wie Katar. Es gab keine Straßen, Plätze oder Gebäude im vertrauten Sinne. Elfen lebten in lebendigen Häusern in den Bäumen. Die gewaltigen Stämme und Wurzeln beherbergten ihre Wohnungen. Dabei trugen die Elfen dafür Sorge, dass die Pflanzen nicht beschädigt wurden. Es war nicht so, dass ich die Stadt vor lauter Bäumen nicht sah, sondern dass die Bäume die Stadt waren! Das Ansehen, das Außenstehende beim Volk der Elfen genossen, entschied darüber, was für sie sichtbar war. Ich als neutrale Person konnte nur ein paar allgemeine Pfade sehen. Die meisten Behausungen blieben mir verborgen. Allerdings gab es im Zentrum Tervillians einen Platz, der für den Handel mit Menschen errichtet worden war. Dort würde es Läden geben, die ich betreten konnte.

Ich war immer wieder erstaunt, wie viel Ideen in diese Welt eingeflossen waren. Mir fehlte nur noch der Passierschein in Form eines Mellorn-Blatts. Und dafür benötigte ich einen besseren Ruf. Warum war immer alles so kompliziert? Wieso konnte ich nicht einfach nach Ellorien teleportieren, Aishorth Blutstein beschwören und den Ort dem Erdboden gleichmachen? Mit ihren 205 Leveln hätte ich mir das Schwert einfach nehmen und gehen können. Oder konnte der gesamte Wald die Herrin der Kälte abwehren? War sie wirklich mächtig genug für einen solchen Kampf? Vermutlich gab es unter den Wachen Elfen, die ihr ebenbürtig waren. Nein, ich durfte die Beschwörung nur einsetzen, wenn ich den Erfolg zu 100 Prozent garantieren konnte.

Ich beschloss, alle Unterlagen sorgfältig zu studieren, bevor ich über meinen nächsten Schritt entschied. Was ich las, war höchst interessant. Ich durfte unter keinen Umständen den Einflüsterungen eines verdächtigen Elfen in grünen Kleidern folgen. Erawan war eine kleine lokale Gottheit, eine Art Zwilling von Hotei. Sein liebster Zeitvertreib war es, Spieler auszutricksen. Das Angebot, mir die Geheimnisse des Waldes zu offenbaren, war definitiv ein Trick gewesen. Leider enthielten die Dokumente keine weiteren Einzelheiten über ihn.

„Mit dir hätte es sowieso keinen Spaß gemacht", flüsterte eine Stimme hinter mir. Ich fuhr herum, aber da war nichts als leere Luft.

Wie lange war der Kerl mir schon gefolgt? Und wieso tat er das?

„Was willst du?", fragte ich sauertöpfisch. Aber Erawan antwortete nicht. Nur der Wind säuselte ein stilles Lied in den Blättern.

Der Gedanke, unter ständiger Beobachtung zu stehen, behagte mir gar nicht. Ich überlegte, ob Spin ihn aufspüren konnte. Kurzentschlossen beschwor ich mein Haustier in seiner Wolfsgestalt.

„Such", befahl ich.

Sofort schnüffelte der Wolf den Boden ab, bis er schließlich einen der vielen Büsche anstarrte. Er schien zu überlegen, worum es sich dabei handelte.

„Ein legendäres Haustier?", meldete die affektierte Stimme sich zu Wort. „Wie interessant. Wusstest du, dass man ihn bis *Episch* aufleveln kann?"

„Das geht?", fragte ich. Aber ich glaubte dem Trickser kein Wort.

„Wenn du bereit bist, mir zu helfen, zeige ich dir, wie es geht. Die vierte Gestalt eines epischen Haustiers kann fliegen. Stell dir nur vor, wie du auf ihm durch die Lüfte reitest!"

Das klang verlockend. Aber was würde Erawan dafür fordern? Meine Erfahrung mit den virtuellen Gottheiten war eindeutig: Dieser Deal wäre nicht zu meinem Vorteil, vielleicht sogar extrem desaströs für mich. Ich konnte mir nicht vorstellen, dass es das wert war.

„Ich werde darüber nachdenken", antwortete ich ausweichend, denn ich wollte mir den kleinen Elfengott nicht zum Feind machen.

„Ich bin hier, wenn du mich suchst", schnurrte der Unsichtbare mir ins Ohr. Dann verschwand das Gefühl, beobachtet zu werden. Spin entspannte sich ebenfalls. Ich beschloss, die mögliche Präsenz des kleinen Elfengottes zu ignorieren, sofern er mich in Ruhe ließ.

Während ich weiterlas, streichelte ich meinen treuen Begleiter. Ich überlegte kurz, auch Chaosit zu rufen, aber entschloss mich dagegen. Vermutlich wären die Elfen nicht begeistert, wenn das Chaospartikel in ihrem Land Unheil anrichtete.

Es stellte sich heraus, dass meine Freunde einen sehr detaillierten Plan ausgearbeitet hatten. Im Laufe mehrerer Quests würde ich so viel Ansehen gewinnen, dass ich mir den Passierschein abholen konnte. Allerdings waren es fast 40 Quests, denn die Elfen waren sehr zurückhaltend beim Steigern des Ansehens fremder Leute. Der Gedanke, den Laufburschen für dieses hochnäsige Volk zu spielen, behagte mir gar nicht. Außerdem wären einige meiner Fähigkeiten hier vollkommen nutzlos. Bäume waren nicht magnetisch, und es gab keine Gebäude, auf die ich springen konnte. Und es gab ein weiteres Problem: Boris und Artjom hatten herausgefunden, dass es drei epische Holzschwerter gab. Welches davon das Holzschwert des Weltenbaums war, würde ich erst wissen, wenn ich es in der Hand hielt. Die Bezeichnung der Artefakte lautete in jedem Fall nur *Holzschwert*. Ihre Positionen waren auf der Karte markiert. Hoffentlich würde ich einen nützlichen Hinweis erhalten, wenn ich erst in Ellorien war. Was mich wieder zurück zum Anfang brachte: Ich brauchte dieses Mellorn-Blatt. Andernfalls würde ich bis in alle Ewigkeit ziellos in der Stadt herumstolpern.

Was sollte ich tun?

Zum Glück war Onkel Boris online. Er schrieb mir genau im richtigen Augenblick.

He, bist du schon in Tervillian?

Ja. Ich lese gerade eure Dokumente. Bist du sicher, dass es keine schnelle Möglichkeit gibt, an ein Mellorn-Blatt zu kommen?

Doch, die gibt es. Man kann auch ohne Blatt als Gast die Stadt besuchen, aber Artjom hat nicht alle nötigen Gegenstände gefunden.

Wie? Was muss ich tun?

Ich habe dir ein paar geschnitzte Tierfiguren geschickt: einen Fuchs, einen Bären, einen Tiger, ein Einhorn, einen Puma und einen Hirschen. Damit hast du fast alle Questgegenstände beisammen, die dir eine halbstündige Audienz im Palast gewähren. Es fehlt ein siebtes Tier, ein Wolf. Dafür kannst du dich bei den Stahlratten bedanken. Sie haben

Artjom in Tervillian aufgelauert und ihn locker zehn Mal ausgeknockt. Er hat fünf Level verloren! Es wundert mich, dass er es trotzdem geschafft hat, diese sechs Figuren zu finden.

Sieh mal einer an. Bevor Lazar mir sein „ehrliches und für alle Seiten vorteilhaftes Angebot" unterbreitet hatte, hatte er dafür gesorgt, dass wir die Quest nicht aus eigener Kraft absolvieren konnten. Was für ein berechnendes Arschloch! Dass er Artjom ebenfalls auf dem Kieker hatte, machte mich nur noch wütender. Artjom hatte nie von diesen Schwierigkeiten berichtet.

Wo finde ich die siebte Tierfigur?

Genau da liegt ja der Hund — oder sollte ich sagen: der Wolf? — begraben. Die Schnitzfiguren erscheinen zufällig auf irgendwelchen Ästen. Du musst aufmerksam sein und jede Menge Geduld mitbringen. Artjom hat ein Muster erwähnt, aber leider hat er mir keine Details darüber verraten. Ich habe ihn schon eine Weile nicht mehr gesprochen. Weißt du, wo er steckt? Er wollte dich eigentlich treffen und dir helfen.

Ich schluckte. Die siebte Figur konnte ich mir wohl abschminken.

Artjom ist momentan unpässlich, antwortete ich ausweichend.

Dann musst du dem anderen Plan folgen. In einem oder zwei Tagen solltest du die Quests erledigen können. Melde dich, wenn du Fragen hast. Ich helfe gern.

Ein oder zwei Tage? Mir blieben gerade einmal anderthalb Tage für die Suche nach dem Holzschwert. Ich musste eine andere Lösung finden. Das hier zählte möglicherweise als äußerster Notfall.

Lazar wollte einen ehrlichen Deal machen. Den sollte er bekommen. Ich würde ihm all die Lügen heimzahlen. Mit Zinseszinsen für die Probleme, die er Artjom bereitet hatte.

Mein Hirn arbeitete auf Hochtouren. Ruckzuck hatte ich einen Plan ausgearbeitet. Um mein Ziel, das Holzschwert, zu erhalten, würde ich Lazar als Mittel zum Zweck einsetzen. Wenn es hart auf hart kam, würde ich Aishorth Blutstein aus dem Ärmel ziehen. Ich musste allerdings eine Möglichkeit finden, Lazar das Schwert abzunehmen, ohne dass wir uns zuvor in der Realität trafen und ich dort seine Fragen beantwortete. Vielleicht schaffte ich es ja, ihm das Schwert vor der Nase wegzustibitzen, wie die Stahlratten es mit dem Knochenschwert getan hatten. Ich musste unbedingt Teil der Gruppe werden, die das Schwert holen würde.

Die Feinheiten des Plans würden sich ergeben. Ich informierte Mark, dass ich ihn dringend sehen musste.

Dann schrieb ich Lazar:

Ich habe mich entschlossen, deinen Vorschlag anzunehmen. Wenn du mir das Holzschwert beschaffst, treffe ich dich in der Wirklichkeit und erzähle dir, was ich weiß. Aber ich muss deine Leute begleiten, denn nur ich kann das echte Schwert von den falschen Exemplaren unterscheiden.

So früh war Lazar allerdings noch nicht online. Während ich auf seine Antwort wartete, würde ich mir die Zeit mit den Quests vertreiben, die Boris zusammengestellt hatte. Das würde hoffentlich mein Ansehen ein wenig steigern, damit ich mehr als nur Blätter vor mir sah. Außerdem wollte ich nicht, dass er und Artjom sich die ganze Mühe umsonst gemacht hatten.

Ich rief die Liste auf. Mit einem neutralen Ansehen konnte ich lokale Läden aufsuchen und Quests von einigen Einheimischen erhalten. Wenn ich ein paar kleinere Aufgaben erledigte, zum Beispiel Unkraut jätete, Kräuter sammelte oder den Boten spielte, würde ich das Ansehen verbessern. Derartige Aufgaben würden mir nur wenig Erfahrungspunkte einbringen, aber sie ließen sich auch schnell erledigen.

Ich entschied mich für die Botengänge. Mit etwas Glück würde ich dabei mein Wissen über diesen Ort erweitern. Der nächste Questgeber war etwa fünf Minuten entfernt. Ich lief los, bis ich schließlich vor einem Elfenhaus stand. Dicke Baumwurzeln bildeten eine fensterlose Kuppel. Ein Vorhang aus langen grünen Ranken schien als Tür zu dienen.

Ich hatte gelesen, dass man als Fremder warten musste, bis die Elfen das Wort ergriffen. Andernfalls konnte man sich damit sein Ansehen ruinieren. Die Elfen entpuppten sich als eigenbrötlerisches, arrogantes und die Menschen verachtendes Volk. Sogar Gnome hatten es im Land der Elfen leichter. Kurzum: Elfen waren ein rassistisches Pack. Ich wartete geduldig vor der Tür auf einen Elfen, der mir meine Aufgabe in hochnäsigem Tonfall mitteilen würde.

Währenddessen antwortete Lazar.

Ausgezeichnet! Der Großteil der Truppe ist bereits in Tervillian. Gib Bescheid, wo du bist. Dann schicke ich sie zu dir.

Ich tat das sofort. Kurz darauf kamen sieben Leute aus dem Wald auf mich zu. Es waren Alexandrius, Level 117, in seiner glänzenden Paladin-Rüstung, die dunkelhaarige, grazile Hexerin Sofitel auf Level 106, der Feuerzauberer Potterast und der Steinriese Bald Demon, beide auf Level 100. Drei Elfen, ebenfalls Mitglieder der Stahlratten, begleiteten das Quartett.

Sofitel lächelte mich an. „Lange nicht gesehen!"

Ich fühlte rein gar nichts, als ich sie sah. Sie hatte ihre Anziehungskraft auf mich verloren. Trotzdem war ich froh, als ich meine Unterstützer sah, denn ich wusste bereits, dass sie alle bald an ihrem Respawn-Punkt landen würden.

„Du bist weit aufgestiegen", stellte Potterast überraschend freundlich fest. „Als ich dich das letzte Mal gesehen habe, warst du voll der Noob!"

Bald Demon nickte mir zu.

Alexandrius kam mir ganz nah. Dann flüsterte er mir zu: „Ich habe keine Ahnung, was du Lazar vorgespielt hast. Aber mir kannst du nichts vormachen. Wenn du versuchst, uns zu hintergehen oder das Treffen mit ihm platzen zu lassen, wirst du das Artefakt niemals bekommen."

„Hintergehen?", wiederholte ich empört. Ich

griff kurz nach *Herz des Schneesturms,* um mich zu beruhigen. „Das ist nicht mein Stil. Ich bin nicht wie du. So etwas wäre unter meiner Würde. Weißt du, was das ist? Würde? Vielleicht sollte ich den Stahlratten das Konzept bei Gelegenheit erklären. Oder widerspricht das eurer Weltanschauung? Gibt es bei euch vielleicht Auszeichnungen für den, der andere Leute am besten über den Tisch zieht? Verräter der ersten Ordnung? Meisterverräter? Hast du dir den Titel schon erworben? Das würde so einiges erklären."

Alexander lachte.

„Du nimmst all das viel zu ernst. Chill mal! Es ist nur ein Spiel. Beim Poker zählt doch auch, wer am besten blufft. Ein Bluff ist auch nur eine andere Art der Lüge."

„Ich denke, da liegst du falsch", sagte ich. Für normale Spieler wie ihn mochte das ja zutreffen, aber wir als Abgesandte spielten leider nach anderen Regeln. „Was interessiert dich überhaupt, wie mein Deal mit Lazar aussieht? Kümmer dich lieber um deinen eigenen Kram."

„Es interessiert mich nicht die Bohne", bestätigte Alexander. „Aber ich will auch nicht derjenige sein, der von dir ausgetrickst wird. Also habe ich dich gewarnt. Meinetwegen können die Leute beliebige Bedingungen aushandeln, egal ob im Spiel oder im echten Leben."

„Beruhige dich", mischte Sofitel sich ein. „Wir ziehen am selben Strang. Wir profitieren alle davon. Ende gut, alle sind glücklich, okay?"

„Genau", sagte Alexander. „Sag schon, wie

finden wir dieses Artefakt? Es soll ein episches Holzschwert sein, habe ich gehört. Allerdings gibt es drei von den Dingern hier. Sie sind alle gut bewacht im Palast des Elfenfürsten ausgestellt. Du willst doch nicht, dass wir alle drei klauen, oder?"

„Doch", sagte ich kurzentschlossen. „Genau das erwarte ich von euch. Denn erst, wenn ich die drei Schwerter gemeinsam sehe, weiß ich, welches das Questschwert ist."

Tatsächlich entsprach das der Wahrheit.

„Dann benötigst du ein Mellorn-Blatt", schlussfolgerte Sophie. „Wie ist es um dein Ansehen in Ellendril bestellt?"

„Ich bin bei null", sagte ich, denn bisher hatte ich keine einzige Quest erhalten.

„Versager", sagte Alexander stirnrunzelnd. „Wollte Artjom dir nicht helfen?"

„Wo steckt der Kerl überhaupt?", warf Potterast ein. „Bisher haben wir ihn jedes Mal aufgespürt. Ein paar Mal haben wir ihn zum Respawn-Punkt geschickt, um dich gefügiger zu machen. Er ist doch nicht etwa sauer auf uns, oder? Wie sagt man so schön: Der Tod ist nicht das Ende der Welt."

Ich unterdrückte meine Wut. Der Blödmann wusste garantiert nicht, dass Artjom tot war. Es war nur ein schlechter Witz, mehr nicht.

„Keine Ahnung. Ich hoffe, du kannst dich bald persönlich bei ihm entschuldigen."

Wir diskutierten noch eine Weile, aber am Ende lief alles darauf hinaus, dass ich an Ansehen gewinnen musste und ein Mellorn-Blatt benötigte.

Ohne das Blatt war die Sache zu gefährlich. Die Stahlratten waren zwar ein großer und mächtiger Clan, aber auch sie hatten keine Chance gegen die vereinte Armee der Elfen-Hauptstadt.

„Zusammen schaffen wir das", sagte Sofitel und zwinkerte mir zu. Ich lächelte sie an. Das war nicht etwa ein Zeichen dafür, dass ich wieder für sie schwärmte, sondern vielmehr Freude darüber, dass die Stahlratten ab sofort meine persönliche Eskorte waren — ohne dass mich das Ganze etwas kostete. „Vertrau mir. So etwas wie mit dem Knochenschwert passiert nicht noch einmal", sagte Sofitel dann.

„Okay", sagte ich und unterdrückte ein boshaftes Grinsen.

Ich war ehrlich zu Alexander gewesen. Ich hatte nicht vor, jemanden auszutricksen. Aber ich würde Lazars Plan ganz sicher durchkreuzen. Wenn ich meinen Willen bekam, würden die Stahlratten die Drecksarbeit für mich erledigen, bevor ich es ihnen heimzahlen und das Holzschwert beanspruchen würde. Dafür, dass die Gruppe Artjom das Leben im Spiel schwergemacht hatte, würden sie alle sterben und mindestens ein Level verlieren.

Kapitel 6

ALEXANDER HIELT EIN TABLET IN DER HAND, das auf den ersten Blick wie ein normales Smartphone von der Erde aussah. Ich war ein wenig neidisch, denn mein In-Game-Tablet war klobig und wies Anleihen von Steampunk auf.

Er wischte mit den Fingern über den Bildschirm. „Zuerst müssen wir Falks Ansehen bei den Elfen auf *freundlich* bringen. Danach müssen wir das richtige Artefakt finden und beschaffen. Die ersten 100 Reputationspunkte werden eine ziemliche Tortur werden", sagte er. „Mach dich auf was gefasst. Du wirst eine Weile warten müssen, bevor eines der Langohren dir seine Aufmerksamkeit widmet. Wenn du viel Glück hast, passiert das nach fünf Minuten, aber meist dauert es mehrere Stunden. Angeblich spielen Klasse, Erfolge und Attribute deines Charakters eine Rolle. Leider gibt es keine detaillierten Untersuchungen zu dem

Thema.“

Nachdem bisher noch immer kein Elf aufgetaucht war, würde ich wohl noch warten müssen. Ob ihnen meine Nase nicht passte? Oder waren meine Auszeichnungen *Springmaus-Hammer* und *Stinktier-Jäger* der Grund? Immerhin liebten Elfen praktisch alle Tiere. Das Zeichen des Infernos und die dämonische Besessenheit mochten ebenfalls dazu beitragen. Standen die Elfen überhaupt auf der Seite des Lichts?

„Ich stehe schon ziemlich lange hier“, gab ich zu. „Mindestens eine halbe Stunde.“

„Das nennst du lange? Ich musste zwei Tage warten“, informierte Potterast mich. „Wie ein Depp bin ich durch die Stadt gelaufen.“

„Das wundert mich gar nicht. Bäume und Feuer passen nicht gerade gut zusammen“, sagte Sophie mit einem Lächeln. „Ich habe meine erste Quest erhalten, als ich aus dem Luftschiff gestiegen bin. Ich war noch nicht einmal am Boden angelangt!“

„Gaaaanz toll“, stöhnte der Zauberer. „Eine Elfe im Land der Elfen. Tolle Nummer. Du solltest es mal bei den Orks probieren. Die hassen Weibsvolk. Die Männer dort werden dich keines Blickes würdigen. Und wenn doch, spucken sie vor dir aus.“

Wenn ich es genau nahm, war auch mir direkt nach der Ankunft eine Quest angeboten worden. Der Elf hätte mir sogar erklärt, wie ich mein Haustier aufleveln konnte. Aber ich vertraute keinem dahergelaufenen Elfengott. Die ganze Sache hatte nach einer Falle gerochen!

„Wir haben keine Zeit für Experimente. Zum Glück gibt es noch eine andere Möglichkeit, dein Ansehen zu steigern", sagte Alexander. „Du musst nur ein paar Spieler mit negativem Ansehen jagen. Wenn du sie an ihren Respawn-Punkt schickst, bekommst du dafür 5 bis 50 Reputationspunkte."

„Weißt du, wo ich solche Spieler finde?"

„Direkt vor deiner Nase", sagte der Paladin und zeigte auf die drei Elfen, die bisher kein Wort gesagt hatten. „Das Trio ist bereit, seinen Ruf von *neutral* zu *feindlich* zu verschlechtern. Dann kannst du sie erledigen."

Ich blickte die Elfen skeptisch an.

„Einfach so?"

„Was soll das heißen, *einfach so?*", fragte Alexander. „Die Belohnung gibt es nur, wenn du Elfen, die sich eines schweren Verbrechens gegen Mutter Natur schuldig gemacht haben, an den Respawn-Punkt schickst. Unsere Freunde werden einen Tempel schänden. Wir warten draußen, und dann kannst du sie töten. Du musst allerdings schnell sein, damit dir niemand zuvorkommt. Auf eine solche Gelegenheit warten viele Leute."

Die drei Elfen schienen nicht gerade erfreut über diesen Plan zu sein. Vermutlich erpresste oder zwang Alexander sie dazu.

„Stört es sie denn gar nicht, dass sie einen guten Ruf und Erfahrungspunkte verlieren?", wollte ich wissen.

„Mach dir keine Sorgen", sagte der Paladin. „Sie werden fürstlich dafür entlohnt."

Oh. Trotzdem schien mir die Freiwilligkeit erzwungen. Ich war mir sicher, dass die drei Männer keine andere Wahl hatten. Das war das Problem in einem Clan: Die Chefs entschieden über das Schicksal ihrer Schergen.

Potterast stupste mir den Ellbogen in die Rippen.

„Vielleicht kannst du uns zeigen, wie du die 30, 40 Leute auf dem Marktplatz in Katar getötet hast", schlug er vor.

Als ob. Es war doch Eidolon gewesen, nicht ich. Natürlich waren die Erfahrungspunkte mir gutgeschrieben worden. Und die Meldungen der Opfer hatten eindeutig mich als ihren Mörder bezeichnet. Ich überlegte, was ich antworten sollte, als Alexander mir die Entscheidung abnahm.

„Du weißt genau, dass er das nicht getan hat. Sein Status war eindeutig: *von einem Dämon besessen.* Wie fühlt sich das eigentlich an?"

Das konnte ich gefahrlos beantworten.

„Ein wenig, als ob ich ohnmächtig gewesen wäre. Ich habe es erst mitbekommen, als ich wieder zu mir kam."

Sophie versetzte mir einen Klaps auf die Schulter.

„Kannst du das wiederholen?"

„Wenn ich jederzeit einen derart mächtigen Dämon beschwören könnte, würde ich eure Hilfe nicht benötigen", sagte ich missmutig. „Das war eine einmalige Sache."

„Gut zu wissen", warf Potterast ein. „Jeder von uns hat dabei ein Level eingebüßt. Eine Wiederholung würde ich mir gern ersparen. Wir reden später darüber, wie du das wieder gutmachen kannst."

„Natürlich", stimmte ich zu. „Ich bezahle meine Schulden immer."

Das kam weniger drohend rüber, als ich beabsichtigt hatte. Überhaupt fühlte sich diese ganze Unterhaltung surreal an. Wir kannten einander schon eine Weile — im Spiel und in der Realität. Aber ich legte jedes Wort auf die Goldwaage und erwartete das Schlimmste von meinen Gegenübern, bis hin zu einem Messer im Rücken. Es wäre nicht das erste Mal gewesen!

„Genug geplaudert. Gehen wir zum Tempel", sagte Alexander und verschwand zwischen den Blättern.

„Und was ist mit mir?", fragte ich verwirrt.

„Sophie nimmt dich mit. Der Rest von uns geht vor", hörte ich Alexanders Stimme aus dem Dickicht.

„Nimm meine Hand", sagte Sophie. „Ohne guten Ruf siehst du nur die Illusionen. All diese Büsche, Bäume und so fort. Aber wenn du die Augen schließt, stößt du nicht dagegen."

Das war faszinierend! Vermutlich hatte der Clan sich gut auf diesen Einsatz vorbereitet. Aber wann?

Ich überlegte noch, ob ich lieber die Hand von Bald Demon oder Potterast halten würde, aber da hatte Sophie auch schon zugegriffen und zog mich vorwärts. Ich schloss die Augen und vertraute mich ihrer Führung an.

„Sag mal, kannst du deine Fähigkeiten wirklich in der Realität nutzen?", fragte sie nach einer Weile.

Ich hatte das Gefühl, ausgefragt zu werden.

„Das wäre einfach unglaublich", kicherte ich. „Wer erzählt denn so einen Unsinn?"

„Ich habe es ja selbst nicht geglaubt, aber im Geist der Jagd gehen Gerüchte über einen anderen Spieler um, der es ebenfalls kann. Heißt das, du bist nicht der einzige Spieler mit dieser Fähigkeit? Hast du andere wie dich getroffen? Oder seid ihr Feinde? Oder doch eher Freunde? Gibt es einen Gruppenchat?"

Ich hatte nicht vor, auch nur eine dieser Fragen zu beantworten. Die Sache mit dem Gruppenchat für Abgesandte war allerdings eine gute Idee. Vielleicht konnten wir gemeinsam herausfinden, was vor sich ging.

„Wenn das wirklich funktioniert, ist das doch großartig", fuhr sie fort. „Ich wäre begeistert, wenn ich meine Heilfähigkeiten auch in der Realität nutzen könnte."

„Ja, das wäre super", stimmte ich zu.

„Kannst du denn all deine Fähigkeiten in der Wirklichkeit einsetzen? Oder nur einen Teil?"

Ich ignorierte die Frage, aber sie ließ nicht locker.

„Kannst du auch das Menü sehen und dort Fähigkeiten aktivieren? Oder klappt das irgendwie anders? Gibt es in der Realität auch Quests? Hast du schon einmal ein Wesen aus dem Spiel in der echten Welt gesehen?"

Ich hatte keine Ahnung, was Sophie vorhatte. Wozu stellte sie all diese Fragen, die ich nicht beantworten würde?

Ich unterbrach ihren Redeschwall mit einer Gegenfrage. „Was, wenn Arktanien gar kein Spiel ist? Was, wenn all die Erfolge, Fähigkeiten und Wesen irgendwann ihren Weg in unsere Welt finden? Wären dann nicht all eure Behauptungen über Tricksereien und kleine Lügen Quatsch? Ihr würdet dann wirklichen Schaden zufügen. Was hältst du davon?"

„Oh, wir sind da", sagte sie und schmunzelte.

Ich öffnete die Augen. Wir standen am Fuß einer Kristalltreppe, die in ein majestätisches Gebäude führte. Der Tempel von Mutter Natur war aus einem weißlich grünen, leicht schimmernden Marmor gebaut. Ich hatte nicht gedacht, dass Elfen Mauern bauten. Ich hatte immer vermutet, all ihre Gebäude wären natürlich gewachsen. Doch trotz des massiven Materials wirkte der Tempel auf sonderbare Weise leicht und unbeschwert. Säulen und Wände bestanden aus einer dünnen Marmorschicht; dahinter wuchsen wunderschöne Blumen und Bäume. Vermutlich war der Tempel rund um die Vegetation errichtet worden und betonte auf diese Weise die natürliche Schönheit der elfischen Wälder. Die Treppe wirkte wie ein erstarrter Wasserfall. Die etwa 30 Stufen waren so breit, dass mehrere Dutzend Personen Seite an Seite hinaufschreiten konnten. Vor dem Eingang standen mehrere Elfen Wache. Sie alle waren etwa auf Level 80 und trugen elegante goldene Rüstungen. Ich war erstaunt, dass keine mächtigeren Krieger für diesen Dienst ausgewählt worden waren.

Auf dem Platz vor dem Tempel waren mehrere Spieler unterwegs. Endlich sah ich mehr als nur Bäume im Land der Elfen. Die meisten Spieler hier waren langohrige Einheimische. Doch auch ein paar Gnome und eine Handvoll Menschen tummelten sich hier. Meine Begleiter und ich bildeten vielleicht nicht die größte Gruppe, aber auf jeden Fall waren wir dank Alexander und Sophie die mächtigsten Spieler hier. Ich ließ meinen Blick über die Menge schweifen. Es waren etwa 50 bis 60 Spieler zwischen Level 70 und 100 zu sehen, von denen die meisten mit den Elfen handelten. Einige schienen einfach nur eine Pause zu machen. Oder warteten sie auf etwas?

„Die Elfen sind jetzt im Tempel", teilte Alexander uns mit. „Sobald sie den Tempel verlassen und die Wachen da oben ausschalten, musst du losstürmen und sie umbringen. Wir passen auf, dass keine Spieler vom Marktplatz nach oben kommen, aber das wird uns nur für kurze Zeit gelingen. Du musst all deine Fähigkeiten und dein Mana einsetzen. Sobald du die Elfen getötet hast, musst du in die sichere Zone teleportieren. Wir folgen dir."

„Der Fluch Eidolons liegt noch immer über der Stadt", erinnerte ich ihn. „Diese Elfen werden als Zombies zurückkehren. Das gilt auch für alle Spieler, die ihr möglicherweise tötet. Dein Plan könnte der Beginn einer kleinen Zombie-Apokalypse sein."

„Das ist nicht unser Problem", winkte Alexander ab. „Wenn die Spieler an uns vorbei wollen, müssen sie uns angreifen. Damit unterliegen wir nicht mehr dem Verbot, andere zu töten. Nur darauf kommt es an. Außerdem wird es Quests geben mit dem Ziel, die Zombies auszuschalten. Die Spieler werden dankbar dafür sein.“

So moralisch zweifelhaft dieser Plan auch war, er war vollkommen logisch.

„Warum sagt ihr den Leuten nicht einfach, dass ihr jeden umbringt, der die Elfen angreift?“, fragte ich nachdenklich. „Ist der Plan nicht zu kompliziert?“

„Das geht nicht. Dann würden sie uns umbringen, bevor die Elfen auftauchen“, antwortete Alexander. „Die Stahlratten gehören nicht zu den Top Ten der Clans. Wir haben keine ständige Vertretung hier. Befolge einfach den Plan. Wenn wir dann umgebracht werden, sackst du wenigstens die Reputationspunkte ein.“

Ich hoffte es. Außerdem gefiel mir der Gedanke, dass vier Ratten sterben würden, um mich zu beschützen, während ich drei weitere Ratten mit meinen eigenen Händen umbringen würde. Die Götter schienen es gut mit mir zu meinen! Das würde Artjom bestimmt gefallen. Mist. Das *hätte* ihm gefallen. Ich musste schlucken, als ich daran dachte, dass Artjom tot war.

„Was?“, hörte ich Potterast empört rufen. „Von sterben war nie die Rede! Ich habe bereits ein Level verloren.“

„Dieses Opfer müssen wir bringen“, wies Alexander ihn zurecht. „Ich werde dir persönlich helfen, die verlorene Erfahrung wieder zu sammeln. Später. Jetzt hör auf, rumzuheulen. Wir haben zu tun."

Wenn es nach mir ging, konnte diese Bande gar nicht genug Opfer bringen! Andererseits verwunderte es mich, wie bereit Alexander war, seine eigenen Interessen zugunsten des Clans hintanzustellen. Ging es wirklich nur um das Treffen zwischen Lazar und mir in Moskau? Oder verfolgte er heimlich ein eigenes Ziel?

In diesem Moment ertönte ein durchdringendes Signal aus dem Tempel. Das gesamte Gebäude bebte. Eine Systemmeldung flammte auf:

Achtung! Quest für alle Bewohner von Tervillian:

Mehrere Abtrünnige haben den Haupttempel geschändet und wurden bis in alle Ewigkeit von Mutter Natur verflucht. Sie müssen unverzüglich hingerichtet werden.

Belohnung: 50 Reputationspunkte pro getötetem Abtrünnigen.

Bitte was? Bis in alle Ewigkeit verflucht? War das überhaupt möglich? Hatten die drei armen Seelen wirklich gewusst, worauf sie sich einließen?

Drei Elfen stürmten aus der Tempeltür, ihre Infoboxen leuchteten in feindlichem Rot. Die Tempelwachen wollten sie aufhalten, aber das Trio machte kurzen Prozess mit ihnen. Sie selbst kamen nicht ungeschoren davon. Großartig! Jeder

Trefferpunkt weniger war ein Vorteil für mich. Ganz offensichtlich hatten die Elfen nichts von dem Fluch bis in alle Ewigkeit gewusst.

„Ihr Arschlöcher", schrie der Anführer zornig. Wieso sah er mich dabei an? Diese Idee war nicht auf meinem Mist gewachsen. „Wieso habt ihr nichts von dem Fluch gesagt?"

„Ihr werdet für alles entschädigt", rief Alexander mit lauter Stimme. Er, Potterast, Bald Demon und Sofitel standen am Fuß der Treppe und versuchten, die anderen Spieler fernzuhalten. Potterast setzte das magische Auge seines Stabes ein, um unsichtbare Spieler sichtbar zu machen. Eine gute Idee! Sofort beschwor ich Spin in seiner Wolfsgestalt und Chaosit. Spin würde mich vor unsichtbaren Gefahren schützen, Chaosit bot die Chance, die Zauber meiner Gegner zu negieren.

„Scheiß auf die Entschädigung!", kreischte einer der Elfen und schoss einen Pfeil auf Alexander ab. Der Paladin schien nicht einmal zu merken, dass ihm ein paar Trefferpunkte abhandengekommen waren.

Bevor er den wütenden Elfen antworten konnte, schleuderte jemand vom Platz einen riesigen Eisklumpen in Richtung der Tempelschänder. Alexander fing das Geschoss mit seinem eigenen Körper ab.

„Beeil dich!", rief Sophie, bevor sie sich um Alexanders Verletzungen kümmerte. „Los, mach schon!"

Für die Elfen war die gesamte Situation schlechtes Karma. Sie taten mir fast leid. Es war noch nicht so lange her, dass man mich hintergangen hatte. Aber an der misslichen Lage waren ganz allein die Stahlratten schuld. Für mich war all das nur eine Gelegenheit, meine neuen Fähigkeiten im Kampf gegen andere Spieler einzusetzen.

Ich betete inständig, dass der Zufall mir einen *Kugelblitz* mit viel Schlagkraft zukommen ließ.

Du hast 150 Punkte Stromschaden verursacht.

Verdammt noch eins! Wie groß war die Wahrscheinlichkeit, dass einer der Faktoren in der Schadensberechnung eins war? Blöde Frage. Die Wahrscheinlichkeit lag exakt bei 100 zu 1. Mist. Mist. Mist.

„Hoppla. Schnelles Hochleveln ist wohl doch keine so gute Idee", rief Potterast mir zu.

Die Spieler auf dem Vorplatz hatten die Abtrünnigen ins Visier genommen und versuchten, die Treppe zu erstürmen. Potterast erzeugte eine breite, hohe Feuerwand, die eine Barriere zwischen den Elfen und mir auf der einen Seite und den Spielern auf der anderen Seite bildete.

„Was soll der Scheiß?", riefen die Spieler verärgert.

„Für wen haltet ihr euch?"

„Das ist gegen die Regeln!"

„Die Abtrünnigen gehören uns", schrie Potterast laut. „Haut ab hier. Wir kümmern uns darum."

„Leck mich!", rief einer der abtrünnigen Elfen und zeigte mir eine Einfingergeste. Dann rannte er an mir vorbei die Treppe hinab.

Ich stürzte einen Manatrank hinunter und fing ihn mit *Stromkette* ein. Dann zog ich ihn auf mich zu und setzte *Starker Stromschlag* ein. Der arme Kerl brach tot zusammen, und ich erhielt meine ersten 50 Reputationspunkte. In einem fairen Kampf wäre es nicht so einfach gewesen, denn seine Gesundheitspunkte waren bereits vor meinem Treffer sehr niedrig gewesen. Außerdem hatte er versucht, zu fliehen. Seine zwei Begleiter hatten die Hände erhoben.

„Alles in Ordnung. Unsere Vereinbarung gilt nach wie vor.“

In der Zwischenzeit hatten die wütenden Spieler Potterasts Feuerwand gelöscht. Die Stahlratten am Fuß der Treppe kämpften um ihr Leben. Alexander und Sophie waren ein eingespieltes Team. Der Paladin übernahm die Rolle des Tanks, die Heilerin unterstützte ihn aus dem Hintergrund und wich Angriffen aus oder versteckte sich hinter Alexanders Rücken. Sie kämpften gegen knapp zwei Dutzend Spieler. Allen war klar, wie gefährlich der Paladin im Nahkampf war, weswegen die Angriffe in erster Linie aus Zaubern und Pfeilen bestanden. Zum Glück hatte ein Großteil der Spieler entschieden, sich nicht an der Jagd auf die Abtrünnigen zu beteiligen. Einigen war es möglicherweise egal, andere warteten vermutlich auf eine günstige Gelegenheit für einen Angriff.

Ich gönnte mir einen weiteren Manatrank und schleuderte *Starker Stromschlag* auf einen der verbleibenden Elfen.

„Ich kenne deinen Namen. Wir sehen uns wieder", presste er zwischen zusammengebissenen Zähnen hervor, bevor er starb und mir weitere Reputationspunkte verschaffte. Seinen Namen kannte ich nicht.

Bevor ich Ziel Nummer drei ausschalten konnte, materialisierte sich ein Zauberer hinter mir und versetzte mir einen heftigen Stoß.

„Ha!", rief er triumphierend und gestikulierte mit den Händen. Doch sein Angriffszauber schlug fehl. Spin nutzte die Verwirrung des Spielers und biss nach ihm. Der Zauberer war in der Folge betäubt, und ich schleuderte ihn mit Gravitationsabstoßung in Richtung von Alexander und seinem Team. Ein paar Schwerthiebe später war der Zauberer nur noch Zombiefutter. Obwohl ich Alexander aus tiefstem Herzen hasste, musste ich doch zugeben, dass er ein formidabler Kämpfer war.

Der dritte Elf wehrte mehrere Brandpfeile ab.

„Worauf wartest du? Bring es zu Ende."

Ich musste mehrmals *Blitzschlag* wirken, bevor auch er tot war. Der erste Elf war mittlerweile als Zombie zurückgekehrt.

„Lass mich in Ruhe", sagte ich zu ihm. „Die wahren Mörder stehen da unten."

Er drehte sich gehorsam um, zog Pfeil und Bogen hervor und nahm die Kämpfenden am Fuß der Treppe ins Visier.

Ich hatte getan, wozu ich hergekommen war. Rasch aktivierte ich eine Portal-Schriftrolle und wählte mein Ziel aus.

Alexander und Sophie hatten sich langsam

immer weiter zurückgezogen. Potterast und Bald Demon waren bereits tot. Ich sah noch, wie die Leichname sich als Zombies erhoben und Sophie mit einem Streich töteten. Der Platz war das reinste Chaos. Wen auch immer die Stahlratten getötet hatten, kehrte als Zombie zurück und schlug wild um sich.

Überall wurde Alarm gegeben. Elfensoldaten stürmten auf den Platz. Sie machten keinen Unterschied zwischen schuldig und unschuldig, sondern griffen Spieler und Zombies unbarmherzig an.

Das Portal flammte auf. Ich trat hindurch und war zurück in der sicheren Zone. Waffenklirren, Wut- und Schmerzensschreie und das Geräusch von Kampfzaubern wurden ersetzt durch fröhliches Vogelgezwitscher und den Wind, der durch die Blätter rauschte. Erleichtert setzte ich mich auf einen Findling und rief meinen Charakterbogen auf. Mal sehen... Mein Ansehen bei den Elfen betrug nun 150 Punkte. Nicht schlecht! Doch es fehlten noch immer 850 Punkte bis zum Status *freundlich.* Wie viele Quests musste ich dafür erledigen?

Während ich auf das Erscheinen der Stahlratten wartete, öffnete ich den Posteingang auf meinem Tablet. Daddy Rothschild hatte mir geschrieben. Widerwillig öffnete ich seine Nachricht.

Es tut mir leid. Die Gerichtsmedizin hat bestätigt, dass dein Freund unter den Toten ist. Ich glaube ich weiß, wer dafür verantwortlich ist. Aber das sollten wir lieber unter vier Augen besprechen.

Kapitel 7

NAUMOW WUSSTE NATÜRLICH, WER ARTJOM WAR, denn seine Leute folgten mir und meinen Freunden vermutlich schon längere Zeit. Es bestand kein Zweifel daran, von welchem Freund er sprach. Und das wiederum hieß, dass Artjom wirklich tot war.

Mir wurde so schwer ums Herz, dass ich beinahe in Tränen ausgebrochen wäre. *Herz des Schneesturms* half mir, meine Emotionen zu zügeln. In Situationen wie dieser war ich froh, das Artefakt zu besitzen. Sofort konnte ich klarer denken, leichter atmen und mich auf die Prioritäten in meiner jetzigen Lage konzentrieren. Dank meines um 150 Punkte erhöhten Ansehens sah der Wald ganz anders aus als beim ersten Besuch. Ich saß auf einer heimeligen Lichtung mit Felsen, die wie Tische und Bänke aufgestellt waren. Das war sicherlich kein Ort, an dem ich Picknick oder Bar-

becue veranstalten würde, aber es war auf urige
Art gemütlich.

Spin und Chaosit waren an meiner Seite und
hielten Wache. Der Wolf patrouillierte und schnüffelte nach unsichtbaren Gefahren. Chaosit
schwebte in der Luft über mir und tat nichts. Ich
fragte mich, was er wohl dachte. Dachte er überhaupt etwas?

„Coole Haustiere", sagte ein Elf und grinste
mir zu, bevor er seinen Weg fortsetzte.

Dank meines geringen Ansehens konnte ich
noch immer nicht durch den Blätterschleier hin-
durchsehen. Ob man mich wohl beobachtete? Andererseits waren Elfenstädte so angelegt, dass
man möglichst wenig anderen Spielern begegnete.
Es war verboten, länger als nötig an einem Ort ste-
henzubleiben. Sogar die Häuser der Elfen waren
ein gutes Stück voneinander entfernt. Die meisten
Elfen waren Einzelgänger. Ich fragte mich, ob
Spieler mit geringem Ansehen grundsätzlich keine
Spieler mit höherem Ansehen sehen konnten. Das
würde erklären, wieso es so viele Geschichten über
Elfen gab, die sich ungesehen durch den Wald bewegen konnten. Dann wären diese Legenden natürlich falsch, denn die Elfen waren nicht besonders verstohlen, sondern wurden lediglich von den
Bäumen und Blättern verborgen.

Ich rief mich zur Ordnung. Was genau dahinter steckte, war völlig unwichtig. Ich hatte Wichti-
geres zu tun. Gab es zum Beispiel eine Möglichkeit, Artjom wieder zum Leben zu erwecken? Mark
lag ganz richtig: Die irdischen Gesetze und Vor-

stellungen waren überholt. Das Auftauchen der Abgesandten hatte alles geändert. Würde Sergei irgendwann die Fähigkeit besitzen, Tote zu erwecken? Würde das auch mit Artjom funktionieren? Ich machte mir keine großen Hoffnungen, aber ein kleiner Funke blieb. Ein Besuch in Naumows Haus war in mehrerer Hinsicht wichtig. Ich würde hoffentlich mehr über die Mörder meines Freundes erfahren. Und ich musste mir meinen Segen bei Sergei abholen, wenn ich nicht sterben wollte. Es gab noch viele andere Fragen, die ich den beiden stellen wollte.

Spin warnte mich mit einem Knurren, und Chaosit verwandelte sich in einen Pfeil, der in Richtung der drohenden Gefahr wies.

„Ist ja gut. Ihr habt mich erwischt", hörte ich eine Stimme aus dem Nichts.

Ein grün gekleideter Elf erschien auf einem Thron aus verschlungenen Baumwurzeln. In seinen schlanken Fingern hielt er ein zerbrechliches Weinglas, in dem eine Flüssigkeit in allen Farben des Regenbogens schillerte.

„Hattest du schon Gelegenheit, über mein Angebot nachzudenken?", fragte der kleine Gott.

Ich war mir noch immer nicht sicher, ob er Männlein oder Weiblein war. Seine Bewegungen wirkten überaus feminin auf mich, aber seine Schultern waren eher die eines Mannes — breit und muskulös. Das lange Haar und das zarte Gesicht machten die Sache nicht einfacher. Doch ein Blick in die Infobox schaffte Klarheit. Es war definitiv ein Mann.

„Ich habe es mir überlegt und lehne ab."

Der Elf streckte eine Hand aus. Spin tapste auf ihn zu und stupste die Hand mit der Schnauze an.

So ein Verräter!, dachte ich im Stillen.

„Jammerschade. Ich könnte wirklich etwas ganz Besonderes aus deinem Haustier machen", sagte Erawan bedauernd, während er dem Wolf über die Schnauze strich. „Mit etwas Glück lernt er das Fliegen."

Das klang verlockend, aber ich befürchtete eine Falle. Außerdem hatte ich keine Zeit für weitere Quests.

„Hör dir an, was ich zu sagen habe. Dann kannst du entscheiden, ob es die Zeit und den Aufwand wert ist", fuhr der kleine Gott fort.

Ich hatte zwar keine Lust auf das Gespräch, aber bei einem Gott wusste man nie. Ich machte mir bewusst, dass Erawan der Gott der Streiche und Gaunereien war, und studierte eifrig mein Tablet.

„Wie ungehobelt", sagte der Elfengott, bevor er weiterredete. „Als Abgesandter solltest du Gesprächen gegenüber offen sein."

Ich sah hoch und blickte ihm in die Augen.

„Abgesandter? Wovon redest du?"

Hotei hatte mir gesagt, dass die virtuellen Götter im Allgemeinen keine Aufmerksamkeit auf ihre Abgesandten lenkten und ihre Identität geheim hielten. Das war mehr als sinnvoll, denn alle Abgesandten hatten die Aufgabe, etwas zu beschaffen, was ihre Götter benötigten. Bestimmt gab es Rivalitäten und Versuche, die Abgesandten anderer Götter auszuschalten.

„Du weißt genau, wovon ich rede, Mensch!" Der Elf schenkte mir ein widerlich süßes Lächeln. „Ich bin dir gefolgt. Du benutzt *Blitzschlag*, bist also vermutlich im Auftrag Fulgoras oder Elenias unterwegs. Die beiden lieben alles, was mit Strom zu tun hat."

Ich blickte mich nervös um. Am Ende hörte noch jemand zu, den ich nicht sehen konnte.

„Keine Angst. Niemand kann uns hören", sagte der Gott, als er meine Nervosität bemerkte. „Mir ist egal, wessen Abgesandter du bist. Aber ich weiß, dass du Sergio kennst."

„Sergio?", wiederholte ich. „Wie..."

„Ich beobachte Letharas Abgesandten in deiner Welt aufmerksam. Ich weiß genau, mit wem er Umgang hat. Er hat auch dich geheilt. Vielleicht solltest du ihm dankbar sein und ihm helfen."

Ich wusste nicht, was sich sagen sollte. Dann fing ich mich wieder.

„Mal angenommen, ich kenne ihn. Wie könnte ich ihm dann helfen?"

„Das nenne ich eine gute Frage." Der Elf lächelte. „Alle Abgesandten des Lichts haben Quests in der Realität. Sergio ist der einzige Mensch, der unsere Forderungen ignoriert. Ich will, dass du den Heiler dazu bringst, einige Quests der Göttin anzunehmen, und ihm hilfst, sie zu erledigen."

Das war einfach großartig! Sergei weigerte sich nicht nur, uns bei unseren Quests zu helfen, nein, er weigerte sich auch, der Seite des Lichts beizustehen. Das war echte Konsequenz! Wahrscheinlich wollte er sich nicht in Gefahr bringen. Und das nicht etwa aus Eigennutz, sondern weil er für viele kranke Kinder die einzige Rettung war. In seinen Augen war es dämlich, sein eigenes Leben wegen einer blöden Quest zu riskieren.

„Was willst du von ihm? Es gibt doch bestimmt viele Spieler, die für das Licht kämpfen würden."

Ich erwartete keine ehrliche Antwort, aber ich bekam sie.

„Dieser Heiler muss sich unbedingt weiterentwickeln. Aber das geht nur, wenn er Quests in deiner Welt erledigt. Er weigert sich, mit irgendwem aus seiner Gruppierung zusammenzuarbeiten. Er hat bisher lediglich mit dir und dem Abgesandten von Morphius geredet."

Sergeis Fertigkeiten als Heiler ließen mich an die Möglichkeit einer Auferstehung denken. Ich versuchte, mein Interesse aus meiner Stimme herauszuhalten.

„Ab welchem Level kann er die Toten wieder zum Leben erwecken?", fragte ich.

Der Elf schnippte mit den Fingern. Etwas drückte mir von hinten in die Kniekehlen. Es war eine große Baumwurzel, die sich in eine Art Sessel verwandelte und mich zwang, mich zu setzen. Ein Weinglas erschien in meiner Hand, gefüllt mit einer geheimnisvollen Flüssigkeit. Auf keinen Fall würde ich davon trinken!

„Ach, wie schön. Du bist ja doch interessiert. Sobald wir eine Vereinbarung geschlossen haben, beantworte ich deine Fragen gern."

Was sollte ich mit einer weiteren Quest in der echten Welt? Noch dazu von einem Gott, der gar nicht auf meiner Seite stand! Mann, ich war echt beliebt. Zuerst hatte ich gemeinsam mit Mark, dem Abgesandten der grauen Gruppierung, Gremlins gejagt, dann sollte ich mit der dunklen Nekromantin den Abgesandten des Gottes der Toten suchen und jetzt stand mir eine Quest mit einem Heiler auf der Seite des Lichts ins Haus. So langsam nahmen die Aufgaben überhand! In normalen Spielen konnte man Hunderte von Quests in einer Liste sammeln und irgendwann oder auch nie erledigen. Aber in meinem Fall gab es echte Konsequenzen, wenn ich eine Quest versemmelte. Also war es besser, nicht zu viele davon anzunehmen. Ich befürchtete ständig, durcheinanderzukommen.

„Schieß los. Wie sieht diese Quest aus?", forderte ich den Elfengott auf.

„Nun, ich bin nicht befugt, dir einen echten Deal anzubieten. Sieh es als Abmachung unter Gentlemen."

Wer hätte das gedacht? Vermutlich konnten Quests in der Realität nur von der eigenen Gruppierung vergeben werden. Darum hatte der Gott des Todes mir die andere Quest auch nicht direkt gegeben, sondern Hotei dazu benutzt.

„Klingt gut", stimmte ich zu. „Du beantwortest all meine Fragen und gibst mir, was auch immer ich benötige, um mein Haustier aufzuleveln. Im Gegenzug verspreche ich dir, Sergio davon zu überzeugen, diese Quest anzunehmen."

„Du bist mir ja ein Halunke", tadelte der Elf und hob mahnend einen Finger. „Du wirst ihn nicht nur überzeugen, nein. Du wirst ihm auch helfen. Aber dein Stil gefällt mir. Also werde ich dir ein paar Fragen beantworten. Die eigentliche Belohnung erhältst du ihm Rahmen der Quest, die Sergio akzeptieren muss."

Das klang vernünftig. In jedem Fall sprangen ein paar Antworten für mich heraus. Gemeinsam mit Sergei würde ich überlegen, ob die Quest unsere Zeit wert war.

„Abgemacht", stimmte ich zu.

„Wenn die Quest angenommen und abgeschlossen wird, erhält Sergio seine Belohnung — und du die deine", wiederholte Erawan.

Ein kleines Fläschchen mit einer grünen Flüssigkeit erschien in der Hand des Elfen.

Elixier zur Klassenverbesserung von Haustieren

Klasse: episch

Dieses Elixier levelt dein Haustier auf die nächsten Klasse auf (maximal: episch).

Wahnsinn! Das war ein überaus seltener Gegenstand. Ich fragte mich, welcher Quest Sergei sich so unnachgiebig verschloss. So schlimm konnte es schon nicht sein. Vermutlich war er einfach nur prinzipientreu. Das musste es sein!

„Also gut. Was kann dieser alte, weise Elf dir beibringen?", fragte der kleine Gott. Dabei stützte er seinen Kopf auf seine Hände und zwinkerte mir verschwörerisch zu. „Du hast drei Fragen frei."

Mein Gegenüber sah nicht gerade weise aus, eher zwielichtig.

„Gut. Würde die Fähigkeit *Auferstehung* eines Heilers auch in unserer Welt funktionieren?", fragte ich.

„Natürlich." Der Elf nickte. „Hast du eine bestimmte Person im Sinn?"

„Vielleicht."

Erawan schüttelte den Kopf.

„In dem Fall vermute ich, dass diese Person bereits gestorben ist. Dann muss ich dir leider mitteilen, dass die Fähigkeit nur innerhalb von fünf Minuten nach dem Tod eines Spielers funktioniert." In seinen Augen stand echtes Mitleid. „Selbst wenn Sergio die Fähigkeit genau jetzt erhalten würde, könnte er diese Person nicht mehr auferwecken."

Verflixt und zugenäht! Daran hatte ich gar nicht gedacht. Obwohl ich die Funktion der Fähigkeit eigentlich kannte. Alles, was darüber hinaus ging, war Nekromantie. Und ich würde bestimmt nicht Elsa bitten, Artjoms Körper zurückzubringen. Das wäre völlig sinnlos, denn es würde sich nicht um meinen Freund handeln, sondern nur um einen wandelnden Leichnam ohne eigenen Verstand.

Der kleine Gott lächelte mich schief an.

„Sind deine anderen Fragen ebenso dämlich wie die erste? Dann sind wir schnell fertig!"

Ich überlegte ganz genau, denn ich wollte

keine weitere Frage vergeuden.

„Wie kann ein Spieler schnell einen freundlichen Ruf bei den Elfen und ein Mellorn-Blatt erhalten, mit dem er Zutritt zur Hauptstadt erlangt?"

„Ah, clever", stellte Erawan fest und hob mahnend einen Finger. „Das waren zwei Fragen in einer. Aber ich bin heute gnädig gestimmt. Ein Segen eines Elfengottes wäre gewiss hilfreich. Wusstest du, dass ich zu diesen Gottheiten gehöre? Natürlich verteilen wir unsere Segnungen nicht mit der Gießkanne."

„Gibt es noch eine andere Möglichkeit?"

„Keine, die mir bekannt wäre. Unglücklicherweise hängt dir der Gestank des Infernos an. Das riecht jeder Elf zehn Kilometer gegen den Wind. Und du hast ganze Scharen von Tieren auf dem Gewissen. Selbst bei deinem jetzigen Ansehen wirst du kaum Kontakte mit den Einwohnern Tervillians knüpfen können."

Verdammt! Wieso mussten meine schlimmsten Befürchtungen sich immer als zutreffend erweisen? Was sollte ich tun? Wenn ich bis zum Abend keinen freundlichen Ruf erlangt hatte, würden mir gerade einmal 24 Stunden für die Suche nach dem Schwert bleiben. Ob ich mich darauf konzentrieren sollte, Eidolon in der Realität zu finden, um die Bonuszeit zu erhalten? Doch wenn es mir nicht gelang, hatte ich noch mehr Zeit vertan. Konnte ich diesen Gott hier dazu bringen, mich zu segnen? Was würde er im Gegenzug verlangen? Vielleicht sollte ich meine letzte Frage aber auch nutzen, um mehr über das Holzschwert herauszufinden.

Ich überlegte eine Weile und wurde von Erawan unterbrochen:

„Übrigens, ein episches Haustier würde vermutlich dein Ansehen bei den Elfen deutlich steigern. Du würdest gut daran tun, meine Quest so schnell wie möglich zu erledigen."

Der gerissene Bastard ließ mir keine Wahl! War denn mein legendäres Haustier nicht gut genug? Vielleicht konnte ich diese Seltenheit bereits nutzen, um mein Ansehen ein wenig zu verbessern? Bestimmt war das möglich. Ob er wusste, dass er mir einen wertvollen Tipp gegeben hatte?

„Okay, ich überlege es mir."

„Wenn man es genau nimmt, hast du damit schon drei Fragen gestellt. Aber ich will mal nicht so sein", sagte der Elf und machte eine wegwerfende Geste. „Los, raus mit der letzten Frage!"

Ich überlegte noch immer, wie ich meine Frage nach dem Holzschwert am besten stellen sollte. Allerdings wollte ich nicht, dass Erawan daraus auf meine Hauptquest schließen konnte. Verspätet fiel mir das epische Reagens ein. Doch das hatte Boris zur Analyse. Hmm...

„Kann ich meine dritte Frage zu einem späteren Zeitpunkt stellen?"

„Du hast Glück, dass ich so großmütig bin", seufzte der kleine Gott. „Okay. Ruf mich in einer beliebigen sicheren Zone in Ellendril, dann komme ich zu dir. Aber ich beantworte dir die dritte Frage erst, nachdem Sergio die Quest der Göttin angenommen hat. Also, stell deine Nützlichkeit unter Beweis."

„Klingt fair", gab ich zu. „Vielen Dank."

„Bis bald", sagte der Elf. Dann verschwand er — und mit ihm auch das Glas in meiner Hand und der Sessel unter meinem Hintern. Witzbold! Ich fluchte.

Dann stand ich auf und klopfte mir den Staub aus dem Hosenboden. Ich beschloss, Quests in Tervillian anzunehmen und mein Ansehen zu verbessern. Spin würde mich dabei begleiten. Wenn er zwischen mir und den Elfen stand, übertünchte er vielleicht den Gestank des Infernos. Außerdem würde ich die Stahlratten nach besten Kräften ausnutzen. Wo blieben die überhaupt? Bisher hatte alles wie von Alexander vorgesehen funktioniert. Zudem wusste ich, dass Eidolons Segen noch immer aktiv war, denn die Zombies hatten mich nicht angegriffen. Ob einige der Spieler, die vor dem Tempel von Mutter Natur gewesen waren, einen Brass auf mich und die Stahlratten hatten? Wenn ja, dann würden sie mich hoffentlich nicht an der Durchführung meiner Quests hindern.

Ich wartete noch eine Weile, bis schließlich die vier Stahlratten aus unterschiedlichen Richtungen auf die Lichtung traten.

„Verdammt!", moserte Potterast. „Das waren zwei Level in gerade einmal zwei Tagen. Ich verstehe wirklich nicht, wozu das gut war!"

„Hör auf zu jammern", wies Alexander ihn zurecht. „Du hast die Level nur durch die Unterstützung des Clans erlangt. Sieh es als kleine Rückzahlung an. Nimm dir ein Beispiel an Demon. Der geht uns nicht auf die Nerven. Jeder von uns hat Level verloren. Oder ist dir das nicht aufgefallen?"

„Bis auf den da", sagte der Feuerzauberer und wies anklagend in meine Richtung.

„Oh, tut es doll weh?", fragte ich ihn. Insgeheim freute ich mich wie Bolle.

„Das sind wirklich interessante Haustiere", stellte Sophie fest, die Spin und Chaosit fasziniert musterte. „Ein Blitzgeist in Wolfsgestalt. Wow, ein legendäres Tier. Du solltest dich glücklich schätzen. Vermutlich erhält er schon bald seine dritte Gestalt. Aber was soll das andere Ding darstellen? Diese lila Kugel? So etwas habe ich noch nie gesehen!"

„Kein Wunder. Er ist ziemlich selten — aber auch ziemlich nutzlos", antwortete ich ausweichend. Chaosit quittierte meine Aussage mit einem wütenden Emoji.

„Meine Güte! Es reagiert!" Sophie sah mich erstaunt an. „Wo kann ich so ein Tier bekommen? Bitte, sag es mir."

Ich zuckte mit den Achseln.

„Ich habe ihn zufällig im Land der Gremlins aufgelesen. Keine Ahnung, ob es dort noch mehr von seiner Art gibt."

Auf keinen Fall würde ich ihr offenbaren, dass die Gremlins noch eine Chaosgestalt besaßen. Die Stahlratten waren nicht meine Freunde.

„Es gibt wichtigere Dinge als Haustiere", unterbrach Alexander unser Gespräch. „Konntest du dein Ansehen verbessern?"

„Ja. Ich habe jetzt 150 Punkte", bestätigte ich.

„Ich kenne etwa ein Dutzend Quests, mit denen du noch mehr bekommst", sagte Sophie. „Bestimmt hat Artjom auch ein paar Tipps für dich. Du hast doch garantiert eine Liste von ihm bekommen, nicht wahr? Zeig sie mir, dann helfe ich dir, die besten Quests auszuwählen. Wir unterstützen dich dabei."

Auch diese Informationen hätte ich gern für mich behalten, aber ich benötigte dieses Ansehen. Also öffnete ich die Liste und reichte ihr mein Tablet.

„Aha. Botengänge zuerst. Gute Idee. Kräuter sammeln? Da kann ich helfen. Ich habe ein hohes Level in Kräuterkunde. Inferno-Bestien jagen. Wenn wir eine Gruppe bilden, ist das deine beste Option."

„Ich kann keine Gruppe mit anderen Spielern bilden", erwiderte ich. „Das ist eine Questbeschränkung."

„Das war doch schon beim ersten Schwert so", erinnerte Alexander sich. „Ich dachte, das war nur eine Ausrede."

„Nein, keine Ausrede, sondern eine Questbeschränkung", wiederholte ich. „Ich bin kein notorischer Lügner."

„Dann sollten wir Trader, den Elfen besuchen", bestimmte Sofitel. „Du hast genug Ansehen, damit er dich rasch beachtet."

Wir gingen zurück zu dem Haus, vor dem ich

zuvor gewartet hatte.

„Haben wir Folgen wegen der Sache am Tempel zu befürchten?", fragte ich. „Die anderen Spieler werden sich doch bestimmt rächen wollen."

„Sollen sie es ruhig versuchen", sagte Sophie hochmütig. „Außerdem sind wir hier sicher. In Elfenstädten gibt es nur wenige Orte, an denen andere Spieler sich treffen können. Der Platz vor dem Tempel gehört dazu. Auf den meisten Straßen muss man schon zusammenstoßen, damit man die anderen bemerkt." Dann nickte sie in Richtung des Hauses. „Viel Glück!"

Die vier Stahlratten zogen sich ein wenig zurück. Ich beschwor Chaosit und Spin. Dann forderte ich den Wolf auf, sich dem Haus zu nähern. Ich hoffte sehr, dass er den Gestank des Infernos überdecken würde.

Kurz darauf wurde der grüne Vorhang vor der Tür geöffnet und ein Elf trat auf die Schwelle. Er war hoch gewachsen und verfügte über einen makellosen Körperbau — wie alle seines Volkes. Über Aussehen ließ sich streiten. Die Elfen sahen aus wie Menschen, die häufig beim Schönheitschirurgen gewesen waren. Ich musste an Stars und Sternchen denken, die ihre Nasen, Wangenknochen und Lippen hatten machen lassen, um dem medialen Schönheitsideal zu entsprechen. Allerdings wirkten die Elfen auf natürliche Art schön. Das machte es aber auch schwer, sie voneinander zu unterscheiden. Oder war das nur meine menschliche Prägung? Erkannten Elfen bei anderen Elfen eine Vielzahl von Unterschieden? Gut möglich.

„Ein Mensch?" Der Elf schien überrascht zu sein und blickte zwischen mir und Spin hin und her. „Brat mir doch einer eine Rübe! Was ist das für ein komischer Geruch?"

Ich erinnerte mich, was Artjom über die angemessene Begrüßung geschrieben hatte.

„Möge Mutter Natur mit Euch sein. Als ich durch den Ort wandelte, sind mir sofort die Kunstfertigkeit und Eleganz aufgefallen, die Ihr den Wurzeln des Lebensbaumes habt zukommen lassen. Habe ich es richtig erkannt, handelt es sich dabei um das Zeichen von Aulë? Es steht für Wissen und Weisheit, nicht wahr?"

„Erstaunlich! Du kannst unsere Schrift lesen?"

„Leider beherrsche ich nur wenige Zeichen. Aber ich würde gern mehr darüber lernen. Es ist eine Schande, dass es kaum Lehrbücher über dieses hochinteressante Thema gibt."

Der Elf dachte einen Moment nach.

„Du hast Glück. Ich besitze zufällig einige Abhandlungen über die elfische Schrift. Wenn du möchtest, überlasse ich sie dir. Kostenlos."

Die Informationen meiner Freunde erwiesen sich als goldrichtig. Dieser Elf gab jedem, der es wollte, ein Buch über die elfische Runenschrift. Wer aufmerksam genug war, erkannte, dass es hier noch mehr Möglichkeiten gab.

„Das wäre wunderbar. Allerdings erlaubt mein Gewissen mir nicht, eine solch wertvolle Schrift von Euch als Geschenk anzunehmen. Ich würde Euch gern dafür bezahlen. Natürlich wäre ich auch bereit, ein paar Arbeiten für Euch zu erledigen, wenn Euch das lieber ist."

Der Elf schwieg. Aus den Unterlagen wusste ich, dass er jetzt entschied, ob er etwas an mir auszusetzen hatte. Wenn dem so war, würde er ein paar Münzen von mir fordern und dann die Tür schließen. Andernfalls würde er mir eine Quest geben, mit der ich weitere 30 Reputationspunkte erlangen konnte.

Das Schweigen zog sich unangenehm. Ich rief Spin an meine Seite. Der Elf folgte der Bewegung meines Haustiers und schien sich zu entspannen.

„Es gibt da eine kleine Sache..."

Der Rest war ein Kinderspiel. Ich achtete bei allen Unterhaltungen mit Elfen darauf, Spin an meiner Seite zu haben. Mit ihm dicht neben mir waren alle Elfen gewillt, mir eine Quest zu geben. Die eigentliche Arbeit überließ ich, sofern möglich, den Stahlratten. Es war erstaunlich, wie einfach das Aufleveln war, wenn man einen Clan hinter sich hatte. Die anderen Spieler besorgten Zutaten, halfen beim Mob-Schlachten und suchten für mich nach Pflanzen. Neben meinem Ansehen steigerte ich auf diese Weise auch mein Level. Schon bald erreichte ich Level 71.

Nach knapp 12 Stunden hatten wir über 40 kleine Quests erledigt, und ich verfügte über das nötige Ansehen. Obwohl die Sache ziemlich monoton gewesen war, war ich nicht ermüdet. Ganz im Gegenteil: Die Arbeit hatte unangenehme Gedanken verhindert und zu meiner Entspannung beigetragen. Der nächste Schritt bestand darin, in die Hauptstadt zu teleportieren und nach dem Schwert zu suchen. Jetzt hätte ich dem Elfengott die dritte Frage stellen können, aber das ging erst, wenn Sergei die Quest in der echten Welt angenommen hatte. Ich beschloss, das Spiel zu verlassen und den Heiler aufzusuchen, um mir meinen Segen abzuholen und mit ihm über die Quest zu reden.

„Für heute reicht es", sagte ich zu Alexander. „Ich muss noch ein paar Dinge in der Realität erledigen."

„Bis wann musst du das Schwert in deinen Besitz gebracht haben?", fragte Sophie. „Sollten wir nicht besser weitermachen?"

Wenn die Stahlratten wüssten, wie wenig Zeit mir noch blieb, würden sie das zu meinem Nachteil nutzen.

Also log ich sie an. „Wir haben noch jede Menge Zeit. Ehrlich, ich muss mich ausruhen. In sieben oder acht Stunden treffen wir uns wieder hier."

Ich fieberte den Gesprächen mit Naumow und dem Heiler entgegen. Hoffentlich erfuhr ich, wer hinter den Angriffen auf mich steckte — und wer Artjom ermordet hatte.

Kapitel 8

ICH STIEG AUS DEM POD und warf einen Blick auf mein Handy. Mark und Elsa hatten jeweils etwa 20 Mal probiert, mich zu erreichen. Die Nekromantin wollte vermutlich wissen, wann wir uns auf die Suche nach dem Abgesandten des Gottes der Toten machen würden. Aber was hatte Mark auf dem Herzen? Ich wählte seine Nummer.

„Was ein Glück! Du *lebst*.“

„Natürlich. Wieso sollte ich tot sein?“, fragte ich überrascht.

„Ich war gerade bei dir. Die Tür stand offen, und anstelle deines Pods war nur ein verbrannter Fleck auf dem Boden zu sehen.“

„Ach ja, da habe ich ein Experiment mit *Blitzschlag* versemmelt“, erklärte ich. „Dabei habe ich den Pod aufgelöst. Mir geht es gut, aber ich musste umziehen.“

„Du solltest mich warnen, wenn so etwas passiert!" Ich konnte hören, wie verärgert er war. „Wo steckst du jetzt?"

„In der Wohnung links neben der alten."

„Ach? Okay. Ich bin in 20 Minuten da. Geh nicht weg!"

Er hatte aufgelegt. Ich überlegte. Mark hatte recht. Ich hätte ihn informieren sollen. Andererseits war ich es nicht gewohnt, dass Leute ohne Ankündigung vor meiner Tür standen. Ich hätte ja auch im Pod liegen können.

Während ich auf Mark wartete, wärmte ich mir Nudeln mit Lachs aus dem prall gefüllten Kühlschrank auf und setzte Kaffee auf. Ich überlegte, wie lange es schon her war, dass ich ganz normal am Tisch gesessen und gegessen hatte. Während ich kaute, dachte ich an gar nichts. Eine beruhigende Stille breitete sich in meinem Verstand aus. Es tat gut, keine Nachrichten aus Arktanien zu lesen und keine Foreneinträge auf der Jagd nach irgendwelchen Informationen zu durchsuchen.

Viel zu schnell setzte mein Telefon dieser angenehmen Leere in meinem Kopf ein Ende. Elsa! Sie wäre genau der Typ, der absichtlich zum unpassendsten Zeitpunkt anrufen würde. Was wollte sie überhaupt von mir? Sie wusste doch von dem Todesfluch. Wahrscheinlich wollte sie einfach nur wissen, wie es mit unserer gemeinsamen Quest weitergehen sollte. Für mich hatte die Suche nach Eidolons Abgesandten nicht die höchste Priorität. Nein, ganz oben auf meiner Liste stand das Holzschwert. Dennoch schuldete ich Elsa eine Erklärung. Immerhin hatte sie sich gegen den Rest der dunklen Gruppierung gestellt und mich verteidigt. Ich seufzte und nahm den Anruf an.

„Ja?"

„Wo hast du die ganze Zeit gesteckt, du Blödmann?"

Ich hatte vergessen, wie fordernd sie sein konnte. Vielleicht hätte ich den Anruf doch ignorieren und mir ihre nervige Stimme ersparen sollen. Dieser eine Satz von ihr munterte mich auf wie ein Schlag ins Gesicht.

„Ich war beschäftigt", antwortete ich mürrisch.

„Wo bist du? Ich will, dass Blanc deinen Geruch aufnimmt."

Ich hätte gern abgelehnt und die Sache um einen Tag verschoben, aber ich war mir nicht sicher, ob ich das Schwert wirklich so schnell finden würde. Die Bonuszeit wäre wirklich nützlich. Andererseits war auch unklar, ob wir Eidolons Abgesandten schnell genug finden und besiegen konnten. Ich wusste noch immer nicht, ob es eine gute Idee war, ihn umzubringen.

„Hallo? Bist du noch da?", quengelte sie ungeduldig.

„Ich brauche noch einen Tag", sagte ich. „Ich muss eine dringende Sache in Arktanien erledigen. Sie duldet keinen Aufschub."

„Und ich muss meinen Hund an dir schnüffeln lassen", fauchte sie. „Das geht ganz schnell. Dann kannst du dich meinetwegen verziehen."

Ich seufzte. Wenn ich nicht gewusst hätte,

dass sie es mit dem Rest ihrer Gruppierung so schwer hatte, hätte ich sie zum Teufel geschickt.

„Pass auf", begann ich mit ruhiger Stimme. „Mir ist auch klar, dass wir Eidolon bzw. seinen Abgesandten gemeinsam finden müssen. Okay? Aber wir können erst übermorgen mit der Suche anfangen. Vielleicht solltest du dir bis dahin eine Auszeit nehmen? Geh in den Massagesalon, ins Spa oder shoppen."

Eine Weile hörte ich nur das Atemgeräusch in der Leitung.

„Ich hätte zulassen sollen, dass Biker dich umbringt", sagte sie dann.

Verhindert hat sie es auch nicht, ging mir durch den Kopf. Aber sie hatte einen Beitrag zu meiner Rettung geleistet.

„Danke für deine Hilfe", sagte ich ehrlich, schob dann aber gleich eine Einschränkung hinterher: „Aber wenn du die beiden nicht zu unserem Treffpunkt geführt hättest, wäre mir nichts passiert. Also hast du nur versucht, deinen Fehler auszubügeln."

„Leck mich. Ich denke, ich lasse Blanc den Geruch von deinem Leichnam nehmen. Das muss reichen", knurrte sie zornig.

„Hör gut zu, Elsa. Mir ist klar, dass du eine starke und gefährliche Frau bist. Aber wir müssen als Team arbeiten. Auf diese Weise können wir die Quest schneller erledigen. Noch wichtiger: Dann wird niemand verletzt. Immerhin geht es um den Abgesandten des Gottes der Toten, noch dazu um eine ganz spezielle Art. Wieso bist du so sicher, dass du es allein mit ihm aufnehmen kannst? Als Elektrozauberer kann ich eine große Unterstützung sein."

Sie antwortete nicht. Als ich gerade auflegen wollte, hörte ich ihre Stimme.

„Na schön. Übermorgen, direkt nach dem Aufstehen."

Dann legte sie auf. Hatte sie mir überhaupt zugehört?

Waren alle Abgesandten plemplem? Bisher hatte nur Mark sich halbwegs normal verhalten. Gut, er machte schlechte Witze, aber die taten niemandem weh.

Jemand klingelte an der Tür. Durch den Spion erkannte ich Mark, der ganz nah vor der Tür stand.

„Mach schon auf", sagte er.

„Wieso?", fragte ich zurück.

„Komm schon, mach auf."

„Darf ich vorher zu Ende essen?"

„Untersteh dich", rief er.

Ich schob den Tisch von der Tür weg und schloss auf. Mark drängelte sich durch, sobald der Spalt groß genug war.

„Also. Was genau ist passiert?", fragte er aufgeregt. „Was war mit dem Nekromanten? Wieso hast du deinen Pod zerstört? Und *wie* hast du es getan?"

In der kurzen Zeit seit unserer letzten Begegnung war wirklich viel geschehen. Wo sollte ich beginnen? Ich wollte ehrlich mit Mark sein. Ich konnte seinen Rat brauchen.

„Der Nekromant war mein virtueller Onkel."

„Dein Onkel?", wiederholte Mark. „Du hast eine virtuelle Familie? Ist es, weil du keine Familie in der Realität hast?"

„Bitte was? Natürlich habe ich eine Familie. Es geht ihnen gut. Dieser virtuelle Onkel gehört einfach zur Hintergrundgeschichte meines Charakters. Er ist irgendwann aufgetaucht und hat mir Quests zugewiesen. Ich konnte mich nicht dagegen wehren. Noch schlimmer: Bei der ersten hätte ich zehn Level verloren, wenn ich mich geweigert oder keinen Erfolg gehabt hätte. Und jetzt muss ich für ihn etwas in unserer Welt erledigen."

Wir gingen in die Küche und setzten uns.

„Wieso hat er mich getötet?", wollte Mark wissen.

„Ganz ehrlich? Ich glaube nicht, dass es einen Grund gab. Er wollte dich nur loswerden."

„So ein Arsch! Ich hoffe sehr, dass ich ihm nie wieder begegne." Mark schien mir nicht böse zu sein. „Aber sag schon, was ist das für eine neue Quest? Ist irgendein Mob aus dem Spiel entkommen? Sollen wir jemanden töten?"

„Beides trifft zu", sagte ich. Ich war erstaunt, wie clever Mark war.

Aufgrund des dämonischen Vertrags konnte ich ihm nichts von dem Geisterdämon oder den Geschehnissen im Baum der Furcht erzählen. Doch diese Klausel galt nicht für den neuen Gott Eidolon. Also erstattete ich ihm haarklein Bericht. Auch über mein Treffen mit Elsa und ihren Freunden von der dunklen Seite. Schließlich erzählte ich vom Stand der Quest in Tervillian und der neuen Quest des Elfengottes.

„Wann hast du die Zeit für all das gehabt?", fragte Mark erstaunt — und ein wenig neidisch. „Ich habe seit unserem letzten Treffen an einem lausigen Raid teilgenommen. Mein Leben ist so langweilig!"

„Aber war der Raid nicht von Erfolg gekrönt?"

„Schon. Wir haben den achten der uralten Nachtmahre gefangen. Bleiben noch zwei."

Ich fühlte mich, als hätte man mir in die Magengrube geschlagen. Mark *beschwerte* sich darüber, dass er seine göttliche Quest so gut wie erledigt hatte, während ich vor lauter Chaos weder ein noch aus wusste?

„Herzlichen Glückwunsch", sagte ich.

Wenn Mark schon 80 % seiner Quest erledigt hatte, gab es bestimmt auch andere Abgesandte, die dem Ziel nahe waren. Was würde passieren, wenn einer der Abgesandten die komplette Quest abschloss? Würden wir anderen verlieren? Würden wir sterben? Oder mussten wir unsere Quests fortsetzen? Gab es überhaupt eine Verbindung zwischen den verschiedenen Quests? Ging es vielleicht gar nicht um den ersten Platz? Gab es andere Kriterien, nach denen der Sieger gekrönt wurde? Gab es überhaupt einen Sieger?

Ich fragte Mark.

„Ich vermute, dass es mehrere Gewinner gibt. Gut möglich, dass die Erfolge aller Angehörigen einer Gruppierung zählen. Oder die ersten zehn Spieler, die ihre Quests abschließen, erhalten einen Preis?"

„Was könnte das für ein Preis sein?"

„Keine Ahnung. Wir werden es erleben — hoffe ich." Er zuckte mit den Achseln. „Nachdem wir derselben Gruppierung angehören, sollten wir unsere Kräfte bündeln. Ich kann dir im Land der Elfen nicht helfen, denn mein Ansehen dort liegt irgendwo bei 200 Punkten. Keine Chance, dass ich es in die Hauptstadt schaffe. Aber gib Bescheid, wenn du dich wieder mit der Nekromantin triffst. Ich möchte dich begleiten."

„Ich würde sie am liebsten gar nicht treffen, aber das ist nicht meine Entscheidung. Ich muss dir noch eine Sache erzählen."

Ich berichtete von den Ausputzern und dass sie Artjom vermutlich umgebracht hatten.

„Das tut mir so leid", sagte er mitfühlend. „Wenn ich das gewusst hätte, hätte ich niemals bei dem Raid mitgemacht. Eine blöde Quest ist kein Menschenleben wert."

„Du kannst nichts dafür. Niemand konnte das wissen", sagte ich. „Außerdem ist... war er mein Freund. Ich hätte bei ihm sein sollen. Ich kann noch immer nicht glauben, dass er tot ist."

Mark schnippte mit den Fingern.

„Könnten wir nicht unseren Heiler bitten, ihn wiederzubeleben?"

Ich schüttelte den Kopf.

„Das funktioniert nur fünf Minuten nach dem Tod und bevor ein Spieler zum Respawn-Punkt zurückkehrt. Ich bin mir sicher, dass das Zeitfenster auch in der Realität gilt."

Aufstieg der Toten

„Verdammt.“

Mark sah mich nachdenklich an.

„Aber wieso wollte er sich ein ESGUMI auf dem Schwarzmarkt beschaffen, wenn es direkt in der Wohnung neben deiner einen passenden Pod gab?“

Mir stand vor Überraschung der Mund offen. Wieso hatte ich nicht daran gedacht? Halt! Damals wusste ich ja noch gar nicht, dass es hier noch einen Pod gab. Außerdem...

Ich sprang auf, holte ein Messer aus der Schublade und löste damit die Schrauben an der Abdeckung hinten am Pod. Ein Blick auf das Modul verriet mir, dass es sich um ein ESGUMI der Generation 2.15 handelte.

„Hier steckt ein altes Modul drin“, sagte ich zu Mark. Ich war erleichtert. Dabei hätte es keinen Unterschied gemacht, was für ein Modul in diesem Pod verbaut war. Meine Güte, es war gerade einmal ein paar Wochen her, seit ich meinen VR-Pod erhalten hatte. Diese wenigen Wochen hatten mich mehr Gefahren ausgesetzt als die 30 Jahre meines Lebens davor.

„Vielleicht wird die neue Version nur einmalig benötigt, um die Fähigkeiten quasi freizuschalten?“, schlug Mark vor.

„Du fragst Sachen. Ich weiß bloß, dass in meinem eigenen Pod ein V3-Modul montiert war.“

Ich seufzte und starrte Löcher in die Luft. Ich war völlig erschöpft.

„Wer weiß, vielleicht hätte ich das Modul einfach ausbauen und Artjom geben können.“

„Vielleicht, vielleicht auch nicht", erwiderte Mark. „Aber es wäre in jedem Fall riskant gewesen. Vielleicht wollte der Mensch, der in deinem Pod verbrannt ist, genau das tun? Vielleicht hat er einen Sicherheitsmechanismus ausgelöst?"

„Möglich wäre es", stimmte ich zu. „Zum Glück habe ich nie versucht, das Modul auszubauen."

Wir diskutierten eine halbe Stunde über diverse Theorien. Mark berichtete mehr von den Plänen des Clans Geist der Jagd. Lazar hatte mir die Wahrheit gesagt: Der Clan bedrängte die Unaussprechlichen von allen Seiten. Seltsamerweise setzten die Unaussprechlichen sich kaum zur Wehr. Daddy Rothschild und Antibiotic schienen das Interesse an Arktanien verloren zu haben.

„Handelst du dir damit keinen Ärger ein?", wollte ich wissen. „Es könnte doch sein, dass ich Naumow brühwarm davon erzähle."

„Es ist mir egal. Ich begleite dich gern zu ihm. Es interessiert mich ungemein, wieso die Unaussprechlichen sich zurückziehen."

„Gute Idee. Du kannst mir auch helfen, Sergei zu überzeugen. Ich bin mir sicher, dass er problemlos in der Lage ist, die Quest zu absolvieren. Er ist einfach nur aufsässig oder übervorsichtig."

„Reiz ihn lieber nicht", warnte Mark mich. „Immerhin hängt dein Leben von diesem Säufer ab. Ohne seinen Segen bist du binnen 24 Stunden tot. Denkst du, er hätte dich komplett heilen können? Wenn du von ihm abhängig bist, hat das durchaus Vorteile für ihn. Du musst zum Beispiel all seine Wünsche erfüllen."

Daran hatte ich noch gar nicht gedacht. Mein misstrauisches Hirn hatte vermutlich einfach noch nicht die Zeit gefunden. Dieser Fluch machte mich abhängig von Sergei, aber bisher hatte nur ich um Hilfe gebeten.

„Bestimmt lässt sein Gewissen so etwas nicht zu", schlussfolgerte Mark. „Ich bin gespannt, was das für eine Quest ist. Wir können ihn gemeinsam unterstützen. Dann ist er bestimmt eher bereit, sie anzunehmen."

Von Marks Illusion geschützt verließen wir das Haus und fuhren in seinem Wagen zu Naumow. Unterwegs veränderte er mehrmals das Aussehen des Fahrzeugs, um eventuelle Verfolger abzuschütteln. Das Wissen, dass es die Ausputzer gab, machte uns beide nervös. Es war besser, besonders vorsichtig zu sein. Je verstohlener, desto besser!

Naumow schien ebenfalls die Sicherheitsmaßnahmen erhöht zu haben. Die starken Männer in ihren Anzügen blickten uns mit einer derart ernsten Miene an, dass es mich nicht gewundert hätte, wenn sie neben den Pistolen an ihren Holstern auch Maschinenpistolen oder RPGs getragen hätten. Der Anblick rief mir einmal mehr in Erinnerung, dass ich *noch immer* keine echten Verteidigungsfähigkeiten besaß. *Wechsel* war ein Anfang, aber im Kugelhagel würde mir diese Fähigkeit vermutlich wenig nutzen.

Eine der Wachen führte uns in einen großen

Bankettsaal. Kurz darauf traten Naumow und der Heiler ein.

„Das nenne ich mal Fortschritt. Keiner von euch beiden scheint verletzt zu sein", frotzelte Sergei. Er trug einen neuen, sauberen Trainingsanzug und sah noch gepflegter aus als am Vortag. Der Komfort in diesem Haus schien im gutzutun.

„Das würde ich gern so beibehalten", antwortete ich.

Mark kannte den nüchternen Sergei noch nicht. Seine Überraschung war entsprechend größer. „Meine Güte, ich hätte dich fast nicht erkannt. Hast du mit dem Trinken aufgehört? Oder gibt es hier nur das gute Zeug?"

„Oh, eine sprechende Bohnenstange", erwiderte Sergei.

Er und Mark hatten Spaß daran, sich kleine Gemeinheiten an den Kopf zu werfen. Naumow und ich nickten einander zu, während wir das Ende des Wortgefechts abwarteten.

Als die beiden endlich schwiegen, ergriff der Hausherr das Wort. „Seid ihr fertig? Dann können wir uns ja wie Erwachsene unterhalten. Andrew, ich möchte dir mein Beileid zum Tod deines Freundes aussprechen."

„Beileid", nuschelte der Heiler und sah mich betroffen an.

„Erst dieser Angriff auf dich, dann der Brand in deiner Wohnung und jetzt der Mord an deinem Freund", zählte Naumow auf und schüttelte besorgt den Kopf. „Der Zusammenhang liegt auf der Hand."

Aufstieg der Toten

„Genau. Andrew ist der Dreh- und Angelpunkt“, stellte Sergei fest.

„Da dürftet ihr leider richtig liegen“, bestätigte ich, bevor ich ihnen von den Ausputzern der dunklen Seite berichtete. Falls sie von meiner kleinen Darbietung in der Bar der Stahlratten erfahren hatten, waren sie mir gewiss bereits auf den Fersen.

„Was das betrifft“, begann Wladimir Naumow, „habe ich heute einen Bekannten von einer Behörde getroffen. Er hatte ein paar höchst interessante Informationen für mich. Unter dem Deckmantel des Schweigens wurde allen Beamten mitgeteilt, dass sie ab sofort keinen VR-Pod mehr besitzen dürfen. Einige Behörden nutzen keine digitale Technologie mehr, sondern nur noch Stift oder Schreibmaschine und Papier.“

Er schwieg.

„Und?“, fragte ich, als ich die Spannung nicht mehr ertragen konnte.

„Das ist doch klar: Jemand ziemlich weit oben weiß genau, was momentan passiert. Und er ist ziemlich besorgt deswegen“, erklärte der Geschäftsmann. „Bedenkt man, dass RussVirtTech beste Verbindungen zur Regierung hat, stammt die Warnung vielleicht sogar vom Unternehmen selbst.“

„Soll das heißen, dass die Ausputzer zu einem Geheimdienst gehören?“, wollte ich wissen.

„Die Wahrscheinlichkeit dafür ist hoch. Vermutlich wollten sie dein ESGUMI-Modul stehlen oder auslesen. In der Folge ist es zu einer fatalen

Kettenreaktion gekommen. Oder es war ein zerstörerischer Schutzmechanismus."

„Was hast du über Artjom herausgefunden?"

„Weniger, als mir lieb ist. Niemand weiß, was vorgefallen ist. Aber auch da könnte die Regierung ihre Finger im Spiel gehabt haben."

„Und die Moral von der Geschicht'? Wir sollten uns nicht so oft treffen", sagte der Heiler mit ernster Miene.

Mark stimmte ihm zu.

„Genau. Andrew wagt sich viel zu oft aus dem Haus. Wenn du den Fluch von ihm nehmen könntest, wäre das gut für seine Sicherheit."

„Das ist mir nicht möglich", antwortete der Heiler. Dann sah er mich an. „Ich würde gern deine Idee umsetzen und experimentieren. Vielleicht klappt es ja in ein paar Stunden oder Tagen."

„Einen Versuch ist es definitiv wert", sagte ich.

„Wovon redet ihr?", wollte Naumow wissen.

Ich beschloss, dass wir dieses Geheimnis nicht mehr vor ihm verbergen mussten. Nachdem ich berichtet hatte, wie ich Fähigkeiten in der echten Welt gewonnen hatte, trat ein nachdenklicher Ausdruck in Naumows Augen.

„Das könnte nützlich sein, wenn mein Sohn irgendwann aus dem Pod steigt", sagte er.

„Ach ja. Hast du irgendwelche Veränderungen festgestellt, nachdem du das neue Modul eingebaut hast?", fragte ich.

„Nein, leider nicht. Die Vitalwerte zeigen keinen Unterschied. Vielleicht funktioniert das ES-GUMI nicht bei jedem. Oder die Götter Arktaniens müssen es aktivieren. Es gibt unzählige Möglichkeiten, aber wir haben keine Lösung gefunden", sagte er dann. Er sah mich an. „Ich bin mir übrigens sicher, dass dein Freund kein ESGUMI 3 auf dem Schwarzmarkt erhalten hätte. Meine Leute haben bereits jede erdenkliche Quelle abgegrast. Ansonsten hätten wir dich wohl kaum bei Russ-VirtTech einbrechen lassen."

„Könnte es sein, dass es exakt so viele Module gibt wie Abgesandte der Götter?", schlug Mark vor. „War es ziemlich gefährlich, damit herumzuspielen, Naumow? Du wusstest doch gar nicht, was hätte passieren können."

„Ich hatte keine andere Wahl", entgegnete unser Gastgeber. „Egal. Wir haben es getan, es ist vorbei. Wenn Sergei meinen Fjodor in drei Tagen heilt, werden wir mehr wissen."

Wir redeten noch eine Weile über die möglichen Motive der arktanischen Gottheiten und darüber, ob vielleicht RussVirtTech Menschen als Versuchskaninchen missbrauchte.

„Ihr vertraut viel zu sehr in die Macht dieser virtuellen Götter", sagte Sergei irgendwann. „Sie können euch alle möglichen Quests geben und alle Arten von Zielen festlegen. Sie könnten euch beauftragen, jemanden zu töten, der ein Modul beschaffen will. Sie könnten euch genau sagen, wo sich diese Person aufhält. Vielleicht sind sie auch für den Tod deines Freundes verantwortlich. Vielleicht waren es gar nicht diese Ausputzer."

Ich nutzte seine Worte als Aufhänger für die drängende Frage: „Apropos. Wie sieht eigentlich deine Beziehung zu der Göttin aus? Vertraust du ihr oder nicht?"

„Natürlich nicht", sagte der Heiler wie aus der Pistole geschossen. „Aber wenigstens ist bei der Göttin des Lebens klar, dass sie niemandem wehtun will. Ich vertraue ihr ein wenig mehr als den anderen Göttern."

„Hast du denn schon andere Elfengötter getroffen? Ich bin in Tervillian einem gewissen Erawan über den Weg gelaufen."

„Ist das so?" Sergeis Antwort verriet keine Emotionen. „Und? Was hat er gesagt?"

„Er hat mich eindringlich gebeten, dich an die Quest in der echten Welt zu erinnern."

Sergei wippte nervös auf und ab.

„Was? Woher wusste er, dass wir uns kennen?"

„Ehrlich, Mann? Die virtuellen Götter beobachten uns immer und überall."

„Das ist mir egal. Ich nehme keine Quests in dieser Welt an. Ich habe schon genug zu tun."

„Worum geht es in der Quest?", wollte Mark wissen. „Eventuell können wir dir ja helfen? Du hast mich zusammengeflickt. Ich schulde dir einen Gefallen."

„Sehe ich aus, als ob ich Hilfe bräuchte? Noch dazu von Leuten wie euch?" Beißender Spott sprach aus Sergeis Worten. „Ich weiß genau, was bei eurer Quest passiert ist: Helikopterabsturz, Kampf gegen einen Feuerzauberer, Todesfluch.

Nein, danke!"

„Moment mal! Der Fluch hatte nichts mit der Quest zu tun!", rief ich empört.

„Ist mir egal." Der Heiler hieb mit der Faust auf den Tisch. „Es gibt Hunderte von Kindern, die dringend behandelt werden müssen. Das jüngste Kind ist zwei Jahre alt, das älteste 16 Jahre alt. Aber zuerst muss ich eine *Mächtige Heilung* an einen reichen Schnösel verschwenden!" Er warf Naumow einen Blick zu. „Entschuldige, das war nicht persönlich gemeint."

„He, ich bin auch bloß ein Mensch. Ich kann das gut verstehen", sagte der Geschäftsmann. „Mein eigener Sohn ist mir wichtiger als mehrere Hundert Kinder, die ich nicht kenne. Wenn du eigene Kinder hättest, würdest du das verstehen."

Sergei nickte widerwillig.

„Fakt ist: Es hängen so viele Leben von mir ab, dass ich nicht bereit bin, mein eigenes Leben zu riskieren, wenn es nicht absolut nötig ist. Ich levele im Spiel auf und nutze meine Heilkräfte hier auf der Erde. Wenn ihr verletzt seid, helfe ich gern. Aber fordert nicht mehr von mir."

„Jetzt bin ich noch neugieriger. Was ist das für eine Aufgabe?", wiederholte Mark. „Was sollst du tun? Gut möglich, dass wir gemeinsam die Sache in fünf Minuten erledigen können, oder?"

„Bullshit. Ich soll verhindern, dass sich ein Portal zum Inferno öffnet", offenbarte der Heiler. „Die Göttin will mich mit einem Countdown unter Druck setzen. Aktuell zeigt er noch vier Tage, drei Stunden und fünfzehn Minuten an."

„Ein Portal? In unserer Welt?", fragte Mark. „Du machst doch Witze!"

„Geht es wirklich um ein Portal zwischen dem Inferno und der Erde?", wollte auch Naumow wissen. „Heißt das, Dämonen aus Arktanien kommen in unsere Welt?"

„Überrascht euch das etwa?" Ich zuckte mit den Achseln. „Wenn Nekromanten Tote beleben können, dann können Dämonologen auch Dämonen beschwören."

Ich überlegte, wie viele verschiedene Klassen von Dämonen es gab. Was, wenn ein dahergelaufener Dämonologe einen Sukkubus beschwor? Was, wenn es Lamia war? Dann müsste ich sofort fliehen. Immerhin konnte sie meine Präsenz spüren. Ich wäre nirgends in Moskau sicher vor ihr. In meinem Kopf hörte ich ihr Versprechen, mir die Haut bei lebendigem Leibe abzuziehen. Im Spiel hatte ich einen Witz gerissen, aber hier gab es keinen schnellen Ausstieg. Welches Level benötigte ein Spieler, um eine derartig mächtige Dämonin wie Lamia zu beschwören? Ich hoffte sehr, dass die Abgesandten noch zu schwach dazu waren. Aber das würde nicht ewig so bleiben.

„Wir müssen dieses Portal sofort schließen. Mein Leben hängt davon ab!", kreischte ich entsetzt.

Kapitel 9

SERGEI REAGIERTE ANDERS, als ich gehofft hatte.

„Auf keinen Fall. Die Belohnung ist gut, aber nicht so gut." Dann sah er mich irritiert an. „Ich sehe gerade, dass der Text geändert wurde. Du bekommst einen Bonus, den ich dir für den theoretischen und überaus unwahrscheinlichen Fall geben soll, dass ich diese Quest annehme und abschließe. Hat man dich bestochen, um mich zu überreden?"

Ich wurde rot.

„Könnte man so sagen. Technisch gesehen, können die Gottheiten des Lichts mir keine Quests gewähren, weil ich nicht Teil der Gruppierung bin. Also haben sie ein Schlupfloch gesucht und gefunden. Aber ich würde auch ohne diese Belohnung helfen und..."

„Aha! Du hast also dafür gesorgt, dass du bei der Sache nicht zu kurz kommst." Ich konnte die

Enttäuschung in seiner Stimme hören.

„Nein! Es war Erawans Idee", rechtfertigte ich mich. „Ich habe es vorgezogen, mir den Gott nicht zum Feind zu machen."

Mark seufzte.

„Sieht so aus, als wäre ich wieder mal der Gelackmeierte, der aus reiner Herzensgüte hilft."

„Wir finden bestimmt eine Sache, bei der wir dich ebenfalls unterstützen können", erwiderte ich. Tatsächlich fühlte ich mich schuldig. Mark war ständig an meiner Seite, aber ich hatte bisher noch nichts für ihn getan. Wenn er profitiert hatte, wie bei dem Helikopterabsturz, dann hatte ich es nicht für ihn getan, sondern für uns.

„Schluss damit!", rief Sergei laut. „Ich sage es noch einmal: Ich werde diese Quest nicht annehmen."

Naumow hatte unseren Streit aufmerksam verfolgt. Jetzt ergriff er das Wort.

„Wenn ich einen Vorschlag machen dürfte? Kümmert euch um dieses Portal, aber nehmt meine Sicherheitsleute mit. Ich werde noch zusätzliche Männer für den Job anstellen. Oder ist das verboten?" Als wir nicht widersprachen, fuhr er fort. „Meine Leute stehen unter eurem Befehl und erledigen die eigentliche Arbeit. Ihr müsst keinerlei Risiken eingehen."

„Ihr seid hartnäckige Plagegeister." Der Heiler zog eine missmutige Grimasse. „Aber es bleibt bei meinem Nein."

„Wenn du dich weigerst, könnten viele Menschen sterben. Sogar ein Dämon auf niedrigem Level ist eine große Gefahr für die Welt! Ein einziges Teufelchen kann 100 oder mehr Menschen töten! Wer weiß, wie viele und vermutlich sogar mächtigere Mobs durch das Portal strömen werden." Mark gestikulierte und redete auf Sergei ein. „Du bist doch ein Heiler. Du gehörst zur Seite des Lichts. Wieso müssen wir dich zu einer guten Tat überreden?"

Sergei tippte sich an die Schläfe.

„Weil ich kein Idiot bin. Ich werde mein Leben nicht für diese Quest aufs Spiel setzen."

Wir stritten noch eine ganze Weile, aber irgendwann konnten wir den sturen Bock mit vereinten Kräften davon überzeugen, die Quest anzunehmen. Das Portal wurde garantiert von einem Dämonologen vorbereitet. Wir würden Sergei helfen, ihn auszuschalten. Außerdem schuldeten wir ihm danach einen Gefallen seiner Wahl.

„Uns bleiben noch vier Tage. Zuerst heilst du Fjodor, dann kümmern wir uns um das Portal", sagte Naumow.

Sergei schüttelte sich vor Lachen.

„Heißt das, ich darf mein Leben erst riskieren, nachdem ich deinen Sohn geheilt habe? Danach ist dir egal, ob ich sterbe? Nein, mein Lieber. Ich habe diese Quest auf euer aller Drängen hin angenommen. Wir bringen das zu Ende, BEVOR ich deinen Sohn heile. Dann kann ich wenigstens sicher sein, dass du mich wirklich beschützt. Denn ohne mich wird dein Sohn bis in alle Ewigkeit in dem Pod liegen."

Damit hatte er den Bogen überspannt.

Naumow zog die dicken grauen Augenbrauen zusammen. Seine Stimme nahm einen gefährlichen Unterton an, als er antwortete.

„Ja, du bist unersetzlich. Im Moment. Aber die Welt verändert sich dramatisch. Gut möglich, dass du künftig auf Hilfe angewiesen bist. Ich an deiner Stelle würde darauf achten, was ich sage — und zu wem ich es sage."

Naumow setzte an, um noch mehr zu sagen, aber dann riss er sich zusammen.

„Entschuldige. Ich habe zu heftig reagiert", gab Sergei widerwillig zu. „Es tut mir leid. Aber wie diese virtuellen Götter über unser Leben bestimmen wollen, kotzt mich an. Ich stehe nicht auf Gefahren. Wenn ich lebe, kann ich *Mächtige Heilung* einsetzen, um ein unschuldiges Kind vor dem Tod zu bewahren."

Das mochte ja richtig sein, aber es entschuldigte seine Unverschämtheit nicht. Ich sah die Sache mit anderen Augen: Sergei wollte Gutes tun, aber er war durch und durch ein Arschloch. Je besser ich ihn kennenlernte, desto klarer zeigte sich das.

„Also, ich habe die Quest angenommen. Vielleicht ist es wirklich besser, wenn wir uns erst darum kümmern, nachdem ich Fjodor geheilt habe. Falls er seine Fähigkeiten aus dem Spiel ebenfalls in der echten Welt einsetzen kann, könnte das eine große Hilfe sein. Ein dunkler Paladin an unserer Seite wäre großartig. Nur mit Illusionen und Blitzen kann man keinen Dämon bekämpfen. Man benötigt auch einen starken Tank."

„Du unterschätzt uns“, warf Mark ein.

„Mag sein. Ich habe dich noch nicht kämpfen sehen, aber ich habe den Kerl hier trainiert.“ Der Heiler nickte in meine Richtung. „Ich weiß, wie er sich mit dem Band angestellt hat. Vermutlich schafft ihr beide es, einen Dorftrottel auf Level 20 zu besiegen, wenn ihr koordiniert vorgeht.“

Nun, Sergei hatte eindeutig Probleme. Kein Wunder, dass ich ihm im *Virtual Warrior* einen Stromschlag verpasst hatte! Danach hatte er mich überrascht, indem er mir das Leben gerettet und erzählt hatte, wie er kranke Kinder rettete. Vom besoffenen Schläger zum edlen Wohltäter oder so... Gleichzeitig ließ er uns zu seinem Vorteil für ihn arbeiten. Er war unverschämt, grob und hatte auch nach Spaß dabei. Anders als Mark würde ich ihm niemals mein Leben anvertrauen. Und doch stand ich hier und musste genau das tun.

„He, Andrew. Ich weiß nicht, wie es dir geht — aber ich muss dringend zurück nach Arktanien“, sagte Sergei. „Ich erledige schnell den Segen, dann bin ich weg.“

„Wolltest du nicht deine Fähigkeit trainieren?“, fragte ich ihn. „Du wolltest doch eine Möglichkeit finden, den Fluch zu brechen.“

„Morgen“, winkte er ab. „Im Moment habe ich keine Zeit dafür.“

Ich konnte ihn nicht zwingen. Marks Worte schossen mir durch den Kopf. Der Heiler und auch Naumow profitierten davon, dass ich von ihnen abhängig war. Wenigstens zog auch ich einen Nutzen daraus. Ohne Sergeis Segen wäre ich tot. Aber was würde er als Gegenleistung fordern? Ich steckte in einer Zwickmühle und musste auf jede seiner Forderungen eingehen.

Sobald ich den Segen erhalten hatte und Sergei gegangen war, sah Mark mich nachdenklich an.

„Ich verstehe das nicht. Der Kerl kriegt eine persönliche Quest, die *er* annehmen und erledigen sollte. Und jetzt stehen wir hier und haben ihm nicht nur unsere Hilfe zugesagt, nein, wir haben auch versprochen, dass *wir ihm* einen Gefallen dafür schulden, dass wir *ihm* helfen?"

„Klingt blöd, ist aber so", stimmte ich zu. „Immerhin bekomme ich dafür mehr Antworten von dem kleinen Elfengott und ein neues Level für mein Haustier. Du, tja, du bist einfach ein selbstloser Mensch."

„Das bin ich wohl", sagte Mark stolz. „Glaubst du, der kleine Gott und der Heiler haben von Anfang an unter einer Decke gesteckt? Vielleicht war dieses ganze Spektakel ja nur dazu da, uns zum Helfen zu überreden?"

Ich schüttelte den Kopf. „Oder? Nein, das will ich nicht glauben."

„Selbst wenn, was für einen Unterschied macht das?", mischte Naumow sich ein. „Sergei mag eine gespaltene Persönlichkeit haben, aber die Kinder bedeuten ihm wirklich etwas. Ich habe ihm einen Vorschuss gezahlt, und er hat jeden einzelnen Cent in eine medizinische Stiftung gesteckt, die Behandlungskosten für arme Familien übernimmt."

Mark zuckte mit den Achseln.

„Wirklich großartig. Leider ist er immer noch ein Riesenarschloch."

Nachdem wir uns darüber einig waren, widmeten wir uns anderen Angelegenheiten Arktaniens. Naumow erklärte uns, wieso die Unaussprechlichen sich aus dem Clankrieg zurückgezogen und dem Geist der Jagd das Feld überlassen hatten.

„Einen Clan zu managen heißt, sich um die wirtschaftlichen Aspekte zu kümmern. Das Rollenspiel spielt nur eine untergeordnete Rolle. Ein Krieg kostet ein Heidengeld. Niemand weiß, ob sich diese Investition rentiert. Ich konzentriere mich lieber darauf, die Spieler in meinem Clan aufzuleveln. Soll der Geist der Jagd doch gegen die anderen Clans kämpfen. Ich bin überzeugt, dass die einzelnen Spieler auf lange Sicht wichtiger als die Clanerfolge sein werden. Das schmeckt nicht allen Clanmitgliedern. Eine ganze Menge haben dem Clan den Rücken gekehrt, aber der harte Kern ist nach wie vor dabei. Und nur auf diese Spielerinnen und Spieler kommt es an."

„Das verstehe ich." Mark nickte. „Du bist unnützen Ballast losgeworden. Wer jetzt noch im Clan ist, meint es ernst. Du hast die Karten neu gemischt und fängst quasi von vorn an."

„Nicht wirklich von vorn." Naumow lächelte. „Der Clan verfügt noch immer über mehrere Hundert hochlevelige Spieler. Ich kann jedem davon voll vertrauen. Das Fiasko mit den Stahlratten wird sich nicht wiederholen."

Ich nickte wissend. Auch Sophies Verhalten war mir mehr als komisch vorgekommen. All diese Fragen! Das hatte sie garantiert nicht getan, weil sie meine Stimme so gern hörte. Ich würde Sergei fragen, ob Heiler Lügen erkennen konnten. Möglicherweise gab es auch einen Grund dafür, dass Sophie meine Hand genommen hatte. Sergei würde wissen, ob es eine Fähigkeit gab, die das erforderte. Aber eventuell wusste auch Naumow Bescheid. Ich fragte ihn.

„Es ist nahezu unmöglich, eine Lüge auf diese Weise zu erkennen", sagte er nach ein paar Sekunden. „Aber es gibt Fertigkeiten, mit denen man die oberflächlichen Emotionen und Reaktionen oder Regungen lesen kann. Je nach Level ist es dafür am Anfang nötig, die Hand der anderen Person zu halten."

„Wozu wäre so etwas gut?", fragte Mark neugierig.

„Es kann dir helfen, Quests für NSCs abzuschließen oder bestimmte Entscheidungen zu treffen. Bei Clanverhandlungen sind meist Heiler mit dieser Art Fertigkeit vor Ort, um sicherzustellen, dass alle Anwesenden gute Absichten haben."

„Bei den Stahlratten hat das ja gut funktioniert", stichelte ich.

„Das hat es. Aber die Fertigkeit ist kein Wundermittel gegen Verrat", sagte Naumow stirnrunzelnd.

Ich überlegte, dass man auf diese Weise Befragungen durchführen konnte. Selbst, wenn das Gegenüber nicht antwortete, würden die Gefühlsregungen möglicherweise seine Einstellung zu einer Sache verraten. Die Stahlratten waren durch und durch schlecht, das stand für mich fest! Ob sie wieder einmal versuchten, mich zu hintergehen? Wieso hatte Lazar Sophie damit beauftragt, mich auszuhorchen? Wieso wollte er mich im echten Leben treffen? Wieso sollte ich ihm meine Fähigkeiten zeigen?

„Andrew, wenn du im Land der Elfen Hilfe benötigst, kannst du auf meine Einheiten dort zurückgreifen. Erst gestern ist eine Gruppe unter der Führung von Pinky eingetroffen", sagte Naumow. „Du kennst sie gut, nicht wahr?"

„Ja", bestätigte ich. „Aber ich habe bereits Unterstützung."

Allerdings vertraute ich den Stahlratten nicht.

„Andererseits kann ich ein paar mehr Hände gut brauchen."

„Schick Pinky eine Nachricht. Sie weiß, dass sie dir beistehen soll."

Das war gut. Pinky und Ne-Tarok waren vertrauenswürdig. Wie es dem Münzzauberer wohl gerade ging? Beim letzten Mal hatte er Gremlins in ihrer Chaosgestalt in ganz Arktanien gesucht. Ich war mir sicher, dass er kommen würde, wenn ich rief. Sollte ich das tun? Ich beschloss, ihn nach seinen aktuellen Plänen zu fragen und herauszufinden, ob er ein hohes Ansehen bei den Elfen genoss.

Als wir das Haus verließen, war es bereits dunkel. Mark hielt auf dem Rückweg mehrfach auf

leeren Grundstücken und veränderte das Aussehen des Fahrzeugs, um uns zu schützen. Trotzdem hatten wir beide ein mulmiges Gefühl. Waren
die Ausputzer schon hinter uns her?

Wir schwiegen bedrückt, bis wir schließlich
überlegten, wie wir vorgehen sollten.

„Wie wäre es damit: Übermorgen treffen wir
uns mit deiner Nekromantin. Ich hole dich ab und
gebe dir aus einiger Entfernung Deckung", schlug
Mark vor.

„Das wäre großartig", stimmte ich zu. „Aber
ich möchte dir auch nicht zur Last fallen."

„Papperlapapp", sagte er. „Das Meeting darf
aber nicht vor 12 Uhr stattfinden. Vormittags bin
ich mit meiner Tochter beim Arzt."

„Du hast eine Tochter?" Ich starrte ihn überrascht an.

Mark starrte ebenso überrascht zurück.

„Was ist so seltsam daran? Ich habe eine
Tochter und eine Frau."

„Ich dachte, du bist erst 25 Jahre alt", stellte
ich fest. „Ist das nicht zu jung für Frau und Kind?"

„Ich bin 24 Jahre alt", korrigierte er mich.
„Wie alt bist du eigentlich?"

„30, warum?"

„Wenn du eine Familie gründen willst, solltest
du dich beeilen. Niemand will mit 40 noch
schwanger werden." Seine Stimme war voller Liebe
und Wärme, als er von seiner Familie erzählte.
„Rita und ich haben in unserem zweiten Jahr an
der Uni geheiratet. Unsere Kleine wurde drei Jahre
später geboren."

„Sorgst du dich nicht um deine Familie, wenn du mit mir dein Leben riskierst? Der Helikopterabsturz wäre beinahe unser Ende gewesen."

„Natürlich möchte ich sie beschützen. Aber wir tun das Richtige! Die Welt verändert sich. Ich möchte kein passiver Beobachter sein. Vielleicht kann ich zu einer besseren Zukunft beitragen. Hin und wieder würde ich am liebsten unsere Siebensachen packen und mit meiner Familie aus der Stadt abhauen."

Ich gewann den Eindruck, dass der Gott der Illusionen seinen Abgesandten sehr viel weniger unter Druck setzte als meine Göttin es mit mir tat. Auch Sergei hatte sich bisher ohne negative Folgen seiner Göttin verweigert. War ich der einzige Mensch, der mit Blitzen, explodierenden Fahrzeugen und Flüchen gezwungen wurde, dieses Spiel zu spielen? Das war doch nicht gerecht!

„Kann ich davon ausgehen, dass deine Questbeschreibung dir nicht mit dem Tod droht, wenn du versagst?", fragte ich.

Mark hob überrascht die Augenbrauen.

„Was? Nein! Moment. Ist das etwa bei dir der Fall? Wieso hast du die Quest dann angenommen?"

Ich blickte mich um und suchte nach Anzeichen dafür, dass Hotei oder eine andere Gottheit uns beobachtete. Immerhin durfte ich keine Einzelheiten mit anderen Spielern besprechen. Ich beschränkte mich auf ein angedeutetes Nicken.

„Verdammte Scheiße!", sagte Mark entsetzt. „Bei mir gibt es nur Belohnungen für den Erfolg, aber keine Strafen."

Na toll. Ich war wirklich etwas ganz Besonderes. Meine Schmerzeinstellungen wurden immer weiter nach oben geschraubt, ich litt unter dem Fluch des Einzelgängers, ich wurde für Fehlschläge bestraft und ständig saß Hotei mir im Nacken. Okay, gelegentlich profitierte ich auch von Hoteis Eingreifen.

„Lass mich wissen, wie es in der Elfenhauptstadt läuft", sagte der Illusionist, als wir vor meiner Wohnung ankamen. „Ich bin echt gespannt, wie das endet."

Ich verabschiedete mich, fuhr mit dem Aufzug nach oben, stellte einen Wecker und fiel ins Bett. Schlaf war zum seltenen Luxus geworden, und ich genoss jede Sekunde davon.

Am nächsten Morgen bereitete ich mir ein leckeres Frühstück zu und setzte mich damit und mit meinem Telefon an den Tisch. Es gab einen Anruf in Abwesenheit. Als ich sah, von wem, verschüttete ich vor Schreck meinen ersten Schluck Kaffee. Die Nummer gehörte Artjom. Ich kniff mir in den Arm, um sicherzugehen, dass ich nicht träumte. Ich musste den Anruf verpasst haben, als ich im Bad gewesen war. Mit zittrigen Fingern rief ich zurück. Es klingelte einmal, zweimal, dann meldete sich eine unbekannte Frauenstimme. „Ja, bitte?"

„Äh... Du hast mich angerufen", sagte ich.

„Bist du Andrew Walkowitsch?", fragte die Frau. Sie klang gehetzt. „Artjoms Freund?"

Es dauerte eine Weile, bevor ich die richtigen

Schlüsse zog. Der Anruf war von Artjoms Computer erfolgt. Er lebte in irgendeinem Vorort bei seiner Freundin, die ich noch nie gesehen hatte.

„Ja, der bin ich", sagte ich. Verdammt, ich kannte noch nicht einmal ihren Namen!

„Ich bin Darja. Artjom und ich sind zusammen. Vorgestern wollte er etwas erledigen. Seitdem habe ich nichts mehr von ihm gehört."

Ich schluckte. Wie konnte ich ihr sagen, dass Artjom sich nie wieder bei ihr melden würde?

„Du weißt nicht zufällig, wo er steckt?", fragte sie.

Ich wollte sie nicht anlügen, aber diese Nachricht war nichts, was man am Telefon überbrachte. „Leider nicht. Aber ich weiß, wo er verabredet war." Es fiel mir schwer, mich zu verstellen. Ein fader Geschmack breitete sich in meinem Mund aus. Hinter meiner Stirn begann es zu pochen. „Ich sehe zu, dass ich ihn erwische."

„Das wäre toll", sagte sie erleichtert. „Ich mache mir Sorgen. Er verhält sich seit ein paar Tagen so komisch."

„Ich melde mich, sobald ich mehr weiß", sagte ich. „Es ist bestimmt nichts Ernstes."

Ich fragte sie nach ihrer Nummer, dann legte ich auf und starrte ins Leere. Wie sollte ich ihr sagen, dass Artjom tot war? Wie nur? Ich mochte es ja selbst kaum glauben. Immer wieder überlegte ich, ob es eine Möglichkeit gab, ihn von den Toten zurückzubringen. Der Heiler schied aus. Was war mit Mutter Natur? Was mit dem Gott des Todes oder dem Gott der Toten? Wenn Eidolon Kopien von Spielern im Spiel erschaffen konnte, war das doch gewiss auch in der Realität möglich, oder?

Ein Funke Hoffnung glomm in mir auf. Ich musste versuchen, Artjom zurückzuholen. Vielleicht konnte der kleine Elfengott mir einen Tipp geben? Das Schwert würde ich auch auf eigene Faust finden, aber Auferstehungsmagie überstieg meinen Horizont. Ich dachte an das Gespräch zurück. Wieso hatte ich gefragt, ob ein bestimmter Heiler mit einem bestimmten Zauber die Toten zurückbringen konnte? Wieso hatte ich nicht gefragt, ob es auf irgendeine Weise möglich war?

Der Ärger über mich selbst ließ mich einen Entschluss fassen. Ich ignorierte Kaffee und Frühstück, ging zum Pod und rief die Schmerzeinstellungen auf. Auf dem Display wurde ein Wert von 99,1 % angezeigt. Bald wären die 100 % erreicht. Mir hätte vor diesem Augenblick grauen sollen, aber mittlerweile war es mir egal. Ich stieg in den Pod.

Statt eines wunderschönen, verzauberten Waldes erwartete mich ein flammendes Inferno. War das hier wirklich Tervillian? Alles stand in Flammen. Sogar die Luft war unerträglich heiß. Doch die verkohlten Baumstämme und die verrußten Felsen waren der Beleg dafür, dass ich auf der vertrauten Lichtung stand. Ich sah trotzdem auf der Karte nach. Doch, ich befand mich wirklich in der sicheren Zone am Stadtrand.

Ich schickte Alexander eine Nachricht, dann sah ich mich um. Der Wald stand lichterloh in Flammen. Die Bäume sahen aus, als wäre ein Meteoritenschauer hier niedergegangen. Einige Stämme wiesen große Löcher auf. Der Boden war übersät mit kleinen Kratern.

Etwa zehn Elfen tauchten neben mir auf. Ich fragte, was hier passiert war, aber sie ignorierten mich und rannten davon. Wenn ich nach dem Aufstehen die Foren zum Spiel besucht hätte, wüsste ich bestimmt, was hier los war. Doch der Anruf von Artjoms Freundin hatte meine übliche Routine über den Haufen geworfen.

Der Bereich rund um den Respawn-Punkt war von der Feuersbrunst verschont geblieben. Ich musste herausfinden, was geschehen war. Leider war Boris offline, also musste ich mit der offiziellen Nachrichtenwebsite auf dem Tablet vorliebnehmen.

„Überraschender Zombie-Angriff!"

„Die Toten greifen an!"

„Was ist das Ziel der Toten?"

„Der Tag der Toten ist über Arktanien hereingebrochen!"

Die Schlagzeilen überschlugen sich, doch alle waren sich einig: Der Bann gegen jede Art Gewalt in den Städten hatte gewirkt. Die Zombieplage war praktisch ausgemerzt worden. Doch dann erschienen an allen Orten, die von Eidolons Fluch getroffen waren, im Nu neue Dungeons. Später stellte sich heraus, dass eine Vielzahl von Zombies in Instanzen in den Städten Zuflucht gefunden hatte, bis die Untoten schließlich in einer apokalyptischen Woge durch die Straßen brandeten. Nur wenige Spieler waren sich zuvor bewusst gewesen, dass einheimische NSC auch ohne Abenteurergruppe eine Instanz aufsuchen konnten. Leider fanden sich in den Artikeln keine Informationen über den Waldbrand. Ich konnte nur hoffen, dass dieses Chaos mir den Weg zum Holzschwert erleichtern würde, weil die Elfen mit wichtigeren Dingen beschäftigt waren.

Wo blieben die Stahlratten? Ich hatte noch immer keine Antwort erhalten. Pinky dagegen war online. Ich informierte sie, dass ich schon bald in der Hauptstadt ankommen würde. Sie antwortete mir sofort. Ne-Tarok war ebenfalls vor Ort, wenn auch nicht als Teil der Unaussprechlichen. Wie genau die beiden mir helfen konnten, würde ich erst nach meiner Ankunft in der Hauptstadt herausfinden.

Ich beschloss, die Zeit bis zum Eintreffen der Stahlratten in der Gesellschaft des Elfengottes zu verbringen.

„Erawan", flüsterte ich in den Wald hinein.

Sofort erschien der kleine Gott neben mir.

„Was geht hier vor sich?", fragte ich ihn.

„Ah, die dritte Frage, nehme ich an?", sagte er mit einem teuflischen Lächeln.

„Nein!", rief ich erschrocken. „Ich wollte bloß Small Talk machen. Wenn du nicht willst, finde ich das schon allein heraus. Meine offiziell dritte Frage ist diese: Wie kann man eine Person, die in meiner Welt gestorben ist, wieder ins Leben zurückholen? Ich bin mir sicher, dass es noch andere Möglichkeiten gibt als die, über die wir gesprochen haben."

Aufstieg der Toten

„In Arktanien kenne ich mehrere Optionen", antwortete er. „Aber in deiner Welt sind die Götter nicht mächtig genug."

„Heißt das, es ist unmöglich?", fragte ich enttäuscht.

„So sieht es wohl aus. Gut, ich habe deine Frage beantwortet und damit meinen Teil der Abmachung erfüllt. Wie ich mitbekommen habe, hast du Sergio dazu gebracht, die Quest der Göttin anzunehmen. Als kleine Aufmerksamkeit des Hauses beantworte ich deine andere Frage. Die Toten geben nur vor, die Stadt anzugreifen."

„Sie geben es vor?"

„Genau. Die Hauptstreitmacht verlässt die Stadt genau in diesem Augenblick in Richtung Süden. Vermutlich wollen sie sich dort ansiedeln."

Ich blickte vielsagend auf die brennenden Bäume.

„Und all das hier ist dir egal? Der Wald zerfällt zu Asche!"

„Quatsch. Der Große Wald kann niemals zerstört werden. Feuer kann ihm nichts anhaben. Der Wald wird in ein paar Tagen wieder ganz der Alte sein. Was sage ich da? Besser noch. Die Flammen sind für ihn wie eine Verjüngungskur. Was die Zombies betrifft, sie mögen gefährlich sein, aber nicht so gefährlich, dass die Götter eingreifen müssten. Es reicht, wenn wir ein paar Quests verteilen und die Spieler für das Abschlachten der Mobs belohnen."

„Machst du dir wirklich keine Sorgen wegen des neuen Gottes?"

„Wieso? Er steht auf einer Stufe mit den Göttern der Menschen, Gnome und Orks. Die einzige Macht, die sich gegen die Natur stellt, ist das Inferno, denn das Inferno bezieht seine Kraft aus Schmerzen, aus Zerstörung und der Entstellung der Natur. Wusstest du eigentlich, dass dir der Gestank des Infernos anhaftet?", fragte er und hielt sich in gespieltem Entsetzen die Nase zu. „Definitiv kein Geruch, mit dem du dich in feine Gesellschaft begeben willst."

„Ich weiß davon", erwiderte ich.

„Dann interessiert es dich gewiss, dass es in Ellorien Quellen gibt, die jede Spur des Infernos hinfortwaschen können", sagte er mit einem angewiderten Lächeln. „Ich würde dir ja sagen, wo du sie findest, aber du hast deine Fragen bereits alle verbraucht."

„Bitte was?" Diese Offenbarung hatte mich überrumpelt. „Halt! Vielleicht können wir noch…"

„Ciao!"

Erawan winkte mir zum Abschied zu und verschwand. So ein Blödian! Das hatte er doch extra gemacht! Andererseits war die Information allein wertvoll. Ich würde nach einer solchen Quelle Ausschau halten und nach Möglichkeit den Makel der dämonischen Besessenheit loswerden.

Ein Signalton informierte mich über eine neue Nachricht. Alexander schrieb mir, dass die Stahlratten sich ein wenig verspäten würden. Ich sollte am Großen Mellorn-Baum meinen Passierschein abholen und die Gruppe in der Hauptstadt treffen. Wie seltsam! Sie hatten mir gesagt, dass das Abholen des Passierscheins nur ein paar Minuten dauern würde. Die Gefahr bestand im Weg dorthin. Bei meinem Pech würde ich nie dort ankommen. Ob Alexander damit rechnete? Welchen Vorteil hatte er, mich im Stich zu lassen? Oder war das eine Art Test? Vielleicht hatten die Ratten aber auch schon alle Informationen beschafft und ich war ihnen nicht länger von Nutzen?

Ob mit oder ohne Ratten — ich benötigte ein Mellorn-Blatt. Also beschwor ich meine beiden Haustiere und zog los. Außerhalb der sicheren Zone war es heiß wie in einem Ofen. Der Rauch drang in meine Nase und brachte meine Augen zum Tränen. Spin machte sich auf die Suche nach unsichtbaren Gefahren. Er hatte die Anweisung, nicht anzugreifen, sondern mich sofort zu informieren. Falls die Stahlratten mir folgten, wollte ich das wissen. Natürlich würde ich so tun, als wüsste ich nichts von ihrer Gegenwart.

Unterwegs wurde ich Zeuge verschiedener Kämpfe. Hier blitzte ein Kampfzauber auf, dort war ein Schmerzensschrei zu hören. Zum Glück ignorierten die Kombattanten mich: Spieler durften unter dem Bann keine anderen Spieler angreifen, und der Segen Eidolons hielt mir die Zombies vom Leib. So gern ich den Gestank des Infernos auch los gewesen wäre: Diesen Segen schätzte ich sehr.

Gelegentlich begegnete ich Elfen, die Zombiegruppen erledigten. In der Stadt schienen die meisten Kämpfe ausgefochten zu sein. Nur hier und da wurden noch versprengte Zombies gejagt. Neben den Einheimischen beteiligten sich auch

Spieler daran, aber sie legten dabei wenig Enthusiasmus an den Tag.

Spin warnte mich mit einem leisen Fiepen vor einem unsichtbaren Wesen, das mir in einiger Entfernung folgte. Leider konnte er mir nicht sagen, ob es sich um eine Stahlratte oder einen neugierigen Spieler handelte. Mich interessierten die Beweggründe meines Verfolgers herzlich wenig, aber ich wollte keines meiner Geheimnisse preisgeben. Ich wollte zum Beispiel nicht, dass jemand erkannte, dass die Untoten mich nicht angriffen. Und ich wollte meine Kampffähigkeiten nicht offenbaren. Während ich mich dem Zentrum der Elfenstadt mit dem großen Baum näherte, hielt ich mich von möglichen Gegnern fern. Anders als im Kaiserreich gab es im Land der Elfen so gut wie keine Bürokratie. Die Natur kümmerte sich um fast alles. Wer einen Passierschein haben wollte, musste sich lediglich dem Baum nähern und darum bitten. Wenn das eigene Ansehen ausreichte, würde der Baum eines der smaragdgrünen Blätter fallen lassen. Wie ich richtig erkannt hatte, lauerten die eigentlichen Gefahren auf dem Weg dorthin.

Der Mellorn-Baum war schon aus weiter Ferne sichtbar. Ich suchte mir einen Pfad durch den brennenden Wald und sah mich immer wieder um. Chaosit bildete die Vorhut. Offenbar hatte er eine Gefahr erkannt, denn er verwandelte sich in ein Ausrufezeichen. Sofort setzte ich *Wechsel* ein. Gerade rechtzeitig! Eine Zehntelsekunde später flog ein Pfeil genau dort durch die Luft, wo eben noch mein Kopf gewesen war. Leider konnte ich nicht erkennen, wo genau er die Sehne verlassen hatte.

„Spin!", rief ich meinem anderen Begleiter zu. „Such!"

Der Wolf hetzte nach vorn und sprang an einem der wenigen nicht verbrannten Bäume in etwa 30 Meter Entfernung auf und ab. Dort musste mein Angreifer sich verbergen. Wer konnte das sein? Galt der Angriff mir persönlich? Oder war ich ein Zufallsopfer? Fragen über Fragen!

Ich überlegte, ob ich es wagen konnte, meine Fähigkeiten im Kampf gegen den unsichtbaren Gegner zu zeigen. Zwar hatte ich bereits *Wechsel* eingesetzt, aber aus dieser Entfernung war das bestimmt nicht zu erkennen gewesen. Wenn ich die Schwerkraft beeinflusste, war das aber für jeden zu sehen. Dabei war diese Fähigkeit mein größter Trumpf. Sollte ich fliehen?

Bevor ich eine Entscheidung fällen konnte, traf ein weiterer Pfeil mein Knie und kostete mich 300 Gesundheitspunkte. Der Kampf war unausweichlich.

Pfeil Nummer drei zischte durch die Luft und reduzierte Spins Gesundheit um ein Drittel. Der Wolf sackte zu Boden und blieb liegen. Chaosit reagierte sofort und aktivierte von sich aus *Chaos-Aura*. Vermutlich hatte es ihm gar nicht gepasst, dass jemand seinen Kumpel und Rivalen angriff. Er flog etwa vier Meter den Stamm hoch und wirbelte wild um einen Fleck. Dort musste der Unsichtbare sich verbergen! Ich ergriff die Chance, rannte los, setzte immer wieder *Wechsel* ein, um Geschossen auszuweichen, und stoppte erst am Fuß des Baumes. Dann schleuderte ich *Stromkette* direkt auf die von Chaosit markierte Stelle. Eine Systemmeldung informierte mich darüber, dass Chaosit mit seiner passiven Fähigkeit einen Angriffszauber pariert hatte. Die Kette schlang sich um eine humanoide Gestalt und lähmte die Person. Ich riss den Spieler zu Boden.

Er schlug heftig auf dem Boden auf. Spin fügte ihm mit *Donnerbell* weiteren Schaden zu. Ein paar gezielte *Blitzschläge* später war der Angreifer tot. Zum Glück war er nur auf Level 80 gewesen und hatte keinen Schutz gegen Stromzauber gehabt.

Spin stellte sicher, dass keine weiteren Gegner in der Nähe waren. Allerdings zeigte er mir an, dass wir aus der Ferne beobachtet wurden. Gehörten der heimliche Beobachter und der nun tote Angreifer zusammen? Hatten sie mich abgepasst, damit ich nicht zum Mellorn-Baum gelangte?

Ich setzte alles auf eine Karte und rannte los, um zum Baum zu kommen und dabei den zweiten Unsichtbaren zu stellen. Spin und Chaosit eilten voraus. Überraschenderweise befanden sich in der Nähe des Baums nur ein paar Wachen auf mittlerem Level.

„Anhalten!", rief einer der Männer. „Leg deine Waffe ab!"

„Ich habe keine Waffe", antwortete ich und hob die leeren Hände.

„Du doch nicht." Der Elf zog einen Zauberstab und richtete ihn auf etwas hinter mir. Im selben Augenblick flackerte eine Systemmeldung auf. Chaosit hatte einen weiteren Angriffszauber geblockt.

Ich fuhr herum und sah eine rote Infobox hinter einem Baum verschwinden.

Puh! Glück gehabt! Vermutlich sollte ich darauf achten, dass Spin stets in meiner Nähe blieb.

„Sei willkommen", sagte die Wache freundlich, denn trotz aller Widrigkeiten hatte ich mittlerweile fast 1000 Reputationspunkte gesammelt. „Unter dem Mellorn-Baum bist du in Sicherheit."

Tatsächlich war ein Bereich von mehreren Metern rund um den Baum von den Flammen unberührt. Eine Meldung bestätigte die Schutzwirkung des Baumes:

Der Einsatz von Angriffszaubern und Angriffsfähigkeiten in der Nähe des Mellorn-Baums ist verboten.

Ich hatte schon viele größere Bäume gesehen, aber keiner hatte so majestätisch auf mich gewirkt. Der Baum der Furcht überragte den Mellorn-Baum beispielsweise um ein Vielfaches.

„Hallo. Ich hätte gern ein Blatt." Mit einem Baum zu reden, kam mir überaus komisch vor.

Es geschah... nichts.

Na toll. Waren meine Anstrengungen etwa vergebens? Würde der Baum sich weigern, mir einen Passierschein zu geben? Hatte er meine Gedanken gelesen? Hatte ich ihn mit dem Vergleich mit dem Baum der Furcht verschreckt? Ich hoffte sehr, dass ich mich irrte.

Trotzdem dachte ich angestrengt darüber nach, wie wunderschön und prächtig der Mellorn-Baum war. Der Baum der Furcht konnte nicht mithalten.

Im selben Moment neigte ein Ast sich dem Boden entgegen und ließ mir das ersehnte Blatt direkt in die Finger fallen. Es erinnerte mich an ein Ahornblatt, aber im Gegensatz dazu leuchteten die Adern von innen heraus. Sofort legte ich das kostbare Blatt in mein Inventar, bedankte mich telepathisch bei dem Mellorn-Baum und aktivierte die Portal-Schriftrolle nach Ellorien.

Als ich in das Portal trat, entwich mir ein Seufzer der Erleichterung. Das dritte Schwert war endlich zum Greifen nah!

Die Hauptstadt der Elfen unterschied sich von allen menschlichen Städten, aber auch von Tervillian. Auch hier war überall das Wirken von Mutter Natur zu erkennen: transparente Säulen voll mit Blumen und Bäumen, Häuser, die in Stämmen und Wurzelwerk untergebracht waren. Allerdings waren diese Behausungen echte Häuser, keine Baumhöhlen. Es waren faszinierende Kunstwerke, die Holz und magische Steine miteinander verwoben. Die sichere Ankunftszone befand sich auf dem zentralen Platz der Stadt auf einem erhöhten Bereich. Von hier hatte ich einen guten Blick auf die Gegend. Es gab sogar zwei- und dreigeschossige Gebäude! Mehrere Spieler — Menschen und Elfen — standen in meiner Nähe.

Aufstieg der Toten

Niemand schien die sichere Zone verlassen zu wollen. Das lag ohne jeden Zweifel an den Angriffszaubern und dem wilden Gebrüll auf dem Platz.

Ich orientierte mich mithilfe der Karte und musste feststellen, dass das ersehnte Schwert an gleich zwei Orten angezeigt wurde. War es möglich, dass Knauf und Klinge getrennt voneinander ausgestellt wurden? Bevor ich eine Antwort fand, ertönte das schaurige Brüllen erneut. Ein riesiger roter Drache stieß aus der Luft nach unten und tauchte den gesamten Platz in einen feurigen Wirbelsturm. Wer nicht schnell genug Zuflucht in der sicheren Zone fand, verbrannte binnen Sekunden zu Asche.

Kapitel 10

DAS ERKLÄRTE VERMUTLICH, wieso Tervillian in Flammen stand. Etwas verspätet fiel mir auf, dass es sich um einen Zombie-Drachen handelte. Die Schwingen waren an vielen Stellen durchlöchert, sodass der Mob sich in einem seltsamen Winkel durch die Luft bewegte. Ich schätzte ihn von der Schnauze bis zur Schwanzspitze auf etwa zehn Meter Länge. Die Bestie wurde von einem Zombie-Spieler geritten. Aus der Entfernung konnte ich weder Volk noch Klasse erkennen.

„Die Zombies sind verrückt geworden", sagte ein Elf neben mir. „Niemand weiß, was über sie gekommen ist oder was ihr Ziel ist."

Es schien, als ob der Elf einfach nur reden wollte, um sich von der Situation abzulenken.

„Greifen sie wahllos an?", fragte ich. Hier in Ellorien wüteten die Flammen nicht so stark wie in Tervillian. Das mochte aber auch daran liegen, dass hier weniger Nahrung für das Feuer zu finden war. Die meisten Pflanzen waren durch Mauern und Säulen geschützt. Ich vermutete auch, dass es in der Hauptstadt mehr Wachen gab, die sich um die weniger gefährlichen Mobs kümmerten. Alles andere wäre fahrlässig gewesen. Allerdings war es gut möglich, dass dieser Drache vor seinem Tod zu den Verteidigern der Stadt gehört hatte und erst danach zum Zombie geworden war.

Für alle, die es nicht in die sichere Zone geschafft hatten, war die Lage desaströs. Immer wieder spie *Toter Feuerdrachenwächter* auf Level 200 seinen brennenden Odem. Die meisten der getroffenen Spieler starben im Bruchteil einer Sekunde und kehrten als Zombies zurück, die sich sofort auf ihre ehemaligen Kameraden und Mitspieler stürzten. Seltsamerweise griff der Drache den Palast nicht an, sondern beschränkte sich auf die anderen Bezirke der Stadt.

Etwas verspätet beantwortete der Elf meine Frage. „Die Zombies haben allen Gottheiten Arktaniens den Krieg erklärt."

Das war mir neu.

„Ernsthaft? Wirklich allen?"

„Nun ja, die Zombies greifen niemanden an, der den alten Göttern abschwört. Der neue Gott Eidolon hat die Parole ausgegeben, alle Tempel in Arktanien zu zerstören und anschließend die anderen Götter zu Staub zu zermalmen."

Viele Spieler würden die Entwickler gewiss für ihren Einfallsreichtum loben, doch ich wusste, dass Eidolons Auftauchen nicht das Ergebnis sorgfältigen Storytellings war. Nach dem Inferno als klassischem

Gegenpart zu den Mächten des Lichts gab es mit Eidolon nun eine dritte Gruppierung, die sich an jene richtete, die mit Göttern und Dämonen nichts am Hut hatten. Doch wenn der ehemalige Geisterdämon wirklich dem gesamten Pantheon den Krieg erklärt hatte, wieso sahen die Götter des Lichts ihn dann nicht als Feind an? Oder hatte ich Erawan falsch verstanden?

Ein anderer Spieler mischte sich ein. „Eidolon hat allen, die sich ihm anschließen, Heilung von jeder Art Fluch versprochen", sagte er. Mittlerweile drängelten sich sehr viele Spieler in der sicheren Zone. Doch niemand machte Anstalten, von hier zu fliehen.

„Wer würden sich denn dieser Gruppierung anschließen?", fragte ich. „Würde das nicht bedeuten, freiwillig zum Zombie zu werden?"

„Genau das. Und tatsächlich gibt es Spieler, die das tun", hörte ich eine weitere Stimme. „Sie begehen rituellen Selbstmord und werden als wandelnder Leichnam wiedergeboren."

Ob Sergio, der die virtuellen Götter so sehr verachtete, ein Beitrittskandidat wäre? Nein, vermutlich nicht, denn Eidolon gehörte ja ebenfalls zu den Göttern, denen der Heiler nicht vertraute.

„Das ist ja widerlich!", rief jemand hinter mir.

„Wieso?", antwortete der andere Elf. „Für viele macht eine neue Gruppierung das Spiel interessanter. Außerdem verleiht Eidolon den Selbstmördern je nach Einfallsreichtum bei ihrem Dahinscheiden einen besonderen Bonus, der locker mit den Segnungen normaler Götter mithalten kann. Ich habe gehört, dass die Selbstentleibung mit dem Schwert 20 Prozent Resistenz gegen Treffer mit gewöhnlichen Nahkampfwaffen einbringt. Für Selbstverbrennung bekommt man Schutz gegen Feuermagie und so weiter."

Meine Güte! Das war schrecklich! Es gab bestimmt Leute, für die es nur ein kleiner Schritt vom virtuellen zum echten Selbstmord war. Bei alten PC- und Konsolenspielen war immer wieder gewarnt worden, dass sie Jugendliche beeinflussen würden — jedoch ohne Belege. Mit VR-Pods sah die Sache anders aus.

„Es gibt einige Flüche, die Spieler dazu gebracht haben, ihren Charakter zu löschen und ganz neu anzufangen", steuerte jemand mit einer tiefen Stimme bei. „Für die ist diese Möglichkeit eine Überlegung wert."

Ich musste an den Boten mit dem starken Haarwachstum denken. Gut möglich, dass er sich *stante pede* den Zombies angeschlossen hätte. Wie war noch gleich sein Name? Rygmus, genau! Er war noch Teil meiner Kontaktliste, obwohl wir seit dem Treffen im Luftschiff nicht miteinander gesprochen hatten. Bei allem Für und Wider gab es auch zu bedenken, dass Arktanien für die meisten Spieler nur ein Spiel ohne Auswirkungen auf das echte Leben war. In die Rolle eines Dämons oder Zombies zu schlüpfen, war für sie nur ein Heidenspaß — buchstäblich. Niemand von ihnen verkaufte seine Seele oder fügte sich bleibenden Schaden zu.

„Ich habe gehört, die Anhänger des neuen Gottes erhalten ein zweites Leben."

„Was soll das heißen?", fragte ich. „Alle Spieler haben unendlich viele Leben."

„Nein. Nicht wirklich. Nach den neuen Regeln kehrt jeder Spieler, der auf verfluchtem Gebiet stirbt, zum Respawn-Punkt zurück. Der tote Körper erhebt sich binnen einer Minute und wird zum Zombie. Aber Spieler, die sich Eidolon anschließen, wachen möglicherweise in ihrem toten Körper auf statt am Respawn-Punkt."

„Das ist ja interessant", sagte eine Frau. „In einem Raid könnte das ein großer Vorteil sein."

Offensichtlich hatte ich jede Menge Veränderungen und Neuigkeiten verpasst. Ich sog alle neuen Informationen begierig auf. Doch das änderte nichts daran, dass ich meine Suche fortsetzen musste. Da Alexander und die Stahlratten nicht hier waren, war ich auf mich allein gestellt. Ich war mir zu 90 % sicher, dass sie mich hintergehen würden. Der anderen Unterstützergruppe unter Pinkys Leitung vertraute ich zu 90 %. Und dann war da noch mein Ass im Ärmel, Lady Aishorth, die Herrin der Kälte. Damit sollte es ein Kinderspiel sein, die beiden Hälften des Schwertes zu beschaffen. Aber ich musste meine Züge gut planen. Dumm nur, dass ich kein gewiefter Stratege war.

Gemeinsam mit den anderen Spielern wartete ich darauf, dass der untote Drache die Lust verlor und sich einen anderen Ort zum Austoben suchte. Ich vertrieb mir die Zeit damit, über meine Quest nachzudenken. Die beiden Teile des Schwerts befanden sich an unterschiedlichen Orten in der Stadt. Der erste Teil war irgendwo im Palast auf der anderen Seite des Platzes. Das hatten Boris und Artjom herausgefunden, und Lazar hatte es bestätigt. Der zweite Teil war in einem Vorort oder Randgebiet von Ellorien zu finden. Ein Punkt markierte die Stelle, aber es gab keine weiteren Details. Ich musste herausfinden, wo genau dieser Teil verborgen war.

Boris war noch immer offline. Vielleicht wusste Pinky Rat? Ich schickte ihr die beiden Orte und bat um Hilfe.

Kannst du für mich herausfinden, was das für Orte sind? Weißt du, ob wir dorthin können?

Willkommen in der Hauptstadt!, antwortete sie sofort. *Hast du den Drachen gesehen? Was für eine Bestie! Die Idioten vom Geist der Jagd waren auf einem Raid gegen einen Mob-Boss und haben den Drachen getötet, ohne daran zu denken, dass der Fluch auch in Instanzen gilt. Das Ende vom Lied: Der Drache ist zum Zombie geworden, hat die gesamte Gruppe abgeschlachtet und anschließend die Instanz verlassen. Dabei hat er die Wiedergänger der Spieler mitgebracht und richtet gemeinsam mit ihnen ein Gemetzel in den Elfenstädten an.*

Verdammt sollen sie sein, antwortete ich. Das war nicht ganz ehrlich, denn die Probleme der Elfen gingen mir am Allerwertesten vorbei, sofern sie nicht meinen Fortschritt behinderten.

Was die Orte betrifft, habe ich gerade meine Karte geöffnet. Ich habe den Kartennebel in der Hauptstadt fast vollständig entfernt. Die erste Markierung liegt im Palast, und zwar im Flügel der Prinzessinnen. Ich habe leider keine Ahnung, ob oder wie du dort rein kommst. Für die zweite Markierung habe ich keine Infos. Da ist nur ein schwarzer Fleck. Wenn du magst, gehe ich mit meiner Truppe hin und sehe nach.

Wieso mussten es ausgerechnet Prinzessinnen sein? Eine Prinzessin war schon übel genug! Hoffentlich waren es wenigstens hübsche Elfendamen. Verdammt! Ich würde gegen sie kämpfen müssen, um das Schwert zu beschaffen. Vielleicht sogar bis zum Tod.

Es wäre großartig, wenn ihr die Markierung überprüfen könntet. Melde dich, sobald du mehr weißt. In der Zwischenzeit versuche ich, in den Palast zu gelangen.

Wir tun, was wir können. Leider behindert der Geist der Jagd uns, wo immer es geht. Offiziell gilt der Bann für Kämpfe mit anderen Spielern in ganz Ellorien, aber in dem Zombie-Chaos halten sich nicht alle daran. Die Elfensoldaten sind viel zu beschäftigt, um einzugreifen. Gerade in Palastnähe dürfte es gefährlich sein. Zu gefährlich für uns. Aber du solltest ebenfalls auf dich Acht geben. Bestimmt stehst du bereits auf ihrer Abschussliste.

In Wahrheit unterstützen die Stahlratten mich sogar. Du kennst ein paar von ihnen. Ich denke nicht, dass sie mir Steine in den Weg legen.

Bitte was? Ich konnte ihr Entsetzen sogar aus der Nachricht heraushören. *Du machst gemeinsame Sache mit diesen Verrätern?*

Es ist kompliziert. Wir haben eine spezielle Vereinbarung getroffen. Aber ich traue den Ratten nicht über den Weg. Ich will lediglich herausfinden, was sie planen. Wenn sie mir dabei ein paar Schwierigkeiten vom Hals schaffen, werde ich mich nicht beschweren.

Aufstieg der Toten

Hoffen wir es. Pass bloß auf dich auf! Ich soll dir von Ne-Tarok ausrichten, dass er nur auf dein Okay wartet. Er ist jederzeit bereit, dir zu helfen.

Es wäre mir lieber, wenn er sich in Sicherheit begibt. Sag ihm, dass ich mich melde, wenn ich in Schwierigkeiten stecke, antwortete ich.

Zu spät. Er ist bereits unterwegs hierher. Melde dich, wenn du bereit bist. Ich habe zwei Trupps bei mir. Wenn du die Stahlratten nicht mehr benötigst, kümmern wir uns liebend gern um den Abschaum.

Super Idee!

Nach Pinky war Alexander an der Reihe.

He, Alexander. Ich bin jetzt in Ellorien und weiß, wo das Artefakt ist. Wo seid ihr?

Dann schrieb ich Boris eine Nachricht und bat ihn, mir alle Infos über den Elfenpalast und die Prinzessinnen-Gemächer zu besorgen. Von wie vielen Prinzessinnen sprachen wir eigentlich? Falls die Ratten nicht auftauchten oder versuchten, mich zu hintergehen, musste ich vorbereitet sein.

In der Zwischenzeit war der Drache abgezogen, und die Spieler verließen die sichere Zone auf der Suche nach einem anderen Unterschlupf. Ich schlenderte gemächlich zum Palast und bestaunte den monumentalen Prunk, während ich nach einem Zugang für meinen Einbruch suchte. Optisch erinnerte das Gebäude mich an eine größere Version des Disney-Schlosses. Vermutlich hatten Menschen oder Gnome an seiner Errichtung mitgewirkt — zumindest sahen die Steintürme danach aus. Klassizismus und orientalische Ornamente wechselten mit moderner Linienführung ab. Die Gemeinsamkeiten zwischen diesem Palast und dem Tempel von Mutter Natur in Tervillian waren unübersehbar. In transparenten Säulen wuchsen Bäume in die Höhe. Hängende Gärten klammerten sich an die Steinmauern, und über allem erhob sich eine gewaltige Buntglaskuppel. Am Perimeter gab es in regelmäßigen Abständen schmale, hohe Türme, die von grünen Kristallen gekrönt waren und wie Kerzen auf einer Geburtstagstorte wirkten. In unserer Welt hätte man die gesamte Architektur als kitschig und närrisch bezeichnet, aber die Elfen hatten dem Gesamtbild einen harmonischen und eleganten Eindruck verliehen. Die Kunstfertigkeit erfüllte mich mit einer Ruhe und Gelassenheit, die mich meine innere Mitte finden ließ.

Rund um den Palast erstreckte sich ein großer Park, der von einer dichten grünen Hecke begrenzt war. Die Hecke schien undurchdringlich zu sein. Das Palastgelände war von der Zerstörung verschont geblieben. Bestimmt gab es einen magischen Schutzschleier. Ich sah keine Tore oder Durchschlupfe in der grünen Barriere. Vermutlich würde sie sich jedem öffnen, der über das nötige Ansehen im Land der Elfen verfügte.

Ich blickte mich um und hielt nach Sicherheitsmaßnahmen Ausschau. Dass ich keine Wachen oder andere Vorkehrungen entdecken konnte, trug nicht zu meiner Beruhigung bei. Wer wusste schon, welche Mächte und Zauber hier im Spiel waren? Konnten die grünen Kristalle vielleicht Laserstrahlen auf ungebetene Gäste abfeuern?

Ein Geräusch informierte mich über eine neue Nachricht. Es war Ne-Tarok.

Aufstieg der Toten

Wie gehts, wie stehts? Ich warte schon ungeduldig. Die Suche nach den Gremlins war viel zu schnell vorbei. Die ganze Quest war extrem langweilig. Aber Pinky sagt, du willst in den Elfenpalast eindringen? Das hört sich nach einem großen Spaß an! Ich bin dabei.

Hastig tippte ich eine Antwort. Ne-Taroks Worte hatten mich aufgemuntert. Ich vermisste unsere gemeinsamen Abenteuer in der unterirdischen Gremlinstadt, den Ritt in den uralten Maschinen und sein sinnfreies Geschnatter. *Ja, ich stehe gerade davor und suche nach einer Möglichkeit, einzusteigen. Ich melde mich, wenn ich deine Hilfe benötige. Hast du genug Kleingeld bei dir?*

Die Unaussprechlichen haben meinen Geldbeutel bis zum Bersten gefüllt. Wenn es sein muss, kann ich das gesamte Stadtzentrum mit einem Fluch belegen, prahlte der Gremlin. *Ich suche mir ein ruhiges Plätzen in der Nähe des Palastes und hoffe, dass die Zombies mich nicht bemerken. Diese Mobs sind wahnsinnig aggressiv und lassen nicht locker, wenn sie erst einmal eine Fährte aufgenommen haben. Erst heute Vormittag habe ich deswegen ein Level eingebüßt.*

Während ich Nachrichten las und beantwortete, schaute ich immer wieder auf, um meine Umgebung zu sichern. Irgendwann lief mir eine Gruppe Zombies über den Weg, fünf Menschen und zehn Elfen um Level 80. Einige der Namen gehörten zu Spielern, mit denen ich vorhin in der sicheren Zone gewartet hatte. Vermutlich waren auch alle anderen mittlerweile zu Eidolons Handpuppen geworden. Die Zombies beachteten mich nicht, sondern wankten an mir vorbei.

Bereits in Katar hatte ich festgestellt, dass es eine Weile dauerte, bevor die erwachten Zombies sich an ihre früheren Fähigkeiten erinnerten. Direkt nach ihrer Auferweckung liefen sie ziellos und schwankend umher.

„Wohin geht die Reise?", fragte ich und lief neben der Gruppe her.

Die einzige Reaktion war ein freundlicher Blick. Für sie war ich ein Verbündeter. *Konnte ich vielleicht...?*

„He, ich bin unterwegs zum Palast. Warum begleitet ihr mich nicht?" Ich stupste einen von ihnen an und drehte ihn in Richtung der Mauern. Nachdem ich alle 15 Zombies gedreht hatte, marschierten sie schnurstracks auf den Palast zu. Ich folgte ihnen in sicherer Entfernung. Weder die Stahlratten noch Boris hatten sich gemeldet. Ich überlegte, wie ich weiter vorgehen sollte. *Herz des Schneesturms* lag schwer in meiner Tasche. Liebend gern hätte ich Aishorth Blutstein gerufen und ihr befohlen, mir das Artefakt zu bringen. Aber mein Geiz verbot mir, diese unschätzbar wertvolle Beschwörung hierfür einzusetzen. Ich konnte mir ihre Hilfe noch zwei Mal sichern. Keines dieser Male wollte ich verschwenden. Außerdem wollte ich sichergehen, dass die Stahlratten für all die Informationen, die sie mir abgeluchst hatten, ihren Teil der Abmachung einhielten. Wie genau sie das taten, war nicht mein Problem.

Die Zombies hatten mittlerweile die Mauer des Palastgeländes erreicht. Als sie versuchten, sie zu erklimmen, blitzte einer der grünen Kristalle auf, und ein Strahl schnitt durch die Luft und die Zombies.

Aufstieg der Toten

Die Untoten taten, was man von Zombies erwartet: Ober- und Unterkörper schleppten sich getrennt voneinander weiter voran. Ein zweiter Strahl blitzte auf, und dieses Mal wurden die wandelnden Leichname zu Asche verbrannt.

Kein Wunder, dass keine elfischen Wachen auf der Mauer standen. Die Zerstörungskraft der Strahlen erklärte auch, wieso der untote Drache sich vom Palast ferngehalten hatte. Dieser Wucht hätte auch ein Mob auf Level 200 wenig entgegenzusetzen. Ob die Verteidigungsanlagen mit Aishorth Blutstein ebenso kurzen Prozess machen würden?

Ich wartete noch eine Weile und überprüfte immer wieder meinen Posteingang. Keine Nachricht von Alexander. Langsam verlor ich die Geduld und schrieb ihn erneut an. Mein Misstrauen wuchs. Ein *Pling* wies auf eine neue Nachricht von Pinky hin.

Okay. Wir waren jetzt an der markierten Stelle. Da ist nichts außer einem kleinen Hain. Vermutlich gibt es eine verborgene Instanz, aber sie hat sich uns nicht offenbart.

Es war möglich, dass der erste Teil des Schwertes den Schlüssel zu einer solchen Instanz darstellte. Ich musste unbedingt in den Palast. Wenn ich erst einmal in die Instanz gelangt war, würde mir niemand folgen können. Und dann war da noch mein Ass im Ärmel: Chaosit konnte Eingänge und Ausgänge aufspüren. Es war an der Zeit, ihn und Spin zu beschwören, damit sie mich vor unsichtbaren Gefahren warnen konnten.

Kaum hatte ich das getan, meldete Alexander sich.

Sorry, wir sind aufgehalten worden. Wir schaffen es heute nicht. Lass uns morgen oder übermorgen nach dem Schwert suchen. Oder nächste Woche, du hast ja keine Eile. Darunter hatte er ein Zwinker-Emoji gesetzt.

Was zum Teufel? Was bezweckten diese Verräter? Ich hatte zwar damit gerechnet, dass sie heimlich gegen mich arbeiteten, aber doch nicht schon in der Vorbereitungsphase! Ich hatte den Aufwand mit Ne-Tarok, Pinky, den Unaussprechlichen und Aishorth Blutstein umsonst getrieben. Das würde die Bande mir büßen! Ich würde einen Racheplan austüfteln, der sich gewaschen hatte! Wahrscheinlich hatte Lazar alle Informationen, die er benötigte, von Sophie bekommen. Wenn ich mich doch nur an den genauen Wortlaut ihrer Fragen und an meine exakten Reaktionen darauf erinnern könnte!

Verflixt und zugenäht!

Ich hatte geplant, das Schwert zu holen und mich gleichzeitig an den Stahlratten zu rächen. Nachdem ich ein oder zwei Minuten vor mich hin geflucht hatte, beruhigte ich mich wieder. Wie konnte ich die Quest ohne die Stahlratten abschließen? Ich bezweifelte, dass die Unaussprechlichen in der Stadt mir helfen konnten, den Palast zu stürmen. Hineinschleichen war so gut wie unmöglich, denn mir fehlte jede Art von Unsichtbarkeit. Gab es eine Möglichkeit, die Verteidigungstürme zu deaktivieren und den Palasthof mit Zombies zu fluten? Dann wären die Wachen beschäftigt und ich könnte mich in die Gemächer der Prinzessinnen schleichen, um das Artefakt zu stehlen. Nein, das war Wunschdenken. Ich benötigte einen narrensicheren Plan. Je einfacher, desto besser. Es musste auf Anhieb funktionieren, denn andernfalls würden die Sicherheitsvorkehrungen bestimmt verstärkt werden. Es war Zeit für das Ass namens Aishorth Blutstein.

Ich teilte Pinky mit, dass ich mich hoffentlich bald auf den Weg zur Instanz aufmachen würde und unterwegs ihren Schutz brauchen könnte. Dann bat ich Ne-Tarok, zu mir zu kommen.

Schon unterwegs!, war seine Antwort. Es verstrich eine knappe Minute, dann kam der Gremlin um eine Straßenecke. Er trug noch immer seine zusammengeflickten Lumpen. Ne-Tarok grinste wie ein Honigkuchenpferd und zeigte dabei die winzigen, scharfen Zähne.

„Ich habe dich vermisst, Bruder!", rief er. „Was ist? Steigen wir in den Palast ein?"

„Leise!", ermahnte ich ihn. „Es gibt keinen Grund, hier so rumzubrüllen."

Ich war mir ziemlich sicher, dass es unsichtbare Beobachter gab. Vielleicht waren es Stahlratten, vielleicht Mitglieder vom Clan Geist der Jagd oder andere Spieler oder Wachen. Spätestens wenn die Herrin der Kälte auftauchte, wäre mir die Aufmerksamkeit aller Wesen in der Nähe sicher. Ich setzte meinen Plan in die Tat um.

Sobald ich die blaue Kugel in der Hand hielt, rief ich Aishorth Blutstein mit lauter Stimme herbei: „Aishorth, ich wähle DICH!"

„Gerissener Plan", stimmte Ne-Tarok zu. Er hatte bereits erlebt, wozu Lady Aishorth in der Lage war. „Du rufst die schreckliche und auf seltsame

Weise wunderschöne Frau, um dir aus der Patsche zu helfen. Wenn ich es mir recht überlege, ist sie schöner als sie schrecklich ist. Ich d…"

„Ruhig jetzt!", zischte ich ihm zu. „Sie könnte dich mit einem Blick töten."

Die Herrin der Kälte reagierte sofort. Sie trug ein dünnes blaues Gewand und bewegte sich majestätisch in gleitenden Bewegungen durch die Luft. Ein Wirbel aus tanzenden Schneeflocken begleitete sie. Die langen weißen Haare peitschten im Wind und formten einen hinreißenden Heiligenschein, der einer Kaiserin würdig gewesen wäre.

„Eine Elfenstadt?" Sie blickte sich verwundert um. „Wie interessant. Was soll ich für dich tun?"

„Ich muss in den Palast hinein. Ich benötige ein Artefakt. Danach musst du m…"

„Das wäre dann also zwei Beschwörungen hintereinander", unterbrach sie mich.

„Wieso?", stammelte ich.

Ihr Blick ließ mir das Blut in den Adern gefrieren. Die Beschwörung hatte mich 100 Gesundheitspunkte gekostet, aber dieser Blick drohte, mich um den Verstand zu bringen.

„Weil ich es so will."

„Es geht schneller als der Kampf gegen den Dämon", erwiderte ich.

„Egal. Eine Aktion pro Beschwörung."

Jetzt saß ich in der Zwickmühle. Oder doch nicht? Beim letzten Mal hatte ich sie aufgefordert, alle Dämonen zu töten und die Pforten des Infernos zu schließen. Damals hatte sie trotz zwei Aktionen kein Problem damit gehabt.

„Mach schnell. Ich kann nicht lange in deiner Welt bleiben", sagte sie ungeduldig.

Ich hatte zwei Optionen: Ich konnte Lady Aishorth bitten, das Schwert für mich zu besorgen, oder ich konnte ihr befehlen, mich zu der Kartenmarkierung zu bringen. Im ersten Fall würde sie mir vielleicht versehentlich (oder absichtlich!) etwas bringen, mit dem ich nichts anfangen konnte. Im zweiten Fall wäre ich im Palast auf mich allein gestellt, sobald ich das Artefakt in den Händen hielt. Meine Gedanken überschlugen sich.

„Jetzt", forderte die eisige Lady.

„Ich muss in den Palast", sagte ich und zog mein Tablet hervor. „Ich zeige dir genau, wo. Das Artefakt müsste sich im obersten Stockwerk des rosafarbenen Turms befinden."

Sollte Aishorth mich im Stich lassen, konnte ich per Portal-Schriftrolle verschwinden, und zwar mit dem Schwert. Nicht auszudenken, was los wäre, wenn sie mir das falsche Schwert brachte. Das wäre eine Katastrophe!

„Gut." Sie nickte. „Komm mit mir."

„Fliegen wir etwa nicht?", fragte ich enttäuscht.

„Ich bin auch ganz klein und federleicht", stimmte Ne-Tarok mit ein. „Ich kann auf deiner Schulter sitzen, du würdest es gar nicht spüren."

„Du kannst nicht fliegen, und ich werde dich nicht tragen", sagte Lady Aishorth und ignorierte Ne-Tarok, bevor sie ihm einen abschätzigen Blick zuwarf. „Von dem kleinen Frosch will ich gar nicht erst anfangen. Nein, so etwas fasse ich nicht an. Igitt!"

„Ein *was*?", kreischte der Gremlin. „Hast du

mich einen Frosch genannt? Du bl…"

Ich hielt Ne-Tarok den Mund zu, bevor er uns ins Unglück stürzen konnte.

„Wie kommen wir an den Sicherheitsmaßnahmen vorbei?", fragte ich, um Aishorth abzulenken.

„Wir laufen."

Ich hoffte sehr, dass sie wusste, was sie tat. Insgeheim wünschte ich mir dennoch, dass die Türme sie in kleine Stücke schneiden würden. Obwohl das auch mich und Ne-Tarok betreffen würde, wäre es den Spaß wert. Sie war tot und zugleich unsterblich, also wäre es für sie kein Problem. Ich dagegen würde ein Level verlieren und meine Chance auf das Holzschwert verpassen. Vielleicht war das doch kein amüsanter Gedanke.

„Der Palast ist sehr gut geschützt. Die Türme feuern eine Art Laserstrahl ab", warnte ich sie.

„Na und?", schnaubte sie.

Ne-Tarok und ich folgten ihr bis zur Palastmauer.

„Wie wird sie wohl die Verteidigungsanlage ausschalten?", flüsterte der Gremlin mir zu.

„Keine Ahnung. Hauptsache, sie tut es", erwiderte ich.

Ich wies Spin an, seine immaterielle Gestalt anzunehmen. Seine passive Heilfähigkeit und die Zauberverstärkung könnten sich durchaus als hilfreich erweisen. Außerdem konnte ihn in dieser Gestalt niemand verletzen. Er und Chaosit schwebten als farbige Lichter über mir. Chaosit bekam den Auftrag, frei zu entscheiden, ob er Chaos-Aura einsetzen wollte. Spin befahl ich, mich und Ne-Tarok zu heilen,

falls unsere Gesundheit unter den halben Ausgangs-
wert fiel.

Als die grünen Strahlen aufflammten, schützte
Lady Aishorth uns mit zwei spiegelglatten Eisschil-
den. Die Strahlen wurden davon schnurstracks zu
den Türmen reflektiert, allerdings waren sie nun
blau. Die beiden Türmen explodierten in einem Fun-
kenregen.

„Bleibt dicht bei mir", wies die Herrin der Kälte
uns an.

Vor ihr entstand eine Eisbahn, die sich langsam
über den Garten wölbte und den Boden mit der pin-
ken Kuppel des höchsten Palastturms verband. Wir
liefen über die durchscheinende Brücke und konnten unter uns den wunderschönen Garten sehen.
Immer wieder schnitten grüne Laserstrahlen durch
die Luft, aber die Eislady parierte mir ihren Schilden.
In kürzester Zeit waren alle Türme zerstört. Die Sache erschien mir fast zu einfach.

„Das gefällt mir", krähte Ne-Tarok fröhlich. „Du
solltest die Lady öfter um Hilfe bitten." Dann ließ er
den Blick über den Palastgarten schweifen. „Das ist
ja öde. Das sind ja ganz normale Bäume. Ich hatte
gehofft, sie würden schweben."

„Schweben?", fragte ich. „Wozu?"

„Na, schwebende Bäume könnten sich aus der
Luft auf ungebetene Gäste stürzen und sie zu Mus
stampfen."

Ich schüttelte den Kopf.

„Das wäre ein selten dämliches System." Ich
zweifelte — nicht zum ersten Mal! — an seinem Verstand.

In diesem Moment drehte Lady Aishorth sich zu uns um und warf einen großen Eiszapfen von knapp 50 Zentimeter Länge zwischen uns hindurch. Bevor wir reagieren konnten, kollidierte der Zapfen mit einem unsichtbaren Verfolger, der hinter uns auf der Brücke stand.

„Das ist eine private Veranstaltung", sagte Aishorth hochmütig.

Wer auch immer der Kerl war, er starb sofort. Seine Infobox verriet mir, dass es sich nicht um ein Clan-Mitglied handelte. Ehrlich gesagt verwunderte mich das, denn ich hatte fest damit gerechnet, dass die Stahlratten versuchen würden, meine Quest zu durchkreuzen.

Unser Eindringen in den Palast war nicht unbemerkt geblieben. Überall tauchten Elfensoldaten auf. Sie wurden von Naturzauberern begleitet, die tentakelgleiche Ranken beschworen und versuchten, damit die Eisbrücke zu zerstören. Das misslang gründlich, denn das Eis der Brücke breitete sich über die grünen Pflanzen aus, bis sie zu einem Teil der Brücke selbst wurden. Pfeile durchschnitten pfeifend die Luft. Ein lilafarbenes Glühen verriet, dass sie magisch verstärkt waren. Doch auch dieser Angriff ging ins Leere, denn Lady Aishorth erschuf eine dünne Eiskuppel, in der alle Pfeile stecken blieben. Mit jedem neuen Gegner, der im Palast oder auf den Mauern auftauchte, wuchs meine Besorgnis. Ne-Tarok und ich würden uns den Weg durch eine gewaltige Menge von Elfen kämpfen müssen, die uns in jeder Hinsicht überlegen waren. Ich stellte fest, dass mein Begleiter alle paar Meter Münzen hinter sich warf.

Aufstieg der Toten

„Du scheinst es ja wirklich zu haben", witzelte ich.

„Das ist auch nötig. Bestimmt willst du per Portal-Schriftrolle abhauen, oder?", sagte der Gremlin. Ich nickte. „Dann habe ich ganz schlechte Nachrichten für dich", fuhr er fort. „Auf dem Palastgelände kann man nicht teleportieren. Wie gut, dass ich bereits an einem Fluchtweg für mich arbeite."

Ich erinnerte mich, dass er in der Lage war, über kurze Strecken zwischen Münzen zu teleportieren. Obwohl die Entfernung beschränkt war, würde es ihm damit sehr viel besser als mir ergehen.

„Verdammt!", rief ich.

Die Eislady würde uns zurücklassen, sobald ich das Artefakt in den Händen hielt. Danach mussten wir sehen, wie wir zurechtkamen. Ich aktivierte *Magnetische Empfindlichkeit,* aber die Mauern enthielten keine Spur von Eisen. Ich würde sie nicht erklimmen können. Ob wir die Wachen ablenken konnten?

„Ich hätte da eine kleine Bitte im Zusammenhang mit dieser Beschwörung", begann ich und sah Lady Aishorth an. „Wäre es vielleicht möglich, unsere Angreifer zu töten?"

Ich hatte gute Gründe für diesen Wunsch. Wenn die Toten zu Zombies wurden, dann würden sie gegen die Wachen kämpfen und mich und Ne-Tarok hoffentlich in Ruhe lassen. Das war zumindest eine Chance.

„Alle?"

„Äh..." Ich zögerte einen Augenblick. „Kannst du das denn?"

„Natürlich. Allerdings..."

„… zählt das als dritte Beschwörung", vollendete ich ihren Satz. „Also nicht. Neuer Plan. Würdest du so viele von ihnen töten, wie es der Rahmen der aktuellen Beschwörung erlaubt?"

Lady Aishorth zuckte mit den Achseln, dann erschuf sie eine riesige Kugel aus Eis in ihrer Hand und ließ sie fallen. Eine Sekunde später hallte eine laute Explosion durch den Palasthof. Der Pfeilhagel endete abrupt.

„Hast du endgültig den Verstand verloren?", wollte Ne-Tarok wissen und zog den Kopf ein. „Das bringt uns doch garantiert einen Fluch ein. Dabei habe ich so viel Zeit und Mühe in mein Ansehen in Ellendril investiert. Alles für die Katz!"

„Das ist unser geringstes Problem", sagte ich. Ich empfand kein Mitleid mit ihm. „He, du wolltest mich begleiten. Sieh es mal so: Die ganzen Toten kehren als Zombie zurück und halten uns die Elfen vom Leib."

„Oh. Clever!", sagte der Gremlin mit einem Lächeln. „Das finde ich gut. Aber haben wir damit nicht die doppelte Menge Gegner an den Hacken? Elfen und Zombies? Ich hatte eigentlich nicht vor, meinem Gott abzuschwören und mich den Untoten anzuschließen."

Wir hatten das Ende der Eisbrücke erreicht und stiegen auf den Balkon des Turms hinab. Lady Aishorth verwandelte die anwesenden Wachen kurzerhand in schillernde Eisskulpturen.

„Wo ist das Artefakt?", fragte sie ungeduldig.

„Gerade voraus", sagte ich nach einem Blick auf mein Tablet.

Aufstieg der Toten

Wir traten durch einen breiten Bogen in den Turm. Der Gang schien um das gesamte Stockwerk zu führen.

„Da ist das Schwert." Ich zeigte auf die Wand vor uns. „Soll ich nach einer Tür suchen oder gehst du mit dem Kopf durch die Wand?"

Statt zu antworten, lief sie einfach weiter geradeaus. Ein Eispanzer erschien auf der Mauer vor ihr. Dann rissen die Steine und ein Wirbel aus Eiskristallen behinderte die Sicht.

Ich hielt Ne-Tarok fest, damit er der Eislady nicht folgte. Sie war stark genug, um es allein mit möglichen Wächtern aufzunehmen. Wir würden unsere eigenen Leben noch früh genug riskieren müssen.

„Wo kann ich so eine Dienerin finden?", fragte der Gremlin neugierig, als er Lady Aishorth nachblickte. Wie praktisch alle weiblichen NSC war auch Lady Aishorth von außergewöhnlicher Schönheit und Vollkommenheit. Sie war das Werk eines Meisterkünstlers.

„Das willst du nicht", sagte ich. „Diese Beschwörungen kosten mich einen hohen Preis. Ich werde mehrere Level verlieren. Ich bin mir nicht sicher, ob es das wert ist."

In diesem Moment betraten mehrere Elfensoldaten den Gang. Alle waren mit Kurzschwertern bewaffnet. Zum Glück waren keine Zauberer dabei. Ich begrüßte die Neuankömmlinge mit fünf *Konzentrierten Blitznetzen.* Ne-Tarok warf einige Münzen in die Luft, die wie Projektile auf die Wachen niederregneten.

„Das wird euch was kosten!", rief er. Diesen Flachwitz hatte ich bereits mehr als einmal von ihm gehört.

Zum Glück konnten wir den relativ schmalen Gang gut verteidigen. Nach wenigen Sekunden hatten wir die Soldaten besiegt. Ich entschied mich dagegen, ihre Leichen zu plündern. Immerhin hatten sie sich nur verteidigt.

„Embargo!", schrie Ne-Tarok. Dünnes Blattgold überzog die Treppe am Ende des Ganges. Mein Gesichtsausdruck musste Bände gesprochen haben, denn sogleich erklärte er mir den Zauber. „Er sieht zwar schwach aus, aber der Spruch kann fast 100.000 Punkte Schaden aufnehmen.“

„Klasse. Gibt es eigentlich einen Grund dafür, dass du die Namen deiner Zauber und Fähigkeiten in die Weltgeschichte brüllst?", fragte ich neugierig. „Das klingt ziemlich dämlich.“

„Ich finde es lustig“, erwiderte der Gremlin. „Magst du etwa keine Anime? Und praktisch ist es auch. Ich verfüge über eine passive Fähigkeit, die jeden Zauber um 10 % verbessert, wenn ich den Namen laut rufe.“

„Nicht dein Ernst!?", rief ich fragend.

Nach einer Minute kam die Eiskönigin durch das Loch in der Wand zurück. In ihren Händen hielt sie das Holzschwert. Unglücklicherweise wurde sie von einer wunderschönen Prinzessin mit blondem Haar verfolgt. Die Elfe klammerte sich an das Schwert, aber Aishorth schleppte sie hinter sich her. Das lange Haar der Prinzessin hätte sogar Rapunzel neidisch gemacht. Ihre Schönheit wurde durch das wie eine zweite Haut auf den Körper geschneiderte grüne Kleid, die spitzen Ohren und die roten Wangen betont. Doch trotz all ihrer Bemühungen konnte sie der Herrin der Kälte das Schwert nicht entreißen.

„Gib es sofort zurück!", rief die wütende Elfe. „Es gehört nicht dir!"

Aishorth schien die Prinzessin gar nicht zu bemerken. Die Infobox über dem Kopf der Elfe zeigte, dass sie zum Königshaus gehörte: *Prinzessin Ariella, Level 68.*

„Ist dies das Artefakt?", fragte die Eisfrau und hielt mir das zerborstene Schwert entgegen.

Ich überzeugte mich auf der Karte davon, dass mein Zielobjekt und ich uns direkt nebeneinander befanden, dann nickte ich. „Ja, das ist es." Dabei versuchte ich ebenfalls, die Prinzessin, die den Knauf fest umklammert hielt, zu ignorieren.

„Wunderbar", sagte Aishorth und drückte mir das Schwert mitsamt der daran hängenden Prinzessin in die Hand, bevor sie auf den Balkon trat. „Damit bleibt dir noch eine Beschwörung."

Sie stampfte mit einem ihrer eleganten, hüfthohen Stiefel auf und erhob sich in die Lüfte. Ich war nicht stark genug, um Schwert und Elfe hochzuheben, also senkte ich den Arm, bis die Prinzessin festen Boden unter den Füßen hatte. Sie zerrte wie eine Wilde an dem Artefakt. Ich setzte *Wechsel* ein, um mitsamt dem Schwert ein paar Zentimeter zur Seite zu hüpfen. Die Prinzessin starrte verdattert auf ihre leeren Hände. Sofort verstaute ich diesen Teil des Schwerts in meinem Inventar.

„Weg ist sie. Aber sie hat versprochen, dir noch

einmal zur Seite zu stehen", sagte der Gremlin mit einem verträumten Ausdruck in den Augen, während er Lady Aishorth nachsah. Er formte einen Kussmund. „Sie ist unsere Batwoman. Ach, welch ein Segen!"

Sein Blick wanderte zu der Elfendame. „Was haben wir denn da? Noch eine Prinzessin? Ich bekomme fast den Eindruck, als ob du Damen königlichen Geblüts sammelst."

Die Elfe sprang auf die Füße und schleuderte mir eine Energiekugel entgegen. Die Prinzessin war eine Zauberin, und das war eindeutig keine Naturmagie gewesen. Ich wich mit *Wechsel* aus. Die Kugel riss einige Steine aus der Wand hinter mir. Auch der Gremlin wurde von ihr mit einem Zauber bedacht. Er setzte seine Fähigkeit ein, um zu einer der vielen Münzen zu teleportieren.

„Kreditverpflichtungen!", rief Ne-Tarok. Im selben Augenblick wurden Beine und Arme der Prinzessin mit goldenen Ketten gefesselt.

„Vielen Dank", sagte ich zu meinem Begleiter. Ich hatte mich gescheut, *Blitzschlag* gegen eine Dame einzusetzen.

Die Prinzessin schien einen weiteren Zauber aktivieren zu wollen, aber es misslang ihr.

„Wehr dich nicht gegen die Fesseln", sagte der Gremlin. „Sonst müsste ich *Pfandfluch* wirken, und du möchtest bestimmt keine Schmerzen und Depressionen ertragen, oder?"

Eine verpfändete Prinzessin! Das klang urkomisch, aber auch ein bisschen traurig.

„Wer zur Hölle seid ihr? Wie könnt ihr es wagen,

in den königlichen Palast einzudringen? Und was wollt ihr mit dem Übungsschwert des Ersten Königs?" Nachdem die Prinzessin erkannt hatte, dass sie mit Gewalt nicht weiterkam, versuchte sie es nun mit Reden. Ich hörte einen eisigen Zorn in ihrer Stimme. Die Wut erreichte ihre hellblauen Augen. Einen kurzen Augenblick erinnerte ihr funkelnder Blick mich an Lady Aishorth. „Gebt es zurück! Es ist kaputt und hat nur sentimentalen Wert für meine Familie."

Mir schien, dass es nicht nur mehrere Holzschwerter gab, sondern auch mehrere Namen. Ich hatte mich schon gewundert, wieso ein Holzschwert ein wertvolles Artefakt sein sollte. Aber wenn es die Übungswaffe eines Königs war, erklärte das die Sache. Welche Eigenschaften es wohl hatte? Bisher hatten sich alle im Rahmen der Quest gesammelten Schwerter durch eine Besonderheit ausgezeichnet. Doch im Moment besaß ich nur einen zerbrochenen Gegenstand ohne Eigenschaften.

„Bitte entschuldige unser Eindringen", sagte ich und zog mich auf den Balkon zurück. „Ich hätte es gern verhindert, aber ich benötige dieses Artefakt überaus dringend."

Ich hatte vorgehabt, den Turm über die Eisbrücke zu verlassen, aber sie schmolz bereits. Einzelne Abschnitte waren in den Hof gestürzt. Dort unten kämpften die Elfen gegen die Zombies. Der Kampflärm drang auch aus einigen Fenstern in den Palasthof. Der untote Drache hatte den Umstand, dass Lady Aishorth die Verteidigungstürme ausgeschaltet hatte, genutzt und sorgte mit seinen Flammen für ein noch größeres Chaos.

„Hoppla", stellte Ne-Tarok nach einem kurzen Blick in die Tiefe fest, „sieht ganz so aus, als hätten wir einen kleinen Krieg vom Zaun gebrochen. Hast du schon einen Plan, wie wir fliehen?"

Bis eben hatte ich den gehabt, aber ich musste mir einen neuen Plan ausdenken. Und zwar schnell. Denn ein Trupp Soldaten stürmte soeben in die Gemächer hinter uns.

Die Prinzessin fuchtelte aufgeregt in unsere Richtung. Die Kämpfer hätten wir vielleicht besiegt, aber sie wurden von mehreren Zauberern auf Level 90 und höher begleitet. Sie hatten die Prinzessin befreit, die nun ein scharfes Schwert in der Hand hielt und auf uns zurannte. Der Gremlin versperrte den Mauerdurchbruch mit seiner Blattgoldfolie und bewahrte uns so vor einer Phalanx aus Angriffszaubern.

„Kämpfen wir?", fragte Ne-Tarok, während er ein Bein über das Geländer schwang. „Oder hauen wir lieber ab? Uns bleiben 20 Sekunden."

„Wir verschwinden", gab ich zurück und sah mich nervös um.

Ne-Tarok würde von Münze zu Münze teleportieren können, aber was sollte ich tun? Die Treppe und der Palasthof schieden aus. Der Sprung über das Geländer wäre auch sinnlos. Ich konnte den Fall zwar mit *Gravitationsabstoßung* bremsen, aber unten würde ich sofort in die heftigen Kämpfe verwickelt. Die Zombies würden mir nichts antun, aber bei den Elfen war ich gewiss zum Staatsfeind Nummer eins erklärt worden. Nein, ich musste einen anderen

Fluchtweg finden; einen, der nicht durch die Kämpfer führte.

Zum Glück hatte ich eine zündende Idee. Ich untersuchte die Mauern der Türme mit *Magnetische Empfindlichkeit*. Sie waren zwar ebenfalls ohne Eisen errichtet worden, aber ich konnte die Umrisse der Stahlschwerter erkennen, die die vielen Wachen trugen. Ob ich mit *Magnetismus* in der Lage war, mich an den Eisenwaffen auf der anderen Seite der Wand festzuklammern? Ich hoffte es sehr.

„Wir treffen uns an dem Ort, den Pinky erkundet", sagte ich zu Ne-Tarok. Uns war beiden klar, dass jeder auf sich selbst gestellt war.

„Kein Problem. Ich sehe dich dort." Er winkte, dann warf er im Abstand von mehreren Sekunden einzelne Münzen über die Brüstung. In nur vier Portal-Sprüngen erreichte er den Boden.

Ich befestigte meine *Stromkette* am Balkon und sprang ebenfalls in die Tiefe. Dann aktivierte ich *Magnetische Empfindlichkeit*. Ich konnte genau erkennen, wo größere Metallansammlungen (man würde auch von Soldaten mit Rüstungen und Waffen sprechen) hinter der Mauer entlang liefen. Mit *Magnetismus* hüpfte ich außen an der Wand entlang. Stück für Stück näherte ich mich meinem Ziel. Mein Vorrat an Manatränken schrumpfte rapide. Ne-Tarok war tatsächlich durch den Palasthof geflüchtet, aber das würde ich nicht riskieren. Es gab dort zu viele Elfen und Spieler, die mich liebend gern über den Jordan schicken würden.

Über mir auf dem Balkon sah ich die Elfen-Zauberer stehen. Es dauerte nicht lange, bevor sie sich mit Ranken an der Turmmauer nach unten bewegten und mir nachjagten. Sogar die Prinzessin war unter den Verfolgern. Ich war entsetzt, wie einfach und exakt die Naturzauberer ihre Ranken kontrollieren konnten. Sie kamen sehr viel schneller voran als ich. Eine Systemmeldung informierte mich, dass drei Angriffszauber durch *Chaos-Aura* blockiert worden waren.

Das war meine Chance! Ich hielt mich mit einer Hand und beiden Füßen an der Mauer und schleuderte mit der anderen Hand Blitze auf meine Feinde. Beim ersten Treffer stürzte einer der Zauberer in die Tiefe, doch sein Mitstreiter schickte eine Ranke in meine Richtung, die versuchte, mein Bein zu fesseln. Elektrizität wirkte kaum gegen Pflanzen. Ich zog mein Shanbiao und trennte die Ranke mit der Spitze. Die Elfen hatten mich fast erreicht.

„Du entkommst uns nicht", kreischte die Prinzessin. Sie hatte sich mit einer Ranke vor dem Absturz geschützt und rannte in der Waagerechten hängend auf mich zu.

Chaosit tänzelte als Ausrufezeichen vor meinem Gesicht auf und ab, bevor er sich in einen Pfeil verwandelte, der in den Himmel wies. Über uns näherte sich der untote Drache.

War das vielleicht meine Fahrkarte in die Freiheit? Ich vertraute dem Schicksal und beschloss, es zu versuchen.

Leider war meine Kette nicht lang genug, um den Drachen zu erreichen. *Gravitationsabstoßung* würde mich auch nicht zu ihm katapultieren, denn dafür war seine Flugbahn zu chaotisch. Aber mir blieb keine Zeit mehr, wenn die Elfen mich nicht erwischen sollten. Also legte ich all mein Mana in *Blitzschlag* und zielte auf den Drachen.

Ein so großes Ziel konnte ich gar nicht verfehlen. Für den Drachen war es eher ein lästiger Pieks, aber er drehte dennoch den Kopf in meine Richtung. Eidolons Segen schützte mich vor den Untoten — sofern ich sie nicht provozierte. Das hieß, dass der Drache mich nun jederzeit angreifen konnte.

„Halt sofort an, du Dieb!" Die Prinzessin holte mit dem Schwert aus.

Ich parierte den Angriff mit meiner Kette und stieß die Elfe mit *Gravitationsabstoßung* zurück. Da die Prinzessin mir so nah war, wagte es keiner der anderen Verfolger, mich mit Fernkampfwaffen oder Zaubern anzugreifen. Zu groß war die Gefahr, die Prinzessin zu treffen.

Der Drache kam immer näher. Ich passte den richtigen Moment ab, dann stieß ich mich von der Mauer ab. Das stundenlange Training im Baum der Furcht hatte mir eine hervorragende Kontrolle über meine Sprünge verliehen, sodass ich eine perfekte Landung auf dem Rücken des Mobs hinlegte. Mit einem Tritt fegte ich den untoten Spieler in den Nachthimmel über dem Palast. Schöner hätte ich es nicht planen können!

„Geschafft!", jubilierte ich.

Der Drache war verwirrt und suchte nach seinem Ziel, aber er entdeckte mich nicht. Gab es eine Möglichkeit, diesen Koloss zu reiten?

„Ich will mein Schwert zurück!", hörte ich die Prinzessin schreien. Ihre Stimme klang viel näher, als es sein durfte.

Erschrocken blickte ich an der Seite des Drachen in die Tiefe. Tatsächlich! Die Elfe hatte sich an einer Kralle meines geflügelten Fluchtwagens festgehalten. So eine Hartnäckigkeit hätte ich ihr nicht zugetraut. Sie schien eine Expertin in Umklammerungstechniken zu sein. Erst das Schwert, jetzt mein Drache. Okay, dieser Mob war vermutlich nicht *mein* Drache. Damit ich das behaupten konnte, musste ich eine Möglichkeit finden, ihn zu kontrollieren.

Rettung kam unverhofft in Gestalt von Chaosit und Spin. Die beiden Energiekugeln tänzelten dem Drachen vor der Nase herum und schafften es so, dass er in die gewünschte Richtung flog. *Zweite Schwerthälfte, ich komme!*

Die Prinzessin hatte noch immer nicht aufgegeben. Ich hörte sie heftig schnaufen. Was machte sie da unten? Ich wagte einen weiteren Blick. Die verrückte Elfe hatte sich mit einer Ranke an der Drachenkralle festgebunden und stach immer wieder mit ihrem Schwert in den Bauch des Mobs.

„Was soll der Scheiß?", rief ich wütend. Ich glaubte zwar nicht, dass ein so winziges Schwert einem riesigen Drachen gefährlich werden konnte, aber andererseits war der Mob schon arg angeschlagen. Und wie sagte man doch gleich? Steter Tropfen höhlt den Stein! Die unnachgiebige Prinzessin brachte den Mob mit jedem Stich dem Tod näher. Ihm blieben nur noch wenige Trefferpunkte.

Dabei fehlten noch etwa 30 Sekunden Flugzeit bis zum Ziel. Bevor die Prinzessin uns zum Absturz bringen konnte, setzte ich *Lähmende Stromkette* gegen sie ein. Die Kette wickelte sich um ihre Hände und betäubte die Elfe. Ich hoffte, dass das ausreichte. Leider kannte ich mich mit untoten Drachen nicht aus. Offensichtlich war auch ihr Leben irgendwann zu Ende.

Wie es aussah, war der Zeitpunkt genau *jetzt* erreicht. Der Mob stürzte auf die Kartenmarkierung zu. Ursprünglich hatte ich geplant, im richtigen Moment abzuspringen und mit *Gravitationsabstoßung* weich zu landen, aber bevor es dazu kam, öffnete sich ein Portal am Boden unter uns. Die Elfenprinzessin, der untote Drache und ich stürzten ungebremst hindurch.

Ende von Buch 6

Neue Vorbestellungen!

Die ideale Welt für den Soziopathen
Ein apokalyptisches LitRPG-Abenteuer
von Oleg Sapphire

Der dunkle Heiler
Eine historische Portal Progression-Fantasy Serie
von Alex Toxic & Nadya Lee

Herrscher des Systems
Eine Portal Progression-Fantasy Serie
by Alex Toxic & Furious Miki

Töte oder stirb
Eine LitRPG-Serie
von Alex Toxic

Der Orden der Baumeister
Eine Portal Progression-Fantasy Serie
von Oleg Sapphire, Yuri Vinokuroff

Das letzte Leben
Eine Progression-Fantasy Serie
von Alexey Osadchuk

Ein Refugium in der Raumzeit
Eine LitRPG-Abenteuer Serie
von Dmitry Dornichev

Das Gesetz des Dschungels
Eine Wuxia Progression-Fantasy Abenteuer Serie
von Vasily Mahanenko

Todgeweiht (Freiherr Walewski: Der Letzte seines Stamms)
Eine LitRPG-Serie
von Vasily Mahanenko

Der Weg des Heilers
Eine Portal Progression-Fantasy Serie
von Oleg Sapphire, Alexey Kovtunov

Der Ehrenkodex des Jägers
Eine fortlaufende Fantasy-Buchreihe
von Yuri Vinokuroff, Oleg Sapphire

Das Dorf
Eine LitRPG/Fortlaufende Fantasy Serie
by Dmitry Dornichev, Alexey Kovtunov

Ein Student will leben
Eine LitRPG-Serie
von Boris Romanovsky

Sternenblut
Eine Weltraumabenteuer-Progression Serie
von Roman Prokofiev

Universum der Isolation
Eine Portal Progression-Abenteuer Serie
von Dem Mikhailov

Vielen Dank, dass *Einzelgänger* gelesen hast!

Weitere deutsche Übersetzungen unserer LitRPG-Bücher werden schon bald folgen!

Um weitere Bücher dieser Reihe schneller übersetzen zu können, brauchen wir Deine Unterstützung! Bitte schreibe eine Rezension oder empfehle *Einzelgänger* Deinen Freunden, indem Du den Link in sozialen Netzwerken teilst. Je mehr Leute das Buch kaufen, desto schneller sind wir in der Lage, weitere Übersetzungen in Auftrag geben und veröffentlichen zu können.

Bitte vergessen Sie nicht, unseren Newsletter zu abonnieren:
http://eepurl.com/dOTLd1

Sei der Erste, der von neuen LitRPG-Veröffentlichungen erfährt!
Besuche unsere englischsprachen Twitter- und Facebook LitRPG-Seiten und triff dort neue sowie bekannte LitRPG-Autoren:
https://twitter.com/MagicDomeBooks

Deutsche LitRPG Books News auf FB liken:
facebook.com/groups/DeutscheLitRPG

Erzähle uns mehr über Dich und Deine Lieblingsbücher, schau Dir die neuesten Bücher an und vernetze Dich mit anderen LitRPG-Fans.

Bis bald!